文學研究叢書・古典詩學叢刊

元好問〈論詩三十首〉研究

（修訂本）

方滿錦　著

目次

自序

　　元好問的〈論詩三十首〉，成詩於二十八歲，乃其名作，但在金人的作品中，實在奇怪，竟然找不到片言隻字的相關記載。而在清代，元氏的〈論詩三十首〉卻大行其道，詩家爭相仿作，蔚成風氣，究其原因，會否跟其血緣有關，委實令人值得深思。按元好問具女真人血統，其史學貢獻及文學成就不僅為中華民族之光，亦為女真人之榮。清，滿洲人入主中原，其族血緣與元好問同屬女真。滿洲當權者，會否基於管治策略的政治因素，向漢人宣示五族早已共和，無分彼此，故此，拉出元好問這位具代表性的歷史族人，予以標榜，以圖提升其族的歷史地位，及緩和民間抗清心態。

　　北宋靖康之難以後，宋室南遷，金人統治中國北方凡一百零六年，其間實施漢化政策，採納北宋典章制度，重用文人，大興文教，尊儒禮孔，留金的知識分子，其文藝創作及文康活動，並未受限，如常進行。但時至今天，我們對於金代文學，印象十分模糊，相對有關宋代文人的其人其事，可以琅琅上口，如數家珍，但一談到金人作品，我們便顯得陌生，反映出，前人已為我們的文藝思想領域，製造了框框。時至今天，思想開放，被埋藏已久的金代文學，不管其價值如何，重新予以評核，該是時候了。

　　自古以來，從事舊文學研究的學者，其研究目標及領域，大多數集中於周文、漢賦、唐詩、宋詞、元曲，及明清小說身上，很多的題材，都被反覆重用，了無新意。故此，本人不揣冒昧，謹以至誠向學

術界進言，金代文學尚有大量的空間待發掘、研究和整理。

方滿錦 謹識

2002 年 5 月 1 日

內 容 提 要

　　本書共分六章，內容提要如下：

　　第一章：緒言——此章旨在節述元好問詩壇地位，繼而述其寫作動機和目的。

　　第二章：近世〈論詩三十首〉之研究成果——此章旨在總結自清代以來研究〈論詩三十首〉的成果，共分三節進行，首節概括地報告近世研究〈論詩三十首〉的概況，先從清人查慎行、翁方綱、施國祁、宗廷輔等人的研究成就說起，然後以地域為主，分別評述大陸、香港、臺灣及海外等地區的研究情況如何，成就如何。第二節選取近世研究〈論詩三十首〉具代表性的著作，加以評述，當中涉及的作品包括：王韶生《元遺山論詩三十首箋釋》、陳湛銓《元遺山論詩三十首講疏》、何三本《元好問論詩絕句三十首箋證》、王禮卿《遺山論詩詮證》、郭紹虞《元好問論詩三十首小箋》、劉澤《元好問論詩三十首集說》、鄧昭祺《元遺山論詩絕句箋證》。從資料顯示，中、港、臺三地由於文化背景不同，研究重點不同，因而成就各異及各具特色，尤其難得者，彈丸之地的香港，陳湛銓、王韶生及鄧昭祺等學者在研究〈論詩三十首〉方面，其成就不亞於中、臺兩地。第三節主要臚列及評述十七點為學術界爭議較多的議題。此章全面地總結了自清以來有關〈論詩三十首〉的研究成果，讀者從中可瞭解中、港、臺及海外等地的研究狀況。

　　第三章：〈論詩三十首〉之專題探索——此章共分三節撰寫，首節評述〈論詩三十首〉的成詩年代。有關〈論詩三十首〉成詩於何年，在學術界意見頗為分歧，有所謂成詩於青年說、晚年說、晚年修訂

說。本文作者在這課題裏作出深入的探討和研究，結論指出「元好問晚年，對於詩學的觀點，明顯地作出調整，修正過去曾用過激言辭去批評若干人物，雖然這樣，但〈論詩三十首〉的原作仍是一樣，並未作出更改，也可作為元好問晚年並無修定〈論詩三十首〉的明證」，肯定了〈論詩三十首〉成詩於丁丑歲，遺山時年二十八。第二節以〈論詩三十首〉編次失序為研究焦點。〈論詩三十首〉為何編次失序，可說是一懸案。這三十首詩未按時代先後、順序依次排列，予人莫名其妙的感覺，明知其有問題，但又提不出問題，捧元者，又諸多曲護和解釋，但疑點仍在，此一懸案，一直都未破。本文深入剖析其編次失序之因，為此懸案作一終結。第三節是以〈論詩三十首〉的文學性為研究課題，以文學觀點去討論〈論詩三十首〉中的比喻、對比、疑問、引用、誇張等手法及其文學意義，並肯定其藝術價值，此項研究，過去一直都未為人關注，現今作出研究，盼能拋磚引玉，引起學者注意。

第四章：〈論詩三十首〉之辨正探微——此章共分三節，每節區分一時期，首節由漢魏至六朝（第一至第七首），次節由初唐至晚唐（第八至二十首），第三節是北宋時期（第二十一至三十首），然後逐首論詩予以剖析和辨正。由於〈論詩三十首〉的歧見頗多，差不多每一首在意義上都有不同的詮釋，本章僅在諸家有異解的問題上，才作出處理，一般共同認可的解釋，則不在探討之列。

第五章：〈論詩三十首〉對後世論詩絕句的影響——元好問的論詩絕句影響深遠，本章從元代開始，順序而下，分別介紹明代、清初、乾嘉、道咸、同光等六個時期受〈論詩三十首〉所影響的作家及其作品，而涉及的作家凡九十人之多，更加凸顯了〈論詩三十首〉的歷史地位和文學價值。

第六章：結論——為前五章作一總結。

第一章

緒　言

　　金元兩朝，以詩家地位而言，元好問排名第一，當無異議。清人曾國藩編《十八家詩鈔》，自唐宋而下，獨取元好問一人，共成十八家，顯示十八家以後無大家，曾氏此舉，獲後世詩家認同。近人陳湛銓說：「曾滌生鈔古今十八家詩，於宋人，若宛陵、六一、半山、后山、簡齋、誠齋等輩，皆不及錄；逕鈔先生之七言律，以繼兩宋健筆蘇黃放翁而四，可謂多見守卓，無失文衡。」[1]元好問在文學史之地位極為崇高，文獻記載如下：

　　（1）《金史・文藝下》本傳云：「其詩奇崛而絕雕劇，巧縟而謝綺麗，五言高古沈鬱，七言樂府不用古題，特出新意，歌謠慷慨，挾幽、并之氣。」[2]

　　（2）郝經《陵川集》〈遺山先生墓銘〉云：「上薄風雅，中規李杜，粹然一出於正，直配蘇黃氏。」[3]

　　（3）徐世隆《遺山文集》序云：「遺山詩祖李杜，律切精深，而有豪放邁往之氣；文宗韓歐，正大明達而無奇纖晦澀之語；樂府則清雄頓挫，閒婉瀏亮，體制最備，又能用俗為雅，變故作

1　陳湛銓：〈元遺山論詩絕句講疏〉，《香港浸會學院學報》第三卷第一期，1968年，頁2。

2　（元）脫脫：〈列傳・文藝下〉第六十四，《金史》（北京市：中華書局，1980年），卷一二六，頁2743。

3　姚奠中主編：《元好問全集》（太原市：山西人民出版社，1990年），卷五十，頁432。

新，得前輩不傳之妙。東坡、稼軒而下，不論也。」[4]

（4）杜仁傑《遺山文集》序云：「敢以東坡之後，請元子繼。」[5]

（5）施國祁《元遺山詩集箋注》例言云：「遺山先生詩文大家，傑出金季，為一代後勁，上接杜韓，揖歐蘇，下開虞宋，其精光浩氣，有決不可磨滅者。」[6]

（6）趙翼《甌北詩話》云：「遺山則專以單行，絕無偶句，構思宵妙，十步九折，愈折而意愈深，雖蘇陸亦不及也。七言律則更沈摯悲涼，自成聲調。唐以來律詩之可歌可泣者，少陵十數聯外，絕無嗣響，遺山則往往有之。」[7]

（7）紀昀等《四庫全書總目提要》云：「好問才雄而學贍，金元之際，屹然為文章大宗……至所自作，則興象深邃，風格道上，……至古文繩尺嚴密，眾體悉備，而碑版誌銘諸作，尤為具有法度。」[8]

（8）沈德潛《說詩晬語》云：「裕之七言古詩，氣主神行，平蕪一望，常得峰巒高插，濤瀾動地之慨，又東坡後一能手也。」[9]

（9）翁方綱〈七言詩三昧舉隅〉云：「蘇黃之後，放翁、遺山二

4　徐世隆：《遺山文集・序》，《元好問全集》（太原市：山西人民出版社，1990 年），卷五十，頁 414。

5　杜仁傑：《遺山文集・序》，《元好問全集》（太原市：山西人民出版社，1990 年），卷五十，頁 416。

6　施國祁注：《元遺山詩集箋注》（北京市：人民文學出版社，1988 年第 2 版），頁 21。

7　趙翼：《甌北詩話》（臺北市：廣文書局，1971 年），卷八，頁 1。

8　紀昀等：《四庫全書總目提要》，總目（四）集部（一）卷一六六遺山集條（臺北市：臺北商務印書館），頁 355。

9　沈德潛：《說詩晬語》卷下，收入《四部備要》（臺北市：中華書局，1981 年），頁 2。

家並馳詞場，而遺山更為高秀。」[10]

（10）潘德輿《養一齋詩話》云：「遺山詩在金、元間無敵手。其高者，即南宋誠齋、至能、放翁諸名家，均其敵。」[11]

　　雖然，元好問在文學史上的評價如上述這麼高，但清亡以後，他的確備受冷落，談論他的人不多，把他作為學術研究對象的就更寥寥可數，甚至有些文學簡史書對他隻字不提，偶有提及的，也只是輕輕帶過，所佔的分量非常少，大概因他不是漢族，而是女真族的緣故。在清代，滿洲人以異族身分入主中國，中原知識分子仇外心態濃烈，恥與異族為伍者亦大有人在，故元好問雖位列十八詩家之一，竟遭後世撰文學史者冷待，種族歧視是原因之一。這種情況，持續至二十世紀九十年代，海峽兩岸學者分別於兩地同時舉辦紀念元好問八百周年誕辰學術研討會後，學術界始重新重視元好問，學者紛紛撰文發表研究成果，一時間蔚成風氣，掀起一股熱潮，並且持續發展，成績迭創高峰。

　　過去，由於元好問不為學術界重視，激起我對他的注意，於是努力搜集資料，好想寫一些關於他的東西，後來發覺到其人名節及〈論詩三十首〉頗多爭議的地方，亟須向歷史提出交待，以正視聽，於是下定決心，就上述兩個課題進行研究。前者的研究已經告一段落，寫成了《元好問之名節研究》一篇大約十萬字的長文，於一九九七年由臺灣天工書局刊印成單行本，後者的研究，即本書《元好問〈論詩三十首〉研究》，是我賡續進行的研究課題。

　　本文之研究目的與範圍，合併來說，共有四個：其一，總結自

10　翁方綱：《小石帆亭著錄》，收入丁仲祜：《清詩話》（上）（臺北市：藝文印書館，1977 年 5 月再版），頁 371。

11　潘德輿：《養一齋詩話》卷八，收入丁福保：《清詩話續編》（臺北市：木鐸出版社，1988 年），頁 2124。

清代至現代等近世學者研究〈論詩三十首〉的成果。包括清代學者查慎行、翁方綱、施國祁及宗廷輔等人，涉及現代學者的，其地域包括中國、香港、臺灣及海外等學人。每個地域的研究成果各有重點及取向，故此成就各異，難分軒輊；其二，共有三點，包括考證〈論詩三十首〉的成詩年代及編次失序的原因，並從修辭藝術方面去分析〈論詩三十首〉的文學性，是項研究，向為學者忽略，現在拿出來探討，冀能收抛磚引玉之效；其三，由於〈論詩三十首〉的深層意見，頗多爭議，可謂眾說紛紜，莫衷一是，本文之主要研究目的在於澄清誤解和異解，為〈論詩三十首〉提出正解；其四，為〈論詩三十首〉對後世論詩絕句的影響，找出其源流經過及具體事例，以強化其歷史地位。

　　至於研究方法，通過資料分析、比較、歸納等手段進行客觀研究，同時，因應各章主題而作出不同的研究方法。例如本章〈緒言〉，僅交待研究動機、研究目的、研究範圍，及研究方法。第二章〈近世元好問論詩三十首之研究成果〉，在結構方面，此章分三節展開，一是按時間、地域為線索，對近世以來相關研究成果作一概覽，並概括分析其特點，二是以成果為綱，對其中影響較大的論著逐一予以評述，三是以論題為條目，就〈論詩三十首〉研究中有爭議的若干重要問題作出綜合、清理、評介。這樣力圖從縱橫兩方面把握其研究成果。第三章〈論詩三十首之專題探索〉，此章針對三個專題而作，一是〈論詩三十首〉的成詩年代，二是〈論詩三十首〉編次失序的研究，三是〈論詩三十首〉之文學性。有關〈論詩三十首〉的成詩年代問題，由於涉及金室亡國時間及亡國感傷等敏感和嚴肅問題，近人意見紛歧，各言其是，所以必須追究其爭議之因由，提出有力的證據，把事情弄個水落石出，以息爭議。有關〈論詩三十首〉是否有編次失序的問題，歷來學者眾說紛紜，莫衷一是，筆者追源溯流，從元好問如何處理其稿件入手，引伸至其詩文集的出版歷程，都一一交待，並指出其失序之原

因在那裏。有關〈論詩三十首〉之文學性的問題，鮮有學者關注，筆者從比喻、對比、疑問、引用、誇張等文學技巧去探討其文學意義及藝術價值。第四章〈論詩三十首之辨正探微〉，全章劃分三節，首節上起漢魏，下迄六朝，凡七首論詩；次節專論唐代，由第八首論詩至第二十首論詩，凡十三首；第三節專論宋詩為主，由第二十一首論詩至第三十首論詩，凡十首。就每首論詩，筆者力求以深入淺出的筆法，首述其論詩的旨要，然後舉出論詩中為學者爭議最多而又具研究價值之課題，進行仔細分析和深入研究，至於已有共識，或無爭議性的課題，則不在探討之列，以省篇幅。第五章〈論詩三十首對後世論詩絕句之影響〉，本章主要取材於郭紹虞、錢仲聯、王遽常所編的《萬首論詩絕句》，從該書中挑選出自元代以後受元好問〈論詩三十首〉所影響的詩家及其作品，在時段排列方面，依次分元、明、清初、乾嘉、道咸、同光等六個時期，所涉及的詩家凡九十人之多。第六章為全文的總結，扼要地總結各章要點以結束全文。

第二章

近世〈論詩三十首〉之研究成果

　　無論是在整個金源文獻研究領域，還是在元好問研究中，從清代以來，〈論詩三十首〉都可以說是最大的熱點。三百多年間，尤其是近五十年來，出現了許多成果。學術研究是世代累積的，後代學者必須首先弄清楚前人的研究成果，總結其經驗及觀點，避免不必要的重複，在前人的基礎上再進一步。而迄今為止，學術界尚沒有對〈論詩三十首〉複雜紛紜的研究成果作出全面的總結。為此，本章採用較大篇幅對其研究成果加以檢討，藉此向學術界提供一份參考報告。

第一節　近世〈論詩三十首〉之研究概覽

　　本節首先介紹清代的研究成果，並對其代表性成果逐一予以述評，然後概括介紹二十世紀以來大陸、港臺及海外的研究成果，及對其成果作出探討。

一　清代的〈論詩三十首〉研究

　　〈論詩三十首〉問世以後，在當時及元、明二代反響不大，沒有引起人們的充分注意，只有少數學者偶有論及，如明人瞿佑《歸田詩話》卷上，載有〈論詩三十首〉其十八「東野悲鳴（應作窮愁）死不休」及其二十四「有情芍藥含春淚」的論評，對遺山之詩論提出了異議[1]。明

---

[1]　瞿佑：《歸田詩話》卷上，《歷代詩話續編》（北京市：中華書局，1983 年 8 月），頁

人都穆《南濠詩話》亦論評〈論詩三十首〉其六「心畫心聲總失真」及其二十一「縱橫正有凌雲筆」，對遺山之詩論表示贊同[2]。嚴格來說，他們的評論只是點到即止，並非系統性的學術研究。

至清代，隨著官方對金源文獻的重視，人們對遺山〈論詩三十首〉予以較多的關注，除了眾多仿效之作外，還出現了一些有分量的研究成果，其中較重要的有：

（一）查慎行《初白庵詩評》

清代學者中，查慎行最先對〈論詩三十首〉作出大幅度的論評。他從〈論詩三十首〉選出其中十七首作出評述。其論評相當簡要，側重於各首詩旨為主，如評第一首說「分明以疏鑿手自任」；評第七首說「拔出中州〈敕勒歌〉，大為北人泄氣」，有的兼及短評，如評「論功若準平吳例，合著黃金鑄子昂」這兩句，概括說「妙在關合齊梁」就算。查氏持論客觀公允，對遺山之短，也不諱言，如評論詩最後一首詩說：「文人習氣，好評量古人，而又恐人議己，先生亦復不免。」但個別論點值得商榷，如「蘇門果有忠臣在，肯放坡詩百態新」這兩句詩，查氏釋義說：「蘇門諸君，無一人能繼嫡派，才有所限，不可強耳。」[3] 這種解釋，就有誤解遺山詩旨之嫌。

（二）翁方綱《石洲詩話》

翁方綱《石洲詩話》一書，多次論及〈論詩三十首〉，且論述比較詳細，如卷一關於「排比鋪張特一途」的論說，及卷八關於「古雅難將

1240～1241、1243。按：「悲鳴」應作「窮愁」。

2　都穆：《南濠詩話》，《歷代詩話續編》（上海市：上海古籍出版社，1983年12月），頁1351、1356。

3　吳世常：《論詩絕句二十種輯注》（太原市：陝西人民出版社，1984年），頁88。

子美親」的辨析，皆有四五百字之多[4]，而最值得重視的是卷七對〈論詩三十首〉的疏解。該卷選錄〈論詩三十首〉其中十八首，逐首作出疏解，由於觀點欠持平，難免有偏頗失當之處，雖間有所得，但失大於得。僅就論蘇軾而言，則出現了許多令人驚訝的錯誤，受到潘德輿的尖銳駁斥：

> （翁方綱）酷好蘇詩，以之導引後進，謂學詩只此一途。……尤可異者，偏愛蘇詩，並以遺山〈論詩絕句〉中攻蘇之作，亦傅會為愛蘇之言論也。如：「奇外無奇更出奇，一波才動萬波隨。只知詩到蘇黃盡，滄海橫流卻是誰？」此首明以「滄海橫流」責蘇，而石洲以為遺山自慨身世。「金入洪爐不厭頻，精真那計受纖塵？蘇門果有忠臣在，肯放坡詩百態新。」此首明言蘇門無忠直之臣，故致坡詩競出新態，而石洲以為「收足論蘇之旨，即蘇詩『始知真放本精微』意」。「百年才覺古風回，元祐諸人次第來。諱學金陵猶有說，竟將何罪廢歐梅？」此首明言歐梅甫能復古，而元祐蘇黃諸人次第變古，學元祐者，廢金陵猶可，廢歐梅則必不可。而石洲以為「回」字乃坡公「昇平格律未全回」之「回」，何嘗有人諱學金陵，何嘗有人欲廢歐梅？此可得文章風會氣脈。凡石洲所解，皆與遺山本詩義理迥不入，脈絡絕不貫，不知何以下筆？蓋既為偏好蘇詩所蔽，而又不敢貶駁遺山，故於無可解說處，亦強為傅會，遂使人覽之茫然耳。且遺山貶蘇如此，而石洲猶以為「程學盛於南，蘇學盛於北」，屢屢舉此語以教人，古人有知，豈不為遺山所笑！[5]

4　翁方綱：《石洲詩話》卷 1、卷 8，《清詩話續編》（上海市：上海古籍出版社，1983年 12 月），頁 1373 ～ 1374、1507 ～ 1508。

5　潘德輿：《養一齋詩話》卷 1，《清詩話續編》本（上海市：上海古籍出版社，1983年 12 月），頁 2011 ～ 2022。

　　潘氏一針見血，頻舉出其謬誤之處，「皆與遺山本詩義理迥不入」，並對翁氏名句「程學盛於南，蘇學盛於北」加以諷刺，譏他「屢屢舉此語以教人，古人有知，豈不為遺山所笑？」翁方綱學問淵博，但由於偏愛好問，在評釋〈論詩三十首〉的疑點上，未能保持客觀態度，嚴重妨礙了他的學術判斷，以致其〈論詩三十首〉之研究學術價值大打折扣，殊為可惜。其觀點受到錢鍾書、郭紹虞等眾多學者的指摘，恐非翁氏所始料。

（三）施國祁《元遺山詩集箋注》

　　施國祁《元遺山詩集箋注》一書，對〈論詩三十首〉各詩的箋注[6]，其重點是注釋語言的出處，也徵引前人對〈論詩三十首〉的論評，如查慎行、瞿佑、都穆等人的相關言論，差不多全部收錄。就此而言，是書帶有集評的性質，為人們研讀〈論詩三十首〉提供了便利，直到今天仍有較大的參考價值。但施注不足之處甚為明顯，一是在理論上幾乎沒有什麼發明，二是對每首詩的含義沒有作出歸納，三是注釋時有疏漏。如以《北史‧斛律金傳》注釋〈敕勒歌〉、以元稹與劉采春之事注釋「鑑湖春好無人賦」，都存在明顯的失誤。其原因正如施氏自己在序例所說，「偶為友人慫恿，復聚書冊，匆匆解注，七月而成」，全書僅用七個月時間，足見其箋注態度不夠認真，加上其「儉腹」所限，結果使他有「貽笑於大方之家」[7]的擔心，不幸卻成為事實。錢鍾書評其書「大病尤在乎注詩而無詩學」[8]，責言頗重。

6　施國祁：《元遺山詩集箋注》（北京市：人民文學出版社，1998 年 12 月），卷 11，頁 523 ～ 534。

7　施國祁：《元遺山詩集箋注‧序例》（北京市：人民文學出版社，1998 年 12 月），頁 22。

8　錢鍾書：《談藝錄》（北京市：中華書局，1984 年 9 月補訂本），頁 148。

（四）宗廷輔《古今論詩絕句》

　　宗廷輔《古今論詩絕句》一書，不僅選錄了〈論詩三十首〉，還選錄了元好問其他論詩作品，如〈自題中州集後五首〉等。宗氏對每一首選錄的論詩，都予以疏解，偶爾涉及語言注釋，如釋「浪翁水樂無宮徵」一句，曰：「次山有〈水樂說〉，紀南磵之懸水，見本集補遺。」[9] 大概是補充施注。宗氏有時也徵引瞿佑、查慎行、翁方綱等人的相關言論，其重點是揭示各詩主旨，多有可取：如解釋「滄海橫流卻是誰」一句「咎在作俑」[10]，則很有見地；又如論評其十四「出處殊途聽所安，山林何得賤衣冠？」一詩說：「山林臺閣，各是一體。宋季方回撰《瀛奎律髓》，往往偏重江湖道學，意當時風氣，或有藉以自重者，故喝破之。」[11] 宗氏所言，雖屬推測，其說有理。不過，宗氏評論〈論詩三十首〉，也有一些不確之處，如其十九「萬古幽人在澗阿」一詩，他認為是批評陸龜蒙「絕無憂國感憤之辭」[12]，則有失遺山詩旨。

　　由上可見，清代學者對〈論詩三十首〉的研究，取得了一定的成績，其中以施國祁、宗廷輔最為突出，但研究層面還停留在評點注釋方面，且謬誤頗多，其中尤以翁方綱為最。

二　二十世紀大陸的〈論詩三十首〉研究

　　二十世紀大陸的〈論詩三十首〉研究，前五十年成果很有限，後五十年成果較豐碩。數量少，水平高，是大陸前五十年〈論詩三十首〉

9　轉引自郭紹虞：《元好問論詩三十首小箋》（北京市：人民文學出版社，1978 年 12 月），頁 71。

10　同上注 9，頁 74。

11　同上注 9，頁 69。

12　同上注 9，頁 72。

研究的特點。前五十年的重要成果有兩個，都出自名家之手：一是郭紹虞的〈元遺山論詩絕句〉[13]，其論點後來融入其《中國文學批評史》，該書下冊有專節專論元好問〈論詩三十首〉。二是錢鍾書的《談藝錄》，該書對施國祁《元遺山詩集箋注》作了補注，包括對〈論詩三十首〉其七、其二十四、其二十八等詩的解釋，糾正了施注不少的錯誤，並提出了不少精彩的見解。可惜這兩本著作都不是研究〈論詩三十首〉的專著，所以內容並不全面。

自五十年代起，大量研究成果陸續湧現，主要有三類：一是專著類，有兩本，即：郭紹虞《元好問論詩三十首小箋》及劉澤《元好問論詩三十首集說》。二是論文類，約五十篇，如吳庚舜〈略論元好問的詩論〉、劉禹昌〈元好問詩論〉、劉澤〈元好問論詩三十首通論〉，周振甫〈論詩絕句九首獻疑〉、盧興基〈元遺山與范寬的秦川圖〉、陳長義〈元好問論詩三十首二解〉、李正民〈元遺山論詩三十首異解辨正〉、胡傳志〈元好問論詩三十首辨釋六題〉等，各論文雖各有所見，但水平參差不齊，重重相因的現象較為普遍。有的論者僅就〈論詩三十首〉研究〈論詩三十首〉，對元好問其他相關文獻和金代文壇史料未作一起研究，成果難免瑕瑜互見。三是選著類，幾乎所有古代詩論選本及元好問詩歌選本都選錄了〈論詩三十首〉，如郭紹虞主編《中國歷代文論選》、郝樹侯《元好問詩選》、陳沚齋《元好問詩選》、吳世常《論詩絕句二十種輯注》、林從龍等《遺山詩詞注析》等書，都有相應的注釋與分析。這類選本雖屬普及書，學術性不高，但都有一定的參考價值。文學批評史之類著作如郭紹虞《中國文學批評史》（一卷本）、顧易生等《中國文學批評通史》宋金元卷、敏澤《中國文學理論批評史》、張少康等《中國

---

[13] 郭紹虞：〈元遺山論詩絕句〉，載於《中國新論》2卷3期、《文學年報》2期（1936年）。

文學理論批評發展史》等，都對〈論詩三十首〉有所論述，並具參考價
值。至於一些斷代文學專著如如張晶《遼金元詩歌史論》、詹杭倫《金
代文學思想史》、胡傳志《金代文學研究》等書，都有以較大的篇幅論
述〈論詩三十首〉，是很好的參考論著。

　　大陸研究〈論詩三十首〉有其遺憾之處，一是對港臺的研究成果
欠奉，很少吸收港臺地區的相關成果，二是受限於社會學風與時代思
潮，政治色彩較濃，偏頗之處時有所見。

三　二十世紀港臺及海外的〈論詩三十首〉研究

　　二十世紀下半葉，港臺地區的學者對元好問及〈論詩三十首〉的研
究，取得相當不俗的成績。

　　香港地區雖小，其成績卻令人刮目相看。與大陸不同，這裏沒
有太多的理論探討，而是側重於詩句的注釋及詩意的辨釋，有關論
著，主要有三種：一是王韶生的〈元遺山論詩三十首箋釋〉，刊於《崇
基學報》一九六六年五月第五卷第二期，由香港中文大學崇基書院出
版。二是陳湛銓的〈元遺山論詩絕句講疏〉，上篇刊於《香港浸會學院
學報》一九六八年第三卷第一期，約八萬字，討論〈論詩三十首〉前
二十六首詩歌，下篇討論餘下四首詩和元好問其他論詩絕句，據其高
足鄧昭祺云，下篇是「作者一九七九年至一九八一年在香港學海書樓
講座講學時的油印講義」[14]，可惜一直沒有公開發表。三是鄧昭祺的
《元遺山論詩絕句箋證》，該書約二十萬字，是作者於一九八三年完成
的博士學位論文，原題《元好問論詩絕句研究》，一九九三年四月由香
港當代文藝出版社出版。這三本著作，除王著外，其他兩種論著的篇

14　鄧昭祺：《元遺山論詩絕句箋證‧緒論》（香港：當代文藝出版社，1993 年 4 月），
　　頁 11。

幅都很大，資料都相當豐富，水平也高，尤其是鄧著後來居上，獨佔
鰲頭。此外，吳天任《元遺山評傳》[15] 雖是小冊子本，其內容也有涉及
〈論詩三十首〉的探討。

臺灣地區與香港相類，有兩種分量較大的注釋性著作。一是何三
本〈元遺山論詩絕句三十首箋證〉，約十萬字，一九七四年連載於臺灣
《中華文化復興月刊》第七卷第三至六期，此文是作者於一九七二年提
交給臺灣輔仁大學的碩士學位論文。二是王禮卿的《遺山論詩詮證》，
約十四萬字，一九七六年四月由臺灣中華叢書編審委員會出版。這兩
種成果的共同點，是材料繁多，缺點是沒有吸收大陸及香港的研究成
果。臺灣地區單篇論文約十篇，如田鳳臺〈元遺山論詩絕句析評〉、何
三本〈元好問論詩絕句的歷史地位〉都是質量較高的論文，此外還有一
些其他相關著作論及〈論詩三十首〉，如續琨的《元遺山研究》、李冠禮
的《詩人元遺山研究》等。

國外關於〈論詩三十首〉的研究成果數量較少。美國學者 John
Timothy Wixted（魏世德）一九七六年以《元好問之文學批評》（The
Literary Criticism of Yuan Hao-wen）獲得英國牛津大學博士學位，
導師是牛津大學的 David Hawkes 和哈佛大學的 William Hung，後
來該書以《論詩詩：元好問的文學批評》（Poems on Poetry, Literary
Cristicism by Yuan Hao-wen）為題，由德國威士巴登斯坦納出版社
（Franz Steiner Verlag GMBH Wiesbaden）在一九八二年出版。其序言
部分中譯本題為〈從論詩絕句看元好問的文學批評觀（序言），刊於山
西《忻州師專學報》一九八七年第二期，提出了不少可貴的見解。新加
坡方面，皮述民〈元好問論詩絕句析論〉是一篇很有見地的論文，載於

15　吳天任：《元遺山評傳》（香港：學海書樓講學錄第 4 輯抽印本）。一九六三年作者重
　　訂於香港。

《南洋大學學報》第三期，一九六九年由南洋大學出版。

　　總之，大陸、港臺及海外對〈論詩三十首〉的研究，互有長短，各
具特色。

第二節　近世〈論詩三十首〉之研究要籍述評

　　在本節中，茲選擇一些重要的專論或專著，按照出版時間先後，
予以逐一介紹和論評。

一　王韶生〈元遺山論詩三十首箋釋〉

　　王韶生〈元遺山論詩三十首箋釋〉一文，雖非專著，卻是二十世紀
第一篇有系統箋釋〈論詩三十首〉的文章。該文行文簡潔，注釋精要，
全文約一萬二千字，刊於《崇基學報》一九六六年五月第五卷第二期由
香港中文大學崇基書院出版。

　　王氏在文中引言指出：

> 元氏之作，解者凡數家，然於疏鑿微旨，亦正不易言。烏程施
> 北研之元遺山詩注，於此詩僅疏故實，未加闡說。余既箋釋朱
> 彊村論詞之作，復取元氏論詩絕句箋釋之。稽考古今述作，兼
> 採通人之說，分風擘流，以述詩心，於施注亦復取十之一二，
> 藉存真。[16]

　　該文與施注不同的是，除徵引「古今述作，兼採通人之說」，也兼
採部份施注予以論評，以加強對〈論詩三十首〉詩旨的闡釋，如解釋第

16　王韶生：〈元遺山論詩三十首箋釋〉，《崇基學報》第 5 卷第 2 期（1966 年 5 月），頁
　　195。

三首「鄴下風流在晉多，壯懷猶見缺壺歌」，作者先引出施注，認為施注「未契詩旨」，並言「推遺山之意，似謂晉人眾作，猶似曹公古直悲涼之句者」[17]，此理解比較正確。

有關疏解〈論詩三十首〉的內蘊深意，王氏取材豐富，可補施注不足，如徵引錢鍾書的觀點來糾正施氏對〈敕勒歌〉的錯誤；徵引元結〈水樂說〉來補正施氏對「浪翁水樂無宮徵」的註解。又例如王氏解釋〈論詩三十首〉其五「出門一笑大江橫」一詩，他引用「山谷詠水仙花名句，有莊子傲睨萬物之慨」[18]，有助於準確理解詩旨及詩意。

該文也有些觀點值得商榷，如解釋「可惜并州劉越石，不教橫槊建安中」，王氏認為是元好問「藉越石以自況」[19]，這恐是一家之言；又例如「只知詩到蘇黃盡，滄海橫流卻是誰」這二句詩，王氏認為是「遺山自許有新變代雄之意」[20]，其概念乃受翁方綱對該詩釋義為「力爭上游」[21]所影響而來；又如其第二十六首「蘇門果有忠臣在，肯放坡詩百態新」二句，王氏既認為是批評蘇詩「有不能近古之恨」，將「百態新」視為缺點，但同時又徵引查慎行「蘇門諸君，無一人能繼承嫡派者，才有所限，不可強耳」[22]的解釋，將「百態新」視作東坡無人能及的優點，其立論有待確認。此外，個別注釋也有待商榷，如關於「鑑湖春好無人賦」的註解，王氏則採納施注關於「鑑湖春色」與劉采春事。有關施注「鑑湖春色」的謬誤，清·宗廷輔責之云：「施注劉采春事而

17　同上注16，頁196。

18　同上注16，頁197。

19　同上注16，頁196。

20　同上注16，頁203。

21　翁方綱：《石洲詩話》卷七，《清詩話續編》，頁1499。

22　王韶生：〈元遺山論詩三十首箋釋〉，《崇基學報》第5卷第2期（1966年5月），頁204。

以元微之當之，大謬。」[23] 總括而言，王著箋釋遺山〈論詩十首〉，言簡意賅，扼要精到，具有一定的參考價值。

二　陳湛銓〈元遺山論詩絕句講疏〉（上）

陳湛銓〈元遺山論詩絕句講疏〉（上）一文，刊於《香港浸會學院學報》一九六八年第三卷第一期，對〈論詩三十首〉前二十六首詩作出了詳細的解釋，篇幅空前，多達八萬字左右，可惜下篇未能公開發表。

該文先介紹元好問其人其詩及論詩絕句的沿革，然後說明各首詩的詩旨，並作出疏證，有的篇章還有按語，以論評有關論詩的義蘊。該文從體例到行文，都有一定的學術規範，特別值得稱道的有以下三點：

第一，概括詩旨簡明扼要，論點平實：如論其八「沈宋橫馳翰墨場」的詩旨，曰：「此首推許陳子昂，謂初唐時詩，猶未脫齊梁綺麗之習，至陳拾遺而後收摧毀之功也。」[24] 又如概括其十四「出處殊途聽所安」的詩旨為：「此謂隱逸者流之詩與仕宦中人之詩，只賦性不同，實各具佳勝；山林江海之士，未可輕貶廊廟衣冠中人也。」[25]

第二，注釋比施國祁、王韶生等人更深入：如對第二首中「虎嘯坐生風」一語，施氏未注，而王氏僅云「虎嘯而生風，龍興而致雲」[26]，其注過簡。陳氏其文則徵引《易‧乾文言》「雲從龍，風從虎」、《淮南

23　郭紹虞：《元好問論詩三十首小箋》（北京市：人民文學出版社，1978 年），頁 70。

24　陳湛銓：〈元遺山論詩絕句講疏〉，《香港浸會學院學報》第 3 卷第 1 期（1968 年），頁 13。

25　同上注 24，頁 19。

26　王韶生：〈元遺山論詩三十首箋釋〉，《崇基學報》第 5 卷第 2 期（1966 年 5 月），頁 196。

子‧天文訓》「虎嘯而谷風至，龍舉而景雲屬」、劉孝標〈廣絕交論〉
「雕虎嘯而清風起」等語為之作注[27]，其釋義為諸家所無。又如注釋第
十四首「出處殊途聽所安」一句，引用嵇康〈與山巨源絕交書〉之言：
「故君子百行，殊途而同致，循性而動，各附所安，故有處朝廷而不
出，入山林而不返之論。」[28] 注釋恰當。再如關於第二十首「卻是當年寂
寞心」一句，陳氏徵引謝靈運〈齋中讀書詩〉中「昔余遊京華，未嘗廢
丘壑；矧乃歸山川，心跡雙寂寞」[29] 等語為之作注，也很有新意。

　　第三，引證廣博，材料豐富：對於論詩的釋義，陳氏詳徵博引，
有利於對詩旨的瞭解，如第十八首「東野窮愁死不休」的注解有兩
則，卻長達八九千字，取材相當豐富，注釋的內容包括：（1）韓孟優
劣論：引用的資料有歐陽修〈讀聖俞蟋蟀詩寄子美〉、《朱子語類》卷
一百四十、劉邠《中山詩話》、蘇軾〈讀孟郊詩二首〉、呂本中《童蒙
訓》。（2）孟郊的生平資料，引用《新唐書‧孟郊傳》。（3）韓愈對孟
郊的評價以及孟郊的自我評價，引用的材料有韓愈的〈送孟東野序〉、
〈醉贈張秘書〉、〈薦士〉、〈答孟郊〉、〈醉留東野〉和孟郊的〈戲贈無
本〉。（4）後人對孟郊的評價，引用的材料有葉燮《原詩‧外編》、施
閏章《蠖齋詩話》、沈德潛《說詩晬語》、歐陽修《六一詩話》、魏泰《臨
漢隱居詩話》、《文獻通考》卷二百四十二等。（5）後人對遺山此詩的
評價，引用的材料有俞弁《逸老堂詩話》卷上、瞿佑《歸田詩話》卷
上、翁方綱《石洲詩話》卷七等。（6）孟郊的窮愁危苦之詩，引用孟
郊此類詩句約二十篇。（7）孟郊的另一面：「奇峻蒼堅」之作，引用
其相關詩歌近三十篇。（8）後人對韓孟的評價，引用的材料有曾季貍

27　陳湛銓：〈元遺山論詩絕句講疏〉，《香港浸會學院學報》第 3 卷第 1 期（1968 年），
　　頁 3。
28　同上注 27，頁 19。
29　同上注 27，頁 34。

《艇齋詩話》、趙翼《甌北詩話》[30]。從這一清單來看，即可以看出其資料之多，注者用力之大。

當然，該文也有一些論詩的觀點有待商榷，如第十五首「筆底銀河落九天」一詩，翁方綱以為是「藉拈李詩以論杜詩」[31]，作者則據此發揮：

> 此辨「飯顆山頭逢杜甫」一詩非太白作，蓋謂杜工部下筆實如銀河之落九天，斷無憔悴於飯顆山前之理也。……此實藉太白詩以論杜，辨飯顆山詩為偽託耳，非論太白詩也。[32]

陳氏認為「筆底銀河落九天」一語，「非論太白詩也」，此說值得商榷。儘管杜甫有「讀書破萬卷，下筆如有神」等稱譽，但如將此詩句「筆底銀河落九天」，用來稱喻李白較稱喻杜甫為更合適。又如對第十九首「萬古幽人在澗阿」的理解，陳氏沿襲了清人宗廷輔之說，認為遺山譏諷陸龜蒙詩「無益於世教」，此論也有待商榷。又如對第二十二首「滄海橫流卻是誰」的闡釋，作者認為遺山「以蘇黃而外別樹一幟自任」[33]，「以興復自任」[34]，此種理解乃承襲翁方綱「力爭上游」之說而來，但此說頗多爭議，有待深究。另如解釋其十八「東野窮愁死不休」的寫作背景，作者說「遺山時，江西詩派風靡天下，論者大柢以東野勝昌黎，故遺山特為此論也」[35]，此說值得商榷，況且在金代卻沒有「東野勝昌黎」之論。

30　同上注 27，頁 24 ～ 27。

31　翁方綱：《石洲詩話》卷七，《清詩話續編》，頁 1498。

32　陳湛銓：〈元遺山論詩絕句講疏〉，《香港浸會學院學報》第 3 卷第 1 期（1968 年），頁 21。

33　同上注 32，頁 36。

34　同上注 32，頁 37。

35　同上注 32，頁 25。

　　總括而言，陳氏此篇論文取材豐富，立論精確，頗多新意，其見多發前人所未發，屬高水平的學術論文。

三　何三本〈元遺山論詩絕句三十首箋證〉

　　何三本〈元遺山論詩絕句三十首箋證〉一文，在一九七四年連載於臺灣《中華文化復興月刊》第七卷第三至六期，篇幅頗大，近十萬字。文中「引言」自述其體例：

> 本文係採逐首箋釋，尋繹出其論旨，而後逐首論證，以探討其論詩微旨之正確與否。……箋釋除外，論證之方式，頗採陳寅恪先生之《元白詩箋證稿》。[36]

　　據此可知，該文的體例由注釋與按語兩部分組成。作者於文章「緒言」中，指出施國祁解詩之失：

> 施注遺山論詩絕句三十首，頗多不當與謬誤，茲特補正施注，兼評論好問於三十絕中之論點，成〈元遺山論詩絕句三十首箋證〉。[37]

　　可見此文有意補正施注。作者於「緒言」中，還對〈論詩三十首〉的內容作出了述要：

> 三十絕中，上自曹魏，下迄宋江西諸君子，所論及者，凡三十有五人。……三十絕中，僅論人而非論詩者凡四，此類有違論詩之旨，已詳於各首論證中。論地域詩風者二，泛論詩家通病

36　何三本：〈元遺山論詩絕句三十首箋證（一）〉，《中華文化復興月刊》第 7 卷第 3 期，頁 21。

37　同上注 36，頁 22。

者凡三，其餘純為專論詩家之得失優劣。[38]

上述所說的四首「論人而非論詩」的絕句，何氏認為遺山「有違論詩之旨」及自違體例。這四首論詩是其六「心畫心聲總失真」、其十四「出處山林聽所安」、其十九「萬古幽人在澗阿」、其二十五「亂後玄都失故基」[39]，何氏認為這四首論詩是「論人而非論詩」，此說有待商榷。

該文的注釋雖不是文章的重點，但也有所發明，如注釋其二十九「可憐無補費精神」一句，作者除引用王安石〈韓子詩〉之外，還引用了陳師道在《後山詩話》對王安石的譏評。他說：「後山原取荊公語以評荊公，豈知後日卻被好問同句反評耶？」[40]何氏注解此詩比前人更具創意。文章的重點是「按語」部分，其「按語」闡釋遺山詩意及詩旨，眼光獨到，有以下幾點可作備考：

第一，何氏從文學背景出發，評述遺山的論詩觀點，如解釋其二十二「只知詩到蘇黃盡，滄海橫流卻是誰」，作者結合宋詩的發展進程，指出：

> 宋代詩壇之演變，一如唐詩壇之情形。……永叔、聖俞之肅清纖巧細膩之西崑之後，致使東坡、魯直二人得以登高一呼，獨立萬物之表。此後詩人之崇東坡、魯直者固甚多，然皆無甚成就。……及國勢傾危之時，江湖詩派和遺民詩派，雖亦曾極力變化，然於宋詩之振興終究無補，且每下愈況，故好問謂之曰：「只知詩到蘇黃盡，滄海橫流卻是誰。」[41]

38　同上注 36，頁 21。

39　同上注 36，頁 30。

40　何三本：〈元遺山論詩絕句三十首箋證（四）〉，《中華文化復興月刊》第 7 卷第 6 期，頁 50。

41　何三本：〈元遺山論詩絕句三十首箋證（三）〉，《中華文化復興月刊》第 7 卷第 5 期，頁 60。

何氏論析「宋代詩壇之演變」與〈論詩三十首〉關係，有助瞭解遺山的論詩詩旨。又如解說其十「排比鋪張特一途」一詩，作者徵引李杜優劣論各方面的資料，並結合杜甫的創作觀來探討杜詩的「連城璧」[42]，其研究成果有一定的學術價值。

第二，何氏對元遺山其他論詩作品甚為熟悉，能夠以元好問釋元好問，這一點比前人做得要好。如解說第一首「漢謠魏什久紛紜」，何氏徵引了元好問的〈贈楊煥然〉、〈別李周卿〉等詩[43]，與之互證，不僅可以見出遺山一貫的詩學主張，而且還有助於正確理解這首論詩的詩旨。又如其十「少陵自有連城璧」、其十一「畫圖臨出秦川景」，何氏徵引遺山〈杜詩學引〉、〈范寬秦川圖〉分別為之作注[44]，這都是「以元注元」的顯例。

第三，「按語」中也有一些論點值得商榷，如注釋其二「曹劉坐嘯虎生風」的「曹劉」為曹操和劉楨[45]；注釋其二十一「縱橫正有凌雲筆」為批評庾信[46]，其說恐非是。

總之，該文論述詳贍，有一定的學術參考價值。作為作者當年的碩士論文，取得這麼高的水平，應予以充分的肯定。

---

[42] 何三本：〈元遺山論詩絕句三十首箋證（二）〉，《中華文化復興月刊》第 7 卷第 4 期，頁 45。

[43] 何三本：〈元遺山論詩絕句三十首箋證（一）〉，《中華文化復興月刊》第 7 卷第 3 期，頁 23。

[44] 何三本：〈元遺山論詩絕句三十首箋證（二）〉，《中華文化復興月刊》第 7 卷第 4 期，頁 46。

[45] 何三本：〈元遺山論詩絕句三十首箋證（一）〉，《中華文化復興月刊》第 7 卷第 3 期，頁 24。

[46] 何三本：〈元遺山論詩絕句三十首箋證（三）〉，《中華文化復興月刊》第 7 卷第 5 期，頁 59。

四　王禮卿《遺山論詩詮證》

王禮卿《遺山論詩詮證》一書，這是臺灣首本研究〈論詩三十首〉的單行本著作，完稿於一九七四年，全書約十四萬字，一九七六年四月由臺灣中華叢書編審委員會出版。該著以詮釋為主要內容，每首詩的詮釋由注釋、迻義、主旨、詮證四部分組成，現分別介紹如下：

「注釋」部分側重語言故實的解釋，其注釋簡潔，平實，其新見如釋〈論詩三十首〉其五「縱橫詩筆見高情」一句，王氏引用沈德潛《說詩晬語》中有關阮籍詩「反覆零亂，興寄無端」等語相印證[47]，對理解「縱橫」二字有所裨益。但也有些釋義屬一家之言，如釋其七「穹廬一曲本天然」，曰：「以敕勒族為匈奴苗裔，故稱其歌為穹廬一曲。」[48]又如解釋其二十一「俯仰隨人亦可憐」，「乃泛論因襲，非專指唱酬詩」[49]，其論證觀點都有待深究。

「迻義」是對遺山詩歌的翻譯，大都簡要準確，如其二「曹劉坐嘯虎生風，四海無人角兩雄。可惜并州劉越石，不教橫槊建安中」的譯文是：

> 詩謂：曹子建、劉公幹坐嘯詩壇，如虎躍而風生。四海之眾，
> 竟無人能與兩雄相競。惟并州劉越石足與一較，而不使其橫槊
> 賦詩於建安之中，與曹劉並列，為可惜耳。[50]

上段譯文通暢貼意，又如其二十六「金入洪爐不厭頻，精真那計受纖塵。蘇門果有忠臣在，肯放坡詩百態新」的譯文：

47　王禮卿：《遺山論詩詮證》（臺北市：中華叢書編審委員會，1974 年 4 月），頁 51。
48　同上注 47，頁 59。
49　同上注 47，頁 135。
50　同上注 47，頁 25。

詩謂：金入洪爐，鍛鍊不厭其頻，則至精極真，即纖微之塵滓，亦何能計其染受。蘇詩即如是也。蘇門諸弟子，雖各有所長，然果有忠臣存在，必有繼其嫡傳者。何肯任坡詩百態具備，萬古常新，而無一人得其全、大其緒乎！[51]

上段譯文夾議，可作特點看待。

「主旨」乃詩的理論宗旨，強調各論詩可歸為正體與偽體兩類。如其七「慷慨歌謠絕不傳」的主旨：「此論北詩具天然之姿，英雄慷慨之氣。舉正體也。」[52] 其八「沈宋橫馳翰墨場」的主旨：「此論詩必廢綺靡之風，而復於雅正高古之體。舉正體以裁偽體也。」[53] 作者在辨析〈論詩三十首〉的正體、偽體方面，嚴守正偽立場，基本上處理得正確。

「詮證」是該書的主體，也是最見功力、最具特色的部分，其特色有以下幾點：

第一，注重組詩之間的脈絡關聯：作者闡釋各詩之間的關係，在「總論」中已經有所強調：

此論詩三十首，猶一篇也。首章揭示總綱為總起，末章謙詞結束論詩，附述己作作為總結。其間二十八首，各標一義，自明其論詩一貫之見。初視之，若無條貫；深研之，幽旨體例，皆具於詞外。若隱若顯之中，意注脈通，起伏照應，反正互見，一完整之論體也。[54]

王氏評價〈論詩三十首〉的整體結構是首尾呼應，有脈絡可尋，故言「意注脈通，起伏照應，反正互見，一完整之論體也」。

51　同上注47，頁165。
52　同上注47，頁59。
53　同上注47，頁64。
54　同上注47，頁4。

第二，論證資料豐盛：王氏往往引用大量資料，來論證遺山

詩的有關論點，如詮證其二「曹劉坐嘯虎生風」的主旨，強調「論詩以氣骨為主」，用了長達六千字左右的篇幅來論述「氣」的分類及其含義[55]，儼然是一篇獨立的〈論氣〉專文；詮證其四「一語天然萬古新」[56]，彙集了歷代學者評論陶淵明的文獻資料；詮證其八「論功若準平吳例，合著黃金鑄子昂」[57]，彙集了歷代學者評論陳子昂的文獻資料；詮證其十「少陵自有連城璧」，所引用的文獻資料，洋洋數千言[58]，近似杜詩研究資料彙編。

第三，詮證具新意：王氏詮證有些詩歌頗有深度和新意，如對其二十九「池塘春草謝家春，一語天然萬古新；傳語閉門陳正字，可憐無補費精神」這一首詩，一般論者以謝詩的清新自然來反襯陳師道的雕琢苦吟，而對遺山何以舉謝而不舉陶，則未加深究。王禮卿則予以深入的探討。他說：

> 今乃不舉陶而舉謝者，以陶直造天然，絕無爐錘之跡，亦非江西派之所循躡，亦非其所能仰止。而謝詩鍛鍊深至，以秀澀見功，本極人巧，而轉造天工，第覺其妙契天然，渾忘其峭刻之力。山谷即希心大謝，由慘澹經營，進至天然去雕飾之境，故刻意為之，雖華妙不及，而精深則有得，其以此詣為歸。降及江西門下，但矜功力，而無能妙返天然。然就人巧觀之，江西與大謝，仍有遞相彷彿之緒。故舉謝之天然，而形後山之研削也。[59]

55　同上注 47，頁 27 ～ 37。
56　同上注 47，頁 47 ～ 48。
57　同上注 47，頁 65 ～ 66。
58　同上注 47，頁 75 ～ 79。
59　同上注 47，頁 194 ～ 195。

　　謝詩的天然，乃人工天然，而「山谷即希心大謝，由慘澹經營，
進至天然去雕飾之境」，但能指出江西詩派與大謝「仍有遙相彷彿之
緒」，這一觀點很有見地，也很有新意。王氏有些論詩之見非常直接了
當，如其十一「眼處心生句自神」的釋義，他解讀為「杜詩寫景之真且
神」[60]。

五　郭紹虞《元好問論詩三十首小箋》

　　郭紹虞著的《元好問論詩三十首小箋》，是大陸第一部注釋〈論詩
三十首〉的著作，其單行本是與郭紹虞另一著作《杜甫戲為六絕句集
解》合刊，一九七八年十二月由北京人民文學出版社出版。雖然〈元好
問論詩三十首小箋〉的篇幅較小，字數在兩萬左右，但此書出自名家
之手，水平較高，影響很大，為研究〈論詩三十首〉重要參考書。

　　作者在後記中自述其寫作重點：

> 元好問的〈論詩三十首〉，後人對此固然也有種種不同理
> 解，……。現在只以翁方綱、宗廷輔二家之說為主，而加以箋
> 釋，有時闡發，有時批評，有時博採其他各家的意見以為參證
> 之助。……元氏之作，於評論作家之中，自有疏鑿微旨，所以
> 需要箋釋。因此箋釋的重點也就放在這一邊。[61]

　　據此可知，作者先引錄翁方綱、宗廷輔二人之說，然後加上案
語，申說己見。這種體例不僅提供了相關的文獻資料，而且有利於借
鑑前人觀點，推陳出新，同時避免了繁蕪之病。該書除論評諸家之說

60　王禮卿：《遺山論詩詮證》（臺北市：中華叢書編審委員會，1974 年 4 月），頁 51。

61　郭紹虞：《元好問論詩三十首小箋》（北京市：人民文學出版社，1978 年 12 月），頁
　　86。

外，其重點是在「箋釋」及「疏鑿微旨」，以體會遺山的詩論旨趣。

　　該書論評詩旨扼要清晰，直接道出遺山論詩精神，如其二、其三、其七，乃「壯美之旨」[62]；其四、其十七，乃「重自然之旨」[63]，其二十三，乃「尚雅之旨」[64]。此外，在案語中，作者常有新見，例如其二「曹劉坐嘯虎生風」的案語中，作者力駁陳沆以「曹劉」為曹操、劉楨之說[65]；在其十八「東野窮愁死不休」的案語中，認為遺山不滿孟郊，雖言辭激烈，但未至於如沈德潛諸人要為孟郊翻案，僅將此詩視為「元氏一家之旨」[66]看待；在其二十三「曲學虛荒小說欺」的案語中，認為該詩非如宗廷輔所說專詆蘇軾，還應包括此類詩風的追隨者[67]；在其二十五「亂後玄都失故基」的案語中，指出「此詩所論，重在作詩應否譏刺之問題」[68]，其見解異於一般；在遺山最後一首論詩中，其案語評遺山論詩有「少年狂態，書生習氣，故詩中詆詞之語，亦時時有之」[69]，這些觀點都頗具新意。

六　劉澤《元好問論詩三十首集說》

　　劉澤《元好問論詩三十首集說》一書，由三部分內容組成，一是集說部份，二是元好問其他論詩詩文選注，可作〈論詩三十首〉參考資料看待，三是編者自己五篇有關〈論詩三十首〉的論文，是書由山西人民出版社在一九九二年十月出版。全書二十九萬字，其中〈論詩三十首〉

62　同上注 61，頁 60、63。
63　同上注 61，頁 61、71。
64　同上注 61，頁 75。
65　同上注 61，頁 59。
66　同上注 61，頁 71。
67　同上注 61，頁 75。
68　同上注 61，頁 77。
69　同上注 61，頁 84。

集說部分約二十萬，內容豐富，可以說是〈論詩三十首〉研究成果的階段性總結。

據編者所說，該書「彙集了筆者所見的當代與古代、海內與海外諸家對〈論詩三十首〉的註釋和評論」，其體例是：

> 「集說」以一首詩為單位，分「集箋」、「集評」和「按」三個部
> 分。「集箋」一般以一句詩為單位，「集評」以一首詩為單位。
> 「按」在「集箋」、「集評」之後都有，主要是簡要地釋評原詩，
> 對諸家之說，一般不作評斷。[70]

這一體例完備，分工細緻，資料完備，「主要引用書目」的資對顯示，共收錄了一九九一年以前的文獻四十一種，將這些資料彙於一冊之中，為研究者提供了極大的便利，特別是其中包括十種港臺及海外文獻。這在學術資訊交流不暢的時期和地區，尤為難得，為大陸學者研究〈論詩三十首〉提供了很有價值的參考資料，有力地推動了〈論詩三十首〉的研究。

書中對於〈論詩三十首〉的注疏，釋義清晰，舉證翔實，行文簡要，論點正確，並有新見。例如〈論詩三十首〉其七關於元好問喜愛〈敕勒歌〉的根本原因，劉氏指出：

> 〈敕勒歌〉不事雕琢的自然之美，剛健質樸的清新之風，粗獷雄
> 渾的豪邁之氣，激越樂觀的慷慨之情，一洗南北朝時期浮靡華
> 豔的脂粉氣，很符合遺山的詩學審美標準。[71]

這種解說周全完備，切中要點，「很符合遺山的詩學審美標準」，

70　劉澤：《元好問論詩三十首集說》（太原市：山西人民出版社，1992 年 10 月），頁
　　1。
71　同上注 70，頁 72。

比起單純以「北方民歌」地域觀作為解釋，無疑更合理。又例如〈論詩三十首〉其十，關於杜詩「連成璧」的釋義，劉氏參考元好問的〈杜詩學引〉一文，以元釋元，並指出「似指杜詩藝術的集大成」[72]，都是很有見地的論點。當然，其中有些釋義內容，可進一步深究，例如解釋其〈論詩三十首〉其二十三「曲學虛荒小說欺」，將「曲學」解釋為各種說唱藝術的「曲藝之學」，此種釋義可再深化和舉證。又如解釋其五「老阮不狂誰會得，出門一笑大江橫」詩意，其文說：

> 阮籍醉酒佯狂而內心清醒，有誰能夠領會他的詩歌的真正心意，你看他，出門遇上大江橫前，只是一笑了之，而不是窮途慟哭。[73]

這種解說雖能指出阮氏的內心世界是「清醒」，但「大江橫」的喻義，可進一步繹繹。

在「按語」中，劉氏對〈論詩三十首〉的論評是扼要而深入，並且，有些地方直言遺山論詩有偏頗之處，如：

> （其十三）前兩句以詩道傳統為原則，詰責有力；後兩句以書法為譬喻，指斥形象。然遺山此論失之偏頗，詭奇險怪亦有可取。[74]
> （其二十四）前二句引詩作喻，含蓄而形象；後二句運用比照，直率而尖刻。元氏之論雖有偏頗，然符合他的疏鑿宗旨。[75]

有的論者譏言遺山詩論的偏頗，該書不迴避其偏頗，一一採納，

72　同上注 70，頁 93。
73　同上注 70，頁 58。
74　同上注 70，頁 119。
75　同上注 70，頁 210。

顯得比較客觀公正。

　　總的來說，《元好問論詩三十首集說》取材廣泛，內容充實，「按語」具參考價值，為研究〈論詩三十首〉提供了很大的方便，實屬難得。

七　鄧昭祺《元遺山論詩絕句箋證》

　　鄧昭祺《元遺山論詩絕句箋證》一書，是作者的博士學位論文。一九八三年提交答辯，十年後由香港當代文藝出版社出版。作者是書得到了著名學者羅慷烈教授的指導，及曾獲對〈論詩三十首〉鑽研甚深的陳湛銓教授教導，加上自己不惜日力的孜孜探求，使得該書達到了很高的學術水準，值得稱道的有以下四點：

　　第一，嚴守學術規範：作者得身處地域之利，易於搜羅海內外的有關成果，一方面避免了與前人的無謂重複，另一方面也有利於他在前人的基礎上作出跨越地域的總結。作者在緒論中對前人成果作了概要性的梳理，寫作格式合乎學術論文規範，在書後開具了近五十頁的參考書目及引用書目，可見作者用力之深鉅，實屬非凡。

　　第二，體例具創見，書中〈緒論〉載：

> 這篇論文，……按照作家作品的時代先後來立論。論文的主要依據就是〈論詩三十首〉中論列作家作品的二十三首詩。此外，散見於遺山其他的詩、詞、文等的有關資料，亦輯錄在一起，使我們能夠更全面地見到遺山的文學批評觀點。論文對遺山論詩主張的淵源和後代學者對這些主張的批評，亦作了一些探討。[76]

76　鄧昭祺：《元遺山論詩絕句箋證》（香港：當代文藝出版社，1993 年 4 月），頁 11～12。

這種體例抓住重點，突出了研究性質，更能全面正確的把握遺山的詩學觀點，緊扣元好問其他方面的資料，真正做到了「以元釋元」，有別於一般論者就詩論詩的陝隘態度。如遺山對盧仝詩的評價，並非僅從「萬古文章有坦途，縱橫誰似玉川盧」的句意來下斷語，作者先徵引遺山化用盧仝詩句的十四則材料，說明「遺山的確是受過盧仝的影響」，然後考察金源和宋代詩壇的險怪詩風，得出的結論是：

> 遺山這首論詩絕句，主旨並不在譏評盧仝而是對當時金源和宋朝表面地模仿盧仝的遣詞造句的詩人，加以指摘，說他們是「鬼畫符」的「兒輩」。[77]

如果我們聯繫遺山「要奇古，不要似鬼畫符」的詩文自警[78]原則，就會相信這一結論更符合遺山的詩意。此外，在體例上，其「結語」部分，對〈論詩三十首〉中「獨創的地方」加以歸納和總結[79]，使論詩之旨更加清晰。

第三，資料翔實：作者「博考諸家，採摭群言，對這組論詩絕句做了一番窮源竟委的工夫」[80]。該書資料因而特別詳贍，涉及面之廣，超過了以前任何一本著作，有些資料還是第一手的。如一般人都認為元好問之前，沒有人為李商隱詩作注，所以元好問有「詩家總愛西崑好，獨恨無人作鄭箋」之語。作者卻引出《西清詩話》中有關劉克為李詩作注的記載[81]，說明遺山之前已有人為李詩作注；又如引用黃庭堅〈跋梅

---

[77] 同上注 76，頁 243～247。

[78] 姚奠中主編：《元好問全集》（太原市：山西人民出版社，1990 年），卷 54《詩文自警》，頁 507。

[79] 鄧昭祺：《元遺山論詩絕句箋證》（香港：當代文藝出版社，1993 年）頁 331～332。

[80] 同上注 79，頁 5。

[81] 同上注 79，頁 269。

聖俞贈歐陽晦夫詩〉中「今世雖已不尚（梅詩）」等語來解釋「竟將何罪廢歐梅」之句[82]，資料彌足珍貴，將梅詩受冷落的時間得到落實。作者對繁雜的資料駕馭自如，一切都圍繞中心，將它梳理得清清楚楚，從而有效地避免了常見的繁蕪枝蔓之病。

第四，創見突出：作者功力深厚，多有創見，作者不僅熟諳遺山，而且對遺山的品評事物也有深入的研究。最突出的例證，是對其二十「謝客風容映古今，發源誰似柳州深。朱弦一抹遺音在，卻是當年寂寞心」的箋證。作者從「刻意制題」、「辭彙」、「動詞」、「句法」、「章法」、「寂寞心」等六個方面，全面比較謝詩與柳詩的相同點，羅列了大量資料，僅「辭彙」一項列出比較的例句就近百則之多，在沒有謝詩、柳詩引得之類工具書、沒有電子光碟索引的情況下，搜集排比這些資料，是多麼不容易！經過如此深入探討，「柳詩淵源於謝而又深有所得」這一結論自然確鑿可信。類似的例子還有很多，茲不贅引。在一些細枝末節上，作者也顯現出他非同尋常的功底，例如他首次徵引遺山〈虛名〉「可惜客兒頭上發，也隨春草鬥輸贏」，為「無人說與天隨子，春草輸贏較幾多」作注，指出：

> 第三句的「客兒」，並不是指謝靈運而是指陸龜蒙（陸龜蒙的好友皮日休〈奉和魯望秋賦有期次韻〉詩有「十載江湖盡是閑，客兒詩句滿人間」，亦是藉「客兒」來指陸龜蒙）。[83]

既然「客兒」指的是陸龜蒙，那麼以〈虛名〉詩作參證，則更加貼切了。

該書受體例的限制，還有七首論詩絕句沒有被研究，實屬遺憾。

82　同上注 79，頁 289。

83　同上注 79，頁 280。

總的而言，該書取材豐，資料翔實，考證深入，立論客觀，是一部高
水平的學術專著。

第三節　近世〈論詩三十首〉之研究要點述評

根據近世〈論詩三十首〉研究的成果，本節從其成果中，篩選出
十七點主要論題，逐一簡介如下：

一　創作時間

〈論詩三十首〉的創作時間，在清代之前向無異議，因為元好問在
〈論詩三十首〉的題下有自注曰：「丁丑歲三鄉作。」丁丑即金宣宗興定
元年（1217），當時元好問二十八歲，因蒙古入侵，自家鄉忻州來到河
南三鄉（今河南宜陽縣境內）避亂。近年隨著研究的深入，關於其創作
時間也就有了多種說法，主要有青年之作說、晚年改定說、晚年所作
說等三種說法。有關〈論詩三十首〉的成詩年代問題，可參見本書第三
章第一節〈論詩三十首之成詩年代研究〉，茲不贅。

二　創作時代背景

劉澤〈元好問論詩三十首通論〉一文，作者從貞祐南渡前後金代
的國情形勢、文壇動態、遺山際遇及情懷抱負等方面來考察〈論詩三十
首〉的創作時代背景。引錄如下：

> 宣宗貞祐南渡之後，朝政日非，國運日厄，民生日艱，儒風日
> 衰，文壇領袖趙秉文、李屏山共倡文學奇古，詩學風雅，……
> 文風正處鼎革變化之際，……各持所好，各執一端，爭議不
> 休，莫衷一是，沒有凝聚力。……歷史要求大智大勇、有膽有

識者能夠站在時代的前面，針對文壇的爭議課題、創作方向，整合眾議的精華，提出正確的主張，平息眾議，指明航向，為金詩拓寬坦途，擔負起匡時救危、服務現實的使命——這就是元好問當時所面臨的客觀要求。[84]

上述引文論述〈論詩三十首〉的創作時代背景，及指出其創作要旨在「為金詩拓寬坦途，擔負起匡時救危、服務現實的使命」。

三　創作目的

關於〈論詩三十首〉的創作目的，雖沒有專文探討，但許多論著都有論及，歸納起來，大致有以下四點目的：

（1）以疏鑿手自任，辨明正偽

自查慎行《初白庵詩評》評定元好問論詩之旨是「分明自任疏鑿手」以來，此論得到普遍認同。郭紹虞《元好問論詩三十首小箋》第一首論詩按語曰：「此開宗明義第一章也。下所論量，正可窺其疏鑿宗旨。」[85]，劉禹昌在〈元好問詩論〉予以補充說：

> 元好問接受了杜甫這一寶貴的教導（指「別裁偽體親風雅」），像夏禹治水疏鑿山川那樣，不辭勞苦，⋯⋯，充當「詩中疏鑿手」，劃清「正體」和「偽體」的清渾界限，作為學習詩歌創作的指標。[86]

84　劉澤：〈元好問論詩三十首通論〉，載於《山西大學師範學院學報》1992 年第 3 ～ 4 期，又載於《元好問論詩三十首集說》，頁 8 ～ 9。

85　郭紹虞：《元好問論詩三十首小箋》（北京市：人民文學出版社，1978 年 12 月），頁 58。

86　劉禹昌：〈元好問詩論〉，載於《武漢大學學報》1980 年第 5 期，又收入山西省古典文

又如周惠泉《元好問研究》一文說：

> 元好問在剛剛經歷了一段顛沛流離的逃亡生活、避居黃河以
> 南的三鄉以後，抱著重振風雅、起衰救弊的雄心，寫下〈論詩
> 三十首〉這組珠聯璧合的力作。……慨然而起，當仁不讓，分
> 明以「詩中疏鑿手」自任。[87]

劉澤〈元好問論詩三十首通論〉說：「客觀時境和主觀心態，雙雙
促使元好問肩負疏鑿詩歌長河的重任……於是他隱然自命疏鑿手登上
論壇……提出自己的真知灼見。[88]」詹杭倫《金代文學思想史》也說：
「這組絕句，既可看成是他對清理歷代文壇正脈的結果，又可看成是他
登上金代詩壇指導創作的理論宣言。」[89]

綜觀上述學者意見，其共識是元好問在論詩中，暗喻自許為「詩中
疏鑿手」，辨明正體與偽體，領導詩壇從正體方向發展。

（2）總結前人的創作得失，指導自己的創作

近人吳庚舜認為「〈論詩三十首〉是對理論遺產和詩歌批評現狀
的批判。[90]」顧易生等也認為「〈論詩三十首〉正是元好問在遍考歷代

學學會、元好問研究會編：《元好問研究文集》，頁111。

[87] 周惠泉：《元好問研究》，《金代文學論》（長春市：東北師範大學出版社，1997年
12月），頁141～142。又載於《紀念元好問八百誕辰文集》（太原市：山西人民出版
社，1992年9月），頁324～325。

[88] 劉澤：〈元好問論詩三十首通論〉，《元好問論詩三十首集說》（太原市：山西人民出
版社，1992年），頁9。

[89] 詹杭倫：《金代文學思想史》（成都市：成都科技大學出版社，1990年4月），頁
228。

[90] 吳庚舜：〈略論元好問的詩論〉，《光明日報》，1964年7月19日。又收入山西省古典
文學學會、元好問研究會編：《元好問研究文集》（太原市：山西人民出版社，1987
年11月），頁104。

作者論文之餘寫下的心得，其目的在『知古人之淵源』，求文章之『法度』」。[91] 元好問的〈論詩三十首〉，除批判前人創作經驗外，並作出總結，取長捨短，以便日後作為自己創作津梁。對於這一目的，劉澤指出：「他寫〈論詩三十首〉的動機目的，是在追源溯流，樹建詩學理論，指導詩歌創作。」[92] 劉氏又補充說：「元好問對其理論著作的示人問世，態度非常持重，似乎好些理論著作只是為了便於自己觀覽，指導自己創作的。」[93] 美國學者魏世德（John Timothy Wixted）也指出〈論詩三十首〉的創作目的說：

> 也許他想以這個組詩為指南，使自己明白什麼該學，什麼該棄。……寫作〈論詩三十首〉是出於作者個人的需要。早期宋金批評家們對詩歌發展很關心，當時仍在進行爭論，他的論詩顯然是這種探討的一部分，……。他之所以綜合概述自己對以往詩歌的看法，主要在於使自己明白進行詩歌創作時應該如何對待傳統，那些方面需要效法，那些方面應該避免。[94]

魏氏所述的「詩歌創作時應該如何對待傳統，那些方面需要效法，那些方面應該避免」，這些都是元好問日後作詩的備忘。魏氏的觀點與胡傳志相似。胡氏認為，元好問早期〈論詩三十首〉、〈錦機〉、〈詩文自警〉等論述都「具有實用性，以指導自己創作為目的，以創作論為中心」，他還說：

91　顧易生等：《中國文學批評通史・宋金元卷》（上海市：上海古籍出版社，1996 年 12 月），頁 878。

92　劉澤：〈元好問論詩三十首通論〉，載於《元好問論詩三十首集說》（太原市：山西人民出版社，1992 年），頁 8。

93　劉澤：《元好問論詩三十首集說》（太原市：山西人民出版社，1992 年），頁 10。

94　魏世德：〈從論詩絕句看元好問的文學批評觀〉，載於《忻州師專學報》1987 年第 2 期，頁 44 ～ 45。

元好問歷評漢、魏以下作家，辨明正偽，其目的不是想左右詩
壇，不是指導他人創作，因為他當時還不具備這樣的地位，客
觀上也看不出有這種影響。……以前人得失為鏡鑑，才是其目
的所在。「論詩寧下涪翁拜，未作江西社裏人」兩句，最為清
楚，不妨看成是條「詩文自警」。[95]

　　胡氏認為元好問〈論詩三十首〉的創作目的是「以前人得失為鏡
鑑」，有利於個人創作，也「不妨看成是條『詩文自警』」。以上諸家所
說，各有其理，可以接受。

（3）針砭現實詩壇情況

　　金末詩壇紛爭激烈，以趙秉文與李純甫為首，形成兩派，元好問
因而有感，創作了〈論詩三十首〉。劉澤〈元好問論詩三十首通論〉也
指出當時詩壇上出現真假風雅、魚龍混雜，紛爭不休，是非難明。顧
易生等根據《中州集》卷十辛愿傳的內容，找出元好問對當時詩壇諸多
不滿的因由，其文指出：

1、「以風雅自名，高自標置」。這是批評那些初學者，口中高
喊師古，卻又不懂得古人風雅的精義。2、「少遭指摘，終死為
敵」。這是批評當時詩壇上意氣相尚，門戶自高的不良習氣，不
能相容並蓄，廣泛師承。3、「一時主文盟者，又皆泛愛多可」。
這顯然是針對李純甫而言。[96]

　　上述金代詩壇的混亂情況，李純甫責無旁貸要負上部份責任。

95　胡傳志：〈元好問詩論的階段性特徵〉，收入《金代文學研究》（合肥市：安徽大學出
　　版社，2000 年），頁 97 ～ 98。
96　顧易生等：《中國文學批評通史·宋金元卷》（上海市：上海古籍出版社，1996 年 12
　　月），頁 880。

　　胡傳志也認為李純甫那種輕率隨意獎拔後進的言行，及其險怪詩風，使得金末詩壇更加迷亂，因而成為元好問論詩的批評對象。〈論詩三十首〉第一首就是「感歎詩壇風氣不正，無人主持風雅傳統，……批評李純甫這樣的詩壇領袖沒有發揮應有的作用」，此外「真書不入今人眼，兒輩從教鬼畫符」，「今人合笑古人拙，除卻雅言都不知」等詩句，都是針對批評李純甫及其追隨者李經、馬天來等人；「奇外無奇更出奇，一波才動萬波隨」，「窘步相仍死不前，唱酬無復見前賢」和「蘇門果有忠臣在，肯放坡詩百態新」等詩句，也是批判金代王庭筠、雷淵、文伯起等人 [97] 而寫。

（4）寄託興亡之感

　　元好問〈論詩三十首〉其十九，此詩專論唐代詩人陸龜蒙。宗庭輔《古今論詩絕句》注此詩「絕無憂國感憤之辭」[98]，郭紹虞也說：

> 就詩論詩，非由憤激，更無寄託。觀其末章謂「撼樹蚍蜉自覺狂，書生技癢愛論量」云云，早將此意和盤托出，故知昔人謂其寓家國興亡之妄也。且元氏自注是詩謂「丁丑歲三鄉作」，丁丑為金宣宗興定元年（1217），時元氏二十八歲，金雖危殆，猶未滅亡，興亡之感實無所施，即視為書生技癢可也。[99]

　　郭氏認為〈論詩三十首〉其十九，並無「寓家國興亡」之意，已成定案，但近人周本淳〈元好問論詩絕句非青年之作〉一文，就認為「亂

97　粹自胡傳志：〈元好問論詩三十首的現實指向〉，載於《文史知識》1999 年第 7 期，頁 16～19。

98　郭紹虞：《元好問論詩三十首小箋》（北京市：人民文學出版社，1978 年），頁 72。

99　郭紹虞：《元好問論詩三十首小箋》（北京市：人民文學出版社，1978 年），頁 57～58。

後玄都失故基」一詩「分明有亡國之後的感傷在」[100]，此說經考證後非是。

四　創作態度

關於元好問〈論詩三十首〉的寫作態度，也沒有專文探討，只有少數論著有所提及，認為其創作態度有「嚴肅」和「隨意」兩種觀點：

（1）態度嚴肅

元好問寫作〈論詩三十首〉的態度極為嚴肅認真，此說為學者普遍認同。例如：朱東潤《中國文學批評史大綱》評〈論詩三十首〉「為遺山經營慘澹之作」[101]；新加坡學者皮述民〈元好問論詩絕句析論〉說是「刻意經營」之作，並在「正標題說明詩的內容，附注說出作詩的時間與地點，十分鄭重其事」，「實在是有組織、有計劃的安排」[102]；王禮卿《遺山論詩詮證》評「遺山繼軌風流，拓其堂宇，易戲為莊」[103]；劉禹昌〈元好問詩論〉聯繫元好問晚年所作的〈答聰上人書〉和《中州集》辛愿傳，來證明元好問〈論詩三十首〉的創作態度是嚴肅和認真[104]；劉澤〈元好問論詩三十首通論〉一文，認為元好問創作這組詩時，有「一種少陵嫡派非我莫屬的自信自立感，決心以詩聖杜甫的『別裁偽體親風雅，轉益多師是汝師』，為師法準則來構想論詩」，強調這組詩是「撥亂反正、開闢航道的系統工程」，是要「完成時代賦與的使

---

100 周本淳：〈元好問論詩絕句非青年之作〉，載於《江海學刊》1989 年第 4 期。

101 朱東潤：《中國文學批評史大綱》（上海市：上海古籍出版社，1983 年 6 月新 1 版），頁 182。

102 皮述民：〈元好問論詩絕句析論〉，載於《南洋大學學報》1969 年第 3 期。

103 王禮卿：《遺山論詩詮證》（臺北市：中華叢書編審委員會，1976 年），頁 4。

104 劉禹昌：〈元好問詩論〉，收入山西省古典文學學會、元好問研究會編：《元好問研究文集》（太原市：山西人民出版社，1987 年），頁 109 ～ 110。

命」[105]；李正民〈元遺山論詩三十首的歷史地位〉一文，也認為〈論詩三十首〉「是高度自覺的莊語力作」[106]。〈論詩三十首〉是一大型系列組詩，總體上是認真和嚴肅的。

（2）態度隨意

〈論詩三十首〉末首結句卻有「撼樹蚍蜉自覺狂，書生技癢愛論量」之語，予人感覺不是那麼莊重嚴肅，帶有「戲作」的意味，因本詩是繼承杜甫〈戲為六絕句〉而來，詩中也有不少戲謔的語氣和言論。郭紹虞《元好問論詩三十首小箋》一面說〈論詩三十首〉「組織甚嚴密」，一面又說「視為書生技癢可也」，其中有些「少年狂態，書生習氣，故詩中詆訶之語，亦時時有之」[107]。臺灣學者田鳳臺說得更加肯定：

> 漁洋山人（王士禎）最解以詩作論三昧，故以「戲」字標題。蓋以詩作論，僅可出之以遊戲筆墨，決不可為宏衍巨著。故遺山論詩絕句三十首，以詩作論言，只可出之遊戲筆墨，難言綱舉目張之論評。[108]

以詩作論，是否就一定要「出之以遊戲筆墨」，恐非絕對，視個人而定，但客觀地說，〈論詩三十首〉的戲謔性斑斑可考，可惜部分學人多偏愛遺山，對此未為深究，殊為可惜。

---

105 劉澤：〈元好問論詩三十首通論〉，《元好問論詩三十首集說》（太原市：山西人民出版社，1992 年），頁 9。

106 李正民：〈元遺山論詩三十首的歷史地位〉，收入《紀念元好問八百誕辰文集》（太原市：山西人民出版社，1992 年），頁 160。

107 郭紹虞：《元好問論詩三十首小箋》（北京市：人民文學出版社，1978 年），頁 58，84。

108 田鳳台：〈元遺山論詩絕句析評〉，載於《中華文化復興月刊》第 12 卷第 4 期（1980 年），頁 29。

　　據上述諸家之說，各有其理，可以總結說，遺山〈論詩三十首〉的創作態度，一言以蔽之，屬於莊諧並見。

五　論詩標準

　　〈論詩三十首〉開宗明義就表明要細論正偽，辨明涇渭，其論詩標準牽涉到很多方面，但以「正偽觀」為核心價值。對此，學人普遍給與很大的關注。

（1）正偽界限

　　郭氏在《中國歷代文論選》中，歸納遺山五點論詩觀，一是「貴自得，反類比」，二是「主張自然天成，反對誇多鬥靡」，三是「主張高雅，反對險怪俳諧怒罵」，四是「主張剛健豪壯，反對纖弱窘仄」，五是「主張真誠，反對偽飾」[109]。這一正一反，正偽分明。有關遺山詩學的正偽觀，學者的論述一般大同小異，例如如劉澤〈元好問論詩三十首通論〉分析正偽界限，他指出：

> 正體清風與雜體渾風的區分，在於情志的真淳雅正與虛假凡俗，語言的天然清新與雕飾繁冗，音韻的天籟自然與拘泥聲病，風格的氣勢剛健豪邁、風韻高古遠雅、氣韻生動自得與險怪晦澀、纖弱柔靡。[110]

　　上述引文、從情志、語言、音韻、風格、風韻、氣韻等標準去考量詩的正體和偽體。

---

109 郭紹虞主編：《中國歷代文論選》（上海市：上海古籍出版社，1979年），頁 226～227。

110 劉澤：〈元好問論詩三十首通論〉，《元好問論詩三十首集說》（太原市：山西人民出版社，1992年），頁 13。

臺灣學者何三本將元好問的正偽觀概括成十二條：一、崇真誠務實，唾偽飾誇張；二、尚天然淳真，棄斫削聲病；三、貴高雅淵深，賤晦澀戲謔；四、主氣骨興寄，反淫靡綺麗；五、修自得獨創，避雕琢因襲；六、揚雄豪勁健，黜纖巧靡弱；七、發清新神韻，鄙奇險苦吟；八、重言志性情，輕冗蕪繁雜；九、讚歐蘇黃梅，功在宋詩，惜後繼無人，又遭淹沒；十、必須鑑照洞明，始免貴賤鄙俗之見；十一、理該才實鴻懿，力捐地域門戶之見；十二、並逮才學識，始足論正偽體[111]。何氏概括如此詳細，尚不多見。

臺灣另一學者王禮卿對正偽體的概念，予以扼要指出，認為：「正體中之為主者有二：曰氣骨，曰天然。」而將偽體的概括為「十失」，即：弱之失，硬之失，晦之失，苦之失，冗之失，偽之失，因之失，俗之失，調之失，刺之失[112]。總的來看，王氏對正偽體的概念，有其卓見。

（2）理論核心：誠與真

諸家對〈論詩三十首〉理論核心的理解，大體上有兩種觀點：一種是「以誠為本」，另一種是「真」。

近人郭紹虞強調遺山論詩以誠為本，並據遺山〈小亨集序〉中所說的「誠雅論」精神，予以演繹其義，認為「誠是集義，故能雅；雅不違心，故能誠。誠是詩之本，雅是詩之品」[113]。

盧興基〈元遺山詩論的傳統性與創造性〉一文，認為「以誠為本」

---

111 何三本：〈元好問論詩絕句的歷史地位〉，收入紀念元好問八百年誕辰學術研討會籌備會編印：《紀念元好問八百誕辰學術研討會論文集》（臺北市：行政院文化建設委員會，1991年），頁128～141。

112 王禮卿：《遺山論詩詮證》（臺北市：中華叢書編審委員會，1976年），頁5～8。

113 郭紹虞：《中國文學批評史》下冊（天津市：百花文藝出版社，1999年3月），頁91～101。

的美學思想，雖然是元好問晚年才提出的主張，但早年實際已經形成。他說：

> （以誠為本這一美學思想）在〈論詩三十首〉中就有充分的表現。在這裏真淳的情性與天然無偽的風格，成為他三十首詩論的理論核心，處處都體現了這一思想精神。[114]

盧氏指出遺山的詩論核心在「真淳」及「天然」。張晶也持這種觀點，認為在〈論詩三十首〉中，也貫穿了這種「以誠為本」的論詩宗旨[115]。

朱良志〈試論元好問的「以誠為本」說〉一文，認為「誠」字包含三層含義：

> 首先，他要求詩中所表達的情感是真實的，如王充所說，「實誠在胸臆」，這是真的原則；其次，這種感情必須符合儒家的道德規範，這是善的原則；第三，即使所要表達的情感是真實的，也符合儒家思想，但在具體表達上，也不能一覽無餘，必須將情感深藏於藝術形象中，含蓄而不外露。這是美的原則。至此，我們可以這樣說：元好問「以誠為本」的「誠」是真、善、美三個方面的統一。[116]

從上引文來看，朱氏所謂的「以誠為本」，乃儒家思想的「真、

---

114 盧興基：〈元遺山詩論的傳統性與創造性〉，收入山西省古典文學學會、元好問研究會：《元好問研究文集》（太原市：山西人民出版社，1987 年 11 月），頁 141。

115 張晶：《遼金元詩歌史論》（長春市：東北師範大學出版社，1994 年），頁 181～182。

116 朱良志：〈試論元好問的「以誠為本」說〉，載於《安徽師範大學學報》1984 年第 4 期，又收入山西省古典文學學會、元好問研究會：《元好問研究文集》（太原市：山西人民出版社，1987 年 11 月），頁 199。

善、美」。

成復旺等對「誠」一義，另有發揮，其《中國文學理論史》說：

> 「誠」雖含真之意，但又不限於真，真之外，尚有一意，那就是
> 正。此所謂「正」，就是合於儒家的封建道德與文學思想。[117]

成氏的所謂「誠」含「真」，並需與儒家思想的「正」結合。

劉澤〈元好問晚年詩歌創作論略述〉一文，對於「誠」的論述如
下：

> 「誠」是心與言之間的可感性仲介物，近似作家的真誠良心，或
> 曰心正、志篤、性善、情真、意美、言雅。它是詩歌創作之本，
> 主宰著整個創作活動。體現在創作主體方面，突出了作家情感真
> 誠性的導向作用；體現在創作態度、目的方面，為了有利教化，
> 有益社會，故應真誠地與人為善，以情感化人；創作方法要服從
> 創作目的，故責怨之聲，亦應旨婉辭緩，溫柔含蓄，以形成中和
> 之美為尚。[118]

劉氏指出「誠」是「詩歌創作之本」，又進一步演繹「誠」的最終目
標為「中和之美」。

周惠泉對於「以誠為本」的闡釋是：

> 元好問把做人的「誠」與作詩的「誠」統一起來，使之達於和諧
> 一致的境界，其中既體現了對於我國古代著誠去偽哲學思想的
> 合理發展，又包含對於我國北方民族尚質去淫藝術觀念的積極

---

[117] 成復旺等：《中國文學理論史（二）》（北京市：北京出版社，1987年），頁548、
549。

[118] 劉澤：〈元好問晚年詩歌創作論略述〉，載於《文學遺產》1990年第4期，又收入《元
好問論詩三十首集說》（太原市：山西人民出版社，1992年），頁349～350。

吸收。[119]

周氏發揮「誠」的內涵本意是「著誠去偽」，達致「和諧」。

顧易生等認為「誠」有兩個含義，其《中國文學批評通史》宋金元卷載：

> 一為真，一為正，真從屬於正。……「正」是元好問一生所服膺的原則，它包含兩個內容，一為思想道德之正，一為文字風格之正。[120]

顧氏的所謂「誠」，需要結合「真」和「正」。其「正」的內涵，包括「道德之正」及「文字風格之正」。

以上各近代學者對於「以誠為本」的闡釋，可謂發揮得淋漓盡致，各有其理，各具識見。

〈論詩三十首〉另一理論核心是「真」。李蹊〈法貴天真・詩家坦途〉一文中，認為元好問論詩所指的美，其內涵在「真」，在「天然」，並指出「真」具有四方面的意蘊：一是指「作家本人天然真率的思想感情，最自然的流露和表現」，二是指「客觀真實被主觀認識」，三是指「堂堂正正」，四是指「精純」，其內涵有二，「一是指詩歌內容的真實，一是指表現手法即藝術形式的自然」[121]。

不過，劉澤對於〈論詩三十首〉所說的「真」，卻另有體會，他認為：

---

119 周惠泉：《金代文學學發凡》（長春市：東北師範大學出版社，1994 年 1 月），頁 65。

120 顧易生等：《中國文學批評通史・宋金元卷》（上海市：上海古籍出版社，1992 年），頁 888。

121 粹自李蹊：〈法貴天真・詩家坦途〉，收入山西省古典文學學會、元好問研究會：《元好問研究文集》（太原市：山西人民出版社，1987 年 11 月），頁 172 ～ 174。

他的抉別正雜、疏鑿涇渭、裁汰清渾的標準，核心是一個「真」字，諸如「豪華落盡見真淳」的性情之真，「心畫心聲總失真」的人格之真，「暗中搜索總非真」的景境之真，「精真哪計受纖塵」的人品詩品之真，「精純全失義山真」的詩風精美之真。[122]

劉氏對遺山的「真」分類為「性情之真」、「人格之真」、「詩品之真」、「精美之真」，其分類合理。

臺灣學者鄭靖時對「真」的理解，也分四層含義：一是性情率真之真，二是人格高尚之真，三是服膺真理之真，四是藝術精純之真[123]。鄭氏的理解，其概念是從〈論詩三十首〉論詩精神概括出來的，可謂恰到好處。

總括而言「真」與「以誠為本」說，在本質上並無區別。

六　作家論

元好問〈論詩三十首〉，其主體內容「重在衡量作家」[124]。皮述民〈元好問論詩絕句析論〉一文，指出「就論及的詩人來說，詩史上重要人物，大致皆名登金榜」，並列出了三十多人的名單[125]。何三本以表列形式，按正偽兩類，列出各首詩所批評的人物、詩學宗旨，讓人一目

---

122 劉澤：〈元好問論詩三十首通論〉，《元好問論詩三十首集說》（太原市：山西人民出版社，1992 年），頁 13。

123 鄭靖時：〈金源文學對元好問文學批評形成之考察〉，收入紀念元好問八百年誕辰學術研討會籌備會編：《紀念元好問八百年誕辰學術研討會論文集》（臺北市：行政院文化建設委員會，1991 年），頁 172～174。

124 郭紹虞主編：《中國歷代文論選》（上海市：上海古籍出版社，1979 年），頁 296。

125 皮述民：〈元好問論詩絕句析論〉，《南洋大學學報》第 3 期（1969 年）。

了然[126]。顧易生等將〈論詩三十首〉的作家論分為三個時期，即魏晉南北朝、唐、宋三個時期，並指出元好問對上述三個時期作家的態度，也有明顯的不同，他說：

> 對魏晉南北朝時期，作者以頌揚為主，意在指出師古的典範。……〈論詩〉評論唐人詩歌往往著眼於其創作的途徑、方法，以及其創作中的甘苦，所評亦較少作頌揚式的讚語，而是實事求是地分析其成敗優劣。……對諸家詩歌的風格都能比較準確而形象地加以把握，有褒亦有貶，且褒多於貶，但對唐代詩歌藝術的總體評價顯然不及魏晉。……對宋代詩歌以批評為主。[127]

　　顧氏等認為遺山崇尚魏晉南北朝詩歌，對唐的詩歌也褒多於貶，但對宋代詩歌則「以批評為主」。在這種褒貶態度之中，反映出元好問的論詩精神有復古傾向。皮述民〈元好問論詩絕句析論〉一文，也作出了類似的概述，將〈論詩三十首〉內容的分為三個階段，即「唐以前，唐和宋」，以體現這三個階段從「揚北」到「宗唐」及「貶宋」的歷程。[128]

　　王禮卿對〈論詩三十首〉的作家論，總結出五種體例，即「以詳略明輕重」、「以互見明短長」、「以合論見源流」、「以舉要以略餘」、「以他稱代人物」，並且對每類體例都有分析[129]，值得參考。對〈論詩三十首〉的作家論研究得最為深入的，當首推鄧昭祺，詳見其書《元遺

126 何三本：〈元好問論詩絕句的歷史地位〉，收入紀念元好問八百年誕辰學術研討會籌備會編：《紀念元好問八百年誕辰學術研討會論文》（臺北市：行政院文化建設委員會，1991 年），頁 128～130。

127 顧易生等：《中國文學批評通史・宋金元卷》（上海市：上海古籍出版社，1979 年），頁 880～886。

128 皮述民：〈元好問論詩絕句析論〉，《南洋大學學報》第 3 期（1969 年），頁 79。

129 王禮卿：《遺山論詩詮證》（臺北市：中華叢書編審委員會，1976 年），頁 11～13。

山論詩絕句箋證》，書中論述了自曹植到陳師道等二十九位詩人，引證詳盡，時有新見。

七　風格論

〈論詩三十首〉在評論作家時，發表了不少關於詩歌風格方面的見解。這在上文正偽觀中已有所論及。劉禹昌〈元好問詩論〉一文，將作家的風格分為三類，引錄如下：

> 一是以杜甫為代表的「古雅」的風格；二是以陶淵明為代表的「古淡」的風格；三是以曹劉為代表的「豪壯」的風格。
>
> 以上三種類型藝術風格論，「古雅」和「古淡」總覺脫離實際，失之空洞，而且夾雜著不少的消極內容，至於後一種「豪壯」藝術風格，確是從實際出發，有豐富的客觀現實作基礎，所以具體生動，有血有肉，具有強烈的現實色彩，並富有積極意義。無疑這才是元好問詩論中有關藝術風格論的主要部分。[130]

從上引文中，劉氏認為元好問偏愛於「豪壯」詩風，對於「古雅」及「古淡」詩風，「總覺脫離實際，失之空洞」，持此近似觀點的，還有香港學者吳天任，其《元遺山評傳》載：「在風格方面，遺山是北方人，稟賦關係，所以他極力主張豪雄跌宕的一派。」[131] 不過，顧易生等則持另類意見，其《中國文學批評通史》宋金元卷載：

> （元好問）拈出曹劉之慷慨、阮籍之沈鬱、陶潛之真淳，以及〈敕勒歌〉之豪放為詩家楷模，眼光敏銳，議論通達，此外在品

---

130 劉禹昌：〈元好問詩論〉，收入山西省古典文學學會、元好問研究會 ：《元好問研究文集》（太原市：山西人民出版社，1992 年），頁 114 ～ 118。

131 吳天任：《元遺山評傳》，《學海書樓講學錄》第 4 輯。

　　評唐人詩歌時，雖然也從師古立論，但不局限於風格的近似，而強調了創作方法的師承。[132]

　　顧氏認為「曹劉」、「阮籍」、「陶潛」、「敕勒歌」等風格都是「詩家楷模」，各有特色，各有可取。顧氏又指出遺山重視「創作方法的師承」。

八　美學觀

　　探討元好問〈論詩三十首〉美學觀的文章比較少。有的雖冠以美學之名，而實際上還是傳統的正偽觀。王英志〈主壯美、崇自然的詩學觀〉一文，作者總結〈論詩三十首〉的主要美學標準是「主壯美，崇自然」，認為壯美的第一層含義是「悲壯之情」，第二層含義是「豪放有力之詩風」[133]。李正民〈元遺山論詩三十首的美學系統〉一文，分析了〈論詩三十首〉「總體結構的形式美」、「內部結構的藝術美」，前者側重分析〈論詩三十首〉的次序問題，後者分析了藝術結構的表層變化及深層變化之美，並就句式、語氣、情緒波進行具體分析[134]，用力甚大，此項探討，頗具創意。

九　南北之見

　　元好問身為北方詩人，論詩難免心存南北地域之念，如〈論詩三十首〉中「曹劉坐嘯虎生風」、「慷慨歌謠絕不傳」和〈自題中州集後〉諸

---

132 顧易生等：《中國文學批評通史・宋金元卷》（太原市：山西人民出版社，1992 年），頁 887。

133 王英志：〈主壯美、崇自然的詩學觀〉，《文學知識》1984 年第 4 期。

134 李正民：〈元遺山論詩三十首的美學系統〉，《元好問研究論略》（北京市：社會科學文獻出版社，1999 年 8 月），頁 283～298。

詩，都明顯地以北人詩風為傲。清人查慎行及宗廷輔等都認為元好問
論詩有南北之見。近人朱東潤指出「遺山之論，於南北界限，未能盡
泯」[135]。對此問題，現代學者持兩種對立的觀點：

　　一是認為元好問重北輕南。如皮述民〈元好問論詩絕句析論〉一
文，舉〈論詩三十首〉其二「曹劉坐嘯虎生風，四海無人角兩雄，可惜
并州劉越石，不教橫朔建安中」為例，認為該詩「顯然不在為曹劉錦上
添花，而在提出一個角逐桂冠的人物：劉琨」，而「劉琨在詩史上的地
位，是決不能與曹植、劉楨並論的」。皮氏又徵引「慷慨歌謠絕不傳」
一詩，謂遺山有「為北人張目的意圖」，認為他如此「一筆抹殺南方詩
人的價值，就未免有欠公允」[136]。有關遺山重北輕南之論，清人頗認
同，但近代學者如郭紹虞及錢鍾書則不苟同，提出辯駁頗多。

　　二是認為元好問重北而不輕南。郭紹虞早在二十世紀四〇年代，
在其《中國文學批評史》一書中，指出遺山論詩並無貴賤之見及南北之
見。他舉「慷慨歌謠絕不傳」（〈論詩三十首〉其七）和「鄴下曹劉氣
盡豪」（〈自題中州集後〉五首之一）二詩為例說：

> 然而我們千萬不要誤會。這是元氏本於他的疏鑿標準所下的結
> 論，並不是先存了南北之見，才去論量的。[137]

錢鍾書在其《談藝錄》中辯駁更為有力：

> 遺山絕句雖多稱河北、山西詩人，初未嘗抹殺南人。陶淵明、
> 陳子昂皆所推崇；於宋人亦曰：「譁學金陵猶有說，竟將何罪
> 廢歐梅」，袒護介甫、永叔、聖俞，均非北人也。〈感興〉第二

---

135 朱東潤：《中國文學批評史大綱》（臺北市：臺灣開明書店，1960 年），頁 182。

136 皮述民：〈元好問論詩絕句析論〉，《南洋大學學報》第 3 期（1969 年）。

137 郭紹虞：《中國文學批評史》下冊（天津市：百花文藝出版社，1993 年），頁 92。

首曰:「并州未是風流域,五百年來一樂天」,亦何嘗盡私其
鄉曲?蓋遺山所菲薄之南人,不過指宋金對峙以來蘇黃門下諸
士。[138]

錢鍾書所指的「南人」,是指「宋金對峙以來蘇黃門下諸士」而
言。這種觀點得到了學術界的廣泛認同,如何三本〈元好問論詩絕句歷
史地位〉、龔鵬程〈論元遺山與黃山谷〉[139]等文皆持相似觀點。

十　編次問題

有關〈論詩三十首〉的編次問題,除首尾二首之外,其餘各首,原
則上按時代順序論述作家作品,先論建安、魏晉,次論唐人,後論宋
人,但其中有些論詩卻見編次失序情況,顯得有點混亂。現存《遺山先
生文集》的最早版本是元中統三年(1262)嚴傑忠刻本,該本為張德輝
編次。清人施國祁對此本已有異議:

> 先生(指遺山)手錄詩冊,似不甚排當,其間前後失次,並有
> 書「追錄」字者,大小不等,已無例可沿,及頤齋(指張德輝)
> 類次,又將古今體分編,顛竄尤甚。[140]

但由於沒有其他刊本可依,無法恢復原先的編次,所以後人只好
仍依其舊。美國學者魏世德(John Timothy Wixted)則說:

---

138 錢鍾書:《談藝錄》(北京市:中華書局,1984 年 9 月補訂本),頁 155。

139 龔鵬程:〈論元遺山與黃山谷〉,紀念元好問八百年誕辰學術研討會籌備會編:《紀
念元好問八百年誕辰學術研討會論文集》(臺北市:行政院文化建設委員會,1991
年),頁 193～194。

140 施國祁:《元遺山詩集箋注‧序例》(北京市:人民文學出版社,1988 年第 2 版),
頁 22。

有關陶潛的第四首放在關於潘岳的一首詩前邊，而潘岳要比陶
潛早一個半世紀。其他一些不規律的情況則更明顯，有關潘
岳、陸機的第九首放在關於唐代的兩首詩之間是很不合適的。
關於唐代詩人劉禹錫的第二十五首放在宋詩之中顯然也不恰
當。對最後這兩個例子，有人推斷次序不當，於是建議（宗廷
輔就是這樣）把它放在第十八首後面，也曾有人推斷它的次序
是正確的，認為這首詩是對宋人蘇軾的間接責難，對這類疑難
至今沒有確切解釋。[141]

魏氏末句所提出的「對這類疑難至今沒有確切解釋」。李正民則試
圖從〈論詩三十首〉的總體構思著眼，對其次序提出調整意見，以恢復
其本來面貌。其根據有四：

第一，遵照原作按所論詩人時代先後依次排列的總體構思。第
二，按照相似論的基本規律，「一切事物都是由相似的單元、
層次、排列組合而來的」。第三，詩人寫作時平起、仄起、沿
韻、換韻的一般習慣。第四，把〈論詩三十首〉看成是一個系
統，著眼於詩人對其總體形式美的設計佈局。[142]

據此，李氏對〈論詩三十首〉之中二十四首的次序作了調整，其假
設相當突破，用心可謂良苦，但其結論的準確性如何，則有待公論。

近人王禮卿指出〈論詩三十首〉不僅不存在失序的問題，反而是精
心結構的產物，各首之間，「意注脈通，起伏照應，反正互見」，儼然

---

[141] 魏世德（John Timothy Wixted）：〈從論詩絕句看元好問的文學批評觀〉，《忻州師專學
報》1987 年第 2 期。

[142] 李正民：〈元遺山論詩三十首的美學系統〉，《元好問研究論略》（北京市：社會科學
文獻出版社，1999 年 8 月），頁 283 ～ 288。

是「一完整之論體也」[143]。劉澤則認為〈論詩三十首〉其二十五首表面上是評價劉禹錫，其用意卻是暗諷蘇軾，並且說：「這是元好問旨婉辭緩，沿波討源，妙用婉諷暗示的一個範例」[144]，其觀點言之成理，具參考價值。

　　按：有關〈論詩三十首〉的編次問題，本書第三章第二節：「〈論詩三十首〉之編次失序研究」，有專論作深入探析，可予參考。

十一　批評方法

　　元好問的〈論詩三十首〉，其具體的批評方法為何？劉澤〈元好問論詩三十首通論〉一文，概括出六條基本批評方法，即：推源溯流、比較異同、立象喻意、連評互見、婉諷暗示、轉引借用，並分析各種方法，如他解釋推源溯流法的含義：

　　　　元好問在進行推源溯流批評中，往往一方面就同代或跨代詩人間的彼此關聯、源流相通的同源關係認同，一方面就同代或異代詩人間的彼此對立，源流相異的異流關係而辨異。[145]

　　又解釋連評互見的含義：

　　　　連評互見是指在前後兩首絕句中，意脈相連，然一隱一顯，同評一人；或將對一個詩人的整體看法，散見於幾首絕句之中，東鱗西爪，內連互見。[146]

---

143 王禮卿：《遺山論詩詮證》（臺北市：中華叢書編審委員會，1976 年），頁 4。

144 劉澤：〈元好問論詩三十首通論〉，《元好問論詩三十首集說》（太原市：山西人民出版社，1992 年），頁 24。

145 同上注 144，頁 19。

146 同上注 144，頁 22。

劉氏這種概括之見，殊具參考價值。李正民〈元遺山論詩三十首的美學系統〉注意到〈論詩三十首〉句式和語氣的變化，指出：

> 除了肯定語氣的敘述和描寫之外，〈論詩三十首〉中還使用了大量的否定、感歎、假設等句式，表現了論證語氣的複雜多變。……非肯定語氣的大量運用，能夠喚起讀者的積極思維，誘使讀者從美的鑑賞，進而深入到美的創造的聖地。[147]

李氏體會較為細緻，「美」確實是〈論詩三十首〉論詩特色之一。魏世德（John Timothy Wixted）〈從論詩絕句看元好問的文學批評觀〉一文，則說：

> ……他在論詩作品中，堅持了陳述中直率與委婉的平衡，措詞上含蓄與創新的平衡，以及表達情感上激烈與平淡的平衡。[148]

魏氏認為遺山論詩以「平衡」為基本原則，並指出在〈論詩三十首〉中，遺山還運用了簡化詩人的姓名，抓住詩人的某一特徵，用部分代表全體，恰當地使用典故，在對比中見評論等方法[149]。魏氏之見，尚可進一步深究。

十二 論詩特點

〈論詩三十首〉除詩學觀點及絕句形式之外，還有什麼特點？有學者從不同角度作出總結。

---

[147] 李正民：〈元遺山論詩三十首的美學系統〉，《元好問研究論略》（北京市：社會科學文獻出版社，1999 年 8 月），頁 289 ～ 290。

[148] 魏世德（John Timothy Wixted）：〈從論詩絕句看元好問的文學批評觀〉，《忻州師專學報》1987 年第 2 期，頁 42。

[149] 同上注 148，頁 46。

魏世德（John Timothy Wixted）〈從論詩絕句看元好問的文學批評觀〉一文，雖非專論遺山的論詩特點，但其有些內容卻與論詩特點相關，能啟人思考。文中提出了〈論詩三十首〉的有機性問題：

> 譬如每一首都服務於第一首所點明的目的，即區分詩歌傳統的「清」與「渾」兩條源流。要弄懂第十六首詩，便要參看第十一、十三和第二十二首。[150]

文中還提出了論詩的啟發性問題，該文載：

> 從某種程度上說，他在論詩中未涉及的問題比涉及到的問題更有啟發性。……選擇那些詩人加以評論，同樣具有啟發意義。[151]

近人李言〈評元好問論詩三十首〉一文，概括出〈論詩三十首〉有兩個顯著特點：

> 一是從大處著眼，以評論內容為主，並重視作家的品德。……二是對作家作品堅持具體分析，而不採取無原則的肯定或否定態度。[152]

胡傳志〈元好問詩論的階段特徵〉一文，指出元好問早期詩論具有三個特點，一是「具有實用性，以指導自己創作為目的，以創作論為中心」，二是「強烈的批評意識」，指出「〈論詩三十首〉點名批評了鍾嶸、潘岳、元稹、陸龜蒙、劉禹錫、蘇軾、黃庭堅、秦觀、陳師道

---

[150] 同上注 148，頁 47。

[151] 同上注 148。

[152] 李言：〈評元好問論詩三十首〉，收入社會科學戰線編輯部編：《中國古典文學研究論叢》第 1 輯（長春市：吉林人民出版社，1980 年），頁 265～266。

等人，不點名批評了蘇黃追隨者以及『今人』，……批評時，還毫不寬
容」，三是「邊緣性」，其意思是指元好問的〈論詩三十首〉成詩於年
二十八歲，是時雖有詩名，但身份並非詩壇主流人物，尚處於邊緣地
位。這使他一方面「能冷靜地觀察他本人交往不多的當代詩壇，作出不
徇私情的大膽評說」，另一方面，「對身邊的詩友卻多予褒揚」，但是，
「不管是褒是貶，不管是評古還是論今，他的聲音都不夠響亮，在三鄉
詩人群體之外，不會產生多大反響」[153]。胡氏之說，可予以肯定。

　　皮述民〈元好問論詩絕句析論〉一文，將〈論詩三十首〉「寫作上
的特點」概括成兩點，一是「少作定論」，「在他以後四十年所作的詩
文中，我們幾乎沒有見到他更正或否定他這些早年見解的文字」，二是
「刻意經營」[154]。皮氏所言的第一點，頗值個商榷。

十三　詩學淵源

　　〈論詩三十首〉的詩學觀，源出鍾嶸、杜甫、蘇軾等宋人，及金代
文人，近世學術界作出頗多研究。分述如下：

（1）鍾嶸

　　李正民〈元遺山論詩三十首的歷史地位〉一文中，將〈論詩三十首〉
與鍾嶸《詩品》的關係，作出分析和比較，認為「〈論詩三十首〉所評唐
前詩人，以借鑑《詩品》的論斷為多」，並指出〈論詩三十首〉中，對曹
植、劉楨、劉琨、阮籍、潘岳等人所作出的評價，其觀點也是源出《詩
品》。其文又指出《詩品》中有關反對聲病、主張音律和諧，甚至在遣詞
造句、創作動機等方面都對〈論詩三十首〉產生一定的影響。李氏的文章

153　胡傳志：《金代文學研究》（合肥市：安徽大學出版社，2000 年），頁 97 ～ 99。
154　皮述民：〈元好問論詩絕句析論〉，《南洋大學學報》第 3 期。

還指出，遺山論詩與鍾嶸《詩品》的不同之處，主要有三，一是對陶淵明的評價，二是對謝靈運的評價，三是對王粲、潘岳的看法。[155]

劉澤〈元好問論詩三十首通論〉一文，也指出〈論詩三十首〉的觀點「大都借鑑於《詩品》」，其文說：

> 元好問〈論詩三十首〉中的許多觀點來自鍾嶸《詩品》或其他前人，上列批評方法（指推源溯流等），大都借鑑於《詩品》，並非純係創造。[156]

曹旭《詩品研究》一書，指出《詩品》的流傳史說：

> 元好問〈論詩絕句〉三十首，歷評自漢魏迄唐宋諸詩人、詩派，標舉建安詩風，作意與《詩品》相彷彿，其評語亦有類似之處。三十首中，有一首正面提到《詩品》。而在論及晚唐溫庭筠、李商隱感傷綺靡的詩風時，元好問以鍾嶸評張華語相對照，謂溫李之詩，其濃豔柔靡更過於張。……其論劉琨諸篇，句意亦與《詩品》相近。[157]

上述引文，末句引言指出〈論詩三十首〉的「句意亦與《詩品》相近」，其言確是。

上述學者都咸認〈論詩三十首〉的詩論觀源出鍾嶸《詩品》。此外，香港學者鄧昭祺在其著作《元遺山論詩絕句箋證》一書中，也引用鍾嶸《詩品》不少資料去註釋〈論詩三十首〉。迄今為止，仍未見有學

---

155 李正民：〈元遺山論詩三十首的歷史地位〉，《紀念元好問八百誕辰文集》（太原市：山西人民出版社，1992年），頁156～160。

156 劉澤：〈元好問論詩三十首通論〉，《元好問論詩三十首集說》（太原：山西人民出版社，1992年），頁17～18。

157 曹旭：《詩品研究》（上海市：上海古籍出版社，1988年7月），頁216～217。

者就〈論詩三十首〉與《詩品》關係作出更深化的專題研究。

（2）杜甫

〈論詩三十首〉受杜甫〈戲為六絕句〉的影響非常明顯，主要表現在兩個方面：一是論詩絕句的形式，二是正偽體的詩學觀。分述如下：

1 論詩絕句的形式

郭紹虞《中國文學批評史》將論詩絕句分為兩類，曰：

> 自少陵〈戲為六絕句〉，開論詩絕句之端，於是作者紛起。其最早者，在南宋有戴石屏的〈論詩十絕〉，在金有元遺山的〈論詩三十首〉。此二者都是源本少陵，但是各得其一體，戴氏所作，重在闡說原理；元氏所作，重在衡量作家。這正開了後來論詩絕句的兩大支派。[158]

郭氏末句指出杜甫的「戲為六絕句」，「這正開了後來論詩絕句的兩大支派」，此說有待商榷。

成復旺等《中國文學理論史》指出遺山論詩詩規模宏大，其文曰：

> 杜甫〈戲為六絕句〉之後，雖有王若虛〈論詩〉，戴復古〈論詩十絕〉等作，卻都不如元好問此作之規模宏大。後世仿作，雖或規模更大，但既屬仿作，不免更提高了它的地位。[159]

後世仿作論詩絕句，以清代詩壇最為熱烈，為古今之冠。

顧易生等《中國文學批評通史》一書，在書的宋金元卷中，有更全

---

[158] 郭紹虞：《中國文學批評史》下冊（天津市：百花文藝出版社，1993 年），頁 91。

[159] 成復旺等：《中國文學理論史（二）》（北京市：北京出版社，1987 年），頁 547。

面的分析，文中指出：

> （遺山之前）論詩之作規模都比較小，或抒發一時的感觸，或僅
> 評論一家一派。元好問這〈論詩〉絕句三十首則不同，它相當
> 完整地評述了漢魏以來，下迄宋季，一千餘年間的作家作品、
> 流派詩風，以作家為主，然藝術創作原理亦時有涉及。[160]

　　顧氏指出遺山論詩除以歷代的作家作品為對象外，亦兼及「藝術創
作原理」。

　　李正民〈元遺山論詩三十首的歷史地位〉一文，指出〈論詩三十
首〉與〈戲為六絕句〉在體例上的區別：

> 杜甫的論詩六絕句，不過是偶爾即興戲為；遺山的〈論詩三十
> 首〉，卻是高度自覺的莊語力作。故其體大思精，重點突出，在
> 全面、系統、嚴整、準確和規模等方面都不同程度地超越了杜
> 甫，所以能在傳統的詩論體裁中，確立一個新的領域。[161]

　　上述引文指出，遺山的〈論詩三十首〉在各「方面都不同程度地超
越了杜甫」，並且「確立一個新的領域」。

　　何三本〈元好問論詩絕句的歷史地位〉一文，指出「杜甫論詩不只
限以七絕，尚有七律、五律、排律、五古等體裁」，唐人論詩絕句也很
多，唯獨〈戲為六絕句〉影響最大，其「決定性因素在元好問的〈論詩
三十首〉」。該文還將〈戲為六絕句〉的最後一首與〈論詩三十首〉的
第一首加以比較，得出這樣的結論：

---

160 顧易生等：《中國文學批評通史・宋金元卷》（上海市：上海古籍出版社，1992 年），
　　頁 878。
161 李正民：〈元遺山論詩三十首的歷史地位〉，《紀念元好問八百誕辰文集》（太原市：
　　山西人民出版社，1992 年），頁 160。

就形式而言，杜甫自述動機及目的是在最後一首，而好問則在第一首，好問之前腳正好接杜甫之後腳，一尾一首，正好銜接得天衣無縫，正像是田徑場上的接力賽，元好問正好接下杜甫的棒子。[162]

何氏認為在論詩方面，「元好問正好接下杜甫的棒子」，其意是遺山的〈論詩三十首〉，源出杜甫的〈戲為六絕句〉。不過，也有人對論詩絕句這種形式提出了異議，田鳳臺認為：

> 以詩去論述作品，評論作家，若用昏鏡鑑物，其模糊可知，故可得其輪廓，難見其真相。遺山之論詩三十絕句，……其於作家，只能選其所中意；其於詩論，亦未見圓通入微。……若以詩盡論詩史上作家，恐有才難之歎。故以詩作論，戲為則可，正論則疏。偶用則可，常為則難也。[163]

田氏所說的「其於詩論，未見圓通入微」及「若以詩盡論詩史上作家，恐有才難之歎」，田氏之說具實際意義。降大任〈元遺山詩歌理論探微〉一文，認為論詩絕句這種寫作樣式，相當不敢苟同，作出尖銳的批評說：

> 遺山不善選用體式，尤其表現在論詩絕句上。此體在杜甫，標明為「戲為」，是知絕句不宜作謹嚴評論文字。但凡訴諸褒貶，非細緻分析，採用嚴密的理性認識和準確概念，不能令人折服。七言四句的絕句勢難承當。遺山於此未多留意，卻因襲

---

162 何三本：〈元好問論詩絕句的歷史地位〉，紀念元好問八百年誕辰學術研討會籌備會編：《紀念元好問八百誕辰學術研討會論文集》（臺北市：行政院文化建設委員會，1991 年），頁 121～125。

163 田鳳台〈元遺山論詩絕句析評〉，《中華文化復興月刊》第 12 卷第 4 期，頁 28。

杜公，衍為三十首的組詩，以形象傳達理論認識，精確形之模糊，明晰變得含混，於是遺山本意轉晦。[164]

降氏認為論詩「七言四句的絕句勢難承當」，及「遺山本意轉晦」，確是實情。不過，相信遺山未嘗不知杜詩的「戲為」性質，只是他沒有標明戲作罷了。

2　正偽體的詩學觀點

劉澤在〈元好問論詩三十首通論〉一文中，分析元好問被趙秉文嘉獎為少陵嗣響時說：

> 這意外的殊榮新譽給他莫大的鼓舞，於是產生了一種少陵嫡派非我莫屬的自信自立感，決心以詩聖杜甫的「別裁偽體親風雅，轉益多師是汝師」為師法準則來構想論詩，重振風雅，起衰救弊。[165]

劉氏認為元好問受杜甫詩「別裁偽體親風雅，轉益多師是汝師」所影響，因而有〈論詩三十首〉之作。劉禹昌〈元好問詩論〉認為：

> 元好問在〈論詩三十首〉中把歷代詩歌「正體」和「偽體」涇渭分明地劃出了清渾的界限，雖然有些粗疏，但總是將杜甫只提出的一條抽象原則沒有做的工作，把它具體地完成了，而且予以巨大的發展，這是具有卓識的傑作，這是元好問在中國詩歌

---

164 降大任：〈元遺山詩歌理論探微〉，《元遺山新論》（太原市：北岳文藝出版社，1988年10月），頁104。

165 劉澤：〈元好問論詩三十首通論〉，《元好問論詩三十首集說》（太原市：山西人民出版社，1992年），頁9。

評論史上一個重大貢獻。[166]

劉禹昌所言的「正體」和「偽體」詩觀，正是杜甫「別裁偽體親風雅」的概念。李正民〈元遺山論詩三十首的歷史地位〉分析元好問辨明正偽之舉，說：

> 這確實抓住了杜詩中並不突出的最根本、最重要之點，而且他還標舉出了建安至宋的一系列詩人，形象地說明了正體和偽體的各種表現，從而使〈戲為六絕句〉中可能被人忽視、以致湮沒的「連城璧」，得以大放光輝，確立了辨識真偽的標準，指明了詩歌發展的正確方向。[167]

上述引文中，所指「湮沒的『連城璧』，得以大放光輝」，惜未見進一步予以發揮此說。

此外，要補充一說的，杜甫的〈戲為六絕句〉，在題意上有「戲為」的特點，元遺山的〈論詩三十首〉，也有「戲為」的反映，其三十「撼樹蚍蜉自覺狂，書生技癢愛論量」，亦有「戲為」的語氣，可惜學界未予重視。

3 蘇軾等宋人

〈論詩三十首〉受到那些宋人的影響？一般認為受蘇軾影響最為突出。郭紹虞《中國文學批評史》一書，用較大篇幅論述遺山詩學與東坡的淵源關係，其文載：

---

166 劉禹昌：〈元好問的詩論〉，收入山西省古典文學學會、元好問研究會：《元好問研究文集》（太原市：山西人民出版社，1987 年），頁 120。

167 李正民：〈元遺山論詩三十首的歷史地位〉，《紀念元好問八百誕辰文集》（太原市：山西人民出版社，1992 年），頁 160。

遺山才氣奔放，本近東坡，故其論詩，只取凌雲健筆，頗譏俯
仰隨人、窘步相仍之詩。……他不滿意孟郊的詩，……即東
坡所謂「要當鬥僧清，未足當韓豪」之旨。他也不滿意秦觀的
詩，……稱秦觀為女郎詩，也同於東坡責少游學柳屯田之旨。
他稱讚李白的詩，……尚邁往，尚自然，這即是東坡所謂「好
詩衝口誰能擇」之意。[168]

　　郭氏所言的「遺山才氣奔放，本近東坡」，已是詩家公論。遺山詩
學源出東坡，鄧昭祺《元遺山論詩絕句箋證》一書，舉證頗多。胡傳志
在《論詩三十首辨釋》一文中，也認為蘇軾對元好問有一定的影響，
並舉「切切秋蟲萬古情」之語為例，指出此語源出蘇軾〈讀孟郊詩二
首〉「何苦將兩耳，聽此寒蟲號」（見《蘇軾詩集》卷十六），故胡氏說
「『寒蟲號』與『切切秋蟲』之語相近」[169]，至於孟郊的「東野窮」乃源
出蘇軾詩〈中秋月寄子由〉「白露入肺肝，夜吟如秋蟲。坐令太白豪，
化為東野窮」[170] 等詩句。

　　除此之外，諸家在探討〈論詩三十首〉的詩學淵源時，個別論者還
涉及到其他方面，如李躒〈法貴天真・詩家坦途〉一文，分析了遺山的
「天然真淳」及「洪爐冶煉」之說與莊子的關係，並指出遺山詩觀與蘇
軾詩觀的區別：

　　　　元好問受莊子的啟發所悟出的詩學之道，並不直接祖述蘇軾之
　　　　所得，他更直接地從莊子那裏自得其道，至少他有自己與蘇軾

---

168 郭紹虞：《中國文學批評史》下冊（天津市：百花文藝出版社，1993 年），頁 93 ～
　　94。

169 胡傳志：《金代文學研究》（合肥市：安徽大學出版社，2000 年），頁 84。

170 《蘇軾詩集》（北京市：中華書局，1982 年）卷 17〈中秋夜寄子由〉其一，頁 860。

　　不同的特點。[171]

　　李氏這一論點頗有新意，但未能予以進一步發揮，殊為可惜。何三本〈元好問論詩絕句的歷史地位〉一文中，指出「詩話就是宋人論詩的文章……當全宋都籠罩在詩話論詩的風氣時，元好問的論詩習氣，受到時代風尚的感染，也是一種很自然的現象」[172]。何氏之說，所言確是。

4　金代文人

　　〈論詩三十首〉中，有的詩學觀點，明顯受到金代時人的影響，如評價秦觀「拈出退之山石句，始知渠是女郎詩」，就是複述時人王中立之說。那麼，〈論詩三十首〉究竟受到那些金人的啟發？學術界至今還沒有專文論述這一問題，只有少數論文偶有提及，例如李正民〈元遺山論詩三十首的歷史地位〉一文中，論述〈論詩三十首〉與金代文壇的關係，指出：

　　　　出於趙秉文門下的遺山，顯然繼承了趙（秉文）、王（若虛）的詩論。其最著者如〈論詩三十首〉之十五，直斥學盧仝詩者為「鬼畫符」，之十一鄙薄「發巧深」的「研磨」之苦；之二十九批評閉門覓句的江西詩派三宗之一陳師道說，「可憐無補費精神」，並明確表示：「北人不拾江西唾」，「未作江西社裏人」。[173]

---

171 李躞：〈法貴天真・詩家坦途〉，收入山西省古典文學學會、元好問研究會：《元好問研究文集》（太原市：山西人民出版社，1987 年），頁 180～183。

172 何三本：〈元好問論詩絕句的歷史地位〉，收入紀念元好問八百年誕辰學術研討會籌備會編：《紀念元好問八百誕辰學術研討會論文集》（臺北市：行政院文化建設委員會，1991 年），頁 316。

173 李正民：〈元遺山論詩三十首的歷史地位〉，《紀念元好問八百誕辰文集》（太原市：

　　從上述引文，可知遺山的〈論詩三十首〉除受到趙秉文及王若虛
所影響外，也受到陳師道的影響。臺灣學者鄭靖時〈金源文學對元好
問文學批評形成之考察〉一文，論述較為全面。鄭氏在其文章中，先
歸納趙秉文、王若虛、李純甫三人的文學觀點，然後就文體論、原理
論予以批評和比較元好問與趙秉文等人的異同，其結論有幾點值得注
意：其一，「元好問上承周昂、趙秉文、王若虛、李之純等詩論，一脈
相傳，折衷異說，間有新裁，欲歸文學於風雅教化之境界。」其二，文
體論方面，元好問在趙、李分歧的基礎上，提出「詩文同源而別派」的
觀點，原理論方面，元好問繼承了趙秉文的「以誠為本」說，而有所發
展[174]。胡傳志〈論詩三十首辨釋〉一文，在辨釋有關詩歌時，也揭示了
時人對〈論詩三十首〉的詩學觀所作出的影響，如「真書不入今人眼，
兒輩從教鬼畫符」，就可能受到趙秉文〈答李天英書〉的啟發[175]。

十四　獨創性

　　〈論詩三十首〉有沒有獨創性？有多大獨創性？學術界有不同看
法。境外學者魏世德（John Timothy Wixted）說：

　　　　他（元好問）的獨到之處在於總結了整個詩歌傳統，在繼承早
　　　　期文學批評和詩歌表達方面，他快刀斬亂麻，用精鍊優美的詩
　　　　句表達見解，才真正顯示了他的獨創性。[176]

　　　山西人民出版社，1992 年），頁 161 ～ 162。

[174] 鄭靖時：〈金源文學對元好問文學批評形成之考察〉，收入紀念元好問八百年誕辰學
　　　術研討會籌備會編：《紀念元好問八百年誕辰學術研討會論文集》（臺北市：行政院
　　　文化建設委員會，1991 年），頁 153 ～ 185。

[175] 胡傳志：《金代文學研究》（合肥市：安徽大學出版社，2000 年），頁 80 ～ 81。

[176] 魏世德（John Timothy Wixted）：〈從論詩絕句看元好問的文學批評觀〉，載《忻州師專
　　　學報》1987 年第 2 期。

　　魏氏雖然讚揚元好問在〈論詩三十首〉中，「用精鍊優美的詩句表達見解」，但不承認〈論詩三十首〉在理論上有什麼創新。他又說：「元好問不是一個創造性的思想家，他文學理論都是正統的。……他所提出的觀點，實質上沒有那一項是嶄新的或者是屬於他自己的。」[177] 魏氏末句之說，恐是一家之言，有待商榷。

　　臺灣學者田鳳臺也否定〈論詩三十首〉的創造性，他說：

> 遺山論人論詩，皆因前人之定評，如評劉琨之清剛之氣，老曹之沈雄俊爽，陶詩之自然風格，阮籍之悲憤情懷，潘岳人不如詩，北詩慷慨本色，陳子昂振衰起靡，以及陸薀潘淨，盧仝之怪異，孟郊之苦吟，李白之俊逸，杜甫之博大，柳宗元之仿謝，秦少游兒女之情，歐梅之清新古雅，蘇東坡之波濤萬頃。無非拾人唾餘，綜前人精識。[178]

　　田氏指出遺山的詩論，都是「前人的定評」，「無非拾人唾餘，綜前人精識」，創意不大。不過，香港學者鄧昭祺通過大量材料的論證，總結出遺山詩論六點的獨創性：

1. 遺山對於阮籍這位詩人和他的詩，都有深入透徹的見解。……對於理解阮籍八十二首難懂的〈詠懷詩〉，遺山為我們提供了寶貴的線索。

2. 遺山力排眾議，大膽地說出晉詩慷慨激越，繼承了建安詩歌的遺風，重新肯定了晉詩在我國詩壇的地位。

3. 張華自被鍾嶸評其詩「兒女情多，風雲氣少」之後，其詩就一直被視為陰柔婉約之作。遺山不同意這個說法，他認為張華受建安詩

---

[177] 魏世德（John Timothy Wixted）：〈從論詩絕句看元好問的文學批評觀〉，《忻州師專學報》1987 年第 2 期。

[178] 田鳳台：〈元遺山論詩絕句析評〉，《中華文化復興月刊》第 12 卷第 4 期，頁 28。

風影響，作品裏的風雲之氣其實並不算少。就現存的詩歌來看，遺山的看法較鍾嶸的看法更為正確。

4. 關於謝靈運的詩篇，歷來論者只留意到它的辭采之美和色澤之富。遺山卻獨具隻眼，發掘出謝靈運詩的原動力——詩人的「寂寞心」，使我們能夠更全面、更深入地瞭解謝詩。

5. 歷來論者，皆以為李白只知舞文弄墨，不懂經世濟民。遺山除指出李白詩具豪邁雄奇之風外，還讚揚其人胸懷大志，有理想，有抱負，以魯仲連為效法榜樣，建功立業，然後功成歸隱。

6. 遺山獨樹一幟，正確地指出柳宗元的詩源出謝靈運，而在學謝諸家中，以柳宗元最深最有所得，並且具體指出柳詩的「寂寞心」源出大謝，也是繼承謝詩的最重要因素[179]。

鄧氏上述總結，論點扼要正確，具參考價值。

十五　歷史地位

關於〈論詩三十首〉的歷史地位，至少有兩篇論文對它作了專題研究。其一是李正民〈元遺山論詩三十首的歷史地位〉。該文「將〈論詩三十首〉置於縱橫坐標系中，把它與其前、其時、其後三個方面的詩論加以比較，評價其歷史地位和理論價值」。李氏於文章中，先後考察了〈論詩三十首〉與鍾嶸《詩品》、杜甫〈戲為六絕句〉以及金代文壇的關係，列成一示意圖[180]：

---

[179] 粹自鄧昭祺：《元遺山論詩絕句箋證》（香港：當代文藝出版社，1993年4月），頁331～332。

[180] 李正民：〈元遺山論詩三十首的歷史地位〉，《紀念元好問八百誕辰文集》（太原市：山西人民出版社，1992年），頁156～168。

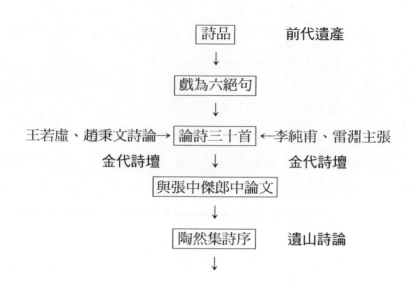

　　上圖一目了然，簡單明快，頗具創意，為讀者閱讀帶來很大的方便。

　　臺灣學者何三本〈元好問論詩絕句的歷史地位〉一文，其表達方法與李正民文大體相當，也是將〈論詩三十首〉放在縱坐標及橫坐標的中間點上，在過去、現在、未來三個不同時空下加以比較。在上承方面，認為杜甫論詩詩雖多，而唯獨〈戲為六絕句〉為後世論者所注重，其原因在於〈論詩三十首〉的出名所致；在啟下方面產生強大的影響力，文中舉出明、清以來受〈論詩三十首〉所影響的相關論詩絕句；在當代方面，該文側重分析〈論詩三十首〉本身的成就[181]。總體來看，該文具一定的參考價值。

---

[181] 何三本：〈元好問論詩絕句的歷史地位〉，收入紀念元好問八百年誕辰學術研討會籌備會編：《紀念元好問八百年誕辰學術研討會論文集》（臺北市：行政院文化建設委員會，1991 年），頁 111～152。

十六　局限性

〈論詩三十首〉雖然可取之處很多，但也存在一些局限性。對此，學者從不同角度作出的批判，現摘要介紹如下：

吳庚舜〈略論元好問的詩論〉一文，指出元好問詩論的局限性「極明顯」，太偏重於「溫柔敦厚」的詩教上。吳氏認為「溫柔敦厚」的詩教，是「儒家詩歌理論的糟粕」[182]。

盧興基〈元遺山詩論的傳統性與創造性〉一文，作者認為元好問「把一般的勞動生活排斥在詩的靈感之外，可以看出他的理論和美學思想的許多局限」[183]。

陳書龍〈評元好問論詩絕句三十首〉云：

> 對於某些重要作家的述評偏於創作方法和藝術風格，對思想內容則很少涉及，或以偏概全，或有所偏頗。例如論孟郊的詩，指出其窮愁苦吟的特點，對其思想內容則缺乏應有的肯定。白居易繼承和發展了杜甫的現實主義精神，倡導了新樂府運動，〈論詩〉卻不作評論，只是在論陶淵明那首詩的小注裏提到：「陶淵明，晉之白樂天也」，對白居易的現實主義詩歌作品的重大成就，未免有所抹殺[184]。

在上述引文中，陳氏指出遺山論詩有「以偏概全」及「偏頗」的缺

---

182 吳庚舜：〈略論元好問的詩論〉，原載《光明日報》1964 年 7 月 19 日，又收入山西省古典文學學會、元好問研究會：《元好問研究文集》（太原市：山西人民出版社，1992 年），頁 105。

183 盧興基：〈元遺山詩論的傳統性與創造性〉，收入山西省古典文學學會、元好問研究會：《元好問研究文集》（太原市：山西人民出版社，1987 年），頁 147 ～ 148。

184 陳書龍：〈評元好問論詩絕句三十首〉，收入山西省古典文學學會、元好問研究會：《元好問研究文集》（太原市：山西人民出版社，1987 年），頁 170 ～ 171。

點，又指出遺山對孟郊評論不公，尤其是「對白居易的現實主義詩歌作品的重大成就，未免有所抹殺」，陳氏所言甚是。

降大任〈元遺山詩歌理論探微〉一文，指出遺山詩的局限性，對其「以誠為本」及具體論詩標準作了一番檢討，並予以嚴厲的批評。其文章指出：

> 由於遺山倡言「以誠為本」，強調輔助政教，歸於正體。古雅的復古論，詩歌的職能完全歸結為載道，詩歌成了封建綱常倫理的附庸，於是，這個所謂高標準，就成了狹隘苛刻的死框框。[185]

降氏所言的「詩歌的職能完全歸結為載道，詩歌成了封建綱常倫理的附庸」，其說頗值得反思。

李正民〈元遺山論詩三十首的歷史地位〉一文，指出〈論詩三十首〉三點偏頗與不足：一是過分強調天然自得之氣，輕視刻苦研磨之功。二是崇尚古雅，對新變的意義認識不足。三是只注意分辨正偽，對詩歌風格的多樣化重視不夠[186]。李氏之說，其理恰當。

劉澤〈元好問論詩三十首通論〉認為當時元好問「年輕氣盛，嶄露頭角，自信自負，不可能沒有一點偏激、局限」[187]，劉氏之論，理解正確。

顧易生等《中國文學批評通史》指出〈論詩三十首〉的缺點有：

---

185 降大任：〈元遺山詩歌理論探微〉，《元遺山新論》（太原市：北岳文藝出版社，1988年），頁95。

186 李正民：〈元遺山論詩三十首的歷史地位〉，《紀念元好問八百誕辰文集》（太原市：山西人民出版社，1992年），頁164。

187 劉澤：〈元好問論詩三十首通論〉，《元好問論詩三十首集說》（太原市：山西人民出版社，1992年），頁10。

對李白、杜甫等在詩歌格律上的創新、意境上的開拓，則缺乏足夠的認識。此外對李賀、李商隱、盧全的批評比較嚴厲，對白居易隻字未提，對韓愈只肯定了他的雄放，而不及其雄崛，⋯⋯因此對唐詩中新與變的認識便顯得不足了。

他提出要師法古之正體，並以之來衡量，評判詩歌。這一原則，從總體上看傾向於保守，即以古人的標準來品評後人，對文學的不斷發展新變缺乏認識。表現在品評中，即是對唐詩的價值認識不足，對宋詩貶抑過甚。[188]

顧氏指遺山「對唐詩的價值認識不足，對宋詩貶抑過甚」，此說乃一家之言，有待商榷。

李言〈評元好問的論詩三十首〉載：

元好問的詩論雖有突出的進步性，但也有許多明顯的缺陷。他非常強調高雅，反對「俳諧怒罵」，把「無怨懟」、「無為仇敵謗傷」等作為寫詩的座右銘，並由此批評劉禹錫的〈戲贈看花諸君子〉和〈再遊玄都觀絕句〉等諷刺詩，顯然是不夠妥當的。[189]

李氏指出遺山批評劉禹錫的諷刺詩，顯然違反遺山其「寫詩的座右銘」的原則，可謂一針見血。

胡傳志〈元好問詩論的階段性特徵〉一文，指出元好問早年對人生及詩歌存有氣盛和灑脫態度，其〈論詩三十首〉否定苦吟，譏諷李賀、孟郊、陳師道等人，好問此種思想，顯然「其中有年輕氣盛，追求灑脫

---

188 顧易生等：《中國文學批評通史・宋金元卷》（上海市：上海古籍出版社，1992年），頁884、886、887。

189 李言：〈評元好問的論詩三十首〉，收入社會科學戰線編輯部編：《中國古典文學研究論叢》第1輯（長春市：吉林人民出版社，1980年），頁266。

自然的理想化成分」[190]。胡氏之見，切合實情。

　　近代學者分別從不同論點批評〈論詩三十首〉的局限性，大都言之成理，態度客觀。

十七　影響

　　〈論詩三十首〉影響深遠，其影響主要表現在兩個方面，一是論詩絕句的形式，引致後世頗多持續仿作。一是其詩學思想對後世詩論者的啟發。有關這方面的資料，近人郭紹虞、錢鍾書、王遽常三人合編的《萬首論詩絕句》[191]，是書工程相當浩大，收編了歷朝的論詩詩，內容豐富，是難得的鉅著，極富參考價值，但只有少數論著偶有提及。

　　近世關於研究〈論詩三十首〉對後世的影響專論文章，比較罕見，但論點則偶見於個別論文，例如，李正民〈元好問詩論的民族特色〉指出：

> 元好問〈論詩三十首〉之後，以詩論詩成為風氣，如王士禎有〈戲效元遺山論詩絕句三十六首〉，袁枚有〈仿元遺山論詩絕句三十八首〉，乃至謝啟昆，更有〈仿元遺山論詩絕句二百首〉的洋洋大觀，他的詩論被後世所重，一至如此。[192]

　　上述引文扼要地介紹〈論詩三十首〉對清代詩壇的影響。何三本的〈元好問論詩絕句的歷史地位〉一文，論述較為詳細。該文第四部分

---

190 胡傳志：〈元好問詩論的階段性特徵〉，《金代文學研究》（合肥市：安徽大學出版社，2000 年），頁 103～107。

191 郭紹虞、錢仲聯、王遽常：《萬首論詩絕句》（北京市：人民文學出版社，1991 年 2 月）。

192 李正民：〈元好問詩論的民族特色〉，《元好問研究論略》（北京市：社會科學文獻出版社，1999 年），頁 259。

專論〈論詩三十首〉對後世的影響，文章提出兩重點：一是「在題目或詩序中，用文字明白自述『仿遺山論詩絕句』者」，包括錢謙益、王士禎、謝啟昆、袁枚、舒位、潘德輿、李希聖等人；二是「論點採自遺山，或詞句襲用遺山論詩絕句者」，包括方孝孺、汪琬、田雯、趙翼、姚瑩等人。作者謂該文「係全面性之探討元遺山論詩絕句的影響」，「並非作點的深入分析」[193]。事實上，該文內容豐富，有一定的學術價值。

　　此外，〈論詩三十首〉對清代的「神韻說」也有一定的影響，翁方綱嘗言：「此三十首已開阮亭神韻二字之端矣，但未說出耳。」[194] 近人郭紹虞對此作了簡要的解說，認為元好問自「以唐人為指歸」之後，「就注意到含蓄，注意到神韻」，「這樣，他的知本說當然要滑到神韻一邊了」[195]。蔡厚示〈元好問的詩論〉予以補充說：

　　　　即使到清代，仍為許多詩人和詩歌理論家奉為圭臬，諸如倡神
　　　　韻說的王士禎、倡格調說的沈德潛、倡性靈說的袁枚和倡肌理
　　　　說的翁方綱等人，都或多或少從他的著述中得到啟迪。[196]

　　上述所言的、王士禎、沈德潛、袁枚及翁方綱等文壇巨子，「都或多或少從他的著述中得到啟迪」，這是可信的，但影響深度如何，頗有研究價值。

　　按：本書第五章：「〈論詩三十首〉對後世論詩絕句之影響」一

---

[193] 何三本：〈元好問論詩絕句的歷史地位〉，收入紀念元好問八百年誕辰學術研討會籌備委員會編：《紀念元好問八百年誕辰學術研討會論文集》（臺北市：行政院文化建設委員會，1991 年），頁 142～148。

[194] 翁方綱：《石洲詩話》卷 5，《清詩話續編》，頁 1447。

[195] 郭紹虞：《元好問論詩三十首小箋・後記》（北京市：人民文學出版社，1978 年），頁 90～91。

[196] 蔡厚示：〈元好問的詩論〉，《福建論壇》1987 年第 1 期，頁 78。

文，可供參考。

　　總體來看，學術界對〈論詩三十首〉的研究，已涉及到許多層面，取得了很大成績。當然研究論點的結果，也存在一些分歧意見，這屬正常現象。不過，〈論詩三十首〉的研究範圍，卻存在一些薄弱環節，例如〈論詩三十首〉的文學性研究，就顯得非常空白，尚需進一步探討。

第三章

〈論詩三十首〉之專題探索

第一節 〈論詩三十首〉之成詩年代研究

金宣宗興定元年（丁丑，1217年），元好問，年廿八，正「避亂河南」（翁譜）三鄉，過著讀書寫作的日子。他致力於前人詩文理論的研究與整理，編寫了《錦機》一書，其書的引言云：「興定元年，閑居河南，始集前人議論為一編，以便觀覽。」除此，他又仿效杜甫〈戲為六絕句〉，寫成了三十首論詩絕句，這便是文學史上有名的〈論詩三十首〉。元好問並在〈論詩三十首〉題目下自注「丁丑歲，三鄉作」，交代了詩的寫作年份。自金元迄清，從未有人懷疑過這三十首詩的寫作年份。但到了近代，卻有學者懷疑〈論詩三十首〉並非元好問青年時代所作，亦有學者雖同意〈論詩三十首〉為元好問廿八歲時所作，但疑晚年有所改定。

一 「非青年之作」與「詠劉詩」

近人周本淳就〈論詩三十首〉的成詩年代，撰專文〈元好問「論詩絕句」非青年之作〉，否定了元好問自述的「丁丑歲，三鄉作」，其文章結論指出：

> 所以，如果〈論詩絕句〉確實在三鄉作，那不可能是「丁丑」，

1　姚奠中主編：《元好問全集》（太原市：山西人民出版社，1990年），卷36〈錦機引〉，頁26。

而只可能「己巳」（1245 年，遺山 56 歲），可惜無法從版本校勘方面取得力證，只可能作此懸揣之詞。但絕非青年之作，可以論定。[2]

周本淳此篇文章，引起了學術界很大的回響，首先山西大學師範學院劉澤教授撰文回應，發表了〈元好問論詩三十首係青年時作〉[3]的文章，予以反駁周氏的論點。趙廷鵬也撰文〈元好問論詩三十首晚年改定說辨正〉[4]一文予以回應，劉趙二人章觀點，在學術界各有支持者。

綜觀所得，〈論詩三十首〉的成詩年代之所以受到質疑，究其原因，主要在〈論詩三十首〉中，第二十五首及第三十首兩詩在寓意上出現不同理解所引致。

詠劉詩是否寓有家國興亡之旨

〈論詩三十首〉其二十五

亂後玄都失故基，看花詩在只堪悲。劉郎也是人間客，枉向春風怨兔葵。

這首詩是詠劉禹錫及其〈看花詩〉，當絕無疑問，問題在如何去理解〈看花詩〉的真正寓意，由於出現不同的理解，遂引起爭議，爭議焦點在該詩是否寓有國家興亡之旨在內。若果有，則否定了元好問自述的「丁丑歲（1217），三鄉作」。按：金亡於甲午年（一二三六年），丁丑歲（一二一七年）距金亡前尚有十九年，故此劉禹錫的〈看花詩〉，其深層寓意為何，實有探究的必要。其〈看花詩〉共兩首，錄述如下：

2　《江海學刊》，1983 年第 4 期。

3　《晉陽學刊》，1990 年第 5 期。

4　《忻州師專學報》，1990 年第 1 期。

元和十年自朗州承召至京戲贈看花諸君子

紫陌紅塵拂面來，無人不道看花回。玄都觀裏桃千樹，盡是劉
郎去後栽。[5]

另一首：

再遊玄都觀絕句並引：余貞元二十一年為屯田員外郎，時此觀
未有花。是歲余出牧連州，尋貶朗州司馬。居十年，召至京
師，人人皆言有道士手植仙桃，滿觀如紅霞。遂有前篇以志一
時之事。旋又出役，今十有四年，復為主客郎中。重遊玄都，
蕩然無復一樹，唯兔葵燕麥動搖於春風耳。因再題二十八字以
俟後遊。時大和二年三月。

百畝中庭半是苔，桃花淨盡菜花開。種桃道士歸何處？前度劉
郎今又來。[6]

　　玄都觀是唐代首都長安的著名道觀，劉禹錫初遊玄都觀在元和
十一年（816 年），重遊舊地在太和二年（828 年），兩次都有題詩誌其
事。上錄二詩，詠花為名，諷刺為實，是劉禹錫怨刺詩中的代表作，
其代價是召禍被貶。劉禹錫乃中唐名詩人，以寫怨刺詩出名，《全唐
文》載他「詩豪者也，其鋒深然，少敢當者」（見《全唐文》卷六七七
白居易《劉白唱和集解》），《後山詩話》又載「蘇詩始學劉禹錫，故多
刺」[7]，清胡壽芝也評劉禹錫的詩「主怨刺，故勝」（見胡壽芝《東目館
詩見》卷一）。劉禹錫這兩首怨刺詩轟動一時，每作一首都召禍被貶，
歷朝論此詩者頗多，例如：

5　（唐）劉禹錫：《劉禹錫集》（上海市：上海人民出版社，1975 年），頁 218。
6　同上注 5。
7　丁仲祜：《續歷代詩話》（臺北市：藝文印書館，1974 年），頁 306。

（1）唐孟啟《本事詩》云

劉尚書自屯田員外郎，左遷司馬，凡十年始徵還。方春作〈贈看花詩諸君子〉，詩曰：『紫陌紅塵拂面來，無人不道看花回。玄都觀裏桃千樹，盡是劉郎去後栽。』[8] 其詩一出，傳於都下。有素嫉其名者，白於執政，又誣其有怨憤。他日見時宰，與坐，慰問甚厚。既辭，即曰：『近者新詩，未免為累，奈何！』不數日出為連州刺史。[9]

（2）後晉劉昫等《舊唐書‧劉禹錫傳》云

時劉禹錫作〈遊玄都觀詠看花君子〉詩，語涉譏刺，執政不悅，復出為播州刺史。……大和二年，自和州刺史徵還，拜主客郎中。禹錫銜前事未已，復作〈遊玄都觀〉詩……人嘉其才而薄其行。……大和中，度（裴度）在中書，欲令知制誥，執政又聞〈詩序〉，茲不悅，累轉禮部郎中、集賢院學士。[10]

（3）宋歐陽修等《新唐書‧劉禹錫傳》云

宰相欲任南省郎，而禹錫作〈玄都觀看花君子〉詩，語譏忿，當路者不喜，出為播州刺史。……由和州刺史入為主客郎，復作〈遊玄都〉詩，且言：『始謫十年，還京師，道士植桃，其盛

8　（唐）劉禹錫：《劉禹錫集》（上海市：上海人民出版社，1975 年），頁 218。

9　丁仲祜：《續歷代詩話》（臺北市：藝文印書館，1974 年），頁 21。

10　（後晉）劉昫等：《舊唐書‧劉禹錫傳》（北京市：中華書局，1975 年），頁 211～212。

若霞。又十四年遇之，無復一存，唯兔葵、燕麥動搖春風耳。』以詆權近，聞者益薄其行。[11]

（4）宋尤袤《全唐詩話》卷三云

禹錫，字夢得。……久之，召還。宰相欲任南省郎，乃作〈玄都觀看花君子〉詩。當路不喜，出為播州，易連州，徙夔州。由和州刺史入為主客郎中，復作〈遊玄都觀〉詩，有「兔葵燕麥」之語，聞者益薄其行。[12]

（5）明瞿佑《歸田詩話》卷上云

劉夢得初自嶺外召還，賦〈看花〉詩云：「玄都觀裏桃千樹，盡是劉郎去後栽。」以是再黜。久之又賦詩云：「種桃道士歸何處，前度劉郎今又來。」譏刺併及君上矣。[13]

從以上資料來看，均言劉禹錫的〈看花詩〉語含怨刺，旨在譏諷權貴，毫不涉及國家興亡的事情。所以劉禹錫兩次所作的〈看花詩〉，其深層寓意，無論如何，皆不會涉及到國家興亡方面去，而藉花的盛衰來諷刺朝上的政人政事，卻為世人公認。他兩次作〈看花詩〉都召禍貶官，皆因怨刺過分之故，就是一個很好的明證。

劉禹錫雖有「詩豪」之譽，但其詩風多怨刺，有失儒家溫柔敦厚之旨。元好問慣以儒生自我標榜，當然不認同此種作風。他對作詩的

11　（宋）歐陽修等：《新唐書·劉禹錫傳》（北京市：中華書局，1975 年），頁 5129～5131。

12　何文煥：《續歷代詩話》（北京市：中華書局，1981 年），頁 127。

13　同上注 12，頁 127。

要求，一向態度嚴謹，其《楊叔能小亨集》引云：「初予學詩，以十數條自警……無怨懟，……無為讎敵謗傷，……無為市倡怨恩」[14]。劉禹錫的〈看花詩〉，是其怨刺詩中的代表作，元好問就地取材，把它化裁成論詩材料而加以批判，主題的焦點全部集中在「怨刺」方面去，根本與「國家興亡」風馬牛不相及，絕對扯不上關係。近人郭紹虞亦有同感說：「詩有怨刺，即有寄託，但因此即以此詩為自寓興亡之感，則亦非是。」[15] 故此，並不是如周本淳所言：

> 「亂後玄都失故基」，不過藉指國亡家破；「看花詩在只堪悲」，
> 自傷身世；「劉郎也是人間客，枉向春風怨兔葵」，正是一種
> 亡國的哀思，如〈黍離〉、〈麥秀〉之歌，這首詩表面上評劉禹
> 錫，實際藉以抒懷，分明有亡國之後的感傷在。[16]

文中末句強調的「分明有亡國之後的感傷在」，可惜未見作者提供更多資料支持其說。不過，檢視遺山詩集，卻發現遺山晚年寫過兩首有關玄都觀的詩，一首是七律〈玄都觀桃花〉：「前度劉郎復阮郎，玄都觀裏醉紅芳。……。」[17] 另一首是七絕〈留贈丹陽王煉師〉：「爛醉玄都有舊期，百年人事不堪悲。桃花一簇開無主，留看東風與兔葵。」[18] 此二詩雖有涉及興亡感慨之情，但卻與〈論詩三十首〉其二十五之論詩要旨無關。

「亂後」與亡國感傷無關

14　（金）元好問：〈楊叔能小亨集引〉，收入《元好問全集》（太原市：山西人民出版社，1990 年），卷 36，頁 38。

15　郭紹虞：《元好問論詩三十首小箋》（北京市：人民文學出版社，1978 年），頁 78。

16　《江海學刊》，1983 年第 4 期。

17　姚奠中主編：《元好問全集》（太原市：山西人民出版社，1990 年），卷 10，頁 282。

18　姚奠中主編：《元好問全集》（太原市：山西人民出版社，1990 年），卷 14，頁 445。

　　「亂後玄都失故基」這首詩之所以被誤解含有「國家興亡」之意在內，主因在詩中首句有「亂後」一詞，使人容易望文生義，易生亡國之後的意識。但實際上，這個所謂「亂後」是指戰亂之後，才切合元好問當日作詩的時代背景。自貞祐南渡後，蒙軍越境進犯中原益急，其軍令是每當攻城掠地之際，遇有抵抗，城破後例必屠城。因此，無數的生命慘遭殺戮，無數的名城也被破壞得蕩然無存。劉因《靜修集•易州太守郭君墓銘》云：「金貞祐南遷，元軍北還，是時河朔為墟，蕩然無統」[19]。林間羽客樗道人編的《金蓮正宗記》也說：「當蒙古之銳兵南來也，飲馬則黃河欲竭，鳴鏑而華岳將崩，玉石俱焚。」[20] 這些戰火洗禮，元好問不但時有見聞，並且也身受其害，其〈故物譜〉云：「貞祐丙子之兵，藏書壁間得存。兵退，予將奉先夫人南渡河⋯⋯是歲寓居三鄉，其十月北兵破潼關，避於女兒之三潭。此下山，則焚蕩之餘，蓋無幾矣。」[21] 潼關乃軍事要塞，失陷後，金都汴京隨即告急。在這動盪不安的時局下，到處烽火，在長安的玄都觀照理亦難逃一劫。故此，「亂後玄都失故基」的「亂後」一詞，宜解作戰火之後，不能誤解為亡國之後，因那時金雖危，仍未亡國，尚有十七年金才亡，元好問斷無理由國未亡就先說其亡。所以楊鍾羲《雪橋詩話》云：「雖其時蒙兵已入燕，先生自秀容避亂河南，至是歲寓居三鄉，下距金亡垂二十年，不應預作淵明晉人之語以自況，介裴（朱休度（1732 ～ 1812），字休度）此論失考。」[22]

　　既然「亂後玄都失故基」這首詩，並無亡國之感傷在內，那麼這首

19　劉因：《靜修集》（臺北市：臺灣商務印書館），卷 17〈易州太守郭君墓銘〉，頁 81。

20　《道藏洞真部》第 15 冊《金蓮正宗記》卷 13（臺北市：新文豐出版公司），頁 135。

21　（金）元好問：〈故物譜〉，收入《元好問全集》（太原市：山西人民出版社，1990 年版），卷 39，頁 94。

22　郭紹虞：《元好問論詩三十首小箋》（北京市：人民文學出版社，1978 年），頁 78。

詩的寫作年份也應確信作者自述的「丁丑歲，三鄉作」了。

二　論詩「晚年改定」議

　　〈論詩三十首〉最末一首云：「撼樹蚍蜉自覺狂，書生技癢愛論量。老來留得詩千首，卻被何人校短長？」詩中第三句「老來留得詩千首」，引起近人對〈論詩三十首〉的最後定稿時間提出質疑。詩中「老來」一詞，似不合元好問當時的身分。那時的他，年方二十八，風華正茂，意氣高昂的時刻，剛剛「為箕山、琴台等詩，趙禮部（趙秉文）見之，以為少陵以來無此作也，以書招之，於是名震京師，目為元才子」（見〈陵川墓銘〉），不會貿然以「老來」一詞入詩。郭紹虞首先在《中國歷代論文選》提出質疑說：

> 元氏為這詩時，年二十八歲，但末首自稱「老來留得詩千首，疑晚年曾有改定，故留下此語，我們正可據此窺測元氏詩論的全貌。[23]

　　郭氏的質疑，相繼引起其他學者的注意，周惠泉說：

> 其〈論詩三十首〉，更是詩論的代表作，這一組論詩詩是詩人南渡初期的「丁丑歲」（1217 年）亦即二十八歲時的作品。但是最後一首「撼樹……」似經晚年改定。[24]

　　王禮卿說：

> 或疑此時不應言老，當為晚年有所改定。[25]

23　郭紹虞：《中國歷代論文選》中冊（香港：中華書局，1979 年），頁 206。

24　《吉林社會科學報》，1990 年第 3 期，頁 382。

25　王禮卿：《遺山論詩詮證》（臺北市：中華叢書編審委員會，1976 年），頁 195。

復旦大學中文學系古典文學教研組說：

> 撼樹……論量，已若老者口吻，可能他在晚年對這組詩還有更
> 定。[26]

　　元好問晚年有否修改〈論詩三十首〉的原稿問題，上述學者郭紹虞說「疑晚年曾有改定」，周惠泉說「似經晚年改定」，王禮卿說「當為晚年有所改定」，復旦大學中文系教研室亦持同調「可能他在晚年對這組詩還有更定」，都是持懷疑的態度，但下列學者卻持肯定態度，認為晚年有所改定：

張晶《遼金詩史》說：

> 關於〈論詩三十首〉的寫作時間有所爭議，筆者以為初作於
> 二十八歲時，晚年又加修訂。[27]

何林天《論元遺山的論詩三十首》說：

> 〈論詩三十首〉他自注作於丁丑歲三年〔即金宣宗興定元年
> （1217 年）〕，那時他二十八歲，但在最末一首詩說：「老來留
> 得詩千首」，可見是經過他晚年修改的。[28]

劉禹昌〈元好問詩論〉說：

> 關於〈論詩三十首〉，題下注明為「丁丑三鄉作」，本係作者
> 二十八歲時早期作品，無疑；但又確係作者晚年有所審定的定
> 論，所以最末一首說：「撼樹蚍蜉自覺狂，書生技癢愛論量。

26　復旦大學中文學系古典文學教研組。

27　張晶：《遼金詩史》（長春市：東北師範大學出版社，1994 年），頁 37。

28　《山西師大學報》，1987 年第 4 期。

老來留得詩千首，卻被何人校短長？」據此，我們應當把它視為見解成熟的評論，不應當只視為早期的作品。[29]

引起元好問〈論詩三十首〉是否晚年曾作出改定之爭議原因，起因在〈論詩三十首〉末首有「老來留得詩千首」之句，由於這句詩在銓釋上有不同的理解，所以才有分歧的意見。

三 「老來留得詩千首」之議

元好問〈論詩三十首〉最末一首有「老來留得詩千首」之語，引致近代學者懷疑〈論詩三十首〉的創作年代。這句詩爭議之處，出在對「老來」及「詩千首」的詞意闡釋方面，茲分別申論如下：

「老來」一詞是忻州土話

料不到「老來」一詞竟然是山西忻州方言的語彙，故此在釋義上容易招致誤解。元好問祖籍山西太原秀容（今山西忻縣）人（見《金史》本傳），曾為山西師範大學副院長劉澤解釋「老來」一詞說：

> 「老來留得」是元好問家鄉忻州方言土話中的慣用語，「來」和「得」都是助詞，相當於普通話中的助語詞「了」，「得」相當於普通話中的「上」或「下」。「老來留得」通常有兩種意思，第一種是「到老了的時候留上……」，第二種是「到死了的時候留下……」。在這句詩裏二意都可，以後一句「卻被何人校短長」來看，第二種意較切。[30]

29 《武漢大學學報》，1980 年第 5 期。
30 劉澤：《元好問論詩三十首集說》（太原市：山西人民出版社，1992 年），頁 331。

　　劉澤是地道山西人，又是學者，他為這句帶有忻州方言的詩句「老來留得詩千首」作出詮釋，應該一掃眾說紛紜之見。劉氏更指出這句詩應與下句「卻被何人校短長」一併解釋，才找出這句詩的真正意思。「老來留得」應解作「到死了的時候，留下……」。近人陳沚齋《元好問詩選》解釋「老來留得詩千首」這句詩說：「到我老年時，留下了千首詩歌，不知又被哪一個拿來比較短長了。」[31] 他這種解釋，跟劉澤的「到老了的時候留上……」。的意思大致相同。至於「詩千首」一詞，「當為遺山青年時推想之語」[32]，並非一個「實際」數字，只不過古代文人形容詩作數量多的慣用語，跟元好問一生的詩作數量無關。

好問詩常有「詩千首」一詞

　　在元好問有些作品中，雖然成詩年代不同，但都有應用「詩千首」的語調入詩，如〈為程孫仲卿作〉的「他日新詩一千首，不愁無物餉吾孫」；〈贈答同年敬鼎臣〉的「千首新詩工作祟，百壺清酒未消憂」；〈自題二首〉的「千首新詩百首文，藜羹不糝日欣欣」；青年時期作的〈雜詩六首道中作〉：「袖裏新詩一千首，不愁錦繡裏山川」；壯年時期作的〈去歲君遠遊送仲梁出山〉：「拏雲心事人不知，千首新詩怨枯槁」。從上可見，元好問於不同年紀，都有以「詩千首」一詞入詩，故此，他二十八歲說的「老來留得詩千首」，這「詩千首」並不真正反映他一生的詩作產量，充其量只可說詩產量多而已。

　　近人周本淳卻把「老來留得詩千首」這句詩中的「詩千首」，說成是元好問晚年詩作產量的「實錄」，他說：

　　　　這「老來留得」分明是「實錄」而不是懸揣的口氣。按今本元好

31　陳沚齋：《元好問詩選》（香港：三聯書店，1984 年），頁 88。

32　同上注 31，頁 89。

問詩正是一三六一首。……舉其成數可稱千首。當然並不是說〈論詩絕句〉是元好問的絕筆，詩中「老來留得」只說明年事已高，詩篇已盈千。[33]

周氏把元好問遺詩「千五百餘篇」[34]簡化為「舉其成數可稱千首」，以吻合「老來留得詩千首」這句詩中所說的「詩千首」，進而指出〈論詩三十首〉的成詩年代，非在元好問青年時期，而是在晚年時期。周氏的持論，可值得商榷。

四 好問詩產數量

有關元好問一生詩作有多少的問題，由於時代的變更，及大量的散佚，真正的原作數量殊難考究，新編的《元好問全集》（山西人民出版社），所收載的一千三百八十一首相信也是全部詩作中的一部分。從文獻可得知，元好問「七歲能詩」[35]，至四十五歲時自言「作詩今四十年矣」，六十五歲又說自己作詩「為專門之業，今四十年矣」（見〈答聰上人書〉）。金亡後，元好問作詩益勤，余謙序其選本詩集云：「金亡晦道林莽，日課一詩，寒暑不易」，如此看來，元好問應是一位多產作家。清施國祁編《元遺山詩集箋注》時，曾就元好問詩篇產量詳加分析考證，有關詳情載錄於序例中，最後作出總結說：「元詩凡一千二百八十首，續採八十一首，今補一首，總一千三百六十二首。」[36]施氏又根據元好問其他的詩文資料，發現有些作品所提及的詩

---

33 周本淳：《元好問論詩絕句非青年之作》，《江海學刊》1983 年第 4 期。

34 （金）元好問：〈大德碑本遺山先生墓銘〉，收入《元好問全集・附錄一》（太原市：山西人民出版社，1990 年），卷 50，頁 426。

35 同上注 34（按：〈南冠錄引〉載「八歲學作詩」，引作於四十五歲）。

36 清施國祁注：《元遺山詩集箋注・序例》（北京市：人民文學出版社，1989 年第 2 版），頁 19。

題，卻在詩集內並無記載，大概已經失傳。他舉實例說：「集詩失載者，本集、寒食靈泉集序，有五古一首，小亨集序，有種松詩、東遊略記詩十首……以上皆失載。」（見〈施序例〉）此外，集內並收有「皆屬錯記」（見〈施序例〉）的作品。施氏又指出，連同這些失載的詩篇在內，大略有千五首左右，切合了大德碑本遺山先生墓銘所載的「至千五餘篇」。他說：「郝經所記一千五百餘首，今諸失載篇什，約有其數。」[37]

　　元好問死後的墓誌銘是其弟子郝經所撰，但存世的墓誌銘卻有二個版本，一個是刻在石碑上的銘文，另一個是收編在郝經《陵川集》內的銘文，在內容上，二個版本略有差異，至於差異原因，殊難稽考。元好問死後四十年，即元朝大德四年（1300），其碑銘始由長子元拊及次子元振所立[38]，立碑時郝經已逝世三年，因立碑於大德四年，稱為〈大德碑本遺山先生墓銘〉，至於見於《陵川集》內的銘文，則稱為〈陵川集本遺山先生墓銘〉。

　　在元好問遺詩多少的問題上，頗多答案。〈大德碑本遺山先生墓銘〉載「至千五百餘篇」。清施國祁認為「今華氏本所刊〈郝銘〉，於「一千五百」之「一」字，訛作「五」字，而雲松趙氏遂疑真有此數，有「更求全集」之語[39]。這個雲松趙氏就是趙翼。他說：「郝經作遺山墓銘，謂其詩共五千五百餘篇，為古樂府以寫新意者，又百餘篇，以今題為樂府者，又數十百篇，是遺山詩共五千七百餘篇。」[40] 又說：

37　同上注 36。

38　〈校勘記（一）〉，《元好問全集·附錄一》（太原市：山西人民出版社，1990 年），卷 50，頁 430。

39　施國祁注：《元遺山詩集箋注·序例》（北京市：人民文學出版社，1989 年第 2 版），頁 20。

40　（清）趙翼：《甌北詩話》卷 8（北京市：人民文學出版社，1981 年 9 月），頁 118。

竊意遺山詩既有五千六七百首，則其遭遇國變，感慨滄桑，必更有許多傑作，今祇有此數，豈不可惜哉！又遺山修飾詞句，本非所長，而專以用意為主，意之所在，上者可以驚心動魄，次亦沁人心脾，今華氏刻本內第十三四卷，率多題畫絕句，別無佳思，而郝經所謂五千餘首者，竟不得睹其全矣，不知世間尚有全集否？當更求之。（見《甌北詩話》卷八）

元詩被削

趙氏說「必更有許多傑作」，所言確是。元好問「日課一詩」，顯然是一位多產作家，無庸置疑，但遺詩僅得千多首，似乎散佚頗多，主因是基於政治因素。近人續琨解釋說：

嚴忠傑刻印遺山詩集，時在元世祖中統三年（壬戌，一二六二），即遺山卒後五年，以嚴氏東平世爵之地位及張德輝深受世祖器重等關係，一旦全部刊印行世，不但遭元廷之忌，且增遺山身後之謗，故不得不忍痛割愛，將不利蒙古之詩篇，概予刪節，遂成一千五百餘篇之數，……又因元刻散佚，後世保留不存，仍僅有一千三百餘首之數。[41]

元好問是位亡國大夫，又是大詩人，其集中有關亡國之音的詩，應佔相當大的比重，但集中所見，國亡後反映時政的詩，及哀悼故國之思的作品，並不多見，該類作品，「不但遭元廷之忌，且增遺山身後之謗，故不得不忍痛割愛」，故此，該類作品未能在新朝刊行面世，亦不足為奇。

41　續琨：《元遺山研究》第 3 章（臺北市：臺灣中華書局，1974 年），頁 160～161。

近人整理元詩

　　為重新整理元好問的作品，近人姚奠中動用大量的人力物力，安排有關學者到北京、南京、上海、杭州各圖書館搜集元好問散佚的作品，重新彙編《元好問全集》一書，在詩方面增補二十首[42]，共成一千三百八十一首。但這個數字，亦可肯定並非元好問詩的全部。

　　故此，近人周本淳把元好問全部詩篇「舉其成數可稱千首」以吻合「老來留得詩千首」的數目，進而指稱元好問〈論詩三十首〉非青年之作，此說能否確立，自有公論。

五　遺山晚年詩觀與〈論詩三十首〉之詩觀

　　元好問晚年改變若干論詩觀點，但〈論詩三十首〉之原作未作更改，也可作為〈論詩三十首〉是作於二十八歲的有力證據。在〈論詩三十首〉中，元好問曾對若干詩人作出過猛烈的批評，但隨著歲月的流轉，閱歷與學養也相應增加，對於從前抨擊過分的東西，都會漸趨和緩，甚至包容起來，例如在〈論詩三十首〉第三首指出：「風雲若恨張華少，溫李新聲奈爾何。」上句寓意作詩不宜風雲之氣少，兒女之情多，但他卻在三十九歲時作的《聲聲慢》詞裏，透露了自己某些作品也是「任人笑，甚風雲氣少，兒女情多」（見〈施譜〉）。至於下句提及的「溫李新聲」，乃一負面的批評。施國祁引《四友齋詩說》云：「齊梁體，自盛唐一變之後，不復有為之者，至溫李始復返之。」[43] 元好問提出了饒有齊梁詩風的溫李作品，如何去評價？他在〈黃金行〉一詩勉勵後輩王郁時說：「王郎少年詩境新，氣象慘淡含古春。筆頭仙語復鬼

42　姚奠中主編：《元好問全集・前言》（太原市：山西人民出版社，1990 年），頁 5。

43　施國祁：《元遺山詩集箋注》卷 11（太原市：山西人民出版社，1989 年第 2 版），頁 525。

語，只有溫李無他人。」[44] 上詩結句，他對溫李二人的地位予以肯定。

　　元好問在〈論詩三十首〉其十三，有「真書不入今人眼，兒輩從教鬼畫符」之句，其句旨是批評盧仝的險怪詩風，使不善學的後輩，學成「鬼畫符」的模樣，無形中誤人子弟，但其後卻在〈送戈唐佐還平陽〉說：「千古黃金漢中淚，不獨盧仝並馬異。」[45] 上句引用於盧仝詩：「向玉璞裏剜出相思心，黃金礦裏鑄出相思淚」[46]，分明對盧仝有敬慕之意。

　　在〈論詩三十首〉其十九，元好問以陸龜蒙作為論詩的對象，有「萬古幽人在澗阿，百年孤憤竟如何」之句，不滿龜蒙「多憤激之辭而少敦厚之義」[47]，此為元好問二十八歲對陸龜蒙的觀感。但遺山到了壯年時期，竟然態度一轉，對陸龜蒙欣賞起來，其四十五歲時作的〈校笠澤叢書後記〉云：「龜蒙高士也，學既博贍，而才亦峻潔，故成就卓然為一家」[48]，確認了陸龜蒙的詩學成就，此種欣賞態度，到了晚年仍未改變，其詩〈九日午後入府知曹子凶問夜不能寐為作詩二首〉其一云：「角逐文場早決機，晚年書卷不停披。詩如魯望何多態，檄比賓王又一奇。……」[49]

　　在〈論詩三十首〉中，元好問譏諷苦吟詩人孟郊為「詩囚」（論詩其十八），有「東野窮愁死不休，高天厚地一詩囚」之句，又譏諷江西派健將陳師道為「閉門詩人」，只懂閉門擁被，刻意雕琢詩句，故

44　賀新輝：《元好問詩詞集·樂府》（太原市：山西人民出版社，1987 年），頁 19。

45　賀新輝：《元好問詩詞集·雜言》（太原市：山西人民出版社，1987 年），頁 71。

46　賀新輝：《元好問詩詞集·雜言》（太原市：山西人民出版社，1987 年），頁 72 注釋。

47　（金）元好問：〈校笠澤叢書後記〉，收入《元好問全集》（太原市：山西人民出版社，1990 年），卷 34，頁 769。

48　同上注 47。

49　姚奠中主編：《元好問全集》（太原市：山西人民出版社，1990 年），卷 10，頁 321。

在〈論詩三十首〉其二十九有「傳語閉門陳正字，可憐無補費精神」之句予以諷刺。元好問之所以譏諷苦吟，乃因少有詩名，意氣凌厲，反對苦吟及刻意練句，力主詩風自然及雄奇。不過，雄奇之詩容易流於粗疏，自然之詩容易流於輕滑。元好問晚年亦體會到此點，吐露心聲說：「我詩初不工，研磨出艱辛。」[50]（答王輔之）在教授其弟子張仲傑有詩〈與張仲傑郎中論文〉云：「文須字字作，亦要字字讀，咀嚼有餘味，百過良未足，功夫到方圓，言語通眷屬」[51]；又〈沁園春・除夕二首之二〉云：「花柳橫陳，江山呈露，盡入經營慘淡中」[52]；及〈自題中州集後五首之三〉云：「萬古騷人嘔肺肝，乾坤清氣得來難」[53]。元好問明白到作詩不能隨便仗氣使才，而要付出「研磨」、「字字作」、「嘔肺肝」等代價。

　　同時，他晚年也改變若干論詩觀點，就是對江西詩派的評價。在青年時期，他猛烈抨擊江西詩派，曾說：「論詩寧下涪翁拜，未作江西社裏人。」不滿之情，已經到了劃清界線的地步，但年事漸長，他排斥江西派的態度漸減，甚至與江西派中人往還，並結成莫逆，蓬然子就是一個很好的例子。蓬然子亦師事趙秉文，以書法著名，「畫能入品，詩學江西」[54]，二人交誼深厚，元好問〈蓬然子墓碣銘〉載：「予客冠氏，蓬然子亦來東州，每見之，必連日竟夕而不忍去也。」[55]在晚年，好問對江西詩派的評價由負面轉正面，其〈寄謝常君卿〉詩說：「百過新

50　賀新輝：《元好問詩詞集・五言古詩》（太原市：山西人民出版社，1987 年），頁 156。

51　同上注 50，頁 123。

52　同上注 50，〈詞〉（太原市：山西人民出版社，1987 年），頁 644。

53　同上注 50，〈七言古詩〉（太原市：山西人民出版社，1987 年），頁 557。

54　（金）元好問：〈蓬然子墓碣銘〉，收入《元好問全集》（太原市：山西人民出版社，1990 年），卷 24，頁 598。

55　同上注 54。

篇卷又披，得君重恨十年遲。文除嶺外初無例，詩學江西又一奇。」[56]

　　從以上資料來看，元好問晚年，對於詩學的觀點，明顯地作出調整，修正過去曾用過激言辭去批評〈論詩三十首〉中若干人物，雖然這樣，但〈論詩三十首〉的原作仍是一樣，並未作出修正，也可作為元好問晚年並無修定〈論詩三十首〉原稿的明證。清翁方綱亦強調〈論詩三十首〉是元好問青年之作，他在《石洲詩話》說：「先生一生識力皆於此，未可以少作目之。」[57]「少作」即青年時期所作。

小結

　　元好問〈論詩三十首〉題目下自注「丁丑歲，三鄉作」，明確交代了成詩的年份在丁丑歲。那時好問年廿八，在清代以前，從未有學者懷疑過〈論詩三十首〉的成詩年代。但近世學者卻提出質疑，原因在於〈論詩三十首〉其二十五有「亂後玄都失故基」及其三十有「老來留得詩千首」之語。其二十五〈亂後玄都失故基〉這首詩的詩旨涉及劉禹錫的〈看花詩〉，經考證後，該詩乃一諷刺權貴詩，不含國家興亡之旨在內。至於「亂後玄都失故基」一語，近代有學者認為此詩具亡國感傷成份，乃遺山於金亡後的作品，提出〈論詩三十首〉非好問青年之作的觀點，業經深入探究後，「亂後」宜解作戰火之後，並非金亡之後。丁丑歲那年，金雖危在旦夕，距金亡時間尚有十七年，元好問沒理由把國危說成國亡。至於「老來留得詩千首」一句，亦帶來近代學者誤解，誤以為元好問晚年對〈論詩三十首〉有所改定，經考證後，「老來留得」

56　賀新輝：《元好問詩詞集・七言律詩》（太原市：山西人民出版社，1987 年），頁411。

57　（清）翁方綱：《石洲詩話》卷 8，收入廣文書局編譯所編：《古今詩話叢編》（臺北市：廣文書局，1971 年），頁 329。

一詞乃忻州方言，詩句原意是解作「到死了的時候，留下詩千首」，而
「詩千首」一詞，乃元好問作詩的常用詞，並非指其一生或晚年的詩歌
產量。有關元好問〈論詩三十首〉的成詩年代，有一條很重要的線索，
就是元好問的論詩觀點，隨著學養的增長及時間的推移，作出很大程
度的改變，但〈論詩三十首〉的論詩觀點，並未相應去修訂，仍保留原
稿面貌，可證明〈論詩三十首〉的成詩年代，正如詩題下附註的「丁丑
歲，三鄉作。」清翁方綱亦強調〈論詩三十首〉是元好問青年之作。

第二節 〈論詩三十首〉之編次失序研究

元好問的論詩三十首，其中若干首在編次上，沒有依時代的先後
順序排列。清施國祁《元遺山詩集箋注》的〈例言〉已提出質疑云：

> 是集，元刻為嚴忠傑中統壬戌本，張德輝類次……。先生手錄
> 詩冊，似不甚排當，其間前後失次，並有書〈追錄〉字者，大
> 小不等，已無例可沿，及頤齋（張德輝）類次，又將古今體分
> 編，顛竄尤甚。是以鄙附箋注，隨題載入，悉遵舊本。[58]

上述引文所說的「似不甚排當」、「前後失次」、「顛竄尤甚」，已明
言詩冊資料混亂，施國祁在例言中更坦言「匆匆解注，七月而成」。另
一清代學者宗廷輔亦在其《古今論詩絕句》中，指出〈論詩三十首〉的
第二十五首「亂後玄都失故基」，犯上編次失序的缺點。他說：「此詩
（第二十五首）似應次東野（第十八首）一首之下。」[59]近代美國學者魏
世德（John Timothy Wixted）也說：「關於唐代詩人劉禹錫的第二十五首

---

58 施國祁：《元遺山詩集箋注·例言》（北京市：人民文學出版社），頁 15～22。
59 郭紹虞：《元好問論詩三十首小箋》（北京市：人民文學出版社，1978 年），頁 77。

詩放在宋詩之中，顯然也不恰當。」[60] 不過，近代學者郭紹虞則另有見
解說：「意者元氏此詩所論，重在作詩應否譏剌之問題，故以列於『俳
諧怒罵』與「女郎詩」二詩之後，且昔人謂蘇軾詩初學劉禹錫，亦以蘇
詩即事感興之作，易為人摭拾陷害之故。或元氏此詩雖詠劉事而旨在
論蘇，故以廁於論蘇、黃各首之間。宗氏（指宗廷輔）疑為先後失次，
非也。」[61] 郭氏指出「蘇軾詩初學劉禹錫」，並言「此詩雖詠劉事而旨在
論蘇」，其言正確，亦為遺山論此詩之旨所在。

一　編次失序之詩

　　在〈論詩三十首〉中，除第二十五首有編次失當之論爭外，還有數
首亦犯同一毛病，例如在論魏晉詩人詩組中，東晉詩人陶淵明（見第四
首），排列在建安詩人阮籍（見第五首）及西晉詩人潘岳（見第六首）
之前。在論唐人詩組中，西晉詩人潘岳和陸機（見第九首）及東漢末
名人管寧和華歆（見第十四首），竟混雜其中，實屬費解；盛唐詩人杜
甫（見第十、第十一首）排名先於李白（見第十五、第十六首），有失
世稱李杜之序；中唐詩人元結（見第十七首）的排名在晚唐詩人李商隱
（見第十二首）及中唐詩人李賀（見第十三首）之後。此外，晚唐詩人
陸龜蒙（見第十九首）又排名在中唐詩人柳宗元（見第二十首）之前。
總之，在論唐人詩組中，有關詩人的排名先後，完全不依時代的先後
次序。在論宋人詩組中，前面已提及過的中唐詩人劉禹錫（見第二十五
首）列於宋人詩組中；宋初詩人歐陽修、梅聖俞和王安石（見第二十七
首）排名在蘇軾（見第二十四首）之後，亦屬惹人質疑其編次是否有

60　魏世德（John Timothy Wexted）：〈論詩絕句看元好問的文學批評觀〉，《忻州師專學
　　報》1987 年第 2 期，頁 48。
61　郭紹虞：《元好問論詩三十首小箋》（北京市：人民文學出版社，1978 年），頁 77。

當。

　　這些編次錯誤，有些是可理解的，但有些仍需深化探索其理。〈論詩三十首〉為元好問二十八歲時所作[62]，是年他另有一篇同類的文學批評作品《錦機集》，集中有〈錦機引〉云：「興定丁丑，閑居河南，集前人議論為一篇，以便觀覽。」[63] 既然是「集前人議論之作」，當然會借鑑於詩學批評巨著：鍾嶸《詩品》。《詩品》在論人的次第上，「略以世代為先後，不以優劣銓次」[64]，而〈論詩三十首〉頗受《詩品》影響。近人李正民指出說：「〈論詩三十首〉所評唐前詩人，以借鑑《詩品》的論斷為多。」[65] 元好問的〈論詩三十首〉在論斷上既然借鑑《詩品》，而在人物的編次上有略違《詩品》「略以世代為先後」的原則。

二　〈論詩三十首〉編次失序之因

　　事實上，〈論詩三十首〉的確犯上編次失序之弊，近人李正民之〈元遺山論詩三十首的美學系統〉也承認此弊，並歸納出四點意見：一、遺山自己手錄的詩冊有「前後失次，……已無例可沿」；二、經過張德輝的「類次」，「顛竄尤甚」；三、施國祁雖已發現了問題，但拘於「率由舊章」的古訓，又自謙「未學儉腹，不敢獨抒己見」，而仍「悉遵舊本」；四、今人對此尚無異議。以上所言，確實如此，但論點仍可補充。

62　施國祁注：《元遺山詩集箋注・年譜》（北京市：人民文學出版社，1989 年第 2 版），頁 42。

63　姚奠中主編：《元好問全集》（下）（太原市：山西人民出版社，1990 年），卷 26〈錦機引〉，頁 26。

64　鍾嶸著，曹旭集注：《詩品集注》（上海市：上海古籍出版社，1996 年 8 月第 2 版），頁 173。

65　李正民：〈元遺山論詩三十首的歷史地位〉，《山西大學學報》（哲學社會科學版）1992 第 1 期，頁 67。

元好問晚年忙於著述，「往來四方，採摭遺逸，有所得，輒以寸紙細字，親為記錄，雖『甚醉』，不忘。於是，雜錄近世事，至百餘萬言，捆束委積，塞屋數楹，名之曰野史亭，書未就而卒。」[66] 其作品產量「至百餘萬言，捆束委積，塞屋數楹」，可見其豐。元好問的作品未經親自整理便辭世，後人彙編其稿，內容出現或多或少的混亂，並不足為奇。

三　元氏遺稿之蒐羅

元好問死後六年[67]，其詩文遺稿由蒙帥嚴實之子嚴忠傑出資刊印，並由張德輝類次，李冶及徐世隆作序，杜仁傑及王鶚作跋，以上五人均是元好問故交[68]。書中李序云：「東平嚴侯（指嚴忠濟）弟忠傑，有文如〈淇澳〉，好善如〈干旄〉，獨能求得其全編，將鋟之梓。」[69]「東平嚴侯弟忠傑，喜與士人游，雅敬遺山，求其完集，刊之以大其傳云。」[70] 王跋云：「東平嚴侯弟忠傑，富貴而好禮者也，即其家購求遺稿，捐金鳩匠，刻梓以壽其傳。」[71] 上述三人的序或跋，各露端倪，李序有「獨能求得其全編」之語，徐序有「求其完集」之言，前者求其「全」，後者

66　姚奠中主編：《元好問全集》（下）（太原市：山西人民出版社，1990 年），卷 50 郝經〈陵川集本遺山先生墓銘〉，頁 432。

67　元好問卒於蒙古憲宗七年（1257），《遺山文集》書成於中統三年（1262），見李序。

68　降大任著：《元遺山新論》，內有一篇〈元遺山交遊考〉，對於元好問與這五人的交遊有詳細的記錄，有關資料，分別見於該書頁 213（王鶚）、頁 240（張德輝）、頁 240（徐世隆）、頁 318（李冶）、頁 388（嚴忠傑）（太原市：北岳文藝出版社，1988 年）。

69　姚奠中主編：《元好問全集》（下）（太原市：山西人民出版社，1990 年），卷 50〈中統李冶序〉，頁 413。

70　同上注 69，〈徐世隆序〉（太原市：山西人民出版社，1990 年），頁 414。

71　同上注 69，〈王鶚序（跋）〉（太原市：山西人民出版社，1990 年），頁 416。

求其「完」，二者之義同，均透露盡得好問詩文之全部遺稿。在王的跋文中，更透露嚴忠傑運用金錢向元好問後人收購遺稿，反映出元氏後人的經濟生活頗為艱難。按：嚴忠傑是地方名人，有權有勢，又是元好問的故交，今仗義出資刊印元氏遺稿，元氏後人照理求之不得，送出全部稿件，但事實證明並非如此。當《遺山文集》出版後八年[72]，元好問的舊同僚曹益甫，亦為其編印詩集單行本。該集段成己有序云：

> 自僑居平陽時，為諸生舉似其一二，然以未見其全，為學者惜。閱遣人即其家，盡得所有律詩[73]，凡千二百八十首，又續採遺落八十二首，將刻梓以傳，以膏潤後學。未及而益甫（曹益甫）沒，於後四年，子軑繼成父志，同門下客楊天翼，命工卒其事，俶落於至元戊辰（1268）之秋，迨庚午（1269）夏，首尾歷六十五旬有五日。[74]

序中「閱遣人即其家，盡得所有律詩，凡千二百八十首，又續採所遺落八十二首」，證明元好問後人先前送交嚴忠傑有關元氏遺稿，並非遺稿的全部，亦可推想出，元氏的稿未受到完整的保存。

72　中統本《遺山文集》書成於中統三年（1262），曹益甫父子輯錄問詩，由段成己作序，書成於至元七年，庚午（1270）（太原市：山西人民出版社），頁418。

73　據施國祁：《元遺山詩集箋注》序例云：「眠琴山館又藏元刻曹益甫至元庚午本，有段成己序，止詩二十卷，無文，其詩亦一千二百八十首，續採八十一首」，包括了：「五古十二首、七古四首、雜言三首、樂府二首、五律八首，七律三十三首、七絕一十九首。」又據近日姚奠中主編的《元好問全集》，可說是到目前為止，搜羅元好問詩文最多的一本集子，在詩的部分，七律亦只有四百三十首（見卷八至卷十），亦無段成己序言中所說的「盡得所有，凡千二百八十首」那麼多，「律」字恐是多刻之字，在施氏的〈序例〉中有深入的研究，舉出的例子也很多。他並且不禁歎道：「古書固因不校而訛，亦有因校而益訛。」可見元氏傳世之作中，有很多是錯誤百出的。

74　施國祁：〈段詩集引〉，《元遺山詩集箋注・序例》（北京市：人民文學出版社，1989年，益甫本），頁7。

四　按體分類成書之失

　　嚴忠傑出資為元好問刊印遺稿，而負責整理稿件，進行類次編輯工作的，則是龍山三老之一的張德輝[75]。他編印《遺山文集》時，已是六十八歲的老頭兒[76]，可謂正是風燭殘年，精神體力都有限是可理解的，面對「百餘萬」字未經整理的稿件，同時，當中很多是「寸紙細字」的初稿，遺稿中很多又欠創作年份，編錄工作倍感吃力和困難，若按作品創作先後編錄成書，是行不通的，故此，迫得要按體分類，而書中有關作品的創作先後，仍未得到解決，於是就此免強成書。

五　明清學者之批評

　　在明代，儲巏得秘本《遺山集》，予以重新刊印。書中李瀚作序批評說：「其詩文全集，卷帙頗多，在元時固已盛行。然歷時既久，屢更兵燹，書在人間，多是抄本，魯魚亥豕，漫不可讀，瀚竊病之。」[77]清代學者施國祁也抨擊說：「將古今體分編，顛竄尤甚。」[78]李、施二人之言，確是事實，集中把各體詩按「古今體分編」，以〈論詩三十首〉為例，歸類屬七言絕句，刊於詩集卷十一，在七絕詩體中，排列第一，

---

[75]　（元）蘇天爵：《元朝名臣事略》卷 10 宣尉張公（張德輝），四庫全書（四五一冊）史部二，九傳記類（臺北市：臺灣商務印書館），頁 631 。

[76]　同上注 75，張德輝「至元十一年（1274）卒，年八十」，而中統本《遺山文集》書成於「中統三年」（見李冶序），即公元一二六二年，經運算後，張德輝編錄《遺山文集》時，年紀是六十八歲。

[77]　施國祁注：《元遺山詩集箋注·李（瀚）序》（北京市：人民文學出版社，1989 年，弘治本），頁 11。

[78]　施國祁注：《元遺山詩集箋注·例言》（北京市：人民文學出版社，1989 年第 2 版），頁 22。

實屬不當。〈論詩三十首〉為元好問二十八歲時的作品[79]。在此之前，元好問還有八首七絕作品[80]，分別是十八歲作的〈七夕〉、〈酴醾〉；十九歲作的〈初發潞州〉；二十二歲作的〈元夕〉、〈出京〉；二十七歲作的〈三鄉雜詩〉三首，以上八首詩，不分次序，隨便編列在〈論詩三十首〉之後，顯然是不對的。其他各體詩中，類似的混亂情況，比比皆是。故此，〈論詩三十首〉在編次上出現失序問題，並不足為奇。

此外，有關《遺山文集》中的詩文「失載」、「錯記」、「集文元闕」、「文字散他處」的情況，施國祁都有深入的研究，詳見其所著的《元遺山詩集箋注》序例。

六 《唐詩鼓吹》同犯編次之失

元好問另一本傳世之作《唐詩鼓吹》也同樣出現不少謬誤，為人所詬病。該書是一本唐人七律詩選集，分別有金曹益甫作詩[81]詠其事，元趙孟頫、武乙昌、姚燧作序，盧摯作跋[82]記其事。該書雖以唐詩為標榜，但書中卻無李白、杜甫、韓愈、孟郊等大家、名家之作，似乎不合情理。書中最謬誤之處，竟連北宋胡宿[83]的詩也收編在內，數量達二十三首之多。除胡宿的詩誤收外，書中卷十又誤收李後主詩四首、

---

[79] 〈論詩三十首〉注言中有「丁丑歲，三鄉作」，是年好問時年二十八。

[80] 賀新輝：《元好問詩詞集‧元好問詩文編年譜》（北京市：中國展望出版社，1987年），頁751～753。

[81] （元）房祺：《河汾諸老詩集》卷8，曹益甫有《讀唐詩鼓吹》云：「傑句雄篇卒若林，細看一一盡精神。才高不似人間語，吟苦定勞天外心。白璧連城無少玷，朱弦三歎有遺音。不經詩老遺山手，誰能披沙揀得金。」

[82] 《元好問全集》卷53附錄四，〈唐詩鼓吹序〉七則（太原市：山西人民出版社，1990年），頁487。

[83] 胡宿（西元996～1067年）《宋史》有傳，宋仁宗天聖二科進士，神宗初以太子少師致仕。

湯漢（即殷崇儀）、徐鉉各一首。元好問此種選詩準則，引起後人疑寶，甚至懷疑《唐詩鼓吹》並非其所編，如楊慎《丹鉛總錄》云：「鼓吹之選，皆晚唐之最下者，或疑非遺山，觀此益知其偽也。」[84] 近人孫克寬更說：「這卻是宋元以來選詩一大公案。」[85] 這個疑案的起因，大柢是後人編印遺稿時，未經深入整理而引致的。

小結

元好問的遺稿，以「寸紙細字」書寫，「至百餘萬言，捆束委積，塞屋數楹」，其存放處理僅屬一般，未見認真。此外，不排除的可能，由於改朝換代之際，遺山後人為免惹上文字獄風波，料毀棄不少文稿，故此遺稿出現散佚和紊亂，並不足為奇。遺山死後六年，其遺稿始由張德輝整理類次編書。那時，張德輝已是年邁體弱之身，處理一大堆混亂的文稿，又要反覆再剔除觸犯政治的詩文，此項工作相當耗精費神，對風燭殘年的張德輝而言，殊非易事，故此書成始發覺謬誤頗多，但為時已晚。清人施國祈箋註遺山詩集時，已坦言詩集謬誤之處。而施國祁亦未曾校正相關謬誤，其《元遺山詩集箋註》，也是「匆匆解注，七月而成」。在種種不利條件下，〈論詩三十首〉出現編次失誤問題是可理解的。

---

84 《元好問全集》卷 53 附錄四，〈唐詩鼓吹序〉七則（太原市：山西人民出版社，1990年），頁 487。

85 孫克寬：〈唐詩鼓吹與王荊公詩〉，《詩與詩人》（臺北市：學生書局，1971 年 10 月再版），頁 67。

第三節 〈論詩三十首〉之文學性研究

〈論詩三十首〉是一組以絕句形式去論詩的作品，其詩學理論受到學術界的熱切關注，曾作出不少研究。本文的重點，是從修辭學中的比喻、對比、疑問、引用、誇張等方面去探討其寫作技巧及其文學性。

一　比喻

比喻是最常用的寫作手法之一，它能夠使抽象的理論變得形象化，使枯燥的理論變得生動活潑。〈論詩三十首〉中用了許多比喻，據統計，有十三首詩運用了比喻，例如：

其一：誰是詩中疏鑿手，暫教涇渭各清渾？

其二：曹劉坐嘯虎生風，四海無人角兩雄。可惜并州劉越石，不教橫槊建安中。

其八：論功若準平吳例，合著黃金鑄子昂。

其九：心聲只要傳心了，布穀瀾翻可是難？

其十：少陵自有連城璧，爭奈微之識碔砆？

其十一：畫圖臨出秦川景，親到長安有幾人？

其十三：真書不入今人眼，兒輩從教鬼畫符。

其十六：切切秋蟲萬古情，燈前山鬼淚縱橫。

其十八：東野窮愁死不休，高天厚地一詩囚。

其二十二：奇外無奇更出奇，一波才動萬波隨。只知詩到蘇黃盡，滄海橫流卻是誰？

其二十三：拈出退之山石句，始知渠是女郎詩。

其二十六：金入洪爐不厭頻，精真那計（一作許）受纖塵？

　　其三十：撼樹蚍蜉自覺狂，書生技癢愛論量。

　　上述比喻（字上有點者），有以下幾點特色：

　　第一，比喻取材豐富：在〈論詩三十首〉中，隨處可見比喻句子，有些句子，甚至連用兩個比喻，上下銜接，類似蘇軾的博喻。如其二十二先以「一波才動萬波隨」來形容蘇詩翻新出奇的情景，接著用「滄海橫流卻是誰」比喻誰作中流砥柱，兩個喻體之間如同流水一般，自然相連。又如其二十六先以「金入洪爐不厭頻」比喻詩貴鍛鍊，接著在此基礎上，生發出下一個比喻「精真那許受纖塵」，而「纖塵」則比喻詩的微疵。「真金」與「纖塵」相比，兩句詩意一正一反，轉換手法卻極其巧妙。又如其十三以「真書不入今人眼，兒輩從教鬼畫符」來評價險怪詩風，先用「真書」（楷體）比喻詩歌正體，接著用「鬼畫符」比喻偽體，上下連貫，自成對比，並加上「不入」、「從教」等虛詞予以連接成句，顯得句意一氣流轉。〈論詩三十首〉詩中的比喻例句豐富，說明這組詩不僅具有理論性、邏輯性，還具有形象性、文學性及藝術性。

　　第二，比喻形象化：〈論詩三十首〉中，有些道理雖然較抽象，欠缺新意，但讀起來卻饒有趣味，其原因之一就是借助比喻，使之變得形象生動。〈論詩三十首〉第一首即揭示這一比喻技巧，詩中末二句連用了三個比喻，「誰是詩中疏鑿手，暫教涇渭各清渾」，「疏鑿手」、「涇渭」、「清渾」等比喻詞，都很具體，顯得形象生動。又如其八，是詩高度評價陳子昂恢復詩體雅正之功，其觀點源出杜甫〈梓州過陳拾遺故宅詩〉「公生揚馬後，名與日月懸」和韓愈〈薦士詩〉「國朝盛文章，子昂始高蹈」等詩句，其語言襲自貫休〈古意詩〉之四「幾擬以黃金，鑄作鍾子期」和北宋鄭獬「若論破吳功第一，黃金只合鑄西施」

等詩句[86]，承襲別人句意，本屬了無新意，但經元好問予以活化使用，寫出精采詩句「論功若準平吳例，合著黃金鑄子昂」，以軍功比喻其詩功，將詩人軍事化，其妙處不僅在於「平吳二字，妙在關合齊梁」[87]，而且還與首句「沈宋橫馳翰墨場」的「橫馳」二字遙相承接，顯得形象新穎。好問之評子昂，足與杜甫、韓愈之評子昂鼎足而三，各具特色。

第三，比喻貼切：如〈論詩三十首〉其二評價曹植、劉楨、劉琨三位詩人，詩中連續用了三個比喻，將曹劉比喻「虎嘯坐生風」及「兩雄」，將劉琨比喻「橫槊建安」。曹劉及劉琨三位詩人予以軍人化，形象地反映出他們詩歌中的慷慨風骨。再如其十六，評價李賀之詩，詩中有句「切切秋蟲萬古情，燈前山鬼淚縱橫」，以「秋蟲」和「山鬼」作對仗，再加上「切切」、「淚縱橫」等修飾詞語入詩，可謂形神兼備，特別貼切。詩句中展現出一片陰森，悲愁哀苦的境界，不像是議論說理，而像是寫景抒情，就是說，這首詩具有抒情韻味，其技巧有很強的藝術性。

第四，比喻新穎：孟郊的窮愁，人所共知，韓愈在〈送孟東野序〉中率先述說其窮愁的身世：「抑將窮餓其身，思愁其心腸，而使其自鳴不幸邪？」孟郊自己也有「誰謂天地寬，出門如有礙」[88]、「萬事有何味，一生虛自囚」[89]的自白。宋人包括歐蘇在內，嗟吟孟郊窮愁之作，不勝枚舉，但從未有人說出「詩囚」一詞，而元好問在「一生虛自囚」

86　陳湛銓：《元遺山論詩絕句講疏》，《香港浸會學院學報》第 3 卷第 1 期（1968 年），頁 14。

87　（清）查慎行語，見郭紹虞：《元好問論詩三十首小箋》（北京市：人民文學出版社，1978 年），頁 64。

88　《孟東野詩集》（北京市：人民文學出版社，1959 年 7 月），卷 6〈贈崔純亮〉，頁 101。

89　同上注 88，卷 3〈冬日〉（北京市：人民文學出版社，1959 年），頁 47。

的基礎上，別具匠心，妙手偶得，拈出「詩囚」二字，再將它置於「高天厚地」這樣巨大的空間裏，相形之下，對比強烈鮮明。「詩囚」既一語破的，揭示孟郊其人其詩的代表的特徵，又造語奇警，新人耳目。且不論「詩囚」之喻是否貶損過當，僅就「高天厚地一詩囚」一句而言，用詞巧妙新穎，其造成的藝術效果，給人留下不可磨滅的印象，成為後人津津樂道的談資。清人吳景旭曾舉「詩囚」及「女郎詩」為例，認為遺山的論詩，「大是談詩一助」[90]。清人薛雪《一瓢詩話》讚譽「詩囚」二字，「新極趣極」[91]，妙在新穎。有關「詩囚」一詞，元好問愛不釋手，也不避重複，在〈放言詩〉中再次使用入詩說：「長沙一湘累，郊島兩詩囚。」[92]〈論詩三十首〉其二十三也有比喻新穎別致的詞語入詩，據《中州集》王中立傳載：

> 予（元好問）嘗從先生（王中立）學，問作詩究竟當如何？先生舉秦少游〈春雨〉詩云：「有情芍藥含春淚，無力薔薇臥晚枝。此詩非不工，若以退之『芭蕉葉大梔子肥』之句校之，則〈春雨〉為婦人語矣。破卻工夫，何至學婦人。」[93]

元好問引用老師王中立的教誨入詩，寫成〈論詩三十首〉其二十三。是詩乃元好問評價秦觀詩之作，詩中末二句「拈出退之山石句，始知渠是女郎詩」，在詩中，元好問化用王中立的「婦人語」為「女郎詩」，經此化用改造，詩意精采頓出。「婦人語」係老生常談，而「女郎詩」卻未經人道；「婦人語」比較平實，「女郎詩」則洋溢著

90 （清）吳景旭：《歷代詩話》（北京市：中華書局，1958 年），卷 64，頁 967。

91 （清）薛雪：《一瓢詩話》，《清詩話》（臺北市：木鐸出版社，1981 年），頁 705。

92 （金）元好問：〈放言〉，收入《元好問全集》上冊（太原市：山西人民出版社，1990 年），卷 2，頁 33。

93 《中州集》（北京市：中華書局，1959 年 4 月），卷 9〈擬栩先生王中立〉，頁 473。

青春的氣息，明快的節奏，爽朗的音調，還有幽默感，更切合富有才情的秦觀詩歌。「女郎詩」此語一出，就令前人同類評價秦觀詩，顯得相形失色。此前，陳后山《後山詩話》評「少游詩如詞」；敖陶孫《詩評》評「秦少游如時女步春，終傷婉弱」；黃徹《鞏溪詩話》評「綺麗太勝」[94]，上述三人的評價意思相近，但論評都不及元好問的真切精采，原因之一就是「女郎詩」這一比喻新穎獨到。

第五，比喻破的：〈論詩三十首〉的比喻，比一般語言要尖銳，甚至尖刻，切題中的。清人吳景旭指出了這一點：

> 遺山論詩，直以詩作論也。抑揚諷歎，往往破的。讀者息心靜
> 氣以求之，得其肯會，大是談詩一助。少游乃填詞當家，其於
> 詩場，未免踏入軟紅塵去。故遺山所詠，切中其病，他日又書
> 以自警，蓋知之深，言之當也。[95]

吳氏所言的「抑揚諷歎，往往破的」，正是遺山論詩之長。少游於詩「未免踏入軟紅塵去」，好問以「女郎詩」一詞予以比喻，可謂更為恰當活潑。除此之外，「布穀瀾翻」、「硯砆」、「鬼畫符」、「秋蟲」、「山鬼」這些充滿貶義感情色彩的比喻，好問予以巧妙入詩，都能一針見血，「往往破的」，雖然，其中也許不無偏激之處，所以「硯砆」之類比喻，成了後人爭論的焦點。有人指摘元好問「硯砆」之論，是「大言欺人」[96]，所謂「大言」，正是其尖銳處。

元好問成功地運用大量的比喻去作為論詩材料，毫無疑問，會大

---

94 鄧昭祺：《元遺山論詩絕句箋證》（香港：當代文藝出版社，1993年），頁322～323。

95 吳景旭：《歷代詩話》（北京市：中華書局，1958年），卷64，頁967。

96 朱東潤：《中國文學批評史大綱》（上海市：上海古籍出版社，1983年6月），頁87。清人王鳴盛《蛾術編》亦有此語。

大增強〈論詩三十首〉的文學性。

二　對比

　　以七絕論詩，其內容必須精要簡練，節奏明快，最有效的方法之一，就是運用對比手法。因為通過對比，句意才有較大的張力空間，蘊藏更多的內涵，並具有言內意外的效果。而對比又是最常用的文學手法，能使兩種相異的現象或觀點，在對比中變得更加形象鮮明，更具有文學效果。這一手法在〈論詩三十首〉中運用得相當普遍和成熟，如下列詩句：

> 其三：風雲若恨張華少，溫李新聲奈爾何？
> 其六：高情千古〈閑居賦〉，爭信安仁拜路塵？
> 其十：排比鋪張特一途，藩籬如此亦區區。少陵自有連城璧，爭奈微之識碔砆？
> 其十一：眼處心生句自神，暗中摸索總非真。
> 其十二：真書不入今人眼，兒輩從教鬼畫符。
> 其十五：筆底銀河落九天，何曾憔悴飯山前？
> 其十六：切切秋蟲萬古情，燈前山鬼淚縱橫。鑑湖春好無人賦，岸夾桃花錦浪生。
> 其十八：東野窮愁死不休，高天厚地一詩囚。江山萬古潮陽筆，合在元龍百尺樓。
> 其二十四：有情芍藥含春淚，無力薔薇臥晚枝。拈出退之〈山石〉句，始知渠是女郎詩。
> 其二十九：池塘春草謝家春，萬古千秋五字新。傳語閉門陳正字，可憐無補費精神。

　　上述例句，大體可分兩類：一類是上下句之間的對比，對比的同時迅速轉換議題，造成節奏明快、議論風生的效果。如〈論詩三十首〉其三論晉詩慷慨之氣，詩的前兩句「鄴下風流在晉多，壯懷猶見缺壺歌」，從正面立論，而詩的末二包卻從反面立論，「風雲若恨張華少，溫李新聲奈爾何？」，以假設句來反問鍾嶸關於張華的評價，詩句中並沒有羅列任何反駁的論據，而是巧妙地以溫李新聲作陪襯，筆鋒輕輕一轉，則提問別開生面，可見對比的威力多麼重要！又如其十一「眼處心生句自神，暗中摸索總非真」，兩句一正一反，形成對比，立論明確，尤其是「暗中摸索」一詞用得形象生動。〈論詩三十首〉中，有些論詩是由首兩句與末兩句的對比組成，也即是整首詩由對比組成。如〈論詩三十首〉其十八是論韓孟比較：「東野窮愁死不休，高天厚地一詩囚。江山萬古潮陽筆，合在元龍百尺樓。」上詩前兩句論孟，後兩句論韓，一個是高天厚地之間的可憐詩囚，一個是高居百尺樓上，豪氣沖天的詩雄，兩相對比，反差更大，讓可憐者更可憐，豪邁者更豪邁。值得注意的是，「合在元龍百尺樓」的這一典故中，還暗含一層對比，就是將孟郊比喻為許汜，處於下位，將韓愈比喻為陳元龍，臥於百尺高樓之上，處於上位，顯得形象上下分明，含義不言而曉。又如〈論詩三十首〉其二十四關於秦觀詩的評論，前兩句是秦觀原詩，後兩句藉韓愈〈山石〉詩作對比，進而得出秦觀詩為「女郎詩」的結論。

　　在〈論詩三十首〉中，有些對比還寓有比喻意義在內，避免詩句容易出現枯燥感。如其十批評元積的杜詩論，元好問通過「連城璧」與「砆砆」這兩個比喻間的對比，一面頌揚杜詩的珍貴，卻一面低評元積的鑑賞力。又如其〈論詩三十首〉其十二批評險怪詩風，通過「真書」與「鬼畫符」兩個對比，將險怪詩風與雅正詩風的差距拉得更大，形象性更加鮮明。

　　對比有時，甚至是決定詩歌有無文學性的關鍵因素，如〈論詩三十

首〉其十關於元稹對杜詩的評價，前兩句「排比鋪張特一途，藩籬如此亦區區」，「藩籬」一詞，出自〈元稹杜工部銘〉，銘中有「則李尚不能歷其藩翰，況堂奧乎」之句，遺山化用「藩翰」為「藩籬」，似乎無足稱道，但妙在暗用對比，將元稹評價杜詩極高的「排比鋪張」，視為價值一般的「藩籬」，再以「區區」二字作結，否定「排比鋪張」的過譽價值。再如其六論述人品與文品相背的現象，前兩句「心畫心聲總失真，文章寧復見為人」，純粹說理，可以說沒有什麼文學色彩，而後兩句「高情千古閒居賦，爭信安仁拜路塵」，作者從《晉書・潘岳傳》中提取其「拜路塵」的齷齪之舉，與被誇張為「高情千古」的〈閑居賦〉相對比，不僅對比強烈，貴賤立見，語言文字技巧的運用，精采絕倫，益見此首論詩的文學價值。

三　疑問

疑問是〈論詩三十首〉的又一常用手法。據統計，有十七首詩用了十九例疑問句，臚陳如次：

其一：誰是詩中疏鑿手，暫教涇渭各清渾？

其三：風雲若恨張華少，溫李新聲奈爾何？

其五：縱橫詩筆見高情，何物能澆塊壘平？老阮不狂誰會得？出門一笑大江橫。

其六：心畫心聲總失真，文章寧復見為人？高情千古〈閑居賦〉，爭信安仁拜路塵？

其九：心聲只要傳心了，布穀瀾翻可是難？

其十：少陵自有連城璧，爭奈微之識碔砆？

其十一：畫圖臨出秦川景，親到長安有幾人？

其十三：萬古文章有坦途，縱橫誰似玉川盧？

其十四：出處殊途聽所安，山林何得賤衣冠？

其十五：筆底銀河落九天，何曾憔悴飯山前？

其十七：切響浮聲發巧深，研摩雖苦果何心？

其十九：萬古幽人在澗阿，百年孤憤竟如何？

其二十：謝客風容映古今，發源誰似柳州深？

其二十二：只知詩到蘇黃盡，滄海橫流卻是誰？

其二十三：曲學虛荒小說欺，俳諧怒罵豈詩宜？

其二十六：金入洪爐不厭頻，精真那計（一作許）受纖塵？蘇門果有忠臣在，肯放坡詩百態新？

其二十七：諱學金陵猶有說，竟將何罪廢歐梅？

　　上述疑問例句中，大致可分為一般疑問句與反問句兩類，而以反問句居多。如屬於一般疑問句的其一「誰是詩中疏鑿手，暫教涇渭各清渾？」未必是作者有自任疏鑿手之意，也可理解為期待他人是「詩中疏鑿手」。又其二十七「竟將何罪廢歐梅」，其疑問是「何罪廢歐梅」？作者自己也未必清楚，卻使別人思考。

　　上引例句中，屬於反問句如其五「何物能澆塊壘平？」此句是作者針對《世說新語・任誕》中「阮籍胸中塊壘，故需酒澆之」等語，予以化用成詩句，反問「何物能澆塊壘平？」，是說酒無法消除他胸中的塊壘，但卻讓人思考：酒不能消其塊壘，還有什麼可以消其塊壘？如果將此句改成「無物能澆塊壘平」，意思雖未變，但不僅堵截了讀者的想像去路，也失去阮籍那種內鬱不平之氣。

　　疑問句具反問作用，顯得意味深長，如其十九評價陸龜蒙，「萬古幽人在澗阿，百年孤憤竟如何？」陸龜蒙孤憤一生，結果又如何呢？

其答案耐人尋味，需要深思。關於這個答案，元好問則認為：「唯其無所遇合，至窮悴無聊賴以死」[97]，又或者在其〈放言詩〉找到答案，詩曰：

> 韓非死孤憤，虞卿著窮愁。長沙一湘累，郊島兩詩囚。人生定能幾，肺肝日相仇。井蛙奚足論？禪蝨良足羞。正有一朝樂，不償百年憂。[98]

上詩主要說，「人生定能幾」，拋開仇敵，寬恕井蛙無知，尋求開心過日，人生有限，不必終生愁苦。

反問句又如其二十論述柳宗元詩與謝靈運的淵源關係，「謝客風容映古今，發源誰似柳州深？」柳宗元最得謝靈運詩的精髓，但究竟二者關係如何之「深」？非得要比較二者詩歌、比較柳宗元與其他詩人，才能準確地作出答案。這就拓展了詩歌的空間，啟發了讀者的聯想。

〈論詩三十首〉中的反問句，其特點是詞鋒尖銳，氣勢凌厲，大有咄咄逼人之勢。如其六評論潘岳的文行不一，連用兩個反問句，即「文章寧復見為人？」及「爭信安仁拜路塵？」語氣步步緊逼，對於文行不一的人，在特定的語境下，則顯得避無可避。又如其九，「心聲只要傳心了，布穀瀾翻可是難？」以布穀瀾翻為喻，加以反問，「瀾翻」之「難」，其難如何？語氣率直，啟人思考。

當然，反問句並非單靠詞鋒犀利，有時還需配合調控聲情和節奏，使得在議論風發的同時，不失詩歌韻味。〈論詩三十首〉的反問句式，多用於詩的末句，有唱歎生情之妙。如其三詩中的反問句「風雲

---

97 （金）元好問：〈校笠澤叢書後記〉，收入《元好問全集》上冊（太原市：山西人民出版社，1990年），卷34，頁769。

98 （金）元好問：〈放言〉，收入《元好問全集》上冊（太原市：山西人民出版社，1990年），卷2，頁33。

若恨張華少，溫李新聲奈爾何？」與假設句相結合，使得聲情宛轉，輕輕一問，就令鍾嶸等人無以應答。言語的魔力，有時一切都在不言之中，方顯得韻味無窮。又如其十「少陵自有連城璧，爭奈微之識碔砆」，此處的「自有」與「爭奈」都上承「藩籬如此亦區區」之句而來，並與「亦區區」一詞相呼應，收抑揚頓挫之效。無可置疑，〈論詩三十首〉的反問句，具有特殊的文學價值觀。

四　引用

　　元好問在〈論詩三十首〉中，經常引用前人詩句或掌故入詩，其引用的技巧，大致有五種手法：

　　一、直接套用別人的成句：如〈論詩三十首〉其二十四「有情芍藥含春淚，無力薔薇臥晚枝，拈出退之山石句，始知渠是女郎詩」，首二句是先套用秦觀詩的成句，就其柔弱的詩境，再以末二句作出批評，益增以詩論詩的文學性。

　　二、改寫別人詩句：元好問擅改寫別人詩句作己用，充分展現其文學眼光和詩學涵養。如〈論詩三十首〉其十二引用李商隱「望帝春心託杜鵑，佳人錦瑟怨華年」的詩句，上句是李商隱的成句，下句則是改寫〈錦瑟〉的首聯「錦瑟無端五十弦，一弦一柱思華年」。李詩中本沒有「佳人」字樣，但卻多綺情豔思，無佳人之態，好問在「錦瑟」前冠以「佳人」一詞，句子顯得自然渾成，佳人像是詩中的主人翁，也像是錦瑟的演奏者，為這首論詩詩增加一種女性韻味。而且，這一句還明顯化用杜甫〈曲江對雨〉「何時詔此金錢會，暫醉佳人錦瑟旁」[99]的詩句，化用時，也將杜詩中的溫柔浪漫帶入其論詩中，這樣，「佳人

99　（唐）杜甫：〈曲江對雨〉，收入《杜詩詳注》（北京市：中華書局，1979 年），卷 6，頁 451。

錦瑟怨華年」就顯得格外美妙。結句筆鋒一轉，「獨恨無人作鄭箋」，
為美中有憾之情作伏筆，其文學聯想及修辭技巧，筆法相當高超。同
時，這一句還概括了〈錦瑟〉「怨華年」的主題，可謂一箭雙雕。又
如〈論詩三十首〉其十七「自是雲山韶濩音」，化用元結的〈欸乃曲〉中
「好是雲山韶濩音」之句，只改動一個字，將形容音樂的詩句用來形容
詩歌，傳達出一種天然的韻律美。

　　三、變用前人的有關觀點：如〈論詩三十首〉其六「心畫心聲總
失真」，是引用揚雄《法言・問神篇》「故言，心聲也。書心畫也」
之說，在引用中含有反駁味兒；〈論詩三十首〉其九「陸文猶恨冗於
潘」，概括《世說新語・文學》中「潘文淺而淨，陸文深而蕪」之句而
成，褒貶傾向更加鮮明；〈論詩三十首〉其十「排比鋪張特一途，藩籬
如此亦區區」，拈出元稹〈杜工部墓銘〉中有關褒揚杜甫的論點，予以
反駁。元好問把原屬文學理論的文字，予以變用其意成詩，彰顯了〈論
詩三十首〉的文學特色。

　　四、活用評論對象的有關詩句：如〈論詩三十首〉其十五「筆底
銀河落九天」之句，是化用李白〈望廬山瀑布〉的詩句「疑是銀河落
九天」而來，把「疑是」改為「筆底」，句意遂改變為形容李白詩風，
形象新穎，巧妙之極；〈論詩三十首〉其十九「無人說與天隨子，春
草輸贏較幾多」，化用陸龜蒙〈自遣詩〉中「稚子不知名品上，恐隨春
草鬥輸贏」，表明自己的觀點；〈論詩三十首〉其二十五「劉郎也是人
間客，枉向東風怨兔葵」，此兩句詩是綜合劉禹錫〈戲贈看花諸君子〉
「盡是劉郎去後栽」、〈再遊玄都觀詩〉及序引「……唯兔葵、燕麥動搖
於春風耳！……前度劉郎今又來」等材料，予以化用成詩句。元好問
化用劉詩，並以「東風」、「兔葵」等詞入詩成句，也就增加了詩意的
形象性；〈論詩三十首〉其二十九「池塘春草謝家春」，化用謝靈運〈登
池上樓〉中的名句「池塘生春草」，別具匠心地接以「謝家春」三字，

彷彿「池塘生春草」的春日景象只屬謝靈運專有，想像新穎而美好。這種化用，文學性較強。

　　五、移花接木法：此法最具創造性，最能體現元好問的文學才華。元好問擅於活用別人詩句，能把本屬平平無奇的詩句，但一經恰當地予以轉評其對象，往往產生神奇的效果，如下面幾組詩句：

　　　　其五：老阮不狂誰會得，出門一笑大江橫。
　　　　其十六：鑑湖春好無人賦，岸夾桃花錦浪生。
　　　　其二十二：奇外無奇更出奇，一波才動萬波隨。
　　　　其二十九：傳語閉門陳正字，可憐無補費精神。

　　「出門一笑大江橫」，本是黃庭堅〈王充道送水仙花五十枝欣然會心為之作詠〉的末句。這首七律前六句著重表現水仙花的動人仙姿，以及自己的喜愛之情，最後兩句是「坐對真成被花惱，出門一笑大江橫」，因喜愛之極而反為之所惱，為花撩亂思緒，不知所措，不得已離花而去，面對門前大江，將煩惱一笑了之。元好問化用山谷此句，與山谷原詩詩意已沒有關係，而是藉此來表現阮籍的狂態，讓人想起阮籍佯狂放誕，面對滔滔江水，有如險詐的世情，一笑置之，其流露出來的神態，高深莫測，更惹人好奇。

　　「岸夾桃花錦浪生」，本是李白〈鸚鵡洲〉中的詩句，元好問移花接木，將它拿來形容鑑湖春色。其實李白有很多描繪鑑湖風光的詩句，如「鏡湖三百里，菡萏發荷花」[100]、「鏡湖流水漾清波」[101]等等，但正如鄧昭祺所說，「這些詩句似乎都不及『岸夾桃花錦浪生』那樣使人悠

100　（唐）李白：〈子夜吳歌〉，收入（清）王琦注：《李太白全集》（北京市：中華書局，1985年1月），卷6，頁352。
101　（唐）李白：〈送賀賓客歸越〉，同上書卷17，頁803。

然神往」[102]。故此，在〈論詩三十首〉中，除體現了元好問移花接木的寫作技巧外，也體現其敏銳而獨到的文學眼光。

又如其二十二「一波才動萬波隨」，原句出自唐代船子和尚德誠的〈撥棹歌〉：「千尺絲綸直下垂，一波才動萬波隨。」[103] 本來是形容垂釣時的情景，元好問借用來形容蘇、黃等人出奇創新的詩風，也很新穎。最奇特的是「可憐無補費精神」一句，這一句的原始出處是韓愈的〈贈崔立之評事〉，題作「可憐無益費精神」[104]。後來王安石〈韓子〉一詩，有句論韓愈「力去陳言誇末俗，可憐無補費精神」，藉韓愈成句以諷刺韓愈，更具有諷刺效果。王安石意想不到的是，他此番言論日後也受別人諷刺。陳師道《後山詩話》載：「荊公詩云：力去陳言誇末俗，可憐無補費精神，而公平生文體數變，暮年詩益工，用意益苦，故知言不可不慎也。」[105] 陳師道反用該兩句詩來評安石，並責其「知言不可不慎」。而更妙的，陳師道也想不到他身後，又被元好問以同一詩句予以譏諷，真可謂螳螂捕蟬，黃雀在後。這一句詩連番被轉用，喻意貼切自然，令人拍案。

元好問上述的引用技巧，多采多姿，非庸手能及。他所引用別人成句，有些是平凡之句，也有些名言警句，但經他點化成己句後，都能恰當地融入〈論詩三十首〉中，從而大大加強論詩的文學性。

---

102 鄧昭祺：《元遺山論詩絕句箋證》（香港：當代文藝出版社 1993 年），頁 261。

103 德誠：〈撥棹歌〉，收入陳尚君輯校：《全唐詩補編·全唐詩續拾》（北京市：中華書局，1992 年 10 月），卷 26，頁 1054。

104 （唐）韓愈：〈贈崔立之評事〉，收入（清）錢仲聯集釋：《韓昌黎詩繫年集釋》（上海市：上海古籍出版社，1994 年 1 月），卷 6，頁 569。

105 （宋）陳師道：《後山詩話》，《歷代詩話》（北京市：中華書局，1981 年 4 月），頁 304。

五 誇張

誇張是文學作品的重要手法之一，〈論詩三十首〉也運用了這一手法。元好問很喜歡數量上的誇張，「千秋」、「萬古」之類的詞語出現率很高，如：

其四：一語天然萬古新，豪華落盡見真淳。
其六：高情千古〈閒居賦〉，爭信安仁拜路塵？
其七：中州萬古英雄氣，也到陰山敕勒川。
其十三：萬古文章有坦途，縱橫誰似玉川盧？
其十六：切切秋蟲萬古情，燈前山鬼淚縱橫。
其十八：江山萬古潮陽筆，合在元龍百尺樓。
其十九：萬古幽人在澗阿，百年孤憤竟如何？
其二十二：奇外無奇更出奇，一波才動萬波隨。
其二十九：池塘春草謝家春，萬古千秋五字新。

在〈論詩三十首〉中，「萬古」出現七次，「千古」、「千秋」各一次，難免如前人所譏，犯有重複之病[106]。這種數量詞的誇張，在杜甫詩中運用得較為普遍，如「萬里悲秋常作客，百年多病獨登台」之類，顯得「雄闊高渾，實大聲弘」。後來詩人們用得愈來愈多，漸漸成為俗套，動輒萬里百年，千秋萬代。遺山學杜，運用這些誇張詞彙，也用得出神入化，使得其詩「聲調茂越，氣色蒼渾」[107]。如其十三「萬古文章有坦途，縱橫誰似玉川盧？」聲情激越，豪邁闊大，如果將「萬古」

---

106 （清）趙翼：《甌北詩話》卷8云：「遺山複句最多」，又云：「遺山修飾詞句，本非所長；而專以用意為主。」（北京市：人民文學出版社，1981年9月），頁118～119。

107 錢鍾書：《談藝錄》（補訂本），頁172。

換成「自古」，意思未變，但那種高視闊步的氣度將為之大損。又如其十六「切切秋蟲萬古情」一句，「切切秋蟲」乃形容生命短暫，藐小可憐，但卻有「萬古情」，雖然是誇張，但卻切合李賀那種悲愴淒涼的詩風。可見，這些誇張的數目詞，是多麼的具關鍵性！再如其十八「江山萬古潮陽筆，合在元龍百尺樓」，以「江山萬古」形容韓愈的詩文將永存天地之間，以「百尺樓」之高，形容韓孟詩的高下懸殊，其中的語言雖然誇張，但卻起到了不可替代的作用。元好問在運用這些數量詞時，還常常幾個數量詞連用，如「一語天然萬古新」、「一波才動萬波隨」、「萬古千秋五字新」，一少一多，誇張中有對比，益顯誇張效果。

此外，還有一種語言上的誇張，如〈論詩三十首〉其十六「燈前山鬼淚縱橫」一句，「山鬼淚縱橫」，其想像力相當誇張。李賀好言鬼，詩中最接近遺山所論的是「嗷嗷鬼母秋郊哭」[108]、「鬼燈如漆點松花」[109]、「鬼哭復何益」[110]等詩句，他又愛寫淚，如「青琴醉眼淚泓泓」[111]、「相看兩相泣，淚下如波激」[112]，元好問以「淚縱橫」綰合這兩方面，寫出其神態，並把握其特點，可謂妙絕。又如其十八「東野窮愁死不休」一句，其句意雖不新穎，但評價孟郊卻相當深刻，原因在於它是用詩句表達出來，特別是「死不休」三字，以誇張的語氣，加強了其窮愁的程度，一輩子窮愁，到死都沒有結束，彷彿要延伸到九泉之下。如果將「死不休」改為「死即休」，則遜色得多。類似誇張的詩句，還有其二十一「窘步相仍死不前」，以「死不前」把次韻詩之弊，

---

108 （唐）李賀：〈春坊正字劍子歌〉，收入《李賀詩集》（北京市：人民文學出版社，1984 年 6 月），卷 1，頁 20。

109 （唐）李賀：〈南山田中行〉，同上書，卷 2，頁 112。

110 （唐）李賀：〈漢唐姬飲酒歌〉，同上書，外集，頁 347。

111 （唐）李賀：〈秦王飲酒〉，同上書，卷 1，頁 53。

112 （唐）李賀：〈漢唐姬飲酒歌〉，同上書，外集，頁 347。關於李賀詩中有關鬼與淚的描寫，可參見鄧昭祺：《元遺山論詩絕句箋證》，頁 254～260。

誇張地表達出來，殊具創意。

　　總之，上述各種文學手法的運用，各有妙用，不僅使這組論詩詩議論風生，音韻流蕩，而且使議論更加形象生動、精鍊概括和深刻獨到，使其詩論增輝生色，成為一顆耀眼奪目的明珠，贏得了後人的欣賞和仿效。

第四章
〈論詩三十首〉之辨正探微

　　元好問的〈論詩三十首〉，由於以絕句形式成詩，字少意多，引致異解紛紜，莫衷一是。本章的寫作動機，就是針對不符元好問論詩本意的異解，作出辨正，並探索其微言大義。本文基於求是求真的原則，尋求〈論詩三十首〉的正確理解，其中有部分見解如與前賢之說偶有略同，正如劉勰所說：「有同乎舊談者，非雷同也，勢自不可異也；有異乎前論者，非苟異也，理自不可同也。同之與異，不屑古今；擘肌分理，惟務折衷。」[1] 也如元好問〈詩文自警・先東巖讀書十法〉所說：「前賢議論，或有未盡者，以己見商略之。」[2] 前人意見，或有未盡，予以續議，提出補正，也是一種治學方法。

第一節　漢魏至六朝（第一至第七首）

　　其一

　　漢謠魏什久紛紜，正體無人與細論。誰是詩中疏鑿手，暫教涇渭各清渾。

　　此詩是元好問〈論詩三十首〉的總綱。前兩句闡明〈論詩三十首〉

---

[1]　范文瀾注：《文心雕龍》（北京市：人民文學出版社，1978 年 11 月第 6 版），卷 10，頁 727。

[2]　姚奠中主編：《元好問全集》（太原市：山西人民出版社，1990 年），下冊，卷 54，頁 503。

的寫作緣由，後兩句說明寫作目的。詩中首句所謂「漢謠魏什」，泛指漢魏以來的詩歌，「正體」與「偽體」「紛紜」雜陳，瑕瑜互見，其中能展現漢魏風骨的優秀詩篇，屬於「正體」，至於「彩麗競繁，興寄都絕」的劣質作品，則屬於「偽體」。元好問的詩歌史觀來源於江淹的〈雜體詩序〉：「夫楚謠漢風，既非一體，魏制晉造，既亦二體。譬尤朱藍成采，雜錯之變無窮；宮商為音，靡曼之態不（丕）極。」正是由於歷代詩歌「雜錯之變無窮」，才出現「正體」與「偽體」錯雜淆亂的情況。所謂「正體」一詞，源於杜甫〈戲為六絕句〉的「別裁偽體親風雅」。杜詩以「偽體」與「風雅」相對，而「正體」屬於「風雅」的詩體。

　　元好問有感於詩歌正體的風雅傳統，長期以來被偽體擾亂，而無人加以論辨釐清，故有論詩之作以寄意。詩中次句，元好問自訴缺乏志同道合之輩，一起商討如何扶持大雅，挽救正體詩的發展。末二句言舉世滔滔，英雄何在，誰能作詩中疏鑿手，嚴分正偽，有利詩體朝向正途發展。元好問於此首論詩中，分明已有自任「疏鑿手」的抱負。

「漢謠魏什久紛紜」的原因

　　詩中首句「漢謠魏什久紛紜」的原因，何三本〈論詩三十首箋證〉說：

> 陳子昂〈與東方左史虬修竹篇書〉曰：「文章道弊五百年矣。漢魏風骨，晉宋莫傳，然而文獻有可徵者。僕嘗暇觀齊梁間詩，彩麗競繁，而興寄都絕，每以詠歎。思古人常恐逶迤頹靡，風雅不作，以耿耿也。」……時隔愈遠，遞變愈甚，文體愈紛擾，尤以宋時為甚。故好問曰：「漢謠魏什久紛紜」。[3]

3　何三本：〈元好問論詩絕句三十首箋證（一）〉，《中華文化復興月刊》第 7 卷第 3 期

何三本說的「時隔愈遠，遞變愈甚，文體愈紛擾」，是由於詩體隨時代多元化發展之故。漢詩可分四體，即四言、五言、七言和樂府。詩家方面，據《漢書・藝文志・詩賦略》說「歌詩二十八家，三百一十四篇」，詩家頗多，這些都是促成漢魏詩歌紛紜之因。有關紛紜情況，王禮卿《遺山論詩詮證》[4]及何三本〈元好問論詩絕句三十首箋證〉[5]，均詳徵博引，具參考價值。

「正體無人與細論」不合實情

元好問謂「正體無人與細論」，證之於當時他的交遊情況，卻又並非如此孤單。胡傳志〈論詩三十首辨釋〉根據遺山創作背景，認為「正體無人與細論」一句，「似乎不合實際，因為至少有辛愿等人與他細論正體」。胡氏並說〈論詩三十首〉中「多少還包含了辛愿等人觀點」[6]。

元好問自言「正體無人與細論」，的確有點與實情不符。以下其作品可以為證，〈張仲經詩集序〉云：

> （仲經）從名士劉少宣問學，客居永寧。永寧有趙宜之、辛敬之、劉景玄，其人皆天下之選。[7]

（1974 年），頁 23 ～ 24。

4　王禮卿：《元遺山論詩箋證》（臺北市：中華叢書編審委員會，1976 年），頁 17 ～ 23。

5　何三本：〈元好問論詩絕句三十首箋證（一）〉，《中華文化復興月刊》第 7 卷第 3 期（1974 年），頁 23 ～ 24。

6　胡傳志：〈論詩三十首辨釋〉，《金代文學研究》（合肥市：安徽大學出版社，2000 年），頁 76 ～ 77。

7　姚奠中主編：《元好問全集》（太原市：山西人民出版社，1990 年），下冊，卷 37，頁 42。

又〈陶然集序〉云：

> 貞祐南渡後，詩學為盛。洛西辛敬之……等不啻數十人，號稱
> 專門。[8]

又〈木庵詩集序〉云：

> 三鄉有辛敬之、趙宜之、劉景玄，予以在焉。三君子皆詩人。[9]

又〈答聰上人書〉云：

> 僕自貞祐甲戌南渡河時，犬馬之齒二十有五。遂登楊趙之門，
> 所與交如辛敬之、雷希顏、王仲澤、李欽叔、麻之幾諸人，其
> 材量文雅皆天下之選。……平生知己如辛敬之、李欽用、李長
> 源輩數人。每示一篇，便能得人致力處。[10]

又〈孫伯英墓銘〉云：

> 貞祐丙子，予自太原南渡，故人劉昂霄景玄愛伯英，介予與之
> 交，因得過其家，登壽樂堂，飲酒賦詩，尊俎間談笑有味，使
> 人久而不厭。[11]

上述所提及的人物，張仲經、劉少宣、趙宜之、辛敬之、劉景

---

8 姚奠中主編：《元好問全集》（太原市：山西人民出版社，1990 年），下冊，卷 37，
　頁 44。

9 姚奠中主編：《元好問全集》（太原市：山西人民出版社，1990 年），下冊，卷 37，
　頁 47。

10 姚奠中主編：《元好問全集》（太原市：山西人民出版社，1990 年），下冊，卷 39，
　頁 80。

11 姚奠中主編：《元好問全集》（太原市：山西人民出版社，1990 年），下冊，卷 37，
　頁 707。

玄、雷希顏、王仲澤、李欽叔、麻之幾、李欽用、李長源、孫伯英等，都是青年俊彥或詩壇名士。元好問在二十八歲前，就跟他們常在一起談詩論文，交換意見，豈能說「正體無人與細論」，下面也是一個很好的明證，辛敬之嚴於詩，其論詩觀點云：

> 發凡例，解絡脈，審音節，辨清濁，權輕重，片善不掩，微纇必指，如老吏斷獄，文峻網密，絲毫不相貸。[12]

再看元好問論詩觀點：

> 量體裁，審音節，權利病，證真贗，考古今詩人之變，有直而無姑息。[13]

辛元二人論詩的標準同出一轍，對詩的要求也是一致的。元好問所說「正體無人與細論」，只不過是自命英雄，有自大之嫌，屬文人常見的表現行為。

藉論詩反映詩壇歪風

元好問的〈論詩三十首〉其一，詩中有「久紛紜」及「正體無人」等詞，反映詩壇正吹歪風。當日詩壇分為趙秉文及李純甫派兩大陣營，趙、李二人各有支持者。趙秉文乃元好問的恩師，〈趙閑閑真贊〉云：「興定初，某（指元好問）始以詩文見故禮部閑閑公，公若以為可教，為延譽諸公間。」[14] 又〈遺山先生墓銘〉云：「下太行，渡大河，為

12　（金）元好問：《翰苑英華中州集》，《四部叢刊集部》（臺北市：臺灣商務印書館，1990 年），卷 10，頁 1。

13　姚奠中主編：《元好問全集》（太原市：山西人民出版社，1990 年），下冊，卷 39，頁 80。

14　姚奠中主編：《元好問全集》（太原市：山西人民出版社，1990 年），下冊，卷 38，頁 70。

〈箕山〉、〈琴台〉等詩，趙禮部見之，以為少陵以來無此作也。以書
招之，於是名震京師，目為元才子。」[15] 故此，元好問該無理由暗批恩
師趙秉文，反之不拘小節的李純甫，則有可能成為批判的對象。據劉
祁《歸潛志》云：「李屏山雅喜獎拔後進，每得一人詩文有可稱，必延
譽於人。然頗輕許可，故趙閑閑云：『被之純壞卻後進，只獎譽，教為
狂。』」[16] 李純甫的不羈行為，元好問曾婉轉說他：「好賢響樂善，雖新
進少年游其門，亦與之為爾汝交，其不自重又如此。」[17] 至於當日南渡
後的詩壇狀況，元好問《中州集》卷十〈辛愿傳〉說：

> 南渡以來，詩學為盛。後生輩弄筆墨，岸然以風雅自名，高自
> 標置，轉相販賣；少遭指摘，終死為敵。一時主文盟者，又皆
> 泛愛多可，坐受愚弄，不為裁抑，且為激昂張大之語從諛之，
> 至比曹、劉、沈、謝者，肩摩而踵接，李杜以下不論也。敬之
> 業專而心通，敢以是非黑白自任。[18]

元好問雖未點名指出這些「主文盟者」是誰，但明眼人一看便知是
李純甫。他怪責這個文壇領袖，「泛愛多可，坐受愚弄，不為裁抑，且
為激昂張大之語從諛之」，並沒有肩負起糾正詩壇歪風的責任，任由偽
體氾濫。胡傳志〈論詩三十首辨釋〉曾指出：「〈論詩三十首〉的批評
矛頭不可能指向趙秉文一派，主要應是指向李純甫等人。」[19] 故此，元

---

15 姚奠中主編：《元好問全集》（太原市：山西人民出版社，1990 年），下冊，卷 50，
　　頁 426。
16 （金）劉祁：《歸潛志》（北京市：中華書局，1983 年），卷 8，頁 87。
17 （金）元好問：《翰苑英華中州集》，《四部叢刊集部》（臺北市：臺灣商務印書館，
　　1990 年），卷 4，頁 27。
18 （金）元好問：《翰苑英華中州集》，《四部叢刊集部》（臺北市：臺灣商務印書館，
　　1990 年），卷 10，頁 1。
19 胡傳志：〈論詩三十首辨釋〉，《金代文學研究》（合肥市：安徽大學出版社，2000

好問的〈論詩三十首〉其一，除藉論詩反映詩壇歪風外，也寓有暗批時賢李純甫寵壞後輩之意。

　　其二

　　曹劉坐嘯虎生風，四海無人角兩雄。可惜并州劉越石，不教橫槊建安中。

　　元好問於此首論詩中，推崇建安詩風。建安詩以風骨遒勁，俊爽剛健，慷慨悲涼為主，曹植及劉楨為此時期的代表人物。詩中起句以虎嘯生風為喻，讚揚曹植及劉楨的詩，具氣勢雄豪的特色，次句承以「四海無人角兩雄」，指出曹、劉二人在建安詩壇上，地位崇高，無人匹敵，同時也描畫出建安時期詩學鼎盛，人人爭雄的背景場面。詩中末二句惋惜西晉詩人并州刺史劉琨，未能適逢其會，生活於建安年間，否則定能橫槊賦詩，與曹劉兩雄論量高下。

「曹劉」是誰

　　這首詩中的「曹劉」，一般論家都以為是指曹植和劉楨，唯有陳沆《詩比興箋》和何三本〈元好問論詩絕句三十首箋證〉認為是指曹操和劉楨。陳沆云：

　　劉楨淺狹闃寥之作，未能以敵三曹，惟越石氣蓋一世，始足與曹公蒼茫相敵也。[20]

　　何三本進一步解釋說：

　　曹即曹操，劉即劉楨也。……又曹公父子中，以曹公之詩風最

────────────

年），頁 76。

20　陳沆：《詩比興箋》（上海市：上海古籍出版社，1981 年），頁 61。

為雄厚。……得知公幹雖無曹公經世濟民的遠大理想，然其剛健清拔的詩風，則與曹公相一致。……雖然曹丕、曹植及建安七子的其他詩人，亦均甚有可觀，共促使建安詩盛極一時，然其氣格不若曹公與公幹之雄厚渾麗也。故好問一眼覷定當時諸詩人之高下優劣，而謂之曰：「曹劉坐嘯虎生風，四海無人角兩雄。」此二語實為古今之公論也。[21]

何氏說曹植及其他建安諸子，「其氣格不若曹公與公幹之雄厚渾麗」，並說「曹劉坐嘯虎生風，四海無人角兩雄，此二語實為古今之公論也」，看來純屬一家之言，並非公論。「曹劉」中的「曹」不可能指曹操，黃瑞雲〈曹劉是指誰〉一文辨析得最好，黃說：

這裏的「曹」並非曹操，而只能是他的兒子曹植。理由很簡單，如果「曹」指曹操，「劉」就只能是劉備，歷史上與曹操並提的「劉」都指劉備。然而誰都知道，劉備並非詩人。元好問論詩，絕不會扯到劉備身上去。[22]

黃氏指出「『曹』並非曹操」，所言實是。元好問論詩以「曹劉」並稱，本之於鍾嶸《詩品・序》「曹劉殆文章之聖」一語。鍾嶸之後，唐杜甫〈寄高適〉詩有「方駕曹劉不啻過」之句，元稹〈唐故工部員外郎杜君墓繫銘〉也有「氣奪曹劉」之語，宋秦觀〈韓愈論〉更明言：「曹植、劉公幹之詩長於豪逸。」諸家所言的「曹劉」並稱，皆指曹植、劉楨而言。關於此點，郭紹虞〈元好問論詩三十首小箋〉[23]有詳細說明，茲不贅。

---

21 何三本：〈元好問論詩絕句三十首箋證（一）〉，《中華文化復興月刊》第7卷第3期（1974年），頁24。

22 《語文月刊》1986年第1期。

23 郭紹虞：《元好問論詩三十首小箋》（北京市：人民文學出版社，1978年），頁58。

　　曹劉二人「坐嘯虎生風」，陳湛銓〈元遺山論詩絕句講疏〉徵引《易・乾文言》「雲從龍，風從虎」和《淮南子・天文訓》「虎嘯而谷風至」等材料，予以注釋，並分別引用《詩品》關於劉楨「仗氣愛奇，動多振絕，真骨凌霜，高風跨俗」及曹丕〈與吳質書〉「公幹（劉楨）有逸氣，但未遒耳」等文獻，具體證明曹劉詩風。陳氏指出遺山只是沿用《詩品》「曹劉」並列之習稱[24]。近人陳沚齋〈元好問詩選〉、劉澤《元好問論詩三十首集說》等書，對解釋曹劉身份，意見大體相近。至於辛棄疾〈南鄉子〉詞中「天下英雄誰敵手，曹劉」，他所指的「曹劉」，為政治家兼軍事家的曹操、劉備，顯然非元好問所論詩人曹植、劉楨也。

褒揚劉琨

　　陳湛銓謂元好問此詩「意在褒揚劉琨」[25]，《詩品》稱劉「善為淒戾之辭，自有清拔之氣……善敘喪亂，多感恨之辭」[26]。元好問正因為劉琨詩風格與曹劉相似，才將他與曹劉一起論述，注家對此均無異議。問題是，即使風格相似，成就是否相當？在《詩品》中，曹植和劉楨位列上品，劉琨則屬中品。劉琨現存詩作僅三首，其成就與曹劉當有距離。但元好問當時所見劉琨詩歌數量如何，已不可考，現存的〈重贈盧諶〉詩，當屬傑作。陳湛銓盛讚其「真骨凌霜，高風跨俗」，認為只有曹植〈箜篌引〉、〈白馬篇〉可與匹敵[27]。由此可見，劉琨成就若與

24　陳湛銓：〈元遺山論詩絕句講疏〉，《香港浸會學院學報》第 3 卷第 1 期（1968 年），頁 3～4。

25　陳湛銓：〈元遺山論詩絕句講疏〉，《香港浸會學院學報》第 3 卷第 1 期（1968 年），頁 3。

26　鍾嶸著、曹旭集注：《詩品集注》（上海市：上海古籍出版社，1996 年），頁 241。

27　陳湛銓：〈元遺山論詩絕句講疏〉，《香港浸會學院學報》第 3 卷第 1 期（1968 年），頁 4。

曹劉相比，應不會相差太大。

南北之見

劉琨曾擔任過并州刺史，與元好問家鄉較近，詩中強調「并州劉越石」，予人疑他有「重北輕南」之見。個人認為，鄉曲之私，人所難免。此詩固然可以作為元好問重視北方詩人的根據，但卻不能據此就推斷他有「重北輕南」的傾向。近人何林天認為，元好問之所以褒揚劉琨，是被劉琨「奮力救國的熱情和慷慨悲歌的英雄末路所感動」[28]。元好問處於國家危急存亡之際，表揚鄉輩先賢之救國事跡，事屬平常，跟南北之見無關。

其三

鄴下風流在晉多，壯懷猶見缺壺歌。

風雲若恨張華少，溫李新聲奈爾何。

自注：鍾嶸評張華詩，恨其兒女情多，風雲氣少。

此首論詩中，元好問指出晉代詩歌，尚存建安風骨的流風餘韻。翁方綱《石洲詩話》云：「此詩特舉晉人風格高出齊梁也，非專以斥薄溫、李也。」[29]詩中前兩句指出鄴下詩風，在晉代仍然廣泛流播，像王敦這種武將，都能慷慨擊壺，朗誦曹孟德之詩，以表達其豪情壯懷，其他詩人深受建安詩風的影響，更不待言而明。後兩句對鍾嶸評論張華詩「風雲氣少，兒女情多」提出商榷意見，好問認為張華詩猶有建安遺風，如果以為張華詩都算風雲氣少，那麼鍾氏如果看到晚唐溫庭

---

28 何林天：〈論元遺山的論詩三十首〉，收入《元好問研究文集》（太原市：山西人民出版社，1987年），頁151。

29 （清）翁方綱：《石洲詩話》（臺北市：廣文書局，1971年），卷7，頁315。

筠、李商隱的豔冶新聲,那又將作何評價呢?

張華詩具風雲

　　元好問認為在晉代猶存漢魏風骨的詩人,舉張華為代表人物,故不認同鍾嶸對張華作出「風雲氣少,兒女情多」的評價。他曾說:「前賢議論,或有未盡者,以己見商略之。」(〈詩文自警・先東巖讀書十法〉)所以,他反駁鍾嶸的觀點,為張華辯護。由於〈論詩三十首〉複述鍾嶸對張華詩的批評,注家紛紛檢索張華的詩歌,得出結果都認為張華詩並不是「兒女情多,風雲氣少」。

　　本詩在理解上的意見分歧,其焦點在元好問是否認同鍾嶸對張華詩的評價。宗廷輔《古今論詩絕句》云:

> 意甚不滿於鑿悅為工者,特借《詩品》一語發之。蓋六朝競尚辭藻,激昂之氣少,其源實晉開之,故先生云如此。」清何焯〈義門讀書記〉亦云:「張茂先〈勵志詩〉……張公詩惟此一篇,餘皆女郎詩也。」[30]

　　元好問的詩論觀,當然是不滿「鑿悅為工」及反對「女郎詩」,主張詩歌需具風雲氣勢。近人何三本說:「今觀張華詩,風雲之氣誠不及建安詩歌,但詠兒女之情者,事實上並不多,較之晚唐溫李惻豔之詩,骨幹堅強多矣!」[31]劉澤也說:

> 從明人張溥《漢魏六朝三百家集》所輯的《張茂先集》來看,較為符合實際,其〈游俠篇〉、〈游獵篇〉、〈壯士篇〉、〈縱橫

30　《四庫全書珍本二集》(臺北市:臺灣商務印書館,1971 年),第 218 ～ 227 冊,卷 46,頁 16b。

31　何三本:〈元好問論詩絕句三十首箋證(一)〉,《中華文化復興月刊》第 7 卷第 3 期 (1974 年),頁 26。

篇〉、〈勵志篇〉和〈輕薄篇〉等就不能說風雲氣少；即使像〈情詩〉五首，雖然寫的是夫妻離別後的想念之情，但語言樸實流暢，感情真摯纏綿，並非「華豔」、「妍冶」。[32]

從今存張華詩來看，除了〈情詩〉五首外，其他〈游俠篇〉、〈壯士篇〉、〈勵志篇〉等都表現了一定的風雲氣勢，確實不能批評他「風雲氣少，兒女情多」。

晉詩尚存建安風骨

「鄴下風流在晉多，壯懷猶見缺壺歌」，這兩句詩的含義，注家釋義大體一致，以徵引《晉書‧王敦傳》作注為主，例如何三本說此詩「雖拈出王敦之缺壺歌，然並非論王敦，僅藉敦缺壺歌之壯懷之慨，以謂晉代詩風，猶存有魏曹氏父子等剛健之氣也，如左思、劉琨等人」[33]。陳湛銓也認為「遺山詩意，謂建安激昂慷慨，發揚蹈厲之音，入晉尚多，於王敦之酒後，擊唾壺詠曹孟德傑句，其豪邁橫放之風，可想見矣。此首是承上首建安風力之作來，蓋建安激揚壯烈之作，於晉人如左太沖、劉越石、郭景純輩，固足與之抗衡，流風不墜。」[34] 劉澤《元好問論詩三十首集解》說：「這兩句意味建安風骨的影響在晉朝還很大，不少詩人壯懷激烈，吟詠歌唱，還能表現出曹操詩歌那種慷慨激越的格調。」[35] 以上諸家都認同晉詩仍具建安風骨的餘緒。

---

32 劉澤：《元好問論詩三十首集說》（太原市：山西人民出版社，1992年），頁35。

33 何三本：〈元好問論詩絕句三十首箋證（一）〉，《中華文化復興月刊》第7卷第3期（1974年），頁26。

34 陳湛銓：〈元遺山論詩絕句講疏〉，《香港浸會學院學報》第3卷第1期（1968年），頁5。

35 劉澤：《元好問論詩三十首集說》（太原市：山西人民出版社，1992年），頁32。

溫李新聲的評價

元好問對詩的要求，反對兒女情多，故此，對溫李新聲則持批評態度。不過，在〈論詩三十首〉其二十八，元好問又肯定義山詩的精純，這說明他對否定溫李詩歌的態度，是有保留的。錢鍾書徵引賀裳《載酒園詩話》卷三之語：

> 「高仲武稱李嘉祐綺靡婉麗，涉於齊梁。余意此未見後人如溫李者耳。如舜造漆器而指以為奢也。」持論立意，與遺山如出一轍。蓋謂古人生世早，故亦涉世淺，不如後人之滄海曾經，司空見慣，史識上下千古，故不少見多怪。翁蘇齋（方綱）謂其尊晉人而「非專斥溫李」，尚未中肯。[36]

錢鍾書所指的「持論立意，與遺山如出一轍」，真具卓識。至於他所言的後人「滄海曾經，司空見慣，史識上下千古，故不少見多怪」，恐非絕對，可作一家之言。此外，他評翁方綱「尚未中肯」，惜未有進一步的申論。

其四

一語天然萬古新，豪華落盡見真淳。南窗白日羲皇上，未害淵明是晉人。

自注：「柳子厚，晉之謝靈運；陶淵明，唐之白樂天。」

這首詩，高度評價晉代詩人陶淵明尚天然的詩風。詩中首兩句推許陶淵明詩不事雕飾，以真淳示人，剝落浮華，凸顯其真本性，流露於詩，得平淡天然，萬古常新之美。後兩句說，陶淵明雖然身處晉

---

36 錢鍾書：《談藝錄》（北京市：中華書局，1984 年 9 月補訂本），頁 488～489。

代，但無礙他懷有羲皇上人般的心態。「羲皇上人」的生活，無憂無慮，閒適自然。此外，正如白居易主張「隱於官」一樣，為官之身，並不妨礙其隱士心態；隱士心態亦不妨礙其為官之身。所以，元好問的自注「陶淵明，唐之白樂天」，有特別意義存在。

「天然」與「真淳」之議

關於「天然」和「真淳」含義的解說，諸家眾說紛紜，莫衷一是。蔡厚示〈元好問論詩三十首辨解〉認為：「真淳，是就思想內容而言；天然，是就語言形式而言。……『真淳』包括景真和情真。景真，指審美客體的真，即形象的真實性；情真，指審美主體的真，即感情的真實性。」[37] 蔡氏這一解釋，只是針對「真」而言，「淳」的釋義有待補充。

盧興基〈元好問詩論的傳統性與繼承性〉則說：「天然，是指詩人對於客觀世界的態度；真淳，則是指詩人對自己主觀世界的態度。」[38] 又說「真淳的情性與天然無偽的風格，成為他三十首詩論的理論核心，處處都體現了這一思想精神」[39]，盧氏以哲學性用語去解讀「天然」與「真淳」的涵義，可算是特色之一。

鄧昭祺引用遺山〈繼愚軒和黨承旨雪詩四首〉的詩句去闡釋「天然」和「真淳」，認為遺山所謂「天然」，是指「作品的不加雕飾，以真面目示人」，至於「真淳」，他認為「真」，是指淵明做人之真及個性之率真，其「真」淡然流露於詩文中；「淳」即淳厚，是指詩中蘊含的豐

---

37 蔡厚示：〈元好問論詩三十首辨釋〉，《光明日報》1986 年 8 月 26 日。

38 盧興基：〈元遺山詩論的傳統性和創造性〉，收入《元好問研究文集》（太原市：山西人民出版社，1987 年），頁 141。

39 同上注。

富內涵和高遠意境[40]。

　　陳湛銓也徵引元好問〈繼愚軒和黨承旨雪詩四首〉之四去銓釋「天然」的含義：

> 愚軒具詩眼，論文貴天然。……此翁豈作詩，直寫胸中天。天
> 然對雕飾，真贋殊相懸。……。[41]

　　於此可見，元好問所說的「天然」是指作者直寫眼中所見，「直寫胸中天」，不假雕飾的創作態度。

　　陳書龍認為「『真淳』二字，是元好問現實主義創作思想的真諦。所謂真，是指真實，詩歌創作要真實地反映社會現實；所謂淳，是指淳樸，詩歌作品要自然天成」[42]。這種理解基本正確，但深度仍可進一步闡釋。

　　李正民認為「豪華落盡見真淳」的「真淳」，「正是遺山在〈陶然集詩序〉中所說的：通過『為道日損』而達到的『學至於無學』之境；……平淡而山高水深，不見斧鑿痕，『不煩繩削而自合』，『情性之外不知有文字』」[43]。李氏之說，言之有理，值得參考。

　　所謂「真淳」，是指真率純樸，宋・俞文豹《吹劍一錄》：「老子曰：『含德之厚，比於赤子。』謂其真淳如赤子爾。」此處以赤子喻真淳。關於「真淳」的近義，可參考黃庭堅〈別楊明叔〉詩：「皮毛剝落盡，唯有真實在。」又葛立方《韻語陽秋》卷一：「陶潛、謝朓詩皆平

40　鄧昭祺：〈豪華落盡見真淳〉，《忻州師專學報》1987 年第 2 期。

41　陳湛銓：〈元遺山論詩絕句講疏〉，《香港浸會學院學報》第 3 卷第 1 期（1968 年），頁 8。

42　陳書龍：〈評元好問論詩絕句三十首〉，收入《元好問研究文集》（太原市：山西人民出版社，1987 年），頁 162。

43　李正民：〈元遺山論詩三十首異解辨正〉，收入《元好問研究論略》（北京市：社會科學文獻出版社，1999 年），頁 262。

淡有思致，非後來詩人心目雕琢者所為也。老杜云：『陶謝不枝梧，風騷共推激。紫燕自超詣，翠駁誰剪剔。』是也。大柢欲造平淡，當自絢麗中來，落盡華芬，然後可造平淡之境，如此則陶謝不足進矣。」[44]葛氏「落盡華芬，然後可造平淡之境」，正好作為元好問「豪華落盡見真淳」作一注腳。由此觀之，「真淳」的含義，就是黃庭堅所說的「真實」，也就是葛立方所說的「平淡之境」。

元論陶詩關乎氣節之議

「南窗白日羲皇上，未害淵明是晉人」，這兩句詩中有否涉及氣節問題？論者解釋這兩句詩時，多著眼於陶淵明忠於晉室，不承認劉宋皇朝，故存有所謂正統氣節問題。如陳湛銓〈元遺山論詩絕句講疏〉云：

> 自謂是羲皇上人，猶云我是晉人，非劉宋之民也。此與〈桃花源記〉之「問今是何世，乃不知有漢，無論魏晉」同意，蓋皆暗非劉宋者。[45]

陳惠豐〈論元遺山論詩絕句三首〉亦云：

> 元遺山的意思，即認為淵明雖然自謂是羲皇上人，……其實是別有懷抱的。而羲皇指的是上古初民的社會，更可以看出他心中根本不承認有個宋代。[46]

44　葛立方：《韻語陽秋》（20 卷線裝 4 冊），《百部叢刊集成》（臺北市：藝文印書館，1967 年），卷 1，頁 2。

45　陳湛銓：〈元遺山論詩絕句講疏〉，《香港浸會學院學報》第 3 卷第 1 期（1968 年），頁 8。

46　陳惠豐：〈論元遺山論詩絕句三十首〉，《中外文學》第 7 卷第 1 期（1989 年），頁 117。

「南窗白日羲皇上，未害淵明是晉人。」這兩句詩之所以涉及氣節問題，起因源於陶潛生平事蹟。據《宋書‧隱逸陶潛傳》載：

> 自以曾祖（陶侃於成帝時為太尉、大將軍，卒贈大司馬）晉世宰輔，恥復屈身異代，自高祖（劉裕）王業漸隆，不復肯仕。所著文章，皆題其年月，義熙（晉安帝）以前，則書晉氏年號；自永初（宋武帝劉裕篡晉始元）以來，唯云甲子而已（唯以天干配地支以紀年也）。[47]

從上引文來看，淵明家族自曾祖以來，受晉室皇恩，故淵明「所著文章⋯⋯自永初以來，唯云甲子而已」，以示忠誠於晉室。但元好問「南窗白日羲皇上，未害淵明是晉人」這兩句詩，雖與淵明不事二朝無關，但卻與「守節」有關。論淵明不能不論其詩，更不能不論其「節」。元好問此詩中，以「羲皇」與「晉人」入詩，已蘊含「氣節」氣息在內。

要理解這首詩，可以參考辛棄疾有詞一首，內容涉及陶淵明：「晚歲躬耕不厭貧，隻雞斗酒聚比鄰。都無晉宋之間事，自是羲皇以上人。」[48] 這首詞正可作為元好問此詩的注腳，意味陶潛雖然身處晉代，但他「心遠時自古」，具有羲皇上人般的高潔心態，並不因他是晉人或是宋人。換言之，陶潛雖然身處晉代，但別有懷抱，懷念前朝，假託以羲皇上人為追求目標。王韶生〈元遺山論詩三十首箋釋〉云：「推遺山之意，謂淵明生於晉代，其品格之高，則仍是羲皇上人也。按靖節〈五柳先生傳〉云：『無懷氏之民歟？葛天氏之民歟？』仲偉《詩品》亦云：『想其人德。』」[49] 王氏可謂能掌握遺山詩意。

47　《晉書‧隱逸陶潛傳》（北京市：中華書局，1974 年），頁 22。

48　鄧廣銘：《稼軒詞編年箋注》（上海市：上海古籍出版社，1978 年），頁 416。

49　王韶生：〈元遺山論詩三十首箋釋〉，《崇基學報》第 5 卷第 2 期（1966 年 5 月），頁

「南窗白日羲皇上，未害淵明是晉人」之異解

上兩句詩的焦點集中在「羲皇」及「晉人」。「羲皇」指「羲皇上人」，陶淵明曾：「自謂是羲皇上人」（見〈與子儼等疏〉），《晉書》載陶淵明所為文章之年號稱謂，「義熙（晉安帝）以前，則書晉氏年號；自永初（宋武帝劉裕篡晉始元）以來，唯云甲子而已。」此種稱謂態度，表明淵明忠於晉，恥於宋。

有關上兩句詩的銓釋，郭紹虞說此詩「謂晉詩大都追求詞華，而陶淵明獨崇尚自然，亦何害其為晉人？」[50] 何三本稱此詩「乃讚陶淵明雖生於晉代太康之雕琢詩風裏，然其作品仍淳樸自然，萬古常新也」[51]。言外之意，陶淵明詩歌於晉代中，獨樹一幟，成為晉詩一大家。林從龍〈元好問和他的詩〉：「末句的意思是：漢魏風骨，晉宋已衰，其詩多尚詞華，而淵明獨尚其趣，亦何害其為晉人。」[52] 元好問並非不滿晉詩。他的本意是世人多稱晉詩衰颯，其實晉詩自有佳處，如劉琨之橫槊賦詩，張華之風雲猶存，陶潛之天然真淳，都是非常可取的，不可謂之衰颯。

除上述評詩風外，但也有以評人品為出發點，如王韶生認為，「遺山之意，謂淵明生於晉代，其品格之高，則仍是羲皇上人也。」[53] 陳湛銓徵引《宋書‧隱逸傳》所謂淵明「永初以來，唯云甲子之說，認為晉亡後，陶淵明仍是晉人」[54]。他以此來解釋後兩句，旨在說明淵明不易

196。

50 郭紹虞：《中國歷代文論選》（一卷本）（上海市：上海古籍出版社，1979 年），頁218。

51 何三本：〈元好問論詩絕句三十首箋證（一）〉，《中華文化復興月刊》第 7 卷第 3 期（1974 年），頁 27。

52 林從龍：《元好問和他的詩》（鄭州市：中州古籍出版社，1984 年），頁 63。

53 王韶生：〈元遺山論詩三十首箋釋〉，《崇基學報》第 5 卷第 2 期（1966 年 5 月）。

54 陳湛銓：〈元遺山論詩絕句講疏〉，《香港浸會學院學報》第 3 卷第 1 期（1968 年）。

其節。

　　學者劉澤就此兩句詩，也另有見解說：「後兩句重在說明詩人的適性自得的生活及其與所處時代的矛盾，意在禮讚陶淵明雖然以義皇上人自許，『心遠地自偏』的超然自處，任性自適，但並沒有忘懷現實，脫離時代，因此，為人遺世獨立，為詩獨樹一幟，成為晉代詩人的典型代表。」[55] 劉氏所論，其言恰當。

「陶白」並稱之評議

　　元好問在此首論詩之末附有「自注：柳子厚，晉之謝靈運；陶淵明，唐之白樂天」。此條自注，與原詩關係不大，但元好問將白居易與陶淵明並稱，後世頗多異議，如陳湛銓〈元遺山論詩絕句講疏〉云：

> 先生此注差矣。豈太原詩人，五百年間惟一樂天，故爾推之耶？《山谷題跋》卷二〈跋柳子厚詩〉云：「如白樂天，自云效陶淵明，數十篇，終不近也」……。宋蔡啟《蔡寬夫詩話》：「淵明詩，唐人無知其奧者，惟韋蘇州、白樂天嘗有效其體之作，而樂天去之，亦自遠甚。」又云：「樂天既退閒，放浪物外，若真能脫屣軒冕者；然榮辱得失之際，錙銖較量，而自矜其達，每詩未嘗不著此意，是豈真能忘之者哉！亦力勝之耳。惟淵明則不然。……以意逆志，人豈難見？以是論賢不肖之實，亦何可欺乎！」《朱子語類》卷一百四十云：「樂天，人多說其清高，其實愛官職，詩中凡及富貴處，皆說得口津津地涎出。」三者之論皆是也。[56]

陳湛銓在開首引文中，即言「先生此注差矣」。他分別徵引山谷〈跋柳子厚詩〉謂其「終不近也」、《蔡寬夫詩話》謂「樂天去之，亦自遠甚」、《朱子語類》謂白樂天「其實愛官職」，以上徵引資料，都可證明白居易不能與陶淵明並稱。

郭紹虞也不滿好問「陶白」並稱之注，在其《元好問論詩三十首小箋》云：

> 注文以柳、謝並稱，陶、白相擬，則異議較多。在元氏之前，黃庭堅之〈跋柳子厚詩〉，以為柳能學陶，而白反與陶不近。在元氏後，余見一稿本名《靜居緒言》者，疑為清人潘德輿所著，其言謂「柳源於謝則有之，白源於陶則未也。白平易而有痕跡，陶質實而極自然，韋蘇州其庶幾乎？」此則顯與元說立異。[57]

郭氏指出「白平易而有痕跡，陶質實而極自然」，故「陶白」二人不可並稱。

白居易，祖籍山西太原，元好問予以推崇，除鄉曲之誼外，白詩地位崇高也是原因之一。元好問〈感興四首〉有詩說：「詩印高提教外禪，幾人針芥得真傳。并州未是風流域，五百年中一樂天。」好問在《中州集・劉汲小傳》又評說：「比讀劉西巖詩，質而不野，清而不寒，簡而有理，淡而有味，蓋學樂天而酷似之。觀其為人，必傲世而自重者。」[58] 這裏所說的「質而不野，清而不寒，簡而有理，淡而有味」的詩風，評白居易詩可，評陶淵明詩亦可。所以，白詩流行於金是有據的，而金代有不少詩人也是師法白居易的，例如大定年間的詩人王

57　郭紹虞：《元好問論詩三十首小箋》（北京市：人民文學出版社，1978 年），頁 61。

58　元好問：《翰苑英華中州集》，《四部叢刊集部》，卷 2，頁 22。

寂崇尚白詩就是一例。王寂在〈題中隱軒〉卷一有詩云：「我則願師白
樂天，終身衰衰留司官。伏臘粗給憂患少，妻孥飽暖身心安。況有民
社可行道，隨分歌酒樂餘歡。」[59] 由此可見，元好問對白居易的推崇來
源於金詩的傳統，並非個人私見。自從蘇軾在〈祭柳子厚文〉中批評
「元輕白俗」之後，世人多指斥白詩尚俗。其實白詩尚俗本有二解：一
為通俗，一為庸俗。通俗本是佳處，庸俗乃為弊端。

　　宋人張戒《歲寒堂詩話》卷上曾說：「元白張籍詩，皆自陶阮中
出，專以道得人心中事為工，本不應格卑。但其詞傷於太煩，其意傷
於太盡，遂成冗長卑陋爾。比之唐韓偓俳優之詞，號為格卑，則有
間矣。若收斂其詞，而少加含蓄，其意味復可及也。」[60] 張戒之見具識
力，指出白詩從陶阮中來，專以道出人心底事為工，如果克服其「詞煩
意盡」的缺陷，其「意味復可及也」，自能入陶阮之域。因此，元好問
所謂「陶淵明，唐之白樂天」，亦自是有據之論。黃庭堅、蔡啟、朱熹
等人另有所見，屬一家之言，不可批評元好問所說非是。

　　其實，持「陶白」並稱的觀念，遺山並非第一人，在遺山之前有宋
人張戒。在遺山之後，清趙翼也有此說，《甌北詩話》卷四云：

> 香山詩恬淡閒適之趣，多得於陶、韋。其〈自吟拙詩〉云：「時
> 時自吟詠，吟罷有所思；蘇州及彭澤，與我不同時；此外復誰
> 愛？唯有元微之。」又〈題潯陽樓〉云：「常愛陶彭澤，文思何
> 高玄；又怪韋蘇州，詩情亦清閒。」此可以觀其趣向所在也。晚
> 年自適其適，但道其意所欲言，無一雕飾，實得力於二公耳。

59　王寂：《拙軒集》，《四庫全書》（臺北市：臺灣商務印書館），集部第 119 冊，卷 1，
　　頁 13。

60　丁仲祜編：《歲寒堂詩話》，《續歷代詩話》（臺北市：藝文印書館，1974 年），卷
　　上，頁 553～554。

集中有〈效陶潛體詩十六首〉。[61]

從上引文，白居易自言「常愛陶彭澤」，故有〈效陶潛體詩十六首〉之作，其詩「無一雕飾」，得陶詩尚自然的神韻。

清翁方綱《石州詩話》卷二亦云：「白公五古上接陶，下開蘇、陸。」[62] 又云：「白公之妙，亦在無意，此其似陶處也。」[63]

元好問此詩的「自注」所帶來的負面批判，恐非始料所及。陳書龍還藉此「自注」，批評他「對白居易的現實主義詩歌作品的重大成就，未免有所抹殺」[64]。當然，也有人為元好問及白居易辯護，如景宏業認為：

> 此小注雖然只有寥寥數字，但若仔細琢磨、悉心體會，元好問在其中給與白居易的評價遠遠超過了許多以專章論之者。道理很簡單，在這個小注裏，他把白居易毫無保留地與陶淵明完全等同。換句話說，元好問對陶淵明的評價也是對白居易的評價。因此我們要想瞭解元好問對白居易的態度，只消看他對陶淵明的態度就一目了然了。[65]

元遺山崇陶愛白，景氏之言，可謂深得遺山的心意。

其五

縱橫詩筆見高情，何物能澆塊壘平？老阮不狂誰會得，出門一

61　趙翼：《甌北詩話》（北京市：人民文學出版社，1963 年），頁 41～42。

62　（清）翁方綱《石洲詩話》（北京市：人民文學出版社，1981 年），頁 64。

63　（清）翁方綱：《石洲詩話》，頁 66。

64　陳書龍：〈評元好問論詩絕句三十首〉，收入《元好問研究文集》，頁 171。

65　景宏業：〈略論元好問在論詩三十首中對白居易的評價問題〉收入李正民、董國炎主編：《遼金元文學研究》（北京市：文化藝術出版社，1999 年），頁 237～242。

笑大江橫。

這首論詩專論阮籍（210-263）其人其詩。元好問推許阮籍詩筆縱橫，具漢魏風骨，惜其人身在亂朝，迫得佯狂詐酒，旨在避禍保命。南宋葉夢得《石林詩話》說：「晉人多言飲酒，有至於沈醉者，此未必意真在於酒。蓋時方艱難，人各俱禍，惟托於醉，可以粗遠世故……流傳至嵇、阮、劉伶之徒，遂全欲用此為保身之計。」生逢亂世，阮籍行為怪異，「此為保身之計」。詩中首二句言阮籍詩筆縱橫，寄興遙深，表現出超世拔俗的情操。但其心中卻充滿鬱積不平之氣，無物能予以澆平。末二句指出，阮籍行為佯狂怪誕，狂妄不羈，誰能體會他另有目的。按：阮籍明知身處不利的亂朝，為自保之計，故意表現出狂妄行為，企圖置身於曹氏與司馬氏等黨爭局勢之外。結句以大江滔滔，波濤凶險，喻世途險惡，人事紛爭，爾虞我詐，永難平息，需要心境超然拔俗、一笑置之。

郭紹虞認為此詩體現了「元好問論詩宗旨」，謂「元氏論詩宗旨，重在誠雅二字。此首論誠」[66]。郭氏所言的「誠」，是指「元好問以誠為詩之本，以雅為詩之品。知本則品自高，故其《小享集引》中論唐詩云：『唐人之詩，其知本乎，何溫柔敦厚，藹然仁義之言多也。……責之愈深，其旨愈婉，怨之愈深，其辭愈緩。……』若引此語，論阮籍〈詠懷〉之作，則其掩抑隱避之處，在在見其真情之流露，亦所謂怨之愈深，其辭亦婉者邪。」[67]郭氏把阮籍佯狂保命之處世哲學，聯念到「誠雅」，創意頗新。

66　郭紹虞：《元好問論詩三十首小箋》，頁62。

67　郭紹虞：《元好問論詩三十首小箋》，頁62。

「縱橫詩筆見高情」與阮籍詩

　　元好問於此首論詩中，高度評價阮籍「縱橫詩筆見高情」。對於阮籍的詩，元好問讚不絕口，其〈鷓鴣天〉詞有句云：「《離騷》讀罷渾無味，好箇詩家阮步兵。」好問亦常以阮籍代入自己，如：「窮途老阮無奇策，空望岐陽淚滿衣」（〈岐陽三首之一〉）；「阮籍窮途，啼得血流何濟」（〈思仙會〉效楊吏部禮）；「一時朋輩，謾留住，窮途阮步兵。」（〈婆羅門引〉過孟津河山亭故墓）。好問之詩友，也常以阮籍稱謂他，如李獻能贈詩有句：「一盃欲洗興亡恨，為喚窮途阮步兵。」（〈滎陽古城登覽寄裕之〉）又如辛愿贈詩有句：「青雲一別阮家郎，甚欲題詩遠寄將。」（〈寄裕之〉）元好問與阮籍都是新舊易朝之際的詩家，亦同具濟世之志，對於阮籍身世的遭遇，遺山往往有共鳴。

　　阮籍，字嗣宗，三國時代著名魏詩人，為建安七子之一阮瑀之子，故其詩不脫乃父本色，仍有漢魏遺風。臧榮緒《晉書》述其人「容貌瑰傑，志氣宏放」，《廿四史・晉書》本傳載其人「傲然獨得，任性不羈」，又云「本有濟世志」。他的名作〈詠懷〉詩，凡八十二首，為世所重。鍾嶸《詩品》列其詩為上品，並評曰：「詠懷之作，可以陶性靈、發幽思。言在耳目之內，情寄八荒之表。洋洋乎會于風雅，使人忘其鄙近，自致遠大。頗多感慨之詞。厥旨淵放，歸趣難求。」鍾氏對阮籍的評價，元好問心領神會，並予以認同，故有「縱橫詩筆見高情」之句。宋・嚴羽《滄浪詩話・詩評》也載：「黃初之後，惟阮籍〈詠懷〉之作，極為高古，有建安風骨。」[68]嚴氏評阮詩之見，正如好問所言「縱橫詩筆見高情」，可謂英雄所見略同。

　　清人沈德潛（1673-1769）《說詩晬語》卷上載：「阮公詠懷，反復零亂，興寄無端，和愉哀怨，俶詭不羈，讀者莫求趣歸。」沈氏評價阮

68　郭紹虞：《滄浪詩話校釋》（北京市：人民文學出版社，1961 年），頁 142。

籍詩特色，與好問評阮詩「縱橫詩筆見高情」，可謂同調。不過另一清
代學者潘德輿則對阮籍頗有微詞，他一方面肯定「以詩而論，則阮籍之
詠懷未離於古」，但另一方面卻說：「以人而論，則籍之黨司馬昭而作
『勸晉王牋』……皆小人也。……吾嘗取籍詠懷八十二首，……終歸於
黃老無為而已。其言廓而無稽，其意奧而不明，蓋本非中正之旨，故
不能自達也。……贊之誦之，毋乃崇奉憸人而獎飾詖辭乎？」[69]潘氏譏
阮氏有「勸晉王牋」之作，此文原稱「為鄭沖勸晉王牋」，關涉叛臣上
書擁立司馬昭進號晉公，接受九錫事。是文由阮籍代書，文筆清壯，
具感染力，有神筆之譽，雖然文章絕世，但卻敗壞聲名，被視為「憸
人」，即奸佞小人也。按：元遺山亦有撰作崔立碑文事件，惹來名節之
累。至於潘宗輿責阮籍〈詠懷詩〉「言廓而無稽，其意奧而不明，本非
中正之旨」，這因為阮籍詩詩旨難明，所以鍾嶸評其詩「厥旨淵放，歸
趣難求」。

諸家解讀「出門一笑大江橫」

　　解讀元好問這首專論阮籍的詩，其難點在末句「出門一笑大江
橫」。末句乃一襲用句，原句出自黃庭堅〈王充道送水仙花五十枝，欣
然會心，為之作詠〉一詩，原詩云：「凌波仙子生塵襪，水上輕盈步
微月。是誰招此斷腸魂，種作寒花寄悲絕。冷香體素欲傾城，山礬是
弟梅是兄。坐對真成被花惱，出門一笑大江橫。」[70]宋任淵等《黃山谷詩
集註》在註釋此詩指出：「山谷時寓荊渚沙市，故有大江橫之句。老
杜詩：『雞蟲得失無了時，注目寒江依秋閣。』山谷句意類此。」[71]上所
引二句杜詩，見杜甫〈縛雞行〉。明人王嗣奭（1566～1648）《杜臆》

69　郭紹虞：《元好問論詩三十首小箋》（北京市：人民文學出版社，1978 年），頁 64。
70　宋任淵、史容、史溫：《黃山谷詩集注》（臺北市：世界書局，1975 年），頁 163。
71　宋任淵、史容、史溫：《黃山谷詩集注》（臺北市：世界書局，1975 年），頁 163。

曾予以釋義說：「雞蟲不能兩全，故云得失無了時，計無所出，唯有望江倚閣而已，寫出一時情事如畫。」杜甫這兩句詩，悲天憫人，眾生的生死無奈，雞生蟲死，蟲生雞死，如何權衡，難以定案，只有遠離世俗紛爭、超然物外。山谷學杜，二人相類，宋任淵等引用杜詩註釋山谷詩，更有助解讀黃詩。「老阮不狂誰會得，出門一笑大江橫」這兩句詩，其旨意是表達世人皆謂阮籍狂放不羈，有失儒禮，誰能體會？其實阮籍並非真狂，是假意掩人耳目，目的是避禍存身。他以出門觀江為例，眼前波濤洶湧，世俗紛爭，一笑置之，不為所動。

近人王韶生解讀此句詩，以為其中「有莊子傲睨萬物之慨」[72]；陳湛銓則認為「阮嗣宗當年，眼高四海，一笑而萬物皆空，目中殊無司馬昭等輩也」[73]；陳汕齋謂「遺山用此語，一方面表現阮籍詩的豪情逸致，另一方面說明了其詩『言近旨遠』的特點」[74]；劉澤認為「出門一笑大江橫」這句詩，有兩種含義：

> 一是形容阮籍為人豪爽謹慎，出門看見大江橫流，波浪起伏，有似自己的豪放性情而抑鬱不得平的心懷，因而會心一笑；一是表述阮籍詩歌的託意遙深，出得門來，大江阻路，浪濤滾滾，不能前行，有似時代的凶險，他已超然物外，只是一笑置之。這兩句的意思說是：阮籍醉酒佯狂而內心清醒，有誰能夠領會他的詩歌的真正心意。你看他，出門遇到大江橫前，只是一笑置之，而不是窮途慟哭。[75]

72　王韶生：〈元遺山論詩三十首箋釋〉，《崇基學報》第 5 卷第 2 期（1966 年 5 月）。

73　陳湛銓：〈元遺山論詩絕句講疏〉，《香港浸會學院學報》第 3 卷第 1 期（1968 年），頁 10。

74　陳汕齋：《元好問詩選》（香港：三聯書店，1984 年），頁 83。

75　劉澤：《元好問論詩三十首集說》（太原市：山西人民出版社，1992 年），頁 58。

劉澤認為「阮籍醉酒佯狂而內心清醒」，出門見「大江阻路，浪濤滾滾，不能前行，有似時代的凶險，他已超然物外，只是一笑置之」。劉氏的解說，可謂知言。

李正民認為「上句寫對阮籍佯狂之實質的沈思與領會，下句以『大江橫』的廣闊天地形容頓悟之後，豁然開朗的境界與心馳神往的遐想。」[76] 李氏此說，有待深究。

有關「出門一笑大江橫」的義蘊，各家解讀，雖然重點各異，但亦可說各具卓見。

其六

心畫心聲總失真，文章寧復見為人！高情千古〈閑居賦〉，爭信安仁拜路塵。

元好問此首論詩，旨在論人品與詩品問題，強調以文觀人不可靠。漢魏慷慨詩風，傳至晉太康（西元 280～289 年），已逐漸質變，劉勰《文心雕龍・明詩》篇指出「采縟於正始，力柔于建安，或析文以為妙，或流靡以自妍」，此時詩風繁縟，辭采富麗，講求形式之美，虛偽當行，文人行為亦如是。是時，政治上，權貴弄事，文壇上，詞人敗德，司空見慣。當時權臣賈謐寵絡文人，組織文化力量，常聚會於洛陽金菊園中，時人稱「金菊二十四友」，其領導層以潘岳為首，其他名人，如劉琨，陸機、陸雲、左思、都是核心要員。元好問為道統詩人，對於逆道者，予以譏諷，於此詩可見。

詩中首二句言「心畫心聲」，都是虛假，不真實的。單從文章去觀察人品，是不可作信的。末二句譏諷潘岳（西元 247～300 年）在其

---

76 李正民：〈元遺山論詩三十首異解辨正〉，收入《元好問研究論略》（北京市：社會科學文獻出版社，1999 年），頁 263。

〈閑居賦〉中，表述自己情操千古罕有，高潔淡薄，怎會相信他是一個崇拜權貴、望塵下拜的小人？

心畫心聲與〈閑居賦〉

「心畫心聲」出自揚雄《法言‧問神篇》：「言，心聲也；書，心畫也。聲畫形，君子小人見矣。聲畫者，君子小人之所以動情乎？」據元好問的理解，揚雄此語是說文如其人，故予以反駁，明言心畫心聲不可靠，總失其真。元好問舉西晉大文學家潘岳為實例，證明其有文無行。潘岳名篇〈閒居賦〉載：

> 庶浮雲之志，築室種樹，逍遙自得。池沼足以漁釣，春稅足以代耕。灌園鬻蔬，以供朝夕之膳；牧羊酤酪，以俟伏臘之費。孝乎惟孝，友于兄弟，此亦拙者之為政也。乃作《閒居賦》以歌事遂情焉。

從上文來看，作者其人淡泊一切，不逐名利，以孝友為事。不過，《晉書‧潘岳傳》載其人「性輕躁，趨勢利，與石崇諂事賈謐，每候其出，輒相與望車塵而拜。」「賈謐」為西晉惠帝時著名權臣，好與文人交，潘岳對其望塵趨拜，為世所恥。元好問以「高情千古」來評價潘岳的〈閑居賦〉，其旨意是表達不可以文觀人。

人品與詩品

元好問認為文章不足以代表人品，認為「心畫心聲總失真，文章寧復見為人」。明人都穆《南濠詩話》作出補充說：「揚子雲曰：『言，心聲也；書，心畫也。』蓋謂觀言與書，可以知人之邪正也。然世之偏人曲士，其言其字，未必皆偏曲，則言與書又似不足以觀人者。元遺山詩云：『心畫心聲總失真，文章寧復見為人！高情千古〈閑居賦〉，爭

信安仁拜路塵。』有識者之論固如此。」不過，元好問在〈詩文自警〉中曾說：「人品凡劣，雖有功夫，絕無好文章」[77]，這種說法，強調人品代表詩品，與其詩論比對，顯然有矛盾，有失言之恨。他在〈內翰馮公神道碑銘〉又說：

> 所貴於君子者三：曰氣、曰量、曰品。有所充之謂氣，有所受之謂量。氣與量備，才行不與存焉。本乎才行氣量，而絕出乎才行氣量之上之謂品。品之所在，不風岸而峻，不表曝而著，不名位而重，不耆艾而尊。是故為天地之美器，造物者靳固之，不輕以予人。閱百千萬人之眾，歷數十百年之久，乃一二見之。[78]

在上引文中，元好問強調「品」的崇高價值，乃「天地之美器」，有「品」之人，不常有，「閱百千萬人之眾，歷數十百年之久，乃一二見之」，其言有誇張之嫌！

有關「品」的問題，元好問的好友李冶在中統本《遺山集・序》中也說：

> 君（指元好問）嘗言：「人品實居才學氣識之上。」吾因君言亦嘗謂，天下之事皆有品，繪事、圍棋，技之末也，或一著之奇，一筆之妙，固有終身北面而不能寸進者。彼非志之不篤，習之不專也，真其品不同耳。如君之品，今代幾人？[79]

77　姚奠中編：《元好問全集》（太原市：山西人民出版社，1990年），下冊，卷54，頁506。

78　姚奠中編：《元好問全集》（太原市：山西人民出版社，1990年），下冊，卷19，頁517。

79　姚奠中編：《元好問全集》（太原市：山西人民出版社，1990年），下冊，卷50，頁413。

　　上述材料證明，元好問論人，確實以人品為先。至於其本人的人品如何？時人李冶稱許他「如君之品，今代幾人？」（按：元好問有名節之累，後世頗多論評。）

　　人品與文品的關係，無外乎兩種，一是文如其人，一是文行相背。元好問此詩批評後者，舉例相當典型明確。他認為，從〈閑居賦〉是看不出潘岳竟然有「拜路塵」的諂媚醜行。故此，僅從〈閑居賦〉去認識潘岳其人是不當的。

錢鍾書釋人品與詩品

　　錢鍾書有一段精彩言論，論析關於人品與詩品，徵引如下：

> 元好問評潘岳〈閑居賦〉……，此言冰雪，文或出於熱中躁進者。……「文如其人」，老生常談，而亦談何容易哉！雖然，觀文章固未能灼見作者平生為人行事之「真」，卻頗足徵其可為、願為何如人，與夫其自負為及欲人視己為何如人。元氏知潘岳「拜路塵」之行事，故以〈閑居賦〉之鳴「高」為「飾偽」、「失真」。顧岳若不作是賦，則元氏據《晉書》本傳，只睹其「乾沒」趨炎耳；所以潘岳之兩面二心，走俗狀而復鳴高情，端賴〈閑居〉有賦也。夫其言虛，而知言之果為虛，則已察實情矣；其人偽，而辨人之確為偽，即已識真相矣；能道「文章」總失作者「為人」之真，已於「文章」與「為人」之各有其真，思過半矣。……立意行文與立身行世，通而不同，向背倚伏，乍即乍離，作者人人殊；一人所作，復隨時地而殊；一時一地之篇章，復因體制而殊；一體之制復以稱題當務為殊。[80]

80　錢鍾書：《管錐編》（北京市：中華書局，1994 年 12 月），第 4 冊，頁 1388～1389。

　　上述錢氏就人品與文品的關係，剖釋得相當透徹，指出潘岳「兩面二心」，講一套，做一套，又指出「立意行文與立身行世，迥而不同」，其言頗堪玩味。

　　其七

　　慷慨歌謠絕不傳，穹廬一曲本天然。中州萬古英雄氣，也到陰山敕勒川。

　　《金史・文藝傳》載元好問「歌謠慷慨，挾幽并之氣」，可見其人詩風以慷慨為主。元好問是詩之作，乃有鑑於南北朝時代，偏安江左的文學，文風輕靡浮艷，追求聲辭之美，盡失漢魏風骨，尚幸北地尚存「慷慨歌謠」，並舉〈敕勒歌〉為例證。該歌謠天籟而成，慷慨奔放，是北朝北方民族的地方歌謠之代表。此首論詩的首二句，直言漢魏詩的慷慨風骨，傳至南北朝時代，南方已成絕響，不再相傳下去。慷慨之詩，在南方雖不復見，但北地尚存未泯，一曲本色天然的〈敕勒歌〉正續流行。末二句言中原自古以來，其慷慨質樸，英氣雄放的風尚，仍在漠北陰山下的敕勒川盛行。

〈敕勒歌〉與北地詩風

　　「穹廬一曲本天然」的「穹廬一曲」，即指〈敕勒歌〉，原文如下：「敕勒川，陰山下。天似穹廬蓋四野。天蒼蒼，野茫茫，風吹草低見牛羊。」讀此歌，大漠風光，躍現眼前。元明清學者評此歌者頗眾，如元人劉因有詩〈宋理宗南樓風月橫披二首〉其一云：「試聽陰山敕勒歌，朔風悲壯動山河。」[81] 明人胡應麟《詩藪・內編》評此歌說：「大有漢

81　（元）劉因：《靜修先生文集》，《四部叢刊》（臺北市：臺灣商務印書館，1979年），卷 13，頁 21b。

魏風骨……所以渾樸莽蒼，暗合前古。推之兩漢，樂府歌謠，采自閭巷，大率皆然。」[82]。清人宗廷輔《古今論詩絕句》指出：「北齊斛律金〈敕勒歌〉，極豪莽，且本是北音，故先生深取之。」[83]

近人錢鍾書曾論述〈敕勒歌〉云：

《北齊書》與《北史》中〈神武帝紀〉、〈斛律金傳〉均無此文。郭茂倩《樂府詩集》卷八十六引《樂府廣題》云：「北齊神武攻周玉璧不克，恚甚欲疾，勉引諸貴，使斛律金唱此歌而自和。歌本鮮卑語，譯作齊言，故句長短不等。」[84]

按：郭茂倩（1041～1099），北宋太原人，編有《樂府詩集》，是書搜羅了大量古代散佚的地方詩歌資料，《四庫全書總目》稱「徵引浩博，援據精審，宋以來考樂府者無能出其範圍」。

〈敕勒歌〉「本鮮卑語，譯作齊言，故句長短不等」。此歌語句長短，奔放流利，是豪放詩歌本色。

〈敕勒歌〉與南北之見

此詩有意突出〈敕勒歌〉，後人推想元好問論詩持南北之見。查慎行說此詩「拔出中州，〈敕勒歌〉，大為北人泄氣」。按：「泄氣」一詞，現代漢語解作「泄勁」的意思，但在古代漢語裏含義則不同。《辭源》解釋《詩經‧大雅‧民勞》「惠此中國，俾民憂泄」中的「泄」字含義為「發泄、發散」。照此而言，查初白（慎行）所用的「泄氣」一詞也是「發氣」、「散氣」的意思，相當於「吐氣」。意味元好問拔出中

82　（明）胡應麟：《詩藪》（上海市：上海古籍出版社，1979 年），頁 280。

83　（清）宗廷輔：《古今論詩絕句》，《宗月鋤先生遺著八種》（1917 年徐兆瑋印本），頁 9b。

84　錢鍾書：《談藝錄》（北京市：中華書局，2000 年補訂本），頁 149。

州，〈敕勒歌〉為北人揚眉吐氣，使北人大長志氣。

宗廷輔說〈敕勒歌〉「極豪莽，且本是北音，故先生深取之」。錢鍾書也說：「〈敕勒〉之歌，自是高唱，故北人屢引以自張門面。」[85] 這也反映出，「英雄氣」並非中州獨有，北地也有萬古不滅的英雄氣，近人胡傳志說得好：

> 「也到陰山敕勒川」的「也」字，表明它針對的是蕭條冷落的北
> 方文學，目的是要為北方文學爭得應有的地位。意思是說，北
> 方不是文學沙漠，也有與中州「英雄氣」相通的文學作品。[86]

胡氏又指出「『敕勒歌』是北人引以自豪的作品，故遺山取而論之」[87]，其旨是說明南方雖然「慷慨歌謠絕不傳」，但北地慷慨詩風依然盛行。

第二節　初唐至晚唐（第八至第二十首）

其八

沈宋橫馳翰墨場，風流初不廢齊梁。論功若準平吳例，合著黃金鑄子昂。

這首詩之旨是表彰陳子昂在詩歌革新上的豐功偉績。前兩句謂沈佺期、宋之問在詩壇上縱橫馳騁，詩名甚大，但他們的詩歌仍然受到

85　錢鍾書：《談藝錄》（北京市：中華書局，2000 年補訂本），頁 159。
86　胡傳志：〈論詩三十首辨釋〉，《金代文學研究》（合肥市：安徽大學出版社，2000年），頁 78。
87　胡傳志：〈論詩三十首辨釋〉，《金代文學研究》（合肥市：安徽大學出版社，2000年），頁 79。

齊梁浮艷詩風影響。後兩句謂，若按照范蠡平吳之例論功行賞，陳子昂也應該用黃金鑄像，以示最高崇敬。

沈宋的評價

　　「沈宋橫馳翰墨場，風流初不廢齊梁」，這兩句詩，是元好問評價沈佺期及宋之問詩之句。對於元氏之論評，近人何三本說：「『橫馳』二字，誠然點出沈宋二人於中國詩壇之雄姿與其地位之重要，……好問又謂之『風流初不廢齊梁』，然功大過小，仍不失其重要也。」[88] 所謂「功大過小」，「功」者，可指沈宋推動律詩的發展，歷代詩家都有所論及。唐・元稹〈唐故工部員外郎杜君墓誌銘並序〉云：「唐興，官學大振，歷世之文，能者互出，而又沈宋之流，研練精切，穩順聲勢，謂之律詩。由是而後，文變之體極焉。」宋人歐陽修等《新唐書》卷二百一〈杜甫傳贊〉云：「唐興，詩人承陳、隋風流，浮靡相矜。至宋之問、沈佺期等，研揣聲音，浮切不差，而號律詩，競相襲沿。」宋・朱熹〈答鞏仲至〉云：「自沈宋以後，定著律詩，下及今日，又為一等。」其他如元人方回《瀛奎律髓》卷三、明人王世貞《藝苑卮言》卷四、明人胡應麟《詩藪・內篇》卷五、清人趙翼《甌北詩話》卷三等，都給與沈宋二人很高的學術評價。故此元遺山在〈論詩三十首〉中，舉出沈宋二人的論述對象，並肯定他們的地位，甚為公允。

　　至於「過」者，沈宋二人都是初唐詩壇領袖，但在他們現存作品中，不難發現頗多的宮廷詩，內容都是媚主的恭維作品，該種詩歌深受南朝詩風影響，以「輕浮綺靡」，「意義格力固無取焉」為風尚，該類作品，實屬憾事。

88　何三本：〈元好問論詩絕句三十首箋證（二）〉，《中華文化復興月刊》第 7 卷第 4 期（1974 年），頁 41。

陳子昂的評價

「論功若準平吳例，合著黃金鑄子昂」這兩句詩，在解讀方面，陳湛銓的注釋有別於一般，其注末句云：

> 晚唐僧貫休〈古意九首〉之四：「乾坤有清氣，散入詩人脾。……幾擬以黃金，鑄作鍾子期。」北宋鄭獬詩：「若論破吳功第一，黃金只合鑄西施。」又北宋毛滂詩：「不須買絲繡平原，不用黃金鑄子期。」[89]

陳氏指出「黃金鑄像」概念，乃古已有之，並非遺山首創。按：黃金鑄像的出處，據《國語·越語下》：遂乘輕舟，以浮於五湖，莫知其所終極。王命金工以良金寫范蠡之狀，而朝禮之。」元好問將陳子昂比作范蠡，可見他對陳子昂的推崇，勝於任何一詩家。

「論功若準平吳例，合著黃金鑄子昂」這兩句詩，清人查慎行說：「平吳二字，妙在關合齊梁。」今人林從龍再予以補充說：「因為春秋時候的吳地，正是南北朝時齊梁所在地。用『平吳』二字，人地雙關。」[90]

元遺山在〈論詩三十首〉中，極度推崇陳子昂，有「論功若準平吳例，合著黃金鑄子昂」之語，是否恰當？唐杜甫〈梓州過陳子昂故宅〉云：「有才繼騷雅，哲匠不比肩。公生揚馬後，名與日月懸。」唐韓愈〈薦士〉云：「齊梁及陳隋，眾作等蟬噪。搜春摘花卉，沿襲傷剽盜。國朝盛文章，子昂始高蹈。」[91]宋歐陽修等《新唐書·陳子昂傳》云：「唐興，文章承徐庾餘風，天下祖尚，子昂始變雅正。」[92]宋晁公武《昭

89　陳湛銓：〈元遺山論詩絕句講疏〉，《香港浸會學院學報》第 3 卷第 1 期（1968 年），頁 14。

90　林從龍等：《遺山詩詞注析》（鄭州市：中州古籍出版社，1991 年 3 月），頁 63。

91　（清）錢仲聯：《韓昌黎詩繫年集釋》（臺北市：世界書局，1966 年），頁 233。

92　（宋）歐陽修等：《新唐書·陳子昂傳》（臺北市：洪氏出版社），卷 170，列傳 32，

德先生郡齋讀書志》卷四上云：「唐興，文章承徐庾餘風，天下祖尚，
至是始變雅正。故雖無風節，而唐之名人無不推之。」[93] 宋陳振孫《直齋
書錄解題》卷十六云：「子昂為明堂議、〈神鳳頌〉，納忠貢諛於篡後
之前，大節不足言矣！然其詩文，在唐初實首起八代之衰者，韓退之
〈薦士〉詩言『國朝盛文章，子昂始高蹈』，非虛語也。」宋劉克莊《後
村詩話・前集》卷一云：「唐初王、楊、沈、宋擅名，然不脫齊梁之
體，獨陳拾遺首倡高雅沖淡之音，一掃六朝之纖弱，趨於黃初、建安
矣。太白、韋、柳繼出，皆自子昂發之。」[94]《後村詩話・後集》卷二
亦云：

> 陳拾遺、李翰林一流人。陳之言曰：「漢魏風骨，晉宋莫傳。
> 僕嘗暇時觀齊梁間詩，彩麗競繁，而興寄都絕，每以詠歎。」李
> 之言曰：「梁陳以來，豔薄斯極，沈休文又尚以聲律，將復古
> 道，非我而誰？」陳〈感遇〉三十八首，李〈古風〉六十六首，
> 真可以掃齊梁之弊，而追還黃初、建安矣！[95]

從上述各名家都給陳子昂極高的評價來看，元遺山說的「論功若準
平吳例，合著黃金鑄子昂」，也是恰當之論。

其九

鬥靡誇多費覽觀，陸文尤恨冗於潘。心聲只要傳心了，布穀瀾
翻可是難。

頁 4078。

93 （宋）晁公武：《郡齋讀書志》，《四庫全書別集類》（臺北市：臺灣商務印書館），
　　第 432 冊，頁 248。

94 《古今詩話叢編》（臺北市：廣文書局，1971 年），卷 1，頁 5a。

95 （宋）劉克莊：《後村詩話・後集》，《古今詩話叢編》（臺北市：廣文書局，1971
　　年），卷 1，頁 5a。

自注：陸蕪而潘淨，語見《世說》。

元好問於此首論詩中，指出詩文「鬥靡誇多」及「冗蕪」之失，而以簡練、洗淨為貴。詩中首句謂鬥靡誇多的作品，徒耗讀者的時間與精神。次句比較陸機及潘岳詩文之失，指出陸機的作品比潘岳更深刻和更繁冗。末二句言詩文是作家的心聲，其表達方式要辭達而理舉，切忌冗贅，如果像布穀鳥般喋喋不休，或滔滔不絕，都是為文的缺失。

潘優陸劣之議

元氏的自注「陸蕪而潘淨」，語出劉義慶《世說新語‧文學》第四：「孫興公云：潘文淺而淨，陸文深而蕪。」在其〈詩文自警〉中，元氏有進一步的解說：

> 《世說》：陸文深而蕪，潘文淺而淨。予為之說云：「深不免蕪，簡故能淨。」[96] 牧之〈獻詩啟〉云：「牧苦心為詩，本求高絕，不務奇麗，不涉習俗，不古不今，處於中間。既無其才，徒有其志，篇成在紙，多自焚之。」[97]

從這段話可以看出，元好問並不滿意孫興公評潘、陸之語。他對陸文「深蕪」，並無異議，但潘文「淺淨」卻不同意，宜修訂為「簡淨」。他認為「簡故能淨」，「簡」是指扼要，「淨」，是指明潔，意謂只有行文扼要明潔，方能做到要言不冗，意旨清晰。他將原文的「淺」字改為「簡」字，饒有深意，說明他對潘岳之「淺」並不贊成，他提倡的

---

96 上二「淨」字，原皆作「靜」，據《世說新語》改正。

97 姚奠中主編：《元好問全集》（太原市：山西人民出版社，1990年），下冊，卷54，頁510。

是「簡潔」而不是淺易、淺薄、淺顯、淺俗之類文筆。他贊成杜牧所說的，作詩作文當以「高絕」為標準，既「不務奇麗」，以防止求「深」之弊，又「不涉習俗」，以防止涉「淺」之病，而採取「不古不今，處於中間」的中和態度，使自己的作品融和於深淺之間。

這首論潘陸的詩，並非評價二人優劣，而是如何解讀陸文「深而蕪」及潘文「淺而淨」的意義。「陸文深而蕪」，「深」並非不好，只是「蕪」不好；「潘文淺而淨」，「淺」並不好，只有「淨」是更好的。元好問的真正用意，是主張融合潘、陸，兼取二人所長，克服二人所短，以形成一種深切、簡練、洗淨的文風。

陸機本人是明白「冗長」之弊的，其〈文賦〉也提出「要辭達而理舉，故無取乎冗長」，但可惜他自己的文章卻有「冗長」之失，雖然《世說新語》有「陸深而潘淺」之語，而元好問在此首論詩自註中，略為改動為「陸蕪而潘淨」，並在論詩次句直言「陸文尤恨冗於潘」，此說可見好問的卓見特識。

藉論潘陸以箴宋人

本詩評論的對象是陸機和潘岳，批評他們鬥靡誇多，查慎行《初白庵詩評》由此引申，說是「為恃才騁詞者下一針」[98]，宗廷輔則認為此首論詩，所寫的對象是針對蘇黃等宋人，其《古今論詩絕句》說：

> 先生固不滿於晉人者，此則藉論潘陸以箴宋人也。夫詩以言志，志盡則言竭。自蘇黃創為長篇次韻，於是牽於韻腳，不得不藉端生議，勾連比附，而辭費矣。「口角瀾翻如布穀」，東坡句也。[99]

98　郭紹虞：《元好問論詩三十首小箋》（北京市：人民文學出版社，1978 年），頁 64。
99　郭紹虞：《元好問論詩三十首小箋》（北京市：人民文學出版社，1978 年），頁 64。

　　宗氏認為好問「藉論潘陸以箴宋人」，此說乃針對宋詩之弊而言。郭紹虞《元好問論詩三十首小箋》雖徵引此說，也未表示贊同。他贊同查慎行「為恃才騁詞者下一針」之說，「恃才騁詞者」，是指愛好逞才的次韻詩人。臺灣學者何三本認為元好問「極力推崇東坡」，他說：「故於此拈出東坡詩句，……試觀自古詩人，有幾人能像東坡吐辭既波瀾翻滾，而又才情具現者也。」[100] 東坡乃元好問景仰之人，不該是「箴」的對象，可能是其他好舞文弄墨的文人。

　　其十

　　排比鋪張特一途，藩籬如此亦區區。少陵自有連城璧，爭奈微之識碔砆。

　　自注：事見元稹〈子美墓誌〉。

　　在此首詩中，遺山「自註：事見元稹〈子美墓誌〉」，標明針對焦點在元稹〈子美墓誌〉而發，不涉其他。在此詩中，可見遺山其人處事相當厚道，唐代元微之乃其同宗遠祖，固然需恭敬尊重，但遠祖見識有不愜己意，作為後人的他，在道德上，不可直言指出祖宗之錯，乃以辨玉石眼光借題寄意，無論錯與對，都不會辱及祖宗。

　　此詩要旨是推許詩聖杜甫，集詩之大成，優點多元化，非一般人盡曉。詩中首二句指出，「排比鋪張別一途」，乃屬杜甫詩歌的創作技巧之一，如果把杜詩的成就，只是局限在這一點伎倆上，那麼就太小看杜詩了。末二句言杜詩的「連城璧」價值，乃是熔鑄「九經百氏古人之精華」的結晶。元稹在〈子美墓誌〉中，極度推崇杜詩排律中「排比鋪張」的成就，好像有誤把「似玉之石」過份吹噓其價值。

---

[100] 何三本：〈元好問論詩絕句三十首箋證（二）〉，《中華文化復興月刊》第 7 卷第 4 期（1974 年），頁 43。

「排比鋪張」之議

　　元稹在〈唐故工部員外郎杜君墓誌銘〉中，高度評價杜詩「鋪陳始終，排比聲韻，大或千言，次猶數百，辭氣豪邁，而風調清深，屬對律切，而脫棄凡近，則李尚不能歷其藩翰，況堂奧乎」。元稹過度稱譽杜甫，謂「李（白）尚不能歷其藩翰」，引致後世李杜優劣之爭。元稹以「排比鋪張」能力來論詩才高下，元好問則不同意此說，因元稹為其遠祖，只能厚道說「排比鋪張」只不過「特一途」，並以辨玉石鑒賞眼光為比喻，各有觀感，故有「爭奈微之識碔砆」之句。

　　翁方綱也不得不承認：「微之之論，有未可厚非者。詩家之難，不難於妙悟，而實難於鋪陳終始，排比聲律，此非有兼人之力，萬夫之勇者，弗能當也。……則鋪陳排比之論，未易輕視也。……微之之語，乃真閱歷之言也。」[101] 翁氏之論，為郭紹虞所接受，視之為「持平之論」[102]

　　不過，王韶生則不滿意元好問將「長律」比作「碔砆」為喻，他舉姚鼐《今體詩鈔》之語：

> 杜公長律，有千門萬戶，開闔陰陽之意。元微之論李杜優劣，專主此體，見雖少偏，不為無識。自來學杜者，他體猶能近似，長律則愈邈矣。遺山云：「少陵自有連城璧，爭奈微之識碔砆。」有長律如此，而目為碔砆，此成何論也？[103]

　　上述引文所述的「有長律如此，而目為碔砆，此成何論也」，顯然不滿好問之說。於此可見，有關杜詩「排比鋪張」的解讀，可謂各有表

---

101 （清）翁方綱：《石洲詩話》，《清詩話續編》，卷1，頁1372～1373。

102 郭紹虞：《元好問論詩三十首小箋》（北京市：人民文學出版社，1978年），頁67。

103 王韶生：〈元遺山論詩三十首箋釋〉，《崇基學報》第5卷第2期（1966年5月）。

述，各言其是。

諸家解「連城璧」

杜詩的「連城璧」是什麼？元好問〈杜詩學引〉闡釋說：

> 竊嘗謂子美之妙，釋氏所謂「學至於無學」者也。今觀其詩，
> 如元氣淋漓，隨物賦形；如三江五湖，合而為海，浩浩瀚瀚，
> 無有涯涘；如祥光慶雲千變萬化，不可名狀。固學者之所以動
> 心而駭目。及讀之熟，求之深，含咀之久，則九經、百氏、古
> 人之精華，所以膏潤其筆端者，猶可彷彿其餘韻也。……故謂
> 杜詩無一字無來處，亦可也，謂不從古人中來，亦可也。[104]

「少陵自有連城璧」這句詩的含義，遺山舉佛家之語「學至於無
學」予以銓釋，又指出杜甫的詩筆，內含「九經百氏古人之精華，所
以膏潤其筆端者，猶可彷彿其餘韻也」，此外，杜詩的特色「無一字無
來處，亦可也，謂不從古人中來，亦可也。」元遺山解釋「連城璧」之
義，可謂獨具匠心，精采之至。

潘德輿就「少陵自有連城璧，爭奈微之識碔砆」這兩句詩作出申
論，其《養一齋詩話》云：

> 微之、少游尊杜至極，無以復加，而其所以尊之者，則徒以
> 其包眾家之體勢姿態而已。於其本性情，厚倫紀，達六義，
> 紹《三百》者，未嘗一發明也。則又何足以表洙、泗「無邪」
> 之旨，而允為列代詩人之稱首哉？元遺山云：「少陵自有連城

---

104 姚奠中編：《元好問全集》（太原市：山西人民出版社，1990年），下冊，卷36，頁
24。

璧，爭奈微之識碔砆。」所見遠矣。[105]

潘德輿認為杜詩的「連城璧」並非在杜詩「包眾家之體勢姿態」，而是在杜詩具儒家道統精神「本性情，厚人倫，達六義，紹《三百》」及有「洙泗無邪之旨」。潘氏之見，別於尋常，並謂遺山「所見遠矣」。

有關「連城璧」的釋義，後世學者雖然見解分歧，但都有一共通點，均徵引元好問〈杜詩學引〉來解釋「連城璧」，故此諸家釋義，基本一致。

不過，近代學者王韶生，對於施國祁等人徵引〈杜詩學引〉以釋「連城璧」，認為「殊嫌空泛」。他舉例分析杜詩五古、七古、新樂府、七律、五律諸作，以見杜詩的連城璧[106]。李正民認為「連城璧」「這種『學至於無學』的自然化合之妙，這種熔鑄古今、物我而成的新合金，才是杜甫的『連城璧』」[107]。劉澤推測元好問所說的「連城璧」，「似指杜詩內容的景真情真」，及「似指杜詩藝術集大成而言」[108]。

何三本〈元好問論詩三十首箋證〉云：「好問所謂之『連城璧』，即指子美除『排比鋪陳』之外，更有社會寫實價值而言。杜甫遊歷之廣，體會之富，所賦詩作之真切，自古詩人實無與倫比。」[109]何三本推許杜甫詩具「社會寫實詩真實價值」，以擅於寫實見長。

有關「連城璧」的內涵，近人詹杭倫別有體會，他分析了〈杜詩學引〉中的三層含義：

---

105 郭紹虞：《元好問論詩三十首小箋》（北京市：人民文學出版社，1978 年），頁 66。

106 王韶生：〈元好問論詩三十首箋釋〉，《崇基學報》第 5 卷第 2 期（1966 年 5 月）。

107 李正民：〈元遺山論詩三十首異解辨正〉，收入《元好問研究論略》（北京市：社會科學文獻出版社，1999 年），頁 263。

108 劉澤：《元好問論詩三十首集說》（太原市：山西人民出版社，1992 年），頁 93。

109 何三本：〈元好問論詩絕句三十首箋證（二）〉，《中華文化復興月刊》第 7 卷第 4 期（1974 年），頁 46。

第一，杜詩的成就達到了「學至於無學」的極致境界；第二，杜詩的內涵，化合了「九經百氏古人之精華」；第三，杜詩的注釋者，應當善識「天機」，而不可拘泥於人所共知的常見典故。[110]

在〈杜詩學引〉中，元好問指出杜甫經過「學」的功夫，經歷含咀「九經百氏古人之精華」的階段，達到了「無學」的境界，即「元氣淋漓，不可名狀」，也就是杜詩「連城璧」的結晶。元好問這一「無學」觀點，吻合黃庭堅〈與王觀復書〉中所說的：「觀子美夔州後詩，韓退之自潮州還朝後文章，皆不煩繩削而自合矣。」[111]「不煩繩削而自合」的理論源頭，可以上推溯到孔子的人生觀念。《論語・為政》記載孔子其經過數十年的修養歷程之後，到了「七十而從心所欲不逾矩」，說明孔子的修養，也經歷了一個由「學」到「無學」的過程。《莊子・養生主》所述「庖丁解牛」的故事，正是對「技進於道」的具體說明。釋家「學至於無學」的修養歷程，與儒、道兩家相通無礙，並成為宋人所提倡的詩學觀念。蘇軾在〈與侄簡書〉中，闡述了詩人一生的藝術造詣，有一個「由絢爛之極，而歸於平淡」的修養過程。黃庭堅在〈與王觀復書〉、〈大雅堂記〉等文中也反覆強調，詩人必須經過「守古人繩墨」的學習階段，才能達到「不煩繩削而自合」的境界。

有關「學」的問題，元好問的詩學也經歷了由「學」至於「無學」的歷程，其自述「學」的階段是：〈答王輔之〉所言「我詩初不工，研磨出艱辛」；〈論詩三首〉之二：「詩腸搜苦白頭生，故紙塵昏枉乞靈。」到了「無學」的階段是：〈感興〉四首之一所言「夢中驚見白頭

---

110 詹杭倫：〈元好問的杜詩學〉，收入《紀念元好問八百誕辰文集》（太原市：山西人民出版社，1992 年 5 月），頁 192。

111 （宋）黃庭堅：《豫章黃先生文集》，《四部叢刊》（臺北市：臺灣商務印書館），第49 冊，卷 19，頁 201。

新，信口成篇卻自神」；〈自題二首〉之二「千首新詩萬首文，蔾羹不
糁日欣欣。鏡裏自照心語口，後世何須揚子雲。」從上引遺山詩句中，
可見出遺山詩學歷程，也是經過從研磨到揮灑的階段，並非一朝一夕
可成。元代詩人劉秉中〈讀遺山詩〉云：「青雲高興動冥搜，一字非工
未肯休。直到雪消冰泮後，百川春水向東流。」[112] 道出了好問的詩學歷
程，可謂知言。

其十一

眼處心生句自神，暗中摸索總非真。畫圖臨出秦川景，親到長
安有幾人。

元好問此首論詩，強調寫景之作，貴真貴神，不可憑空臆測。
詩中首二句謂，詩家寫景，必須實地視察，景從心生，才可創作出有
「神」及有「真」的作品。而暗中摸索、憑空構想的作品，往往不能反
映真貌真情。末二句言不少畫家，描繪過秦川的風光景物，但真正有
幾人曾親臨長安，實地觀賞秦川風物及感受及風土人情呢？

杜甫與秦川景色

八百里秦川，風光如畫，歷代詩家題詠及畫家描繪不絕，佳作如
林，當中最著者，詩則杜甫，畫則范寬，為世公認。這首詩所論主角
是杜甫還是范寬，學術界說法各異。施國祁認為這首詩是專論杜甫與
秦川景色，其《元遺山詩集箋注》卷十一載：

少陵自天寶五載至十四年以前，皆在長安。見諸題詠，如〈玄
都觀〉之子規山竹、王母雲旗。〈慈恩塔〉之河漢西流、七星

---

112 姚奠中主編：《元好問全集》（太原市：山西人民出版社，1990 年），下冊，附錄二，
頁 454。

北戶。〈曲江三章〉之素沙白石、杜曲桑麻。〈麗人行〉之三
月氣新、水邊多麗。〈樂遊園〉之碧草煙絲、芙蓉波浪。〈渼
陂行〉之棹謳間發、水面蘭英。〈西南台〉之錯翠南山、倒影
白閣。〈湯東靈湫〉之陰火玉泉、樓空浴日。凡茲景物，並近
秦川一帶。登臨俯仰，獨立冥搜，分明十幅圖畫，都在把酌浩
歌，曠懷遊目中，一一寫照也。[113]

　　杜甫曾客居長安十年，有詩題詠秦川風光，「分明十幅圖畫」，
「一一寫照」，其詩不僅刻畫了秦川的景色，也寫出了他在長安的生活
感受。在長安期間，與他同時代的詩人，詩詠秦川的很多，包括岑參
和高適，但他們二人的詩作，有別於杜甫。高岑二人，只是看到秦川
的表象，而杜甫則看到秦川的實質。所以「畫圖臨出秦川景」的含義，
除畫出秦川的山川風物外，也揭露出當時社會的實質面貌。

　　此詩論述杜甫在長安期間的創作情況，宗廷輔說：「少陵十載長
安，長篇短詠，皆即事抒懷之作也。」[114]今人何三本進一步發揮此說：

子美於秦川一帶之景物，無不登臨俯仰，獨冥搜分明，各幅圖
畫，都在把酒浩歌，曠懷遊目之中也。後之詩人，只會暗中摸
索，學步前人，任其於字句上如何下工夫，終失真切感耳。就
因其遊歷廣，體驗多，觀察深入，而產生了〈兵車行〉和〈麗
人行〉等詩。而使他的詩風由此轉變，日益往社會寫實發展，
因此杜甫不但親到長安，「畫圖臨出秦川景」，且更進一步真真
實實地刻畫出當時戰禍頻繁，生民離亂之慘狀，由好問一生之
境遇及其作詩論詩之主張觀之，得知好問所謂「眼處心生句自

---

113 施國祁注：《元遺山詩集箋注》（北京市：人民文學出版社），卷 11，頁 527。
114 郭紹虞：《元好問論詩三十首小箋》（北京市：人民文學出版社，1978 年），頁 67。

神」、「親到長安」、「畫圖臨出秦川景」之語，不但只表面上讚
仰子美能真切地畫出秦川景而已，而且更進一步的謂子美能真
切地畫出當日社會離亂的全圖。[115]

　　從上述引文可知，何三本也認為杜甫詩詠秦川景色之作，具有特
殊意義，就是「能真切地畫出當日社會離亂的全圖」，有利於文學創
作。杜詩名作〈兵車行〉及〈麗入行〉就是其在長安期間的代表作。王
韶生注釋此詩，也引施國祁之說，並稱許「杜詩，詩中有畫；范圖，
則畫中有詩也」[116]。林從龍認為「畫圖臨出秦川景」一句「是稱頌杜詩
有真情實感。杜甫從三十五歲到四十四歲，生活在長安，其詩把長安
地區的美麗景色描繪得非常真實、生動」[117]。劉澤說此詩「似在闡明杜
甫詩藝「連城璧」之所在：寫真景真情，同時批評了另一種錯誤創作傾
向：脫離實踐，閉門造車，暗中類比」[118]。以上諸家之見，都認為杜甫
親到長安，有利於詩歌的創作。

范寬與秦川圖

　　何三本徵引元好問〈范寬秦川圖〉詩為注，認為元好問此詩是針
對范寬〈秦川圖〉而作的[119]。盧興基進一步論述此詩與范寬〈秦川圖〉
的關係。他說：「元遺山早年雖未親覽〈秦川圖〉，但對它非常熟悉，
嚮往一睹為快。所以，他論詩隨手拈出『畫圖臨出秦川景』句就不奇怪

---

115 何三本：〈元好問論詩絕句三十首箋證（二）〉，《中華文化復興月刊》第 7 卷第 4 期
　　（1974 年），頁 47。
116 王韶生：〈元好問論詩三十首箋釋〉，《崇基學報》第 5 卷第 2 期（1966 年 5 月）。
117 林從龍等：《遺山詩詞注析》（鄭州市：中州古籍出版社），頁 67。
118 劉澤：《元好問論詩三十首集說》（太原市：山西人民出版社，1992 年），頁 103。
119 何三本：〈元好問論詩絕句三十首箋證（二）〉，《中華文化復興月刊》第 7 卷第 4 期
　　（1974 年），頁 46。

了。」[120] 盧氏又強調這首詩不是論杜甫，而是論畫家范寬，他說：

> 元遺山是以范寬的生平主張，並以他的〈秦川圖〉為依據，寫
> 出「畫圖臨出秦川景，親到長安有幾人」的詩句，以印證「眼處
> 心生句自神」的詩歌主張的。全詩為泛論，既不是論杜甫，也
> 不是論白居易。[121]

　　盧興基認為此詩主要是討論范寬秦川圖，並引麻知幾的〈跋范寬秦
川圖〉中「想君胸中有全秦，見鑱削鑱鑱乃真」[122] 為注，並與元好問的
論詩詩句「畫圖臨出秦川景，親到長安有幾人」互相印證，認為元、麻
「二人都說他（范寬）有生活依據，才能畫得如此逼真」[123]。不過，從
文獻資料來看，元好問對范寬的評價並不高，其〈范寬秦川圖〉詩云：
「全秦天地一大物，雷雨澒洞龍頭軒。因山分勢合水力，眼底廓廓無齊
燕。我知寬也不辨此，渠寧有筆如修椽。」[124] 元好問認為范寬的筆力不
夠，未能畫出秦川山水，具氣吞齊燕的磅礡氣勢。

　　元好問〈范寬秦川圖〉詩，有「愛君恨不識君早，乃今得子胸中
秦，作詩一笑君應聞」之語，詩後小注亦說：「今日子思兄弟出此圖，
求予賦詩，酒惡無聊中，勉為賦此。此畫本米元章家舊物，有韓子蒼
題名。元章以為中立，元輝以為中正，以予觀之，此特張髯胸中物
耳。知者當不以吾言為過云。」[125] 據此可知，所謂范寬〈秦川圖〉被張

120　盧興基：《元遺山和范寬〈秦川圖〉》，《文學遺產》1986 年第 2 期，頁 92。

121　盧興基：《元遺山和范寬〈秦川圖〉》，《文學遺產》1986 年第 2 期，頁 92。

122　（清）郭元釪：〈跋范寬秦川圖〉，《全金詩》（臺北市：新興書局，1968 年），第 1
　　冊，卷 19，頁 325，麻九疇條。

123　盧興基：《元遺山和范寬〈秦川圖〉》，《文學遺產》1986 年第 2 期，頁 92。

124　姚奠中主編：《元好問全集》（太原市：山西人民出版社，1990 年），上冊，第 3 卷，
　　〈范寬秦川圖〉，頁 71。

125　姚奠中主編：《元好問全集》（太原市：山西人民出版社，1990 年），上冊，第 3 卷，

閎（字伯玉）收藏，是他的「胸中物」。又元好問的朋友麻九疇，同時
作有〈跋范寬秦川圖〉詩，第一句即謂「山水人傳范家筆」[126]，據此頗
疑他們所賦的〈秦川圖〉乃張閎的臨摹作品，並非真跡。又據劉祁《歸
潛志》卷四，張閎其人「好收古人器物，所在購求，以是叢於家……字
畫勁古，有顏平原之風」[127]。如果由這位好古且有繪畫技能之人，予以
臨摹作偽，當有可能。如果是真品，元好問對此名畫，為何覺得「無
聊」，「勉為賦此」？實在惹人疑竇。

　　雖然，元好問此詩是詩論，而不是畫論，但他的確曾受到前人畫
論的影響和啟發。如南朝宗炳的〈畫山水序〉說：「夫以應目會心為理
者，類之成巧。則目亦同應，心亦俱會。」作畫需要「應目會心」，作詩
也需要「眼處心生」，作者通過視覺得到的自然物象，需要經過深切思
考，作品才能反映生活本質。唐代畫家張璪有一句名言：「外師造化，
中得心源。」[128]「外師造化」，即「眼處」的意思；「中得心源」，即「心
生」的意思。北宋畫家范寬也曾說：「前人之法，未嘗不近取諸物。
吾與其師於人者，未若師諸物也；吾與其師於物者，未若師諸心。」[129]
范寬的「師物」說，當可視為受到張璪的啟發；但其「師心」之說，
則顯然受到當時盛行的禪宗心法影響。元好問的「眼處心生」說，與
張璪「外師造化，中得心源」之說接近，而與范寬的「師物、師心」說
不同。具體而言，范寬畫秦川景物，「師物」當然是必須「親到長安」

　　〈范寬秦川圖〉，頁 71。

[126] （金）元好問：《翰苑英華中州集》，《四部叢刊集部》（臺北市：臺灣商務印書館，
　　　上海涵芬樓景印誦芬室元刊本線裝 4 冊），第 3 冊，卷 6，頁 8。

[127] （金）劉祁：《歸潛志》（北京市：中華書局，1983 年 9 月），卷 4，頁 35。

[128] 引自（唐）張彥遠：《歷代名畫記》，《四庫全書》（臺北市：臺灣商務印書館，1983
　　　年），子部第 118 冊，卷 10，頁 353。

[129] 引自《宣和畫譜》，《四庫全書》（臺北市：臺灣商務印書館，1983 年），子部第 119
　　　冊，卷 11，頁 132。

的;「師心」則不必「親到長安」。此外,元好問〈論詩三十首〉,標明論詩,與論畫無涉,故此,元好問這首詩並非論畫師范寬,而是專論詩聖杜甫。

「親到長安」的含義

關於「親到長安」的含義:有些學者將之理解為體驗生活,如盧興基說此詩「反映了他的詩歌主張中的現實主義精神」[130],劉澤也說此詩「近似今天現實主義創作原則的某些特徵,因此,許多論者認為這首論詩絕句,是元好問詩論的精髓」[131]。不過,郭紹虞卻另有見解說:「元好問所謂的『親到長安』,與近人所謂『體驗生活』,大有不同。近人所指,重在社會生活之現實生活,而元氏所言,只是自然界之景色而已。故其所論與主張類比,僅能暗中摸索者相較,固高一著,而由於脫離社會生活,亦只能走向神韻一路而已。」[132]郭氏末句「走向神韻一路」,可謂目光敏銳,另有創見。

其十二

望帝春心託杜鵑,佳人錦瑟怨華年。詩家總愛西崑好,獨恨無人作鄭箋。

元好問此首論詩雖然讚揚李商隱詩,但也指出其詩之失,是過於迷離隱晦。李商隱詩融和了藻、旨、氣、聲、韻、律、情於一體,故此自成風格。李商隱的情詩纏綿悱惻,叩人心扉,意旨迷離隱晦,其代表作〈錦瑟詩〉:「錦瑟無端五十弦,一弦一柱思華年。莊生曉夢迷

---

[130] 盧興基:《元遺山和范寬〈秦川圖〉》,《文學遺產》1986 年第 2 期。

[131] 劉澤:《元好問論詩三十首集說》(太原市:山西人民出版社,1992 年),頁 103。

[132] 郭紹虞:《元好問論詩三十首小箋》(北京市:人民文學出版社,1978 年),頁 67。

蝴蝶，望帝春心託杜鵑。滄海月明珠有淚，藍田日暖玉生煙。此情可待成追憶，只是當時意惘然。」元好問體會此詩之旨所在，故於這首論詩的首句，全取李義山〈錦瑟〉中第四句的原句入詩，次句是改寫〈錦瑟〉中首聯「錦瑟無端五十弦，一弦一柱思華年」而成。末二句言詩家雖然喜愛李商隱詩，但其詩意隱晦難明，可惜無人予以箋釋。

遺山論〈錦瑟〉詩之議

對於解讀遺山此首論詩與李義山〈錦瑟〉詩的關係，翁方綱《石洲詩話》說：

> 拈此二句，非第趁其韻也。正以先提唱「杜鵑」句於上，卻押「華年」句於下，乃是此篇回復幽咽之旨也。遺山當日必有所會，惜未見其所述耳。[133]

翁氏說「遺山當日必有所會」，可以謂深得遺山心意，但可惜翁氏並未予以進一步論述。

近人劉學鍇及余恕誠認為元好問此首論詩，是最早揭示〈錦瑟〉詩自傷身世的主題，劉余二人合著的《李商隱詩歌集解》載：

> 此詩底蘊，遺山〈論詩絕句〉實首發之。「望帝春心託杜鵑，佳人錦瑟怨華年」二語，人但以轉述義山語視之，不知其實藉以發明詩旨也。「望帝」、「佳人」均指義山。二語蓋謂：義山一生心事，均託之於如杜鵑啼血之哀婉悲感詩作，而引〈錦瑟〉一首，又正抒寫其美人遲暮之情者也。遺山實已揭櫫「鄭箋」之綱要矣。[134]

133　（清）翁方綱：《石洲詩話》（臺北市：廣文書局，1971 年），卷 7，頁 319。

134　劉學鍇、余恕誠：《李商隱詩歌集解》（北京市：中華書局，1988 年 12 月），頁

上述引文「遺山實已揭櫫『鄭箋』之綱要矣」，可謂甚有見裁。

近人林從龍〈元好問和他的詩〉說：

> 李商隱〈錦瑟〉詩，詞意隱晦，解說紛紜，或謂悼亡，或謂詠
> 物，或謂懷人，或謂自傷，等等。……元好問引用和綴集〈錦
> 瑟〉詩中這兩句，是以此概指李商隱詩寓意隱晦的特點。[135]

林氏指出遺山此論詩首二句「概指李商隱詩寓意隱晦的特點」，其說頗有體會。

適、怨、清、和

南宋胡仔（1095～1170）《苕溪漁隱叢話》引《緗素雜記》云：

> 義山〈錦瑟〉詩云云，山谷道人讀此詩，殊不曉其意，後以問
> 東坡。東坡云：「此出《古今樂志》，瑟：錦瑟之為器也，其弦
> 五十，其柱如之。其聲也，適、怨、清、和。」案：李詩「莊生
> 曉夢迷蝴蝶」，適也；「望帝春心託杜鵑」，怨也；「滄海月明珠
> 有淚」，清也；「藍田日暖玉生煙」，和也。一篇之中，曲盡其
> 意。史稱其瑰麗奇古，信然。[136]

上段引文中，指出李義山的〈錦瑟詩〉，「史稱瑰麗奇古」，黃山谷未曉詩意，就教東坡，東坡以「適、怨、清、和」去剖釋詩旨，可謂透切絕倫，精采之至。〈錦瑟〉詩是詠物詩，方回《瀛奎律髓》列於「著題類」（即詠物類）。詠物詩一般都有寄託，有共鳴者，自會其意。

1438。

[135] 林從龍：《元好問和他的詩》（鄭州市：中州古籍出版社，1984年），頁74。

[136] （宋）胡仔：《苕溪漁隱叢話》，《詩話叢編》（臺北市：世界書局，1976年3月第3版），第1集，第1冊，前集卷22，頁146。

郭紹虞《元好問論詩三十首小箋》引近人陳衍（1856～1937）《元詩紀事》謂：「……後聞高希吏部談遺山誦義山〈錦瑟〉中四偶句，以為寓意於：適、怨、清、和，始知謂鄭箋者，殆是事也。」郭氏引後續說：「竊以為此解足備一說，元好問作此詩時，可能受此影響，故恨缺少類此妙解。」[137] 郭氏說的「缺少類此妙解」之恨，可參考上文胡仔的釋論。

「西崑」之釋義

這首詩的「詩家總愛西崑好」，「西崑」並非指北宋初年由楊億、錢惟演為代表所創的西崑派，而是指李義山的西崑體。宋人嚴羽《滄浪詩話·詩體》指出：「李商隱體，即西崑體也。」[138] 又說：「西崑體，即李商隱體，然兼溫庭筠及本朝楊（億）劉（筠）諸公而名之也。」[139] 宋人釋惠洪《冷齋夜話》卷四云：「詩到李義山，謂之文章一厄，以其用事僻澀，時稱西崑體。」[140] 不過，郭紹虞說得很明白：「以李商隱詩為西崑體，始見惠洪《冷齋夜話》，其後胡仔《苕溪漁隱叢話》、嚴羽《滄浪詩話》亦沿其誤，不得以此為元好問之失。」[141] 不過，郭紹虞並無具體事實證明惠洪之說有誤，就強說胡仔及嚴羽「亦沿其誤」，故此郭氏之說有待深究。李商隱〈錦瑟詩〉既然「僻澀」難懂，元好問卻說「詩家總愛西崑好」，其理由是義山詩盪氣迴腸，百讀不厭。

此外，與元好問同時代的劉從益有「楊劉變體號西崑」之句[142]，這

---

137 郭紹虞：《元好問論詩三十首小箋》（北京市：人民文學出版社，1978 年），頁 68。

138 郭紹虞：《滄浪詩話校釋》（北京市：人民文學出版社，1961 年），頁 54。

139 郭紹虞：《滄浪詩話校釋》（北京市：人民文學出版社，1961 年），頁 64。

140 （宋）釋惠洪：《冷齋夜話》，《詩話叢刊》（臺北市：弘道文化事業公司，1972年），頁 1643。

141 郭紹虞：《元好問論詩三十首小箋》（北京市：人民文學出版社，1978 年），頁 68。

142 （金）劉祁：《歸潛志》（北京市：中華書局，1983 年），卷 8，頁 91。

與好問所的指的「西崑」無關。

「獨恨無人作鄭箋」之誤

元好問在此首論詩末句：「獨恨無人作鄭箋」，是否在元好問之前，李商隱詩就無人為之作注，原因何在？近人錢鍾書《談藝錄》曾載此事，並徵引元人袁桷《清容居士集》卷四十八〈書鄭潛庵李商隱詩選〉資料，指出袁桷曾有感於李商隱詩「用事僻昧」，有意為之作注，後因李詩「冶容褊心」而中止。明人胡震亨（約 1569 ～ 1645）為研究唐代詩話著名學者，編有《唐音統籤》及《唐音癸籤》二書，為研究唐代詩話巨著。胡氏有感於「商隱一集，迄無人能下手」，感歎「實學之難」[143]。故此，一直以來，人人都以為李商隱詩無人作箋。其實不然，在元好問之前，李詩已有箋注，事見宋代胡仔《苕溪漁隱叢話·前集》卷九引《西清詩話》云：「都人劉克，窮該典籍，人有僻書疑事，多從之質，嘗注杜子美、李義山集。」[144] 又清人朱鶴齡《箋注李義山詩集·凡例》云：「《西清詩話》載都人劉克嘗注杜子美、李義山詩；又《延州筆記》載張充文亮有《義山詩話》，今皆不傳。」[145] 據上述兩則資料來看，元好問謂李商隱詩「獨恨無人作鄭箋」是不對的。

其十三

萬古文章有坦途，縱橫誰似玉川盧？真書不入今人眼，兒輩從教鬼畫符。

元好問此首論詩，旨在道出詩有正途，即正體，勿尋險怪之路，

---

143 錢鍾書：《談藝錄》（北京市：中華書局，2000 年補訂本），頁 489。

144 （宋）胡仔：《苕溪漁隱叢話》（北京市：人民文學出版社，1962 年），前集，頁 144 ～ 148。

145 （清）朱鶴齡箋注：《李義山詩集》（臺北市：臺灣學生書局，1973 年），頁 15。

否則流於異體，即偽體也。詩中首二句指出，自古以來，平易暢達本是為文正途，但是盧仝詩筆縱橫，自成一體，誰能學得似？寓意後世不善學盧仝的人，則流於險怪，成為偽體。末二句，舉學書法為例，當從楷書入手，但卻不為近人喜愛。初學者還未打好楷書的基礎，就一味大寫學狂草，只會導致鬼畫符的結果。

宋人評盧仝

盧玉川的險怪詩風，宋人頗多論評，如宋人梅堯臣〈依韻和永叔澄心堂紙答劉原甫〉云：「退之昔負天下才，掃掩眾說猶除埃。張藉盧仝鬥新怪，最稱東野為奇瑰。……」[146] 宋人歐陽修〈菱溪大石〉云：「盧仝韓愈不在世，彈壓百怪無雄文。爭奇鬥異各取勝，遂至荒誕無根源。」[147] 宋人蘇軾〈評杜默詩〉云：「作詩狂怪，至盧仝、馬異極矣。」[148] 宋朱熹《朱子語類》卷一四〇云：「詩須是平易不費力，句法混成。如唐人玉川子輩，句語雖險怪，意思亦自有混成氣象。」[149]

詩的「奇」與「怪」，也可說是詩之一體，故此，盧玉川的詩經諸家分別評為「鬥新怪」、「爭奇鬥異」、「狂怪」、「混成氣象」，也是詩的一種風采。

好問評盧仝

元好問又如何評價盧仝的險怪詩風呢？其實，元好問是非常敬佩盧仝的。在元好問很多的作品裏，都可以找到盧仝的影子，例如元好

---

146 朱東潤：《梅堯臣集編年校注》（上海市：上海古籍出版社，1980 年），頁 800～801。

147 （宋）歐陽修：《歐陽修全集》（香港：廣智書局），卷 1〈居士集一〉，頁 22。

148 （宋）蘇軾：《東坡題跋》，《津逮秘書》，卷 3，頁 7a。

149 （宋）朱熹：《朱子語類》（同治壬申刊本，應元書院藏版），卷 140，頁 4b。

問詩〈別康顯之〉云：「玉川文字五千卷，鄭監才名四十年。」[150] 又〈贈答郝經伯常之大父余少日從之學科舉〉云：「撐腸正有五千卷，下筆須論二百年。」[151] 又《密公寶章小集》云：「撐腸正有五千卷，靈台架構森鋪張。」[152] 上述詩句出自盧仝詩〈走筆謝孟諫議寄新茶〉，詩云：「三鶪搜枯腸，唯有文字五千卷。」及〈月蝕詩〉云：「撐腸拄肚礌傀如山丘。」此外，元好問詩〈遊天壇雜詩十三首〉之十三云：「詩成應被盧仝笑，曾見青山養伯齡。」[153] 並自注云：盧仝〈送伯齡出山〉云：「伯齡不厭山，山不養伯齡。」又元好問的〈洛陽衛良臣以星圖見貺漫賦三詩為謝〉之三云：「西虎東龍總伏雌，老蟆卻是可憐兒。星圖何物堪相報，借用盧仝〈月蝕詩〉。」[154] 按：盧仝的〈月蝕詩〉有「西方攫虎立蹻蹻」及「安用東方龍」等語；又元好問〈此日不足惜〉詩云：「一酌舌本強，二酌燥吻濡，三酌色敷腴。連綿五六酌，枯腸潤如酥。……十酌未渠央，百觚亦奚拘。」[155] 上詩的特色是以數字為詩，出自盧仝詩〈走筆謝孟諫議寄新茶〉，詩云：「一喉吻潤，二破孤悶，三搜枯腸，唯有文字五千卷。四發輕汗，平生不平事，盡向毛孔散。五肌骨清，六通仙靈。七喫不得也，唯覺兩腋習習清風生。」從上述二首數字詩來看，

150 姚奠中主編：《元好問全集》（太原市：山西人民出版社，1990 年），上冊，卷 9，頁 242。

151 姚奠中主編：《元好問全集》（太原市：山西人民出版社，1990 年），上冊，卷 9，頁 267。

152 姚奠中主編《元好問全集》（太原市：山西人民出版社，1990 年），上冊，卷 3，頁 81。

153 姚奠中主編：《元好問全集》（太原市：山西人民出版社，1990 年），上冊，卷 12，頁 385。

154 姚奠中主編：《元好問全集》（太原市：山西人民出版社，1990 年），上冊，卷 13，頁 405。

155 姚奠中主編：《元好問全集》（太原市：山西人民出版社，1990 年），上冊，卷 5，頁 116。

可說是同一格調，而數字詩，也是險怪詩人盧仝詩風特色之一。

故此，元好問的〈論詩三十首〉，刻意談到盧仝詩，沒有作出表示不滿和予以譴責，反之是暗譽盧仝的詩已達化境，別樹一幟，好比學書法一樣，達致「真書」揮灑自如的最高境界。同時，要附帶一提的，在金代詩風中，險怪詩也是一種風尚，元好問難免受到感染。

其實，元好問此首論詩，指出了盧仝的「縱橫」詩風，並無貶意。陳湛銓說：「此非譏彈盧玉川詩，實貶天下之怪而無理者耳。」[156] 陳氏又說：「大柢怪奇之作，奇須中理，怪不失雅，非惟未礙，實是殊才，否則信如遺山所云鬼畫符矣。」[157]「殊才」，指才氣卓越，盧仝有之，故能「奇須中理，怪不失雅」。陳氏又徵引元好問有關化用盧仝的詩句，證明元好問不會「譏玉川子而以兒輩目之者」[158]。胡傳志認為詩中的「縱橫」一詞，不一定是貶義，「盧仝詩雖險怪，未必超出坦途」。胡氏又徵引元好問〈詩文自警〉「要奇古，不要鬼畫符」來解釋此詩，認為「肯定奇古，防備鬼畫符，本是一個問題的兩個方面。所以這首論詩絕句，不妨看作是批評『今人』及『兒輩』由盧仝的『縱橫』演變而成的『鬼畫符』式的詩歌」[159]。簡單地說，「縱橫」不成，便成「鬼畫符」。

近人評盧仝

持負面態度批評盧仝詩風的，清代學者宗廷輔《古今論詩絕句》

---

156 陳湛銓：〈元遺山論詩絕句講疏〉，《香港浸會學院學報》第 3 卷第 1 期（1968 年），頁 18。

157 陳湛銓：〈元遺山論詩絕句講疏〉，《香港浸會學院學報》第 3 卷第 1 期（1968 年），頁 18。

158 陳湛銓：〈元遺山論詩絕句講疏〉，《香港浸會學院學報》第 3 卷第 1 期（1968 年），頁 18～19。

159 胡傳志：〈論詩三十首辨釋〉，《金代文學研究》（合肥市：安徽大學出版社，2000年），頁 79～80。

說：「盧詩險怪，溺之者皆入邪徑。下二句蓋以狂草為譬。」[160] 近人田鳳台〈元遺山論詩絕句析評〉也說：

> 唐詩自韓愈以怪誕取勝前人，發展成為孟郊、賈島之冷僻奇險一派，再變本加厲，便生出盧仝、馬異、劉叉之鬼怪一派。其詩作蹇澀難懂，非文非詩，可謂走火入魔，如劉叉之〈雪峰冰柱〉詩、盧仝〈與馬異結交〉詩、〈月蝕〉詩等。……遺山對此輩之作，故以鬼畫符譬之。[161]

田鳳台批評「鬼怪一派。其詩作蹇澀難懂，非文非詩，可謂走火入魔」，認為此輩之作，屬於「鬼畫符」。

近代學者中，批評此詩中的險怪詩人盧仝最嚴厲的，莫過於郭紹虞。他的《元好問論詩三十首小箋》說：

> 則知其於盧仝、馬異鬼怪一派，固應深惡痛絕矣。查慎行《初白菴詩評》謂「掃盡鬼怪一派」，甚是。[162]

他極之認同查慎行之說「掃盡鬼怪一派」，並加強語氣，補上「甚是」一詞。對別人以盧仝詩跟元好問詩拉上淵源關係，他也提出反對，其《元好問論詩三十首小箋》說：

> 錢振鍠《謫星三集筆談》乃謂：「遺山詩三分是韓、杜，三分是玉川，故其論詩曰：『萬古文章有坦途，縱橫誰似玉川盧！』推挹之至」。謂為推挹，恐非元氏論詩之旨。[163]

---

160 宗廷輔《宗月鋤先生遺著八種》之《古今論詩絕句》（光緒中常熟宗氏刊民國 6 年徐兆瑋印本），頁 11a。

161 田鳳台：〈元遺山論詩絕句析評〉，《中華文化復興月刊》第 12 卷第 4 期，頁 24。

162 郭紹虞：《元好問論詩三十首小箋》（北京市：人民文學出版社，1978 年），頁 69。

163 郭紹虞：《元好問論詩三十首小箋》（北京市：人民文學出版社，1978 年），頁 69。

錢振鍠認為「古文章有坦途，縱橫誰似玉川盧」這兩句詩，是遺山對盧全「推挹」之句，但郭產氏則回應「恐非元氏論詩之旨」。近人劉澤對遺山論險怪詩風頗有微詞，認為「遺山此論失之偏頗，詭奇險怪詩風亦有可取，不過後來有所改變」[164]。事實上，遺山作品中，頗多稱讚盧全之語。

「鬼畫符」作者究竟是指誰

「鬼畫符」作者究竟是指誰？答案在詩中已明確交代是「兒輩」。這個兒輩從廣義上講，是指一切效法盧全作詩的後輩；從狹義上講，是指當時金末一派提倡怪奇風格的詩人，如李天英等後進詩人。劉祁《歸潛志》卷一稱李天英「為詩刻苦，善出奇語」。趙秉文〈答李天英書〉則謂其「不過長吉、盧全合而為一」近人李正民〈論詩三十首異解辨正〉一文，指出元好問這首詩「直接繼承了趙秉文的主張，對李天英這一類險怪派表示了極大鄙薄」[165]。又如另一險怪詩人李夷，《歸潛志》卷二稱其「為文尚奇澀，喜唐人；作詩尤勁壯，多奇語」。再如田紫芝，元好問《中州集》卷七評其「語意驚絕，人謂李長吉復生」。凡此一類師法李賀、盧全的詩人，其詩風都以怪奇為特色。

近人胡傳志對此詩的「今人」「兒輩」「鬼畫符」作出辨析說：

> 「真書不入今人眼」，是批評「今人」不以風雅正體為典範，未能創作出符合雅道的詩歌，「兒輩從教鬼畫符」，則進了一步，批評「兒輩」所作已不是詩了，就好像書法，「今人」所作雖非「真書」，但可能還是書法一體，還是字，而「兒輩」所塗的已

---

164 劉澤：《元好問論詩三十首集說》（太原市：山西人民出版社，1992 年），頁 119。

165 李正民：〈元遺山論詩三十首異解辨正〉，收入《元好問研究論略》（北京市：社會科學文獻出版社，1999 年），頁 275。

不是字了，只是「鬼畫符」。[166]

胡氏指出，所謂「今人」是指李純甫，其人「詩不出盧仝、李賀」、及「多喜奇怪」、「好作險句怪語」（見《歸潛志》卷八）。所謂「兒輩」是李純甫的追隨者李經。趙秉文曾批評李經的詩「殊不可曉」，說他「吹簫學鳳……時有梟音」（《閑閑老人滏水文集》卷十九〈答李天益書〉），元好問也說其詩「不可曉」，這「大概就是元好問所指斥的『鬼畫符』」[167]。

其十四

出處殊途聽所安，山林何得賤衣冠？華歆一擲金隨重，大是渠儂被眼謾。

元好問此首論詩，強調人品不能以「出」與「處」立論，慎防偽裝高行者的假面孔。詩中首二句指出，無論隱世為高人或入世為仕宦，人生際遇無常，應隨遇而安。隱世為山林高士者，不能以隱逸自高，鄙視廊廟當官之輩。末二句言華歆掘地見金，擲之不取，偽裝高行，以博時名，相信其行為高潔者，肯定他們的眼睛是被偽行所遮騙。

「出處殊途聽所安，山林何得賤衣冠」釋義

「出處殊途聽所安，山林何得賤衣冠？」關於首句釋義，注家各異，以陳湛銓為最當。他引用嵇康〈與山巨源絕交書〉之語，予以解說：「故君子百行，殊途而同致，循性而動，各附所安，故有處朝廷

---

166 胡傳志：〈論詩三十首辨釋〉，收入《金代文學研究》（合肥市：安徽大學出版社，2000 年），頁 80 ～ 81

167 粹自胡傳志：〈論詩三十首辨釋〉，收入《金代文學研究》（合肥市：安徽大學出版社，2000 年），頁 80 ～ 81

而不出，入山林而不返之論。」[168] 對於次句註釋，施國祁引謝萬〈八賢論〉為例，指出「其旨以處者為優，出者為劣」[169]。陳湛銓則從正反兩方面，徵引了不少山林賤衣冠和不賤衣冠的例子，注釋詳細[170]，具參考價值。

「華歆一擲金隨重，大是渠儂被眼謾」釋義

「華歆一擲金隨重，大是渠儂被眼謾」，這兩句詩述華歆擲金，博取時譽，掌故出自《世說新語・德行》，其文載：「管寧、華歆共園中鋤菜，見地有片金，管揮鋤與瓦石不異，華捉而擲去之。」華歆擲金偽行，雖獲時譽，後世則有誹議。陳湛銓說：「司空圖《詩品・綺麗》：『神存富貴，始輕黃金』，第三句正用此意，謂華歆擲金，實則神存富貴，手雖擲金而心隨而重之，後人不為所欺者寡矣。」[171] 郝樹侯說末句「是說衣冠中人，不比山林之士喜愛黃金」[172] 何三本予以闡釋說：「於管寧眼中，金土本為一物，根本無貴賤之別，而華歆因以不同之眼光觀之，遂使金貴於土，而有貴賤之別矣。」[173]。李正民批評華歆之行說：

> 華歆未仕時鋤菜得金，拾而擲之，以輕財薄利舉孝廉，拜豫章太守。但當孫策略地江東時，他卻「幅巾奉迎」，後又投曹操，

---

168 陳湛銓：〈元遺山論詩絕句講疏〉，《香港浸會學院學報》第 3 卷第 1 期（1968 年），頁 19。

169 施國祁：《元遺山詩集箋注》（北京市：人民文學出版社，1989 年第 2 版），卷 11，頁 528。

170 陳湛銓：〈元遺山論詩絕句講疏〉，《香港浸會學院學報》第 3 卷第 1 期（1968 年），頁 19 ～ 20。

171 陳湛銓：〈元遺山論詩絕句講疏〉，《香港浸會學院學報》第 3 卷第 1 期（1968 年），頁 20。

172 郝樹侯：《元好問詩選》（北京市：人民文學出版社，1997 年 10 月），頁 16。

173 何三本：〈元好問論詩絕句三十首箋證（二）〉，收入《中華文化復興月刊》第 7 卷第 4 期（1974 年），頁 50。

遷尚書令，並承操旨，勒兵入宮，收伏皇后，他親自牽后衣，幽殺之。如這一類「山林」之人，何人格之有？……所以，他（元好問）在這首詩中指出：華歆一擲金而山林人物亦隨之身價百倍，這是人們被眼前的表象所欺騙的緣故。[174]

李氏從華歆生平行誼表現，以推論華歆擲金目的，結論是「人們被眼前的表象所欺騙的緣故」。

劉澤說後兩句的大意是：「華歆鋤菜時，看見金子拾起來就一扔，好像是不看重黃金，其實他的心神隨著金子飛跑了，是很看重金子的，然而，人們大都以為他是被眼睛欺騙了。」他批評此詩寓意「可能是不論山林、衣冠之士，作詩都應隨性所好，表達真情，不必扭捏作態，迎合世俗所向。前兩句立論較為公允，後兩句設喻不夠恰切」[175]。劉澤所言「後兩句設喻不夠恰切」，其說確是。

王若虛評華歆擲金

王若虛是元好問的老師輩，有關華歆擲金一事，他曾作出論評說：

管寧與華歆共鋤園菜，……世皆優寧而劣歆，予謂以心術觀之，固如世之所論，至其不近人情，不盡物理，則相去亦無幾矣。畢竟金玉與瓦石，豈無別者哉？此莊列之徒，自以為達，而好名之士，聞風而悅之者也。若夫君子之正論則不然，貴賤

---

174 李正民：《元好問論詩三十首異解辨正》，收入《元好問研究論略》（北京市：社會科學文獻出版社，1999 年），頁 265。

175 劉澤：《元好問論詩三十首集說》（太原市：山西人民出版社，1992 年），頁 124～126。

輕重，未嘗不與人同，特取捨之際，有義存焉耳。[176]

王若虛譏管寧「不近人情，不盡物理」，亦是合理。他強調「特取捨之際，有義存焉」，指取財需有道，乃符合儒家精神。

論事、論人，抑或論詩之見

這首詩是論人、論事，抑或論詩？何三本說此詩「並非論詩，乃係論事者也」，且批評道：「好問此三十首絕句中，既標明為『論詩絕句』，然觀其三十首之所論，並非全為論詩，此『出處殊途聽所安』一首，即非論詩，而純為論事，殊失論詩之題旨」[177]。

李正民則「認為這首詩是論人而非論詩」，並解釋說：「雖然遺山這組詩的總題目是〈論詩三十首〉，但這首詩卻是專論人品的，因為『人品凡劣，雖有工夫，絕無好文章』（元遺山〈詩文自警〉之五）。」[178]

另一種意見認為論詩的，如宗廷輔《古今論詩絕句》說：「山林台閣，各是一體。宋季方回撰《瀛奎律髓》，往往偏重江湖道學，意當時風氣，或有藉以自重者，故喝破之。」郭紹虞引此說，稱「是詩於山林台閣不相偏重，語至公允」[179]。陳湛銓〈元遺山論詩絕句講疏〉也認為是論詩的。他說：「此謂隱逸者流之詩與仕宦中人之詩，只賦性不同，實各具佳勝。山林湖海之士，未可輕貶廊廟中人也。」[180]

---

176 （金）王若虛：《滹南遺老集》，《四部叢刊》（臺北市：臺灣商務印書館，1979年），卷 27，頁 142。

177 何三本：〈元好問論詩絕句三十首箋證（二）〉，收入《中華文化復興月刊》第 7 卷第 4 期（1974 年），頁 50。

178 李正民：〈元好問論詩三十首異解辨正〉，收入《元好問研究論略》（北京市：社會科學文獻出版社，1999 年），頁 265。

179 郭紹虞：《元好問論詩三十首小箋》（北京市：人民文學出版社，1978 年），頁 69。

180 陳湛銓：〈元遺山論詩絕句講疏〉，《香港浸會學院學報》第 3 卷第 1 期（1968 年），頁 19。

除上述認為此詩是論詩之見外，也有人認為此詩既論人又論詩，如王禮卿說：「此論人品不以隱顯為高下，詩品亦然。然人有飾高行以邀宦達，亦有飾高情以博聲名，為千古居心為者一歎。」[181]

以上諸家之見，各有其理，筆者則較為認同王禮卿之說。

「出處殊途聽所安」與〈適安堂記〉

這首詩討論當時文人的隱逸思潮，及批評心口不一的假隱士。元好問的前輩學者趙秉文，其《滏水集》有一篇〈適安堂記〉，很能說明「出處殊途聽所安」的道理：

> 君子素其位而行，不願乎其外。素富貴，行乎富貴；素貧賤，行乎貧賤；素患難，行乎患難。君子無入而不自得焉。古之君子，不以外傷內，視貧富貴賤死生禍福，皆外物也，隨所遇而安之，無私焉。譬之水，升之則為雨露霜雪，下之則為江河井泉；激之斯為波，瀦之斯為淵。千變萬化，因物以賦形。及其至也，推而放諸東海而準，推而放諸南西北海而準。故君子有所取焉。斯不亦無適而不安乎？[182]

上述引文，以儒家《中庸》思想為主。趙秉文所述的「君子隨所遇而安之」，「無適而不安」的思想，正是元好問「出處殊途聽所安」之所本。這種思想是符合儒家「達則兼濟天下，窮則獨善其身」，無論窮達，都要隨遇而安。

---

181 王禮卿：《遺山論詩詮證》（臺北市：中華叢書委員會，1976年），頁95
182 趙秉文：《閑閑老人滏水文集》（臺北市：臺灣商務印書館），卷13，頁152。

「出處殊途聽所安」與〈市隱齋記〉

元好問在〈市隱齋記〉中揭露當時的「假隱士」之流說：

> 以予觀之，小隱於山林，則或有之；而在朝市者，未必皆大隱
> 也。自山人索高價之後，欺松桂而誘雲壑者多矣，況朝市乎？
> 今夫乾沒氏之屬，脅肩以入市，疊足以登壟，斷利觜長距，爭
> 捷求售，以與庸兒販夫血戰於錐刀之下。懸羊頭，賣狗脯；盜
> 蹠行，伯夷語。曰：「我隱者也。」而可乎？[183]

從上引文來看，元好問對假隱士的惡劣行為非常憤慨。那些假隱
士打著隱士旗幟，進行「懸羊頭，賣狗脯；盜蹠行」的違法行為，以圖
欺騙世人，可謂罪大惡極。元好問的〈市隱齋記〉一文，作於金貞祐四
年（1216），而其寫作〈論詩三十首〉在興定元年（1217），二者時段相
距一年。〈市隱齋記〉一文中，所反映的假隱士種種劣跡，正是「出處
殊途聽所安」一詩的寫作背景。明乎此，便知道元好問在論詩中，表
面上是批評愛金之心未泯的華歆，實質上是在批評金末當時某些欺世
盜名的假隱士。

其十五

筆底銀河落九天，何曾憔悴飯山前。世間東塗西抹手，枉著書
生待魯連。

元好問此首論詩，專論詩仙李白。李杜之爭，自唐宋以來，歷朝
不息。遺山詩宗杜崇李，殊難月旦李杜高下。由於有論者對李白貶抑
過度，遺山通過此首論詩作出回應。是詩首句套用李白〈望廬山瀑布

---

183 姚奠中編：《元好問全集》（太原市：山西人民出版社，1990 年），卷 33，頁 751。

詩〉「疑是銀河落九天」之句，讚美李白詩豪放奔騰，如銀河落天，一瀉千里。次句出自李白〈戲杜甫〉詩：「飯顆山頭逢杜甫，頭戴笠子日卓午。借問何來太瘦生，總為從前作詩苦。」在此首論詩次句中，遺山並無貶杜甫之意，其寓意杜甫是屬格律派詩人，相對首句李白是豪放派詩人。第三句是譴責一些在文壇上興風作浪，喜歡東塗西抹的詩壇劣手，枉有書生外表，竟然禮待以高節見稱的魯仲連，其行十分虛假。

論杜甫之議

自清代以來，元好問此首論詩的對象，有論李與論杜之爭議。翁方綱與宗廷輔，分別各持一說。翁方綱《石洲詩話》卷七說此詩是「藉拈李詩以論杜詩」[184]，宗廷輔《古今論詩絕句》則說此詩稱讚太白「高才卓識，豈佔畢章句者可比」[185]。兩種觀點，在近代各有贊同者。

近人主張此詩論杜甫的，有陳湛銓及傅庚生。陳湛銓說：「此辨『飯顆山頭嘲杜甫』一詩非太白作，蓋即杜工部下筆實如銀河之落九天，斷無憔悴於飯顆山前之理也。」[186] 傅庚生申說此詩論杜甫，其理有三：其一，如果此詩是論李白，李白既戲杜甫因苦吟而「太瘦生」了，元好問就不應該張冠李戴，說李白「何曾憔悴飯山前」。其二，李白其人其詩為後人所共知，人們不會將他視為拘謹的書生，如果「枉著書生待魯連」為詠李白，則無的放矢。其三，「筆底銀河落九天」不過是熔鑄白詩原句，可以泛指別人，也可以用來稱譽杜詩[187]。以上陳傅二家之

---

184 翁方綱：《石洲詩話》（臺北市：廣文書局，1971 年），卷 7，頁 321。

185 宗廷輔：《宗月鋤先生遺著八種》之《古今論詩絕句》（光緒中常熟宗氏刊民國 6 年徐兆瑋印本），頁 11b。

186 陳湛銓：〈元遺山論詩絕句講疏〉，《香港浸會學院學報》第 3 卷第 1 期（1968 年），頁 21。

187 傅庚生：〈試再申論「飯山」與「閑骨」〉，載《光明日報》1962 年 9 月 23 日。

說，有待商榷。

論李白之議

　　近代學者吳庚舜、王禮卿、何三本、劉澤、鄧昭祺等強調元好問此首論詩，乃論李白之作。吳庚舜說：

> 宋金時期，李杜優劣、元白優劣、蘇黃優劣的爭論非常盛行，有不少荒謬混亂的意見……首句融化李白〈望盧山瀑布〉，形象地概括了李詩的藝術特色。第二句是說李詩自然天成，彷彿不借人力。三四兩句針對宋人議論而發，態度鮮明。[188]

　　吳庚舜認為從中唐到北宋，諸家對李杜優劣之論，當中「有荒謬混亂的意見」。他又指出元好問稱譽李詩「自然天成」，「不借人力」，其「三四句針對宋人議論而發，態度鮮明」。王禮卿說：「此論李白為詩中之仙品，而淺人不察，以鄙俚之作相誣，功利之見相枉。」[189]何三本說：「好問此詩，因感世傳李白輕杜說而發。前兩句言李白不曾為飯顆山頭譏杜甫之詩，後二句謂白是位有豪俠風度的俠客，而非胸襟窄小之書生。意味以一個有豪俠氣度的李白，絕不會作詩譏誚杜甫。」[190]劉澤說：「第十五首旨在論讚李白的人品和詩品，為世傳李白譏杜甫一事翻案。前兩句說李白詩如其人，不會寫出『飯顆山頭』之詩以譏杜甫；後兩句是說某些人若相信李白曾譏諷杜甫，是用書生眼光看待魯仲連式的李白。」[191]

---

188 吳庚舜：〈略論元好問的詩論〉，載《光明日報》1964 年 7 月 19 日，《文學遺產》第 470 期。

189 王禮卿：《遺山論詩詮證》（臺北市：中華叢書委員會，1976 年），頁 100。

190 何三本：〈元好問論詩絕句三十首箋證（二）〉，收入《中華文化復興月刊》第 7 卷第 4 期（1974 年），頁 50。

191 劉澤：《元好問論詩三十首集說》（太原市：山西人民出版社，1992 年），頁 143。

鄧昭祺對此詩論評李杜之議，提出三個問題，一是誰最符合「筆底銀河落九天」之評語，這當然是李白。二是遺山對李白〈戲贈杜甫〉詩的態度，其結論是元好問確信杜甫，曾經在飯顆山頭因苦吟致瘦。他認為這首詩的前兩句，是指李白下筆如銀河落九天，一瀉千里，不像杜甫那樣雕章琢句。三是誰更像魯仲連，這當然是李白，並指出李白其實是個有理想有抱負的詩人，並不是只知舞文弄墨、不明義理的書生。所以，他認為此詩一定是評論李白的[192]。鄧氏之說，論點正確。

旁證論李白

在元好問詩集中，有一旁證可證明這首詩是論李白的。元好問其〈李白騎驢圖〉詩云：「八表神遊下筆難，畫師胸次自酸寒。風流五鳳樓前客，枉作襄陽雪裏看。」[193]這首詩說李白像《莊子・逍遙遊》中所描寫的真人、至人、神人那樣，無所依傍，八表神遊，其丰姿神態，難以描畫表達。由於畫師胸襟寒酸，對李白那種豪邁瀟灑的姿態神情，不能領會，因而把一位風流倜儻的造五鳳樓高手，畫得像在雪道上騎驢苦吟的詩人孟浩然一樣。五鳳樓的典故出自宋曾慥《類說》卷五十三引《談苑》：「韓浦、韓洎咸有詞學，洎嘗輕浦，語人曰：『吾兄為文，譬如繩樞草舍，聊蔽風雨。予之為文，如造五鳳樓手。』」後世遂將辭章高華的作家比喻為造五鳳樓手。孟浩然與李白相較，自然也有「繩樞草舍」與「造五鳳樓手」之別，所以元好問用一個「枉」字為畫中騎驢苦吟的李白鳴冤叫屈。這個「枉」字的用法與「枉著書生待魯連」中「枉」字的用法一樣，都有為李白鳴不平之意。所以說此詩為專論李白之作，並非論杜甫。

---

192 粹自鄧昭祺：〈試論元遺山論詩絕句第十五首〉，收入《文學遺產》1986 年第 2 期。

193 施國祁注：《元遺山詩集箋注》（北京市：人民文學出版社，1989 年），卷 12，頁 587。

　　此外，詩中末句所說的「魯連」，是李白崇拜的偶象。在李白詩集
中，屢見「魯連」一詞入詩，據統計超逾十次，為諸家詩集之冠，其句
如「辯折田巴生，心齊魯連子」（見〈送王屋山人魏萬還王屋〉）、「所
冀旄頭滅，功成追魯連」（見〈在水軍宴贈幕府諸侍御〉）、「齊有倜儻
生，魯連特高妙」（見〈古風其十〉）李白思想行誼，類似魯連頗多，
在其詩歌中，可以看到其人積極用世，他說：「平明容嘯纘，思欲解世
紛。」（見〈贈何七判官昌浩〉）又說：「余亦草間人，頗懷拯物情。」
（見〈讀諸葛武侯傳書懷贈長安崔少府叔封昆季〉）要實現這樣的政
治抱負，李白沒有走上科舉之途，年二十就希望像戰國策士那樣，以
布衣取卿相。因此，戰國時的政治家魯仲連的事跡，對他影響深刻。
他特別心折魯仲連功成身退的瀟灑氣度，明言自己想效法魯仲連。他
說：「魯連實談笑，豈是顧千金？陶朱雖相越，本有江湖心。余亦南陽
人，時為梁甫吟。蒼山容偃蹇，白日惜頹侵。願一佐明主，功成返舊
林。」（見〈留別王司馬嵩〉）詩中言他倘若不遇於時，就像諸葛亮一
樣吟誦哀歌〈梁甫吟〉；功成後，也像魯仲連一樣急流勇退，這便是李
白的人生理想。

　　在唐代，名詩家白居易，在李杜之爭的問題上，高度評價李白，
其〈與元九書〉說：「李之作才矣、奇矣，人不逮也；索其風雅比興，
十無一焉。」[194] 晚唐有「芳林十哲」稱號之一的鄭谷，其《雲台編》有
讀《李白集》後賦詩云：「何事文星與酒客，一時鍾在李先生。高吟大
醉三千首，留著人間伴月明。」[195]，他視李白為「文星」和「酒客」，並
無甚麼壽世功業，不過，其作品永留後世「伴月明」。在宋代，李杜之

---

194 （唐）白居易：《白氏長慶集》，《四部叢刊》（臺北市：臺灣商務印書館，1979
　　年），卷 28，〈與元九書〉，頁 814。

195 （唐）鄭谷：《雲臺編》，《四庫全書》（臺北市：臺灣商務印書館，1983 年），集部
　　第 22 冊，卷中，頁 469。

爭，以揚杜者佔上風，名家貶李者大不乏人，以蘇轍、趙次公、朱熹和陸游等人為烈，如蘇轍說：「李白詩類其為人，駿發豪放，華而不實，好事喜名，不知義理之所在也。」[196] 羅大經（1196-1252）的《鶴林玉露》也載：「李太白當王室多難，海宇橫潰之日，作為詩歌，不過豪俠使氣，狂醉於花月之間耳。社稷蒼生，曾不繫其心膂，其視杜陵之憂國憂民，豈可同年語哉！」指摘他是個風流名士，置蒼生社稷不顧的個人主義者，不可與杜甫「憂國憂民」相比。

類似這些不公之論，元好問寫此詩，其旨在為李白作出不平之鳴。

除上述論杜論李兩種觀點外，郭紹虞認為元好問此詩「亦近自詠」[197]，此說值得商榷。

其十六

切切秋蟲萬古情，燈前山鬼淚縱橫。鑑湖春好無人賦，夾岸桃花錦浪生。

元好問於此首論詩中，提出二種詩的意境，一為悽愴，一為高華，對照分明，在創作技巧上，前者易工，後者難賦。全詩以論李賀（西元 790～816 年）為主，李白為配。賀有詩鬼之稱，白有詩仙之譽。李賀詩風幽邃朦朧，瑰艷淒冷，常以「死」、「鬼」、「血」、「泣」等字眼入詩，其詩境予人有毛骨悚然，如置身鬼魅的琉璃世界，鬼氣十足。李賀為詩，嘔心瀝血，標新立異，自成一體，號「長吉體」。李白才氣縱橫，信筆拈來，便是好句，如「岸夾桃花錦浪生」一句，春意盎然生動，明麗照人，為獨步千古名句。

---

196 仇兆鰲：《杜詩詳註》（北京市：中華書局，1979 年），頁 526～527。
197 郭紹虞：《元好問論詩三十首小箋》（北京市：人民文學出版社，1978 年），頁 70。

上詩首二句的「秋蟲情」，「山鬼淚」，乃李賀詩歌風格。李賀擅寫冷僻，創意奇特，境界怪異之作，如其〈南山田中行〉詩云：「秋野明，秋風白，塘水漻漻蟲嘖嘖。雲根苔蘚山上石，冷紅泣露嬌啼色。荒畦九月稻叉牙，蟄螢低飛隴徑斜。石脈水流泉滴沙，鬼燈如漆點松花。」又〈神弦〉云：「海神山鬼來座中，紙錢窸窣鳴旋風。」凡此之類，都是李賀詩歌常用的秋蟲、山鬼意象。

末二句詩，用李白詩境來與李賀詩境作對比，前者詩境明快爽朗光明，後者詩境幽深孤峭冷僻。其實，李白詩中有不少描寫鑑湖春色的佳句，如〈子夜吳歌〉云：「鏡湖三百里，菡萏發荷花。五月西施采，人看隘若耶。回舟不待月，歸去越王家。」此詩雖是詠鑑湖之名作，但元好問未有予以襲用，反而在李白另一首詩〈鸚鵡洲〉中，全取其頸聯下句「夾岸桃花錦浪生」，以作論詩之用。

李白〈鸚鵡洲〉，詩云：

> 鸚鵡來過吳江水，江上洲傳鸚鵡名。鸚鵡西飛隴山去，芳洲之樹何青青。煙開蘭葉香風暖，岸夾桃花錦浪生。遷客此時徒極目，長洲孤月向誰明。

上詩意境清爽光明，大別於李賀幽冷詩風。元好問於其論詩中，暗批李賀不能寫出如李白「夾岸桃花錦浪生」，那樣清爽光明的詩句。

論孟郊之議

元好問此首論詩所論的主角，近人有論孟郊或論李賀之議。劉禹昌認為首句應指孟郊，其〈元好問詩論〉一文中指出，蘇軾與元好問的詩論都愛用對比手法，他說：

> 蘇軾論詩常喜用對比地提出，如〈中秋月〉說：「白露入肝肺，

夜吟如秋蟲；坐令太白豪，化為東野窮。」又如〈讀孟郊詩〉
說：「要當鬥僧清，未足當韓豪。何苦將兩耳，聽此寒蟲號。」
元好問在〈論詩三十首〉裏，評價李白和韓愈也採用了這種手
法，用孟郊如「切切秋蟲」式的窮愁苦吟來反襯李白、韓愈詩
格的奇麗和豪放。[198]

　　上段引文中，「夜吟秋蟲」、「太白豪」、「東野窮」、「用孟郊⋯⋯
來反襯李白」等語，把李白和孟郊相連一起，以說明此詩論孟郊。胡
傳志在〈論詩三十首辨釋〉也作了深入的考證，認為此詩論孟郊，其證
據主要有四點：

　　其一，秋蟲是孟郊詩中經常出現的物象，其人其詩皆如「切切秋
蟲」。

　　其二，孟郊好以秋蟲自喻，如：「幽幽草根蟲，生意與我微」
（《孟東野詩集》卷四〈秋懷〉之四）；「客子晝呻吟，徒為蟲鳥音」
（《孟東野詩集》卷三〈病客吟〉）。

　　其三，歐陽修〈太白戲聖俞〉（《居士集》卷五）、蘇軾〈讀孟郊詩
二首〉（《蘇軾詩集》卷十六）、鄭厚〈藝圃折中〉（涵芬樓本《說郛》
卷三十一）、王若虛《滹南詩話》（卷上）、嚴羽《滄浪詩話‧詩評》等
人的詩或詩評，都一致以秋蟲來評價孟郊詩。故此，元好問也用這一
比喻，只是沿用前人舊說，藉以評價孟郊。

　　其四，孟郊與李賀可以並稱，早在陸龜蒙〈書李賀小傳〉中就已經
並稱，故元好問由孟郊論及李賀也是很自然的[199]。

　　胡傳志又進一步指出，認為此詩將孟郊與李賀並稱，目的是批評

---

[198] 劉禹昌：〈元好問詩論〉，收入《元好問研究文集》（太原市：山西人民出版社，1987
　　年），頁 113。

[199] 胡傳志：〈論詩三十首辨釋〉，收入《金代文學研究》（合肥市：安徽大學出版社，
　　2000 年），頁 81～84。

他們窮愁苦吟。元好問雖然同情窮愁不幸，但他明確反對「作寒乞聲向
人」（按：好問之友李汾寧饑寒餓死，終不「作寒乞聲向人」，事見《中
州集》卷十）；雖然不反對苦吟，但他「不要鬼窟中覓活計」（見〈詩文
自警〉），反對幽微的詩歌境界。後兩句的「無人賦」三字表明，他所
批評的對象不局限於他們二人，而是風格相似的詩人群體[200]。

論李賀之議

論者一般都認為前兩句當指李賀，如宗廷輔明言「此當指長吉」，
郭紹虞謂：「宗氏（廷輔）謂此首當指李賀，近是。」[201] 郭氏似有所疑，
故言「近是」，可惜未予深究。此外，王韶生、何三本、陳湛銓、劉
澤、李正民、陳長義、鄧昭祺等學者，都認同此詩是主要論評李賀。
例如陳長義認為此詩「將李賀的詩風與李白的詩風作了鮮明的對比，批
評李賀而讚揚了李白，認為詩人不應該局限於描寫清冷幽昧的意境，
也不應該把感情寄託在秋蟲、山鬼等形象上，而應該像李白那樣創造
開闊的、富有生機的、色彩明麗的詩境」。他還認為此詩重點批評李
賀，間接批評金代李屏山一派人的創作傾向[202]。

鄧昭祺在其〈元遺山論李賀〉一文中有詳細的論述[203]。他表示諸家
之見，各有其理，值得深思者有二：

其一，元好問在這首詩中，採用對比論證的方法，用李白的詩境
與李賀相對比，此詩的「夾岸桃花錦浪生」句，語出李太白〈鸚鵡洲〉

---

200 胡傳志：〈論詩三十首辨釋〉，收入《金代文學研究》（合肥市：安徽大學出版社，
    2000 年），頁 84 ～ 85。

201 郭紹虞：《元好問論詩三十首小箋》（北京市：人民文學出版社，1978 年），頁 70。

202 陳長義：〈元好問論詩三十首二解〉，收入《元好問研究文集》（太原市：山西人民出
    版社，1987 年），頁 186 ～ 187。

203 鄧昭祺：〈元遺山論李賀〉，收入《元好問及遼金文學研究》（北京市：中國國際廣播
    出版社，1998 年 11 月），頁 96 ～ 104。

詩。詩中的「岸夾桃花錦浪生」句，全句被元好問引錄到〈論詩三十首〉裏。如果是評論孟郊的話，應該用韓愈來作對比。

其二，後面第十八首「東野窮愁死不休」是專論孟郊的，不應在此重複討論孟郊。

總括而言，諸家之說，各有其理，但以論李賀為當。

「鑑湖春好無人賦」之釋義

關於「鑑湖春好無人賦」句，清人施國祁注引《全唐詩話》中有關元稹與劉采春之事。《全唐詩話》云：

> 元稹廉問浙東，有劉采春者，自淮回來，容華莫比，元贈詩云云。在浙東七年，〈醉題東武〉句云：「因循未得歸，不是戀鱸魚。」盧侍郎簡永戲曰：「丞相雖不為鱸魚，為愛鑑湖春色耳！」指采春也。[204]

文中「丞相雖不為鱸魚，為愛鑑湖春色耳」之句，施氏認為「鑑湖春色」指劉采春之美貌。此論為宗廷輔反駁，其《古今論詩絕句》云：「此當指長吉，下二句亦就詩境言之。施注引劉采春事而以元微之當之，大謬！」[205]駁斥有力，並強調「此當指長吉」。

此詩「鑑湖春好無人賦」句，詩境之妙，王禮卿《遺山論詩絕句箋》云：「若鑑湖春色之美，竟無人賦。蓋明麗之境難撫，高華之詠難工。惟太白詩，如『岸夾桃花錦浪生』，為古今獨步。」[206]李白此句詩寫春光明麗，生動活潑，「古今獨步」之譽，可謂恰當。

---

204 施國祁注：《元遺山詩集箋注》（北京市：人民文學出版社，1989 年），卷 11，頁 529。

205 郭紹虞：《元好問論詩三十首小箋》（北京市：人民文學出版社，1978 年），頁 70。

206 王禮卿：《遺山論詩詮證》（臺北市：中華叢書編審委員會，1976 年），頁 105。

其十七

切響浮聲發巧深，研摩雖苦果何心。浪翁水樂無宮徵，自是雲
山韶濩音。

遺山自註：水樂，次山事。又其〈欸乃曲〉云：「停橈靜聽曲中
意，好似雲山韶濩音。」

元好問此首論詩，以尚自然為旨，強調反對人為聲律，推崇天然
韻律。首二句言詩中的「切響浮聲」（指聲韻高低平仄），是一門巧奧
學問，刻苦予以研究揣摩，有何用心？末二句稱許唐代詩人元結的詩
作，其聲韻如流水聲樂，不需要調聲協韻，卻是天然的雲山好調，其
音雅正自然。

「切響浮聲」與「四聲八病」

元好問主張詩貴自然。詩中首句「切響浮聲」，即仄聲與平聲的協
調，詩句的平仄諧和以自然協調為貴，倘若需經人工刻苦研摩而成的
協聲協韻，就失其自然之美，總非上品。南朝詩人沈約說：「欲使宮羽
相變，低昂互節，若前有浮聲，則後須切響，一簡之內，音韻盡殊；
兩句之中，輕重悉異。」（《宋書・謝靈運傳論》）此言的「浮聲」
與「切響」需經人工安排。詩句用字有「平」與「仄」的要求，更有甚
者，據唐人封演（生卒不詳，天寶15年進士）《封氏聞見記》載：「周
顒好為韻語，因此切字皆有平上去之入異。」作詩用字分平仄已可，若
「切字皆有平上去之入異」，難度大矣，並窒礙詩情。《封氏聞見記》續
載：「永明中，沈約文辭精拔，盛解音律，遂撰四聲譜。時王融、劉
繪、范雲之徒，慕而扇之，由是遠近文學，轉相祖述，而聲韻之道大
行。」沈約推出「四聲譜」，又推出四聲的「八病說」，這是「四聲八病」
的由來。「四聲」即平上去入，「八病」即八種聲律上的毛病：平頭、

上尾、蜂腰、鶴膝、大韻、小韻、旁紐、正紐。「四聲八病」的規條，雖然對作詩難度大為提高，但卻受到逞才文人歡迎，以至「聲韻之道大行」。鍾嶸《詩品》早就對「四聲八病」之說，提出反對說：「余謂文制，本須諷讀。不要蹇礙。但令清濁通流，口吻調利，斯為足矣。至平上去入，餘病未能；蜂腰鶴膝，閭裏已具。」「蜂腰鶴膝」屬於「四聲八病」的範疇。宋嚴羽在《滄浪詩話‧詩體》也作出強烈批判說：「作詩正不必拘此。弊法不足據也」。

　　元好問在此論詩中強烈反對沈約的「四聲八病」之說，推崇「浪翁」元次山的〈水樂說〉，其文曰：「元子於山中所耽愛者，有水有樂。水樂是南磝之懸水，淙淙然，聞之多久，於耳尤便。」[207] 此段引文，喻作詩在聲律方面，要「無宮徵」，不需要刻意調聲韻，要以天籟而成為最高境界。末句的「自是雲山韶濩音」，是套用元次山詩句而來，原詩〈欸乃曲〉之三：「停橈靜聽曲中意，好似雲山韶濩音」。好問把原句「好似」，改為「自是」，其餘各字未變，所謂「韶濩音」，其音雅正，尚天然。

好問否定聲病之議

　　元好問透過此詩反對沈約等人研摩聲律，提倡像元結所說的那種自然之音，即「韶濩音」。元氏的提出，似有否定詩歌聲律的傾向，近代學者有不同的看法，劉澤說元好問「這種否定研磨格律的觀點，後期大有自我否定」[208]。周振甫指出：「律詩要講平仄調配，這是講究聲律上的用心，不應該否定。……元好問律詩成就極高，就是運用格律來寫詩的，不該否定格律。」[209] 郭紹虞引述翁方綱《石洲詩話》說：

207　（唐）元結：《元次山集》（北京市：中華書局，1960 年），頁 68～69。
208　劉澤：《元好問論詩三十首集說》（太原市：山西人民出版社，1992 年），頁 158。
209　周振甫：〈論詩絕句九首獻疑〉，收入《紀念元好問八百誕辰文集》（太原市：山西人

此皆弦外之旨，亦須善會之，猶夫「排比鋪張」一章，非必吐棄一切之謂也。又「切響浮聲發巧深」一篇，蓋以縛於聲律者，未必皆合天機也。然音節配對，如雙聲疊韻之類，皆天地自然之理，亦未可以「巧」字概抹之。[210]

翁氏認為「縛於聲律，未必合天機」，強調「自然之理」，其理念與好問同。

近代諸家學者，多數認為元好問這首論詩，其旨是與詩歌尚自然有關，並不涉及批評詩派。不過，學者陳湛銓稱好問「此非聲病之說，為徒重聲色格律，而忽視神理氣味者，下一針砭」[211]。陳氏所說的「神理氣味」與此首論詩關係，可予以進一步深究。鄧昭祺亦另有見地說：「遺山這首論詩絕句，並非只是空泛地『論詩尚自然之旨』，而是針對當時活躍於詩壇的四靈詩派而發。」[212] 他又進一步解釋說：

「切響浮聲發巧深」一句，指四靈「以浮聲切響單字句計巧拙」，為「風騷之至精」的主張。「研磨雖苦果何心」一句，譏評四靈「專以鍊句為工，而句法又以鍊字為要」，務使字字玉響，只顧在字句上做工夫的創作方法。[213]

鄧氏提出此詩「譏評四靈」之見，具參考價值，宜進一步探索。

元好問重格律舉隅

民出版社，1992 年），頁 97。

[210] 郭紹虞：《元好問論詩三十首小箋》（北京市：人民文學出版社，1978 年），頁 70。

[211] 陳湛銓：〈元遺山論詩絕句講疏〉，《香港浸會學院學報》第 3 卷第 1 期（1968 年），頁 23。

[212] 鄧昭祺：《元遺山論詩絕句箋證》（香港：當代文藝出版社，1993 年），頁 168。

[213] 鄧昭祺：《元遺山論詩絕句箋證》（香港：當代文藝出版社，1993 年），頁 168。

　　元好問反對沈約的「四聲八病」之說，但並非排斥律詩的格律。他對詩歌技法（包括聲律）下過很大的功夫，其〈答王輔之〉詩云：「我詩初不工，研磨出艱辛。雖欲尸祝之，芻狗難重陳。」又在〈與張仲傑郎中論文〉中說：「文章出苦心，誰以苦心為。正有苦心人，舉世幾人知。工文與工詩，大似國手棋。國手雖漫應，一著存一機。不從著著看，何異管中窺。文須字字作，亦要字字讀。咀嚼有餘味，百過良未足。」[214] 好問作詩「研磨出艱辛」及「文須字字作，亦要字字讀」，可見其寫作態度認真。

　　元好問重視詩歌格律之說，散見於其他詩文，例如《中州集》卷五〈馮內翰延登〉小傳云：「故子駿詩文，皆有律度」；《中州集》卷十〈溪南詩老辛愿〉小傳云：「詩律深嚴，而有自得之趣」；《中州集》卷十〈陳司諫規〉小傳云：「博學能文，詩亦有度」；〈王黃華墓碑〉云：「暮年詩律深嚴，七言長篇尤以險韻為工」。元好問其人之詩，也是詩律深嚴，徐世隆稱他：「遺山詩祖李、杜，律切精深，而有豪放邁往之氣。」元代文學家王惲在〈遺山先生口誨〉一文中，記載元好問批改學生詩文時，「而於體要工拙，音韻乖葉，尤切致懇」[215]。凡此之類材料，都可以看出元好問反對聲病，力主聲律貴自然，但修辭造句又主張刻苦研摩，使詩歌的「華」與「實」都臻圓滿。

其十八

東野窮愁死不休，高天厚地一詩囚。江山萬古潮陽筆，合在元龍百尺樓。

---

214 姚奠中主編：《元好問全集》（太原市：山西人民出版社，1990 年），冊上，卷 2，頁 40。

215 （元）王惲：《秋澗大全集》，《四部叢刊》（臺北市：臺灣商務印書館），卷 45，頁 468。

　　元好問在此首論詩中，月旦韓孟高下，並以韓優於孟作結，引致後世論韓孟優劣之爭不息。詩中首句謂孟郊「窮愁」潦倒一生。按：孟郊長於貧寒之家，性介直，尚節操，不乞求於權貴，年四十一，考上進士，旋赴長安參加進士及第試，二次都名落孫山，年四十六再考，始登進士及第。進入仕途，曾任溧陽尉，官位低微，因終日推敲詩句自娛，被上級責以不事曹務，罰減俸半，韓愈贈詩有句「酸寒溧陽尉」（見〈薦士〉），之後或仕或隱，生活潦倒貧困，又有連失三子之痛，年六十，母喪辭官，辦理喪畢。時鄭餘慶（西元 748 ～ 820 年）鎮守興元，召為參謀、試大理評事，孟郊應赴閿鄉（河南靈寶），忽病發途中身故。死後，殯葬事宜，悉由生前友好韓愈等人資助，事見韓愈〈與鄭相公書〉：「計供葬事外，尚有餘資。今裴押衙所送二百七十千，足以益業，為遺孀永久之賴。」所以元好問評論孟郊「窮愁死不休」，惋惜其人一生遭遇。詩中次句稱孟郊為「詩囚」，蓋孟郊為著名苦吟詩人，以詩為囚，同期賈島亦然，故好問有「郊島兩詩囚」（見〈放言〉）之句，世稱孟賈二人詩風為「郊寒島瘦」。詩中第三句「江山萬古潮陽筆」，此乃元好問推崇韓愈之句。韓愈為「文起八代之衰」之首，在推動改革散文運動方面，取得卓越成績，居功至偉，名垂千古，其文章雄健奇詭，曲折自如，務去陳言，文辭生動，論說條理分明，強調文章以載道為主，故好問推許其文章「江山萬古」不滅，正是此理。結句典出三國時代，陳元龍待客態度，有上下之別，事見《三國志》卷七《魏書・陳登傳》，元好問論詩以此借喻韓愈詩優於孟郊。元好問此論，是否有當，後世眾說紛紜，難有定論。不過，人生際遇不同，所為作品，境界各異，各具特色，不關乎詩的優劣問題。

元好問是否貶孟郊詩過甚

　　元好問將孟郊諷為詩囚，並將他與韓愈相比，其態度是褒韓抑

孟,此舉是否恰當?對此,學者有不同觀點。郭紹虞似乎也承認此首論詩過於抑孟,他說:「沈德潛《說詩晬語》(按:方東樹《昭昧詹言》襲其說)、潘德輿《養一齋詩話》及錢振鍠《謫星說詩》諸書,皆以其過於抑孟,力為翻案,似可不必,看作元氏一家之旨可也。」[216] 何三本認為首兩句之論「甚工」,後兩句「未免過分褒愈而貶郊矣」[217]。劉澤則批評此詩「褒貶皆失分寸,儘管符合元氏激昂率直的個性及其疏鑿標準」[218]。多數學者持類似觀點,只有個別學者簡單頌揚元好問,說此詩「有深邃的見地」[219]。

韓孟優劣之議

在唐代,未見韓孟優劣之爭,就以中唐憲宗元和年間(西元 806 ~ 820 年)這時段為例,詩壇上,元和體盛行,韓愈及孟郊同為元和體中堅份子,唐人李肇《唐國史補》載:

> 元和以後,為文筆則學奇詭于韓愈,學苦澀于樊宗師。歌行則學流蕩于張籍。詩章則學矯激于孟郊,學淺切於白居易,學淫靡于元稹,俱名為「元和體」[220]。

從上引文可知,元和體中人,各有所長,「文筆則學奇詭于韓愈」,「詩章則學矯激于孟郊」,韓長於文,而孟則優於詩。韓愈與孟郊

216 郭紹虞:《元好問論詩三十首小箋》(北京市:人民文學出版社,1978 年),頁 71。

217 何三本:〈元好問論詩絕句三十首箋證(三)〉,收入《中華文化復興月刊》第 7 卷第 5 期(1974 年),頁 56。

218 劉澤:《元好問論詩三十首集說》(太原市:山西人民出版社,1992 年),頁 168。

219 何林天:《論元遺山的論詩三十首》,收入《元好問研究文集》(太原市:山西人民出版社,1987 年),頁 156。

220 (唐)李肇:《唐國史補》,《百部叢書集成》(臺北縣:藝文印書館,1965),卷之下,頁 10。

二人為摯友，韓一生服膺孟，有「低頭拜東野」（見〈醉留東野〉）及
「東野動驚俗，天葩吐奇芬。」（《集釋》卷四）等語讚揚孟詩，又嘗
作〈雙鳥詩〉云：「……兩鳥各閉口，萬象銜口頭，……不停兩鳥鳴，
萬物皆生愁」，言兩人都是愛鳴不平之人。此外，韓孟二人惺惺相識，
交誼深厚，在詩壇上，旗鼓相當，不分軒輊。韓愈嘗稱譽孟郊詩「橫空
盤硬語，妥貼力排奡」，又說「及其為詩，劌目鉥心，刃迎縷解，鉤章
棘句，掏擢胃腎，神施鬼設，間見層出。（見〈貞曜先生墓誌銘〉）於
此可見，孟郊詩的地位相當崇高。他與韓愈齊名，有孟詩韓筆之譽，
事見唐人趙璘《因話錄》云：「韓公文至高，孟長於五言，時號孟詩韓
筆」。

　　不過，在宋代，孟郊詩毀譽互見，梅聖俞予以稱許說：「韓孟於
文詞，兩雄力相當。偶以怪自戲，作濤驚有唐。」「韓孟」並稱一詞始
見於梅聖俞，此處的「兩雄力相當」，表明韓孟地位難分高下。不過，
黃山谷則以為孟優於韓，《甌北詩話》有載「黃山谷則謂韓何能改孟，
乃孟改韓耳」[221] 等語。但是，蘇軾則劣評孟郊詩，其〈讀孟郊詩〉說：
「夜讀孟郊詩，細字如牛毛。孤芳雜荒穢，苦語餘詩騷。要當鬥僧清，
未足當韓豪。」[222] 末句「未足當韓豪」，言孟詩豪放不及韓，其〈祭柳子
玉文〉又說：「元輕白俗」，「郊寒島瘦」，嘹然一吟，眾作卑陋。」蘇
以「卑陋」一詞評孟郊詩。蘇之說，也有附和者，如張表臣《珊瑚鈎詩
話》卷一說：「元輕白俗，郊寒島瘦，皆其病也。」不過，金代文學批
評家王若虛在其《滹南詩話》則說：「郊寒白俗，詩人類鄙薄之。然鄭
厚評詩，荊公、蘇、黃輩，曾不比數，而云樂天如柳陰春鶯，東野如
草根秋蟲，皆造化中一妙，何哉？哀樂之真，發乎情性，此詩之正理

---

221 （清）趙翼著，霍松林、胡主佑校點：《甌北詩話》，卷 3，頁 29。

222 （清）王文誥輯注：《蘇軾詩集》（北京市：中華書局，1982 年），頁 860。

也。」王氏所言的「皆造化中一妙」及「哀樂之真，發乎情性，此詩之正理也」，可謂中肯之論，對論評韓孟高下者，可有啟悟作用。

孟郊百年窮愁、以詩自囚，韓愈則胸懷寬廣、剛直不阿。孟郊〈贈崔純亮〉詩云：「出門即有礙，誰謂天地寬？」歎窮嗟卑，苦吟不休。韓愈〈左遷至藍關示侄孫湘〉詩云：「一封朝奏九重天，夕貶潮陽路八千。欲為聖明除弊事，肯將衰朽惜殘年。」表現出不畏挫折、老而彌堅的不撓精神。相比之下，兩種人生境界對比鮮明。元好問從自己豪放剛直的性格特徵出發，所以對韓愈的性格和詩風比較欣賞。何三本〈元好問論詩絕句三十首箋證〉說得好：「韓詩豪而孟詩澀，殆與其生活遭遇有關，然詩風之不同，與詩歌優劣不得混為一談。」[223] 換句話說，韓詩與孟詩的境界不同，詩的誰優誰劣，殊難比較，不能勉強混為一談。

其十九

萬古幽人在澗阿，百年孤憤竟如何？無人說與天隨子，春草輸贏較幾多！

自注：天隨子詩：「無多藥圃在（一作近）南榮，合有新苗次第生。稚子不知名品上，恐隨春草鬥輸贏。」

此詩專論晚唐陸龜蒙（西元？～ 881 年）其人。在解讀此首論詩之前，應先理解陸龜蒙其人及此首論詩的附注詩。陸龜蒙，字魯望，晚唐蘇州人，自號江湖散人，甫里先生，又號天隨子。陸長於官家，為御史陸賓虞之子，進士不第，曾為湖州及蘇州刺史幕僚，自感與功名無望，遂返蘇州甫里隱居，過著耕讀垂釣的生活。龜蒙工詩擅文，

---

223 何三本：〈元好問論詩絕句三十首箋證（三）〉，收入《中華文化復興月刊》第 7 卷第 5 期（1974 年），頁 55。

與皮日休齊名，世稱皮陸，著有《笠澤叢書》。關於其生平事蹟，陸龜蒙著有〈甫里先生傳〉及〈江湖散人傳〉予以自述。他自號江湖散人，《江湖散人傳》說：「散人者，散誕之人也；心散、意散、形散、神散。既無羈限，為時之怪，民束于禮樂者外之，曰此散人也。」可見他是個不受禮教拘束，「無羈限」的放浪人物。其人「性不喜與俗人交，雖詣門不得見也。不置車馬，不務慶吊。內外姻黨，伏臘喪祭，未嘗及時往。」（見〈甫里先生傳〉）其人雖不顧世情俗務，「性野逸無羈檢」，但「好讀古聖人書」，「平居以文章自怡」。在詩道方面，自傳載他「少攻歌詩，欲與造物者爭柄。遇事輒變化，不一其體裁。始則凌轢波濤，穿穴險固，囚鎖怪異，破碎陣敵，卒造平淡而後已。」此言其詩創奇尚新，眾體兼備，早年以豪放為主，氣勢凌厲，無堅不摧，無敵不破，晚年歷練人生，詩趨平淡。

元好問此首論詩，有自注天隨子詩，詩云：

> 無多藥圃在（一作近）南榮，合有新苗次第生。稚子不知名品上，恐隨春草鬥輸贏。

上詩出自陸龜蒙〈自遣詩三十首〉中的第二十四首，天隨子，是陸龜蒙的別號。詩中意謂尚存不多的藥圃，得地利之便，位處向南，新苗陸續生長出來。無知村童（稚子）不曉這些新苗屬於名貴品種藥材，他們拿來作鬥草遊戲，大肆糟撻。此詩諷刺無知的稚子，指無知的地方官，為了官場的鬥爭勝負，禍及無辜的精英人才或百姓。

元好問此首論詩，旨在說明詩貴厚和，無怨懟。首二句言陸龜蒙乃一隱居澗阿的隱士，其人一生憤世嫉俗，了無所得。末二句言無需告與龜蒙關於外界官場鬥爭事宜，以免增加其怨憤之氣，導致他有機會創作更多怨懟詩。

陸龜蒙歸隱後，過著漁農生活，不涉俗務，不涉官場的人物，本

想不問世事，但卻飽遭地方官欺凌。他通過諷刺詩之作，對地方官作出無情的批判。例如〈新沙〉一詩，有句「蓬萊有路教人到，亦應年年稅紫芝」，詩意是諷刺官家無理徵稅，如有可能的話，竟然連仙境中的靈芝也要徵稅，其諷刺手法，可謂一流；又如〈築城詞〉有句云「莫嘆將軍迫，將軍要卻敵。城高功亦高，爾命何勞惜。」此處諷刺將軍驅役老百姓築高城，以換取高功，諷刺手法，簡單利落，一針見血。他在〈和過張祜處士丹陽故居詩序〉自言其作風「短章大篇，往往間出，諫諷怨譎，時與六義相左右」[224]。「六義」見於〈毛詩・大序〉，即風、雅、頌、賦、比、興，此乃詩道精神，不可違也。

元好問欣賞龜蒙其人，嘗言「龜蒙詩文如《笠澤叢書》與《松陵集》，予俱曾熟讀」，顯示好問非常瞭解龜蒙。龜蒙雖然「高士也，學既博贍，而才亦俊潔，故其成就卓然為一家」[225]。但他最大缺點是「多憤激之辭，而少敦厚之意」[226]，並且「標置太高，分別太甚，鎪刻太苦，譏罵太過」[227]，即自負太高，區分太嚴，刻意修飾文詞太過，譏諷謾罵太過。總之，龜蒙的處世作風有違儒家「中和」之道。

龜蒙孤憤詩之議

陸龜蒙的孤憤詩，是否具傷時憤世的情懷，諸家歧見頗大。清人宗廷輔《古今論詩絕句》說：「陸魯望生丁末運，自以未朝籍，絕無憂

---

224 陸龜蒙：《甫里集》，《四庫全書》（臺北市：臺灣商務印書館，1983 年），集部第 22 冊，卷 10，頁 343。

225 姚奠中主編：《元好問全集》（太原市：山西人民出版社，1990 年），冊上，卷 34，頁 769。

226 姚奠中主編：《元好問全集》（太原市：山西人民出版社，1990 年），冊上，卷 34，頁 769。

227 姚奠中主編：《元好問全集》（太原市：山西人民出版社，1990 年），冊上，卷 34，頁 769。

國感憤之辭，故即其所為詩微詰示諷。」[228] 宗氏所言「絕無憂國感憤之辭」，及「微詰示諷」，恐非是。陸龜蒙的諷刺詩，關心民瘼，對張牙舞爪者，一針見血予以冷嘲熱諷，並非「微詰示諷」。

郭紹虞評此詩說：「元好問論詩雖無家國興亡之感，然就此詩言，知一般詩人之逃避現實、脫離現實者，固不為元氏之所許矣。」[229]，郭氏所言「逃避現實」者，乃針對陸龜蒙隱居避世而言。按古人生逢亂世，隱居度日，留身有待，實屬平常，所謂身在江湖，心存魏闕的例子，多不勝數。劉澤亦說此詩「藉諷陸龜蒙的閑逸詩作，批評隱逸山林者的遠離社會現實，無所作為」[230]。李正民亦認為，元好問在此詩中「恰恰是不滿於陸龜蒙的多憤激之辭」[231]，因為元好問在〈校笠澤叢書後記〉中說：「識者尚恨其多憤激之辭，而少敦厚之義。若〈自憐賦〉、〈江湖散人歌〉之類，不可一二數。標置太高，分別太甚，鏤刻太苦，譏罵太過。」胡傳志認為，這首詩「是批評〈自憐賦〉、〈江湖散人歌〉之類過於孤憤的作品，是說陸龜蒙隱居山中，那麼憤激最終又能怎樣呢？」[232]

陳湛銓評此詩則云：「遺山詩意味天隨子應多孤憤之詩，而用此春草鬥輸贏之作奚為？蓋輕譏之，以為無益於世教也。」[233]「孤憤之詩」，是否「無益於世教」？殊難一概而論。詹杭倫及沈時蓉則認為陸龜蒙

---

228 郭紹虞：《元好問論詩三十首小箋》（北京市：人民文學出版社，1978 年），頁 72。

229 郭紹虞：《元好問論詩三十首小箋》（北京市：人民文學出版社，1978 年），頁 71。

230 劉澤：《元好問論詩三十首集說》（太原市：山西人民出版社，1992 年），頁 172。

231 李正民：〈元遺山論詩三十首異解辨證〉，收入《元好問研究論略》（北京市：社會科學文獻出版社，1999 年），頁 267。

232 胡傳志：〈論詩三十首辨釋〉，收入《金代文學研究》（合肥市：安徽大學出版社，2000 年），頁 86 ～ 87。

233 陳湛銓：〈元遺山論詩絕句講疏〉，《香港浸會學院學報》第 3 卷第 1 期（1968 年），頁 29。

詩多感憤傷時之作，曾聯合撰文〈論詩三十首第十九首正解〉，其文指出：「元好問此詩旨意，既不是譏諷陸詩脫離現實，更不是用陸龜蒙來比喻宋之遺民，也與人世成敗毫無關係。元好問作此詩之目的，旨在批評陸龜蒙作詩孤憤太多、怨氣太重，未能得儒家溫柔敦厚之道，不符合『中和』的審美標準。」[234] 並徵引元好問作品〈校笠澤叢書後記〉作出詳盡論證。

此外，陸龜蒙的作品以辛辣鋒利見稱，尤其諷刺當權者及時弊，往往一針見血，檢視其作品〈田舍賦〉、〈後蝨賦〉、〈野廟碑〉、〈記稻鼠〉諸篇，都可見其梗概。魯迅先生曾評他：

> 皮日休和陸龜蒙自以為隱士，別人也稱之為隱士，而看他們在〈皮子文藪〉和《笠澤叢書》中的小品文，並沒有忘記天下，正是一塌糊塗的泥塘裏的光彩和鋒芒。[235]

上段引文末句「正是一塌糊塗的泥塘裏的光彩和鋒芒」，此語十分經典，故此，若果說陸龜蒙作品「絕無憂國感憤之辭」、「無家國興亡之感」、「無益於世教」、「閑逸詩作」，實在令人難以置信。

其二十

> 謝客風容映古今，發源誰似柳州深。朱弦一拂遺音在，卻是當年寂寞心。
>
> 自注：柳子厚，宋之謝靈運。

此首論詩旨在說明唐代詩人柳子厚，其詩源出謝靈運，並得其精

---

234 詹杭倫：〈論詩三十首第十九首正解〉，第三屆全國元好問學術研討會議論文稿，頁2。

235 魯迅：〈小品文的危機〉，見黃繼持編：《中國近代名家著作選粹·魯迅卷》（香港：香港商務印書館，1994 年 4 月第 3 版），頁 463。

髓，一脈相承，所以，元好問在此詩末有注云：「柳子厚，宋之謝靈運」。詩中首二句稱許謝靈運詩風文采燦古爍今，後世能承襲其精髓，誰能及柳宗元？詩中第三句典出《禮記・樂記》：「清廟之瑟，朱弦而疏越，一唱而三歎，有遺音者矣。」借喻謝靈運為山水詩人之鼻祖，其詩影響後世深遠。末句所言的「寂寞心」，是指謝靈運的心跡。靈運失意於宦途，歸隱山水，追求「寂寞」，所謂「寂寞」，即心中空虛無物，無慮無愁。其〈郡東山望溟海詩〉有句云：「萱蘇始無慰。寂寞終可求。」又其〈齋中讀書詩〉亦言：「矧乃歸山川，心跡雙寂寞」，「歸山川」，追求「寂寞」，乃謝氏的人生目標。柳宗元仕途失意，放逐山水，心境與靈運同，其貶永州後，心境更異常寂寞，嘗作詩八十八首之多，字裡行間，出現「狐獨」「寂寞」一類的詞語凡四十多次。此詩末句借謝言柳。

謝柳並稱

元好問在此詩下自注：「柳子厚，宋之謝靈運。」首言謝柳並列，但明人徐獻忠（1493～1569）《唐詩品》則云：「柳州古詩得於謝靈運，而自得之趣，鮮可儔匹，此其所短。」[236] 此言柳詩雖源出大謝，但「自得之趣」，則不可相比。不過，清人劉熙載（1813～1881）《藝概》也指出「蘇州出於淵明，柳州出於康樂，殆各得其性之所近。」[237] 清人施山（約1868年前後在世）《望雲詩話》：「柳州宗大謝，蘇州宗靖節，門庭自殊，未易優劣。」[238] 以上諸家都言柳詩源出大謝。此外，清人吳昌祺（生卒年不詳）《刪定唐詩解》更推許柳詩「以唐之風韻兼謝

---

236 王國安：《柳宗元詩箋釋・附錄》（上海市：上海古籍出版社，1998 年），頁 455。

237 （清）劉熙載：《藝概》（臺北市：金楓出版社，1986 年），卷 2，頁 94。

238 王國安，《柳宗元詩箋釋・附錄》（上海市：上海古籍出版社，1998 年），頁 470。

之蒼深」[239]，推許是否過當，有待研究。宗庭輔《古今論詩絕句》載：
「查初白云：『以柳州接謝康樂，千古特色。』余曰不然，謂柳州發源康
樂耳。」[240] 宗氏認為查初白有推許過當之嫌，故提出反對。近人何三本
〈元好問論詩絕句三十首箋證〉云：「唐代自然詩人，無不奉淵明為圭
臬；兼學謝詩而卓然有成者，厥為孟浩然與柳宗元二人，而宗元於謝
為尤近。例如宗元〈初秋夜坐贈吳武陵〉詩云云，用字造句無不酷似謝
詩。元好問所謂『發源誰似柳州深』，信不誣也。」[241]

此首論詩涉及五言雅詩的源流傳承問題，元好問〈別李周卿三首〉
之二予以指出云：

> 風雅久不作，日覺元氣死。詩中拄天手，功自斷鰲始。古詩
> 十九首，建安六七子。中間陶與謝，下逮韋柳止。詩人玉為
> 骨，往往墜塵滓。衣冠語俳優，正可作婢使。望君清廟瑟，一
> 洗箏笛耳。[242]

五言風雅詩的發展，上起「古詩十九首，建安六七子。中間陶與
謝，下逮韋柳止」，而「陶淵明、謝靈運」居於這條脈絡的中樞位置，
「韋應物、柳宗元」居於完成位置。

元好問將謝柳並稱，是因為二人有其共同點，就是具「風容」和
「寂寞心」，所以何三本認為二人都「夙負才名，好功嗜進，而卒不得
意，放情山水」[243]。所謂「風容」是指文采，所謂「寂寞心」，是指「歸

---

239 王國安：《柳宗元詩箋釋》（上海市：上海古籍出版社，1998 年），頁 185。

240 郭紹虞：《元好問論詩三十首小箋》（北京市：人民文學出版社，1978 年），頁 72。

241 何三本：〈元好問論詩絕句三十首箋證（三）〉，收入《中華文化復興月刊》第 7 卷第
5 期（1974 年），頁 58。

242 姚奠中主編：《元好問全集》（太原市：山西人民出版社，1990 年），卷 2，頁 43。

243 何三本：〈元好問論詩絕句三十首箋證（三）〉，收入《中華文化復興月刊》第 7 卷第
5 期（1974 年），頁 58。

山川」，心中空虛無物，無慮無愁。所以，謝柳並稱，可以接納。

「發源誰似柳州深」之證

「發源誰似柳州深」？文獻資料證明是非常重要的。謝靈運詩有一特色，是在製題方面「妙絕古今」，其「長題如小序，始於大謝」[244] 柳宗元得其傳承，清人陳衍《石遺室詩話》載：

> 康樂詩，記室（鍾嶸）贊許允矣。至其製題，正復妙絕今古。倘張天如所謂「出處語默，無一近人」者耶？柳州五言刻意陶謝，兼學康樂製題，如〈湘口館瀟湘二水所會〉、〈登蒲州石磯望江口潭島深回斜對香零山〉等題，皆極用意，惜此旨自柳州至今，無聞焉爾。[245]

陳氏所言「製題」，有助於讀者明白作者的寫作動機、時間、地點、歷程等，從而更易瞭解詩旨及內容。不過，「製題」往往不為詩家重視，故此陳氏十分概嘆說「惜此旨自柳州至今，無聞焉爾」。以下是柳宗元諸首詩題，都可見其製題方面，有所花心思，其題如小序：〈遊石角過小嶺至長烏村〉、〈遊南亭夜還敘志七十韻〉、〈遊朝陽巖遂登西亭二十韻〉、〈夏初雨後尋愚溪〉、〈雨後曉行獨至愚溪北池〉、〈秋曉行南谷經荒村〉、〈再至界圍巖水簾遂宿巖下〉，上述各詩題，清晰地交代了寫詩的時間、地點、景況、歷程等，對讀詩者十分方便。

除上述製題技巧外，柳宗元在修辭方面，也得大謝心法，如柳詩〈構法華寺西亭〉有句「命童恣披翦，葺宇橫斷山」，「葺宇」一詞，可見於謝靈運詩〈過始寧墅〉「葺宇臨迴江，築觀基曾巔」；又例如柳詩〈遊南亭夜還敘志七十韻〉有句「屯難果見凌」，「屯難」一詞，也見於

---

244 陳衍：《石遺室詩話》（臺北市：臺灣商務印書館，1976 年），卷 24，頁 1a。
245 陳衍：《石遺室詩話》（臺北市：臺灣商務印書館，1976 年），卷 6，頁 3a。

謝靈運詩〈述祖德詩二首之一〉「屯難既云康」；又柳詩〈初秋夜坐贈吳
武陵〉有句「相思豈云遠，即席莫與同」，「莫與同」一詞，也見於謝
靈運詩〈於南山往北山經湖中瞻眺〉「不惜去人遠，但恨莫與同」。柳
詩學謝的例句非常多，於其詩集中，俯拾即是。

　　除修辭外，柳宗元的五古山水詩，在結構上也仿謝詩，並且學謝
詩寓哲理於內，如謝靈運〈登永嘉綠嶂山〉：

> 裹糧杖輕策，懷遲上幽室。行源徑轉遠，距陸情未畢。
> 澹瀲結寒姿，團欒潤霜質。澗委水屢迷，林迴岩逾密。
> 眷西謂初月，顧東疑落日。踐夕奄昏曙，蔽翳皆周悉。
> 〈蠱〉上貴不事，〈履二〉美貞吉。幽人常坦步，高尚邈難匹。
> 頤阿竟何端，寂寞寄抱一。恬如既已交，繕性自此出。

　　上詩上半部，先寫山水景象，後半部以哲理入詩，如「〈蠱〉」，
語出《周易·蠱》；〈履二〉，語出《周易·履》；「寂寞」、「抱一」，語
出老子；「恬如（作知）」，語出《莊子·繕性篇》。

　　柳宗元的山水詩，最得謝詩精髓神韻，尤其在結構布局更如大
謝，茲引其詩〈與崔策登西山〉為例：

> 鶴鳴楚山靜，露白秋江曉。連袂度危橋，縈迴出林杪。
> 西岑極遠目，毫末皆可了。重疊九疑高，微茫洞庭小。
> 迴窮兩儀際，高出萬象表。馳景泛頹波，遙風遞寒筱。
> 謫居安所習，稍厭從紛擾。生同胥靡遺，壽比彭鏗夭。
> 蹇連困顛踣，愚蒙怯幽眇。非令親愛疏，誰使心神悄。
> 偶茲遁山水，得以觀魚鳥。吾子幸淹留，緩我愁腸繞。

　　上詩從用字到章法，都饒有大謝山水詩的氣息，也具謝詩特色，
寓道家思想或周易哲理於詩內，如詩中的「鶴鳴」，語出《周易·中

孚》；「兩儀」語出《易・繫辭》，「胥靡」，語出《莊子・庚桑楚》；
「蹇」，語出《易・蹇》；「顛踣」，語出《抱朴子・百里》。

近人胡傳志於此句「發源誰似柳州深」的問題上，有所發現，提供
一則文獻資料，關於元好問對柳宗元的評價，資料見《中州集》卷三王
庭筠〈獄中賦萱〉，此詩詩末附有元好問注文曰：

> 柳州怨之愈深，其辭愈緩，得古詩之正。其清新婉麗，六朝詞
> 人少有及者，東坡愛而有之，極形似之工，其怨則不能自掩
> 也……大都柳出於雅，坡以下皆有騷人之餘韻。[246]

上述注文指出自六朝以來，只有柳宗元「得古詩之正」，並「出於
雅」，又得「極形似之工」。此則文獻，彌足珍貴，可作為「發源誰似柳
州深」這一句詩義的確解。[247]

第三節　北宋時期（第二十一至第三十首）

其二十一

窘步相仍死不前，唱酬無復見前賢。縱橫正有凌雲筆，俯仰隨
人亦可憐。

元好問此首論詩，旨在批評次韻詩之弊，其弊在「窘步相仍」及
「俯仰隨人」。詩中首句指出次韻詩之失，寫次韻詩要依和別人詩的韻
腳，即「窘步相仍」，此乃和詩規條，不可抵觸。次句言前輩的唱酬和

---

246 （金）元好問：《中州集》，《四部叢刊集部》，卷3，王庭筠傳〈獄中賦萱〉（臺北
　　市：臺灣商務印書館），頁23。

247 胡傳志：〈論詩三十首辨釋〉，收入《金代文學研究》（合肥市：安徽大學出版社，
　　2000年），頁88。

詩，本來是沒有次韻的規定。第三句言寫詩以筆意縱橫，不受羈束，揮灑自如為貴。所謂「縱橫」，是指詩文雄健奔放，李杜二人有此才情。清人陳廷焯《白雨齋詞話》卷七：「世人論詩，多以太白之縱橫超逸為變，而以杜陵之整齊嚴肅為正。」末句再強調次韻詩之弊，是窒礙詩情，作詩者殊為可憐可惜。

次韻詩之源起及其弊

次韻，亦稱步韻，有時也稱步和原玉，原韻。次韻詩需步屨相隨，依原韻腳依次相和。世傳次韻詩始於白居易、元稹，稱「元和體」。唐元稹〈酬樂天餘思不盡加為六韻之作〉：「次韻千言曾報答，直詞三道共經綸。」原注：「樂天曾寄予千字律詩數首，予皆次用本韻酬和，後來遂以成風耳。」末句所言的「成風」，即成風尚。不過，在元白之前，詩家已有次韻唱酬之詩，大曆十才子盧綸及李益已有次韻唱酬互贈。如李益〈贈內兄盧綸〉詩：「世故中年別，餘生此會同。卻將悲與病，來對郎陵翁。」（見《全唐詩》卷 283）盧綸次韻和詩〈酬李益端公夜宴見贈〉：「戚戚一西東，十年今始同。可憐歌酒夜，相對兩衰翁。」（《全唐詩》卷 277），李盧二人的次韻詩，所用的韻腳，分別是「同」和「翁」。

其實，次韻詩的真正源起，非始於唐，乃起於南北朝，明代著名學者焦竑《焦氏筆乘・次韻非始唐人》指出：「楊衒之《洛陽伽藍記》載王肅入魏，舍江南故妻謝氏，而娶元魏帝女，故其妻贈之詩曰：『本為薄上蠶，今為機上絲。得路遂騰去，頗憶纏綿時。』繼室代答，亦用絲時兩韻。是次韻非始元白也。」[248] 由此看來，次韻詩，非始於唐，是始於南北朝。

---

[248] （明）焦竑：《焦氏筆乘續集》（臺北市：臺灣商務印書館，1971 年 4 月），卷 3，〈次韻非始唐人〉條。

次韻詩發展至宋，大行其道，宋人歐陽修《歸田錄》卷二載：「餘六人懽然相得，羣居終日，長篇險韻，眾製交作。」詩家王安石、蘇軾、黃庭堅等亦酷愛次韻酬唱。宋人費袞《梁溪漫志》說：「作詩押韻是一奇。荊公（王安石）、東坡、魯直（黃庭堅）押韻最工，而東坡尤精於次韻，往返數回，愈出愈奇……蓋其胸中有數萬卷書，左抽右取，皆出自然。初不著意，要尋好韻，而韻與意會，語皆渾成，此所以為好。」宋人嚴羽在《滄浪詩話》中說：「和韻最害人詩，古人酬唱不次韻。此風始盛於元白、皮陸，本朝諸賢，乃以此而鬥工，遂至往復有八九和者。」[249] 嚴氏所指「和韻最害人」，而宋人「諸賢，乃以此而鬥工」，可見次韻詩之害甚矣。

金文學批評家王若虛之《滹南詩話》引鄭厚語云：

> 魏晉以來，作詩倡和，以文寓意；近世倡和，皆次其韻，不復有真詩矣。又引慵夫曰：「次韻實作詩之大病也。詩道至宋人已自衰弊，而又專以此相尚。才識如東坡，亦不免波蕩而從之，集中次韻者幾三之一，雖窮極技巧，傾動一時，而害於天全多矣。使蘇公而無此，其去古人何遠哉！[250]

王若虛批評次韻詩「不復有真詩」、「作詩之大病」、「害於天全」及「其去古人何遠」。王若虛並指出古人「作詩唱和，以文寓意」，這正是元好問「唱酬無復見前賢」之論所本。

金代另一學者劉祁在《歸潛志》中說：

> 凡作詩，和韻最難。古人贈答，皆不拘韻字。迨宋蘇、黃，凡

---

249 郭紹虞校釋：《滄浪詩話校釋》（北京市：人民文學出版社，1962 年），頁 178。

250 （金）王若虛撰：《滹南集》，收入（清）吳重憙輯：《九金人集》（臺北市：成文出版社，1967 年），第 2 冊，卷 39，頁 482。

唱和須用元韻，往返數回以見奇。……嘗與雷希顏、元裕之論
詩，元云：「和韻非古，要為勉強。」[251]

元好問認為「和為非古，要為勉強」，從語氣分析，元好問是反對
次韻詩的。近代學者胡傳志也徵引元好〈十七史蒙求序〉作證指出：

及詩家以次韻相誇尚，以《蒙求》、韻語也，故姑汾王琢又有
《次韻蒙求》出焉。評者謂次韻是近世人之弊，以志之所之而求
合他人律度，遷就附會，何所不有？[252]

次韻詩乃逞才之作，作詩者「相誇尚」，「遷就附會」，難有真面
目，此其害也。元好問認同次韻詩之弊，故有「次韻是近世人之弊」之
語。

明代學者都穆在其《南濠詩話》批判次韻詩之害說：

人詩有唱和者，蓋彼唱而我和之。初不拘體制兼襲其韻也。後
乃有用人韻以答之者，觀老杜嚴武詩可見，然亦不一一次其韻
也。至元白皮陸諸公，始尚次韻，爭奇鬥險，多至數百言，往
來至數十首。而其流弊至於今極矣，非沛然有餘之才，鮮不為
其窘束。所謂性情者，果可得而見邪？[253]

都穆指出次韻詩「其流弊至於今極矣」，詩情之真，因次韻關係，
不可得見。

次韻詩之風，在清代仍廣泛流行，學者吳喬《答萬季埜詩問》指出
其害說：「和詩之體不一，意如答問而不同韻者，謂之和詩；同其韻而

---

251 （金）劉祁：《歸潛志》（北京市：中華書局，1983 年），卷 8，頁 90。

252 胡傳志：〈論詩三十首辨釋〉，收入《金代文學研究》（合肥市：安徽大學出版社，
2000 年），頁 89。

253 （明）都穆：《南濠詩話》（臺北縣：藝文印書館，1965 年），頁 16。

不同其字者，謂之和韻；用其韻而次第不同者，謂之用韻；依其次第者，謂之步韻（亦稱次韻）。步韻最困人，如相敺而自縶手足也。蓋心思為韻所束，而命意布局，最難照顧。今人不及古人，大半以此。嚴滄浪已申斥之，而施愚山嘗曰：「今人祇解作韻，誰會作詩？」此言可畏。」吳氏就「和詩」、「和韻」、「用韻」、「步韻」作出扼要說明，並指出其害「自縶手足」，「心思為韻所束」。

前賢指何人

本首論詩次句「唱酬無復見前賢」，「前賢」主要指向那些詩家？此一問題，諸家意見分歧，歸納起來，有四類人：

一、是蘇、黃等人。宗廷輔《古今論詩絕句》說：「次韻詩肇於元、白，皮陸繼之，然亦止今體耳；至蘇黃則無所不次矣。先生不甚滿於東坡，又未便直加詆訶，故所云如此。」[254] 陳湛銓亦認為是指蘇軾和黃庭堅，其《元遺山論詩絕句三十首講疏》云：「遺山此詩，始亦嫌江西後學之徒事次韻唱酬，氣息憫憫，了無精詣。前賢，蓋指坡谷。」[255]

二、是泛指宋代詩人。何三本謂此說「雖為泛論，未明指專論何人，……實藉宋代詩壇之病以抒其論也。此首以後專論宋詩，由此可知此首實為其論宋詩之序也」[256]。

三、是暗指金代詩人。胡傳志說「金代中期以來，次韻之風大盛，其流弊亦更著」，並徵引元好問〈十七史蒙求序〉和劉祁《歸潛志》中

---

254 郭紹虞：《元好問論詩三十首小箋》（北京市：人民文學出版社，1978 年），頁 72。

255 陳湛銓：〈元遺山論詩絕句講疏〉，《香港浸會學院學報》第 3 卷第 1 期（1968 年），頁 35。

256 何三本：〈元好問論詩絕句三十首箋證（三）〉，收入《中華文化復興月刊》第 7 卷第 5 期（1974 年），頁 58。

的有關記載，說明此詩的現實意義[257]。

四、是指庾信。田鳳台〈元遺山論詩絕句析評〉載：「此詩乃譏西崑體酬唱之作，只求對偶工整，用事精巧，俯仰隨人，毫無新意。……故遺山之反對模擬，而取庾信之凌雲健筆也。」[258]田氏認為前賢是指庾信。何三本也說「縱橫正有凌雲筆」句，是化用杜甫〈戲為六絕句〉「庾信文章老更成，凌雲健筆意縱橫」而來，此二句乃評價庾信詩才之作，所以「元好問此句就是指庾子山作品而言」[259]，意思是說，「子山寓居異國，位雖通顯，然亡國之痛，思鄉之苦，無日或已。雖然滿懷鄉國之憂，還須強顏歡笑。……雖有『凌雲健筆意縱橫』，但不能言所欲言，而須俯仰隨人，豈不可憐。」[260]

上述諸家對遺山詩中「前賢」的體認，意見頗為分歧。個人管見以為遺山詩中的「前賢」，應該是指相互酬唱而不次韻的前人。

其二十二

奇外無奇更出奇，一波才動萬波隨。只知詩到蘇黃盡，滄海橫流卻是誰？

元好問此首論詩，慨嘆次韻詩在蘇黃影響下，詩風競奇鬥險而風靡整個詩壇，並氾濫成災。面對道喪斯文，滄海橫流之際，元好問隱喻有志於中流砥柱，力挽狂瀾。

---

[257] 胡傳志：〈論詩三十首辨釋〉，收入《金代文學研究》（合肥市：安徽大學出版社，2000 年），頁 89。

[258] 田鳳台：〈元遺山論詩絕句析評〉，《中華文化復興月刊》第 12 卷第 4 期，頁 25。

[259] 何三本：〈元好問論詩絕句三十首箋證（三）〉，收入《中華文化復興月刊》第 7 卷第 5 期（1974 年），頁 59。

[260] 何三本：〈元好問論詩絕句三十首箋證（三）〉，收入《中華文化復興月刊》第 7 卷第 5 期（1974 年），頁 59。

　　詩中首句「奇外無奇更出奇」，出自姜夔的《白石詩說》：「波瀾開闊，如在江湖中，一波未平，一波已作。如兵家之陣，方以為正，又復是奇；方以為奇，又復是正。出入變化，不可紀極，而法度不可亂。」[261] 元好問此句「奇外無奇更出奇」的句意是指次韻詩的韻腳，不斷以險韻、僻韻為能事為快事，所謂「更出奇」，是指用韻鬥險、鬥僻，也包括詩意競新競奇。次句「一波才動萬波隨」，出自唐人高僧華亭船子和尚偈語：「千尺絲綸直下垂，一波才動萬波隨。夜靜水寒魚不餌，滿船空載月明歸。」[262] 據惠洪《冷齋夜話》記載，黃庭堅曾以此偈填詞〈訴衷情〉，有句云：「一波才動萬波隨，蓑笠一鉤絲，金鱗正在深處，千尺也須垂。……」[263] 元好問襲用「一波才動萬波隨」之句，作為論詩己句。其句意是指次韻詩，受到別人回應，群起賡和，一呼百應，蔚成熱潮，即詩中所謂「萬波隨」之意也。第三句言蘇黃乃次韻詩大家，無人能及，即「盡」之意。末句「滄海橫流卻是誰」，典出晉人范寧〈穀梁傳序〉，序云：「天下蕩蕩，王道盡矣。孔子睹滄海之橫流，乃喟然歎曰：『文王既沒，文不在茲乎？』言文王之道喪，興之者在己。」[264] 遺山論詩言志，也有孔子之抱負，道喪斯文，興之在己。故此「滄海橫流卻是誰」這句詩，明言詩道敗壞，亟需捍衛正體，挽狂瀾於既倒，所謂「卻是誰」，乃好問暗喻捨我其誰！其懷抱與「誰是詩中疏鑿手，暫教涇渭各清渾」，可謂同一志趣。

---

261 何文煥訂：《歷代詩話》，收入姜夔：《白石詩說》（臺北縣：藝文印書館，1974 年 4 月第 3 版），頁 440。

262 （宋）惠洪：《冷齋夜話》，《詩話叢刊》（臺北市：弘道文化事業公司，1972 年），卷 7，頁 1674。

263 （宋）惠洪：《冷齋夜話》，《詩話叢刊》（臺北市：弘道文化事業公司，1972 年），卷 7，頁 1674。

264 （晉）范寧：《春秋穀梁傳范氏集解・序》，《四部備要》（臺北市：臺灣中華書局），頁 1。

「奇」與和韻次韻

「奇外無奇更出奇」這句詩三用奇字，用得流暢自然，詞順意順，可謂奇特。關於這句詩的注釋，一般注家都粗略帶過，就算有注釋的，多是從詩派源流或詩史發展方面去理解，如王禮卿《遺山論詩箋證》云：「自李杜以來，即已具此奇變，詩至蘇黃而極矣。」[265] 王氏論詩之奇，其源流是李杜蘇黃。陳湛銓則云：「奇外無奇：謂詩至杜工部、韓昌黎已極古今天下之變，似無復能開生面者矣；更出奇：謂至坡谷又另闢一境也。」[266] 陳氏論詩之奇，其源流之說，稍異於前者，是杜韓坡谷。關於「奇」字的釋義，宋人楊萬里〈陳晞顏和簡齋詩序〉云：

> 古之詩倡必有賡意焉而已矣；韻焉而已矣，非古也。自唐人元、白始也，然猶加少也；至吾宋蘇、黃倡一而十賡焉，然猶加少也。至於舉古人之全書而盡賡焉，如東坡之和陶是也，然猶加少也。……大抵夷則遜，險則競，此文人之奇也，亦文人之病也。而詩人此病為尤焉。惟其病之尤，故其奇之尤。蓋疾行於大途，窮高於千仞之山、九縈之蹊，二者孰奇孰不奇也？然奇則奇矣，而詩人至於犯風雪、忘飢餓，竭一生之心思以與古人爭險以出奇，則亦可憐矣。然則險愈競，詩愈奇，病愈奇，疾愈痼矣！[267]

上述引文指出蘇黃「倡一而十賡」，即一唱而十賡和。次韻酬唱，為「文人之奇」，亦為「文人之病」。「奇」者，異於常也，次韻之詩，

---

265 王禮卿：《遺山論詩箋證》（臺北市：中華叢書編審委員會，1974年），頁142。

266 陳湛銓：〈元遺山論詩絕句講疏〉，《香港浸會學院學報》第3卷第1期（1968年），頁36。

267 （宋）楊萬里：《誠齋集》，收入《四部叢刊》（臺北市：臺灣商務印書館，1965年），卷79，頁3、3a、3b、4a。

其韻「險愈競，詩愈奇，病愈奇，疾愈痼」，雖然這樣，文人為顯耀詩才，故樂此不疲。宋人費袞在《梁谿漫志》指出：「作詩押韻是一奇，荊公、東坡、魯直押韻最工，而東坡尤精於次韻，往返數回，愈出愈奇。」[268] 王安石及蘇黃都是詩壇英傑，在次韻詩上，大顯身手，尤其是東坡更「愈出愈奇」，「奇」是針對險韻僻韻而言。所以元好問說「只知詩到蘇黃盡」，是指蘇黃的次韻詩無抗手，無人能及。金人劉祁亦云：

> 凡作詩，和韻為難。古人贈答，皆以不拘韻字。迨宋蘇、黃，凡唱和，須用元韻，往返數回以出奇。余先子頗為留意，故每與人唱和，韻益狹，語益工，人多稱之。嘗與雷希顏、元裕之論詩。元云：「和韻非古，要為勉強焉。」先子云：「如能以彼韻就我意，何如？亦一奇也。」[269]

從上述引文可知蘇黃擅寫次韻詩，並能出奇取勝。其他詩人「與人唱和，韻益狹，語益工，人多稱之」，由是詩人以「韻狹語工」倍感自豪。「奇」與和韻次韻關係密切。文人藉唱酬，以和韻、次韻及競奇為逞才手段，此種風氣，迄清至今還未休止。

「詩到蘇黃盡」之貶義說

元好問所說的「只知詩到蘇黃盡」，這兒的「詩」，是針對盛行於宋金的次韻詩。他對蘇黃次韻詩的態度是褒是貶，後世學者人言人殊，持見不同。有學者認為「詩到蘇黃盡」是貶詞，而「滄海橫流」是指次韻詩氾濫，其始作俑者是蘇黃；也有學者認為「詩到蘇黃盡」是褒詞，而「滄海橫流」則是好問「力爭上游」的表現。兩種意見針鋒相對，各

有淵源。

認為此詩貶蘇黃的，由清人紀昀發端，他在〈趙渭川四百三十二峰草堂詩鈔序〉中說：

> 東坡才華，縱橫一代，未有異詞。而元遺山論詩絕句乃曰：「蘇門果有忠臣在，肯放坡詩百態新。」又曰：「奇外無奇更出奇，一波才動萬波隨。只知詩到蘇黃盡，滄海橫流卻是誰？」二公均屬詞宗，而元之持論，若不欲人鑽研於蘇黃者，其故殆不可曉。[270]

紀昀說的「元之持論，若不欲人鑽研於蘇黃者，其故殆不可曉」。按：紀氏提出「其故」之問，答案是元好問反對蘇黃的次韻詩而言，並非反對蘇黃所有詩作。宗廷輔《古今論詩絕句》云：「自蘇黃更出新意，一洗唐調，後遂隨風而靡，生硬放佚，靡惡不臻，變本加厲，咎在作俑。先生慨之，故責之如此。」[271] 宗氏之言，是指唐詩發展到宋代，「蘇黃更出新意」，這種「新意」，尤其是次韻詩，都屬於偽體範疇，作為詩壇衛道者元好問，故「責之如此」。潘德輿《養一齋詩話》亦云：「明以滄海橫流責蘇。」[272] 張戒《歲寒堂詩話》云：「蘇黃用事押韻之工，至矣盡矣。然究其實，乃詩人中一害，使後生只知用事押韻之為詩，而不知詠物之為工，言志之為本也。[273]」，張戒指出「用事押韻」，「乃詩人中一害」，並且強調詩作應以「言志之為本」，此說符合詩三百精神。

---

270 （清）紀昀：《紀文達公遺集》（廣州學海堂刊本），卷 9。

271 宗廷輔：《宗月鋤先生遺著八種》之《古今論詩絕句》（光緒中常熟宗氏刊民國 6 年徐兆瑋印本），頁 13b。

272 潘德輿：《養一齋詩話》（道光同治刊本）卷 1，頁 9a、9b、10a。

273 丁福保輯：《歷代詩話續編》（北京市：中華書局，1983 年），頁 452。

今人持貶蘇黃觀點者，如皮述民〈元好問論詩絕句析評〉云：「『只知詩到蘇黃盡』，但這個『盡』字⋯⋯絕非褒詞，⋯⋯，應是王氣已盡的『盡』，應作衰竭解，是宣佈二人為罪魁禍首。」[274]。皮氏對於「盡」的釋義，可予進一步商榷。

對於「滄海橫流」的釋義，郭紹虞釋之為「狂流氾濫」[275]。劉澤予以進一步解釋說：「後兩句說蘇黃雖融合百家，能出新意，各種體制，發揮殆盡，為時人稱道，爭相效法，於是詩人們一味追求新奇變異，以致千奇百怪，氾濫成災。」[276] 詩的「千奇百怪」，有失正體詩風的道統，劉氏所言恰當。

「詩到蘇黃盡」之褒義說

有學者認為元好問此詩是褒揚蘇黃，欣賞蘇黃之詩能夠在唐詩基礎上奇外出奇，力爭上游，更創新境。後人不能以為天下好詩都被蘇黃作盡，因而不思進取，止步不前。反之，在詩道散漫、滄海橫流之際，更需我輩勇作中流砥柱，於蘇黃詩風基礎上，別開生面，更創新境。

此首論詩有句「只知詩到蘇黃盡」，對蘇黃的評價，南宋陳鵠《耆舊續文》引呂本中之說：

> 自古以來，語文章之妙，廣備眾體，出奇無窮者，唯東坡一人；極風雅之變，盡比興之體，包括眾作，本以新意者，唯豫章一人。此二者，當永以為法。[277]

---

274 皮述民：〈元好問論詩絕句析論〉，《南洋大學學報》第 3 期（1969 年），頁 82。

275 郭紹虞：《中國歷代文論選》（北京市：人民文學出版社一卷本），頁 222。

276 劉澤：《元好問論詩三十首集說》（太原市：山西人民出版社，1992 年），頁 195。

277 （宋）陳鵠：《耆舊續文》，收入《四庫全書》（臺北市：臺灣商務印書館，1983 年），子部第 345 冊，卷 2，頁 596。

呂氏褒蘇「出奇無窮」，褒黃詩具「新意」，並且「當永以為法」。

又南宋劉克莊《後村詩話》卷二說：

> 元祐後詩人迭起，一種則波瀾富而句律疏（按：指學蘇者），一
> 種則鍛鍊精而情性遠（按；指學黃者），要之不出蘇黃二體而
> 已。[278]

劉氏指出，學蘇黃者眾，故有「要之不出蘇黃二體」之語。

對於「只知詩到蘇黃盡」，認為此句詩是褒蘇黃的，由清人翁方綱
發端，其《石洲詩話》云：

> 遺山寄慨身世，屢致「滄海橫流」之感，而於蘇黃發之。寶泉
> 〈述書賦〉論褚河南正是此意，不知者以為不滿褚書也。讀至
> 此首之論蘇黃詩，乃知遺山力爭上游，非語言筆墨所能盡傳者
> 矣。[279]

翁氏認為在「滄海橫流」問題上，首言「遺山力爭上游」，其句
意繹繹是偽體氾濫，遺山匡扶正體，力爭上游，作中流砥柱，力挽狂
瀾。

今人持褒義觀者，以陳湛銓為代表，其〈元遺山論詩絕句講疏〉
云：

> 此為東坡、山谷及己而發，非譏彈蘇黃也。「奇外無奇」，謂詩
> 至杜工部、韓昌黎已極古今天下之變，似無復能開生面者矣。
> 「更出奇」，謂至坡、谷又另闢一境也。「一波才動萬波隨」，

---

278 （宋）劉克莊：《後村詩話》，收入《四庫全書》（臺北市：臺灣商務印書館，1983
年），子部第 345 冊，卷 2，頁 318。

279 （清）翁方綱：《石洲詩話》（臺北市：廣文書局，1971 年），卷 7，頁 323。

謂南宋人群相師效蘇黃也。末句，以蘇黃而外別樹一幟自任也。[280]

陳氏所言「坡、谷又另闢一境」，雖未交代所指何境？實指新境新意，突破唐調，成為宋詩特色。所謂「別樹一幟自任」，是指元好問繼蘇黃後，更「別樹一幟」，有其創新特色。

今近人王韶生也說，末句是「遺山自許有新變代雄之意」[281]。王氏所言的「新變」，即別開生面，「代雄」，是言遺山領袖詩壇，創新求變。龔鵬程〈論元遺山與黃山谷〉亦云：

> 按：遺山詩「奇外無奇更出奇，一波才動萬波隨。只知詩到蘇黃盡，滄海橫流卻是誰？」謂作詩須於百尺竿頭更進一步，前賢一波方動，後人萬波隨起，故能於古人奇創之境以外，似無可為奇之處，不斷出奇制勝。今學者但云詩至蘇黃已被做盡，隨湧波濤，橫流滄海者耶？[282]

龔氏認為遺山此首論詩的原意，是鼓勵詩家要創新和「不斷出奇制勝」。

綜觀上述關於「只知詩到蘇黃盡」的褒貶之義，「褒」者代表創新，「貶」者代表傳統，約而言之，是創新與傳統之爭，利害各有，創新者自有其佳處，傳統也有其固有價值，不可一概而論，以偏概全。原則上，文學的發展，相應隨時代的改變而各有特色，乃是無可避免的歷史源流。

---

[280] 陳湛銓：〈元遺山論詩絕句講疏〉，《香港浸會學院學報》第 3 卷第 1 期（1968 年），頁 36。

[281] 王韶生：《元遺山論詩三十首箋釋》，《崇基學報》第 5 卷第 2 期（1965 年 5 月）。

[282] 紀念元好問八百年誕辰學術研討會編印：《紀念元好問八百年誕辰學術研討會論文集》（臺北市：文史哲出版社，1991 年），頁 458。

「滄海橫流」所指何人

「滄海橫流」，在政治上比喻政治混亂，社會動盪，在詩壇上比喻偽體詩氾濫。導致「滄海橫流」者是指誰？後人可謂見仁見智。主要有以下幾種見解：

其一指蘇黃本人。如宗廷輔《古今論詩絕句》云：「自蘇黃更出新意，一洗唐調，後遂隨風而靡，生硬放佚，靡惡不臻，變本加厲，咎在作俑。先生慨之，故責之如此。」[283] 上引文「先生慨之，故責之如此」，元好問所慨責的對象是「蘇黃」。但也有專責東坡，不涉山谷之說，如潘德輿《養一齋詩話》云：「明以滄海橫流責蘇。」[284]

其二指蘇黃的追隨者，包括江西詩派。上引宗廷輔「隨風而靡……變本加厲」等語，已含有此意。林從龍也認為此句「似指那些學習蘇黃，而不能得其精髓的江西末流，他們亦步亦趨，變本加厲，以致把詩歌的形式主義氾濫到滄海橫流的地步。」[285]

其三指李白、杜甫等人。郭紹虞徵引林昌彝《射鷹樓詩話》：「遺山意以蘇黃詩稍直，少曲折，故不及李、杜，故曰『滄海橫流卻是誰』。李、杜詩汪洋澎湃，而沈鬱頓挫，赴題曲折，故如滄海橫流。蘇、黃之不及李杜者以此，遺山之所以不足蘇黃者以此。此中神妙，難與外人言也。」[286] 郭紹虞認為「此說以蘇詩正從唐詩變化而出，金銀鉛錫，皆歸熔鑄，而李杜詩汪洋澎湃，正開蘇黃以文字為詩，以議論為詩之風。故以滄海橫流指李杜，說亦可通。」[287]

---

[283] 宗廷輔：《宗月鋤先生遺著八種》之《古今論詩絕句》（光緒中常熟宗氏刊民國6年徐兆璋印本），頁13b。

[284] （清）潘德輿：《養一齋詩話》（道光同治刊本）卷1，頁9a、9b、10a。

[285] 林從龍：《遺山詩詞注析》（鄭州市：中州古籍出版社），頁77。

[286] 郭紹虞：《元好問論詩三十首小箋》（北京市：人民文學出版社，1978年），頁74。

[287] 郭紹虞：《元好問論詩三十首小箋》（北京市：人民文學出版社，1978年），頁74～

上述諸家之說，造成次韻詩氾濫成災的惡果，該是蘇黃及其追隨者，與李杜無涉。

其二十三

曲學虛荒小說欺，俳諧怒罵豈詩宜？今人合笑古人拙，除卻雅言都不知。

此詩強調詩貴尚雅而忌俗。詩中首句指摘曲學虛妄荒誕，小說則塗說騙人，二者都屬於文學偽體之作。次句言欠莊重的詼諧文字及粗鄙的罵詈，都不可入詩。第三句指當前俗詩泛濫，時人諷笑古人笨拙，不會變通，拒絕以俗詞入詩。末句諷彼輩今人除不懂以雅言作詩外，連其他正體詩道都不曉，只知俗言俗語入詩。

元好問是一個衛道之士，極力維護正體詩，除著有《詩文自警》一書外，也強調詩歌的創作以「誠」為本，（見楊叔能《小亨集引》卷三十六）。郝經撰遺山墓銘，譽他「方吾道壞爛，文曜暧昧，先生獨能振而鼓之，揭光於天，俾學者歸仰，識其詩文之正，而傳其命脈，繫而不絕，其有功於世又大矣」[288] 元好問於道喪斯文之際，「獨能振而鼓之，揭光於天」，匡扶大雅，嚴守道統要求，「有功於世」。

元好問此首論詩的批評目標，是金末的俚曲和小說。其觀點誠如陳湛銓〈元遺山論詩絕句講疏〉所說：「此詩教也。謂曲學虛荒、小說欺詐及俳諧怒罵，皆非詩之所宜；而今人多以相尚，且譏笑古人，謂其除卻雅言，他皆不知；不知此正古人勝處也。」[289] 「雅言」乃「古人勝處」，顯露出元好問繼承儒家道統的意識非常強烈。他一生都在為金

75。

[288] 姚奠中主編：《元好問全集》（太原市：人民文學出版社，1990 年），卷 51，頁 426。

[289] 陳湛銓：〈元好問論詩絕句講疏〉，《香港浸會學院學報》第 3 卷第 1 期（1968 年），頁 38。

代文學尋找「風雅」正脈，但可惜身分卑微，未有支援力量去推動正體詩的發展，而他自己的思想，又被保守的儒家文藝觀所束縛，以致文藝思想不夠開放，忽視了本朝新興的民間文學，比如董解元《西廂記諸宮調》，後人有「金人一代文獻盡此矣」（明胡應麟《少室山房筆叢》）的崇高讚譽，可是遍檢元氏文集，對此蓋世之作，竟無片言隻語的記載，誠為可惜。金代詩壇上，由於保守力量過大，欠缺創新，導致了金代文學不能有其獨特的文學樣式如唐詩、宋詞、元曲那樣，在文學史上佔據一席像徵時代身分的文學。

「曲學」含義

　　所謂「曲學」，此詞由來甚古，商鞅《商君書·更法》：「曲學多辨」，「辨」通「辯」，指知識淺薄者，好作無意義的爭辯。近人吳世常說：「曲學有二義，一是指韻文文學之一種。……一是指邪僻之學，以與當時『正學』相對。」[290]劉澤釋曲學為「曲藝之學」[291]。陳湛銓引《漢書·儒林傳》「務正學以言，無曲學以阿世」之語為之作注[292]。李正民解釋「曲學」是「偏頗狹隘言論」[293]。在元好問心目中，無論「曲學」也好，「小說」也好，都是難登大雅之堂的俗文學。俗乃詩之大忌，正如《滄浪詩話·詩法》云：「學詩先除五俗：一曰俗體、二曰俗意、三曰俗句、四曰俗字、五曰俗韻。」[294]陳簡齋引述崔德符語云：「凡作詩

---

290 吳世常：《論詩絕句二十種輯注》（西安市：陝西人民出版社，1984 年 11 月），頁82。

291 劉澤：《元好問論詩三十首集說》（太原市：山西人民出版社，1992 年），頁 198。

292 陳湛銓：〈元好問論詩絕句講疏〉，《香港浸會學院學報》第 3 卷第 1 期（1968 年），頁 38。

293 李正民：〈元遺山論詩三十首異解補證〉，收入《元好問研究論略》（北京市：社會科學文獻出版社，1999 年），頁 276。

294 《滄浪詩話·詩法》，《四庫全書》（臺北市：臺灣商務印書館，1983 年），集部第419 冊，頁 815。

工拙所未論，大要忌俗而已。」[295] 元好問以衛道者自居，當然要把俗詩俗文拒之於門外。

批評對象之議：東坡、宋人、金人

這首詩的批評對象是誰？宗廷輔《古今論詩絕句》云：「此首專詆東坡。或疑其議論不當重疊如此，不知此乃先生宗旨所在，射人射馬，擒賊擒王，所見既真，故不憚一再彈擊也。」[296] 錢鍾書也說：「此絕亦必為東坡發。」[297] 郭紹虞說：「宗氏謂『此首專詆東坡』，固無不可，然杜甫、李商隱俱有俳諧體詩，晚唐詩人，此體尤多，似亦不必專指東坡。……擒賊擒王，固可以用以責東坡。」[298]

上述三人均有「專詆東坡」之說，但此說頗值得商榷。雖然蘇軾詩文確有「好罵」的缺點，正如黃庭堅在〈答洪駒父書〉中所說：「東坡文章妙天下，其短處在好罵，慎勿習其軌也。」[299] 宋‧嚴羽《滄浪詩話》亦說：「近代詩作，其末流甚者叫囂怒張，殊乖忠厚，殆以罵詈為詩，詩至此可謂一厄。」[300] 說明自宋末以來，「以罵詈為詩」者甚多，不必皆歸咎於蘇軾。田鳳台〈元遺山論詩絕句析評〉進一步補充說：「此詩乃針砭宋代末俗之作，以俚語入詩，以嬉笑怒罵入詩，以經典入詩，以議論入詩，而詩之道不純矣。」[301] 田氏所言，可謂一針見血。

元好問在此詩中明確提出「今人」，說明此詩批評的對象並非蘇

---

295 陳簡齋：《述崔德符語》（北京市：人民文學出版社，1982 年），頁 50。

296 郭紹虞：《元好問論詩三十首小箋》（北京市：人民文學出版社，1978 年），頁 75。

297 錢鍾書：《談藝錄》（北京市：中華書局，2000 年補訂本），頁 152。

298 郭紹虞：《元好問論詩三十首小箋》（北京市：山西人民出版社，1978 年），頁 75。

299 郭紹虞：《元好問論詩三十首小箋》（北京市：山西人民出版社，1978 年），頁 75。

300 （宋）嚴羽：《滄浪詩話》，見《百部叢書集成》（台北縣：藝文印書館，1996 年，汲古閣本），冊之 22，頁 3。

301 田鳳台：〈元遺山論詩絕句析評〉，《中華文化復興月刊》第 7 卷第 5 期，頁 25。

軾，而是與元好問同時代的金朝人。不過元好問所謂的「今人」，主要指金朝末年的詩人，而不是指宋末的詩人。胡傳志認為，此詩之批評「不局限於東坡及其追隨者，……是批評所有詩人『俳諧怒罵』的缺點。……還特別針對『今人』而發」。所謂「今人」，據他理解，主要是李純甫和馬天來等人[302]。

以上諸家之說，以胡傳志之見可取。

劉祁論金末詩風

金末文風，俗文學流行，尤其是以俳諧怒罵為特色的俚曲、小說更受歡迎。劉祁《歸潛志》說：「唐以前詩，在詩；至宋，則多在長短句；今之詩，在俗間俚曲也如所謂，源土令之類。」[303]因為「今人之詩，惟泥題目、事實、句法，將以新巧取聲名，雖得人口稱，而動人心者絕少；不若俗謠俚曲之見其真情，而反能蕩人血氣也」[304]。劉祁這段話真是識見非凡，指出「俗謠俚曲」，能「見其真情」，「蕩人血氣」，易使讀者產生共鳴。此種「俚曲小說」作品，乃正是「一代有一代之文學」，如發展下去，必有其光輝歲月，可惜劉祁的論見，當時知音者絕少，傑出如元好問，雖然其本人也有散曲和小說作品，但其論詩仍認為「曲學虛荒小說欺」，其心態是未能擺脫儒家正統文學的詩教觀念，以寬宏目光對待民間文學，其文學觀點與劉祁顯然是背反的。

至於，俗言俗語能否入詩，這視乎作者的才情如何？近人胡傳志引錄朱弁《風月堂詩話》一段話很有啟悟作用：

---

302 胡傳志：〈論詩三十首辨釋〉，收入《金代文學研究》（合肥市：安徽大學出版社，2000 年），頁 89～91。

303 胡傳志：〈論詩三十首辨釋〉，收入《金代文學研究》（合肥市：安徽大學出版社，2000 年），頁 89。

304 （金）劉祁：《歸潛志》（北京市：中華書局，1983 年），卷 13，頁 146。

> 世間故實小說，有可以入詩者，不可以入詩者，惟東坡全不揀
> 擇，入手便用，如街談巷說鄙俚之言，一經坡手，似神仙點瓦
> 礫為黃金，自有妙處。[305]

俗言俗語理應不入詩，但一經改造，即成雅言，可以入詩矣。東坡才大，對於「鄙俚之言」，一經他點化，便可「點瓦礫為黃金」，化腐朽為神奇。不過，大才如東坡始可得之，庸手不能為也。

其二十四

> 有情芍藥含春淚，無力薔薇臥晚枝。拈出退之山石句，始知渠是女郎詩。

此詩批評宋人秦少游詩為女郎詩，寓意雄奇剛健之詩，勝於纖巧靡弱之詩。詩中首二句「有情芍藥含春淚，無力薔薇臥晚枝」，出自秦觀〈春日詩〉，遺山予以套用入詩。首句意謂芍藥盈珠如淚，態若多情。次句言，雨打薔薇後，體態纖弱無力，對晚色而臥。末二句言如以韓愈〈山石〉詩「芭蕉葉大梔子肥」的詩句來與少游詩作比較，韓詩橫空盤硬語，筆力豪壯，更能夠看出秦觀詩風，如同女郎般婉弱。金代詩人重視豪放雄健的詩風，主張風雲氣壯而不滿兒女情多，因而重韓輕秦，乃是當日一般風氣。

反對好問評少游詩纖弱

這首詩用韓愈詩與秦觀詩作對比，批評秦觀詩纖弱軟媚。對於元好問此論，歷來有反對和贊同兩種歧見。反對者以明人瞿佑為首，其《歸田詩話》說：

---

305 胡傳志：〈論詩三十首辨釋〉，收入《金代文學研究》（合肥市：安徽大學出版社，2000 年），頁 89。

遺山論詩，有「有情芍藥」云云，初不曉所謂，後見〈詩文自
警〉一編，所謂「有情」二句，少游〈春雨〉詩也。非不工巧，
然以退之〈山石〉句觀之，渠乃女郎詩也。然詩亦相題而作，
又不可拘以一律。如老杜云：「香霧雲鬟濕，清輝玉臂寒。」
「俱飛蛺蝶原相逐，並蒂芙蓉本自雙。」亦可謂女郎詩耶？[306]

在上述引文中，瞿氏指出杜甫也有「女郎詩」之句，但不減杜詩詩
壇地位。清人袁枚《隨園詩話》也贊成瞿佑「詩亦相題而作」，他說：

芍藥、薔薇，原近女郎，不近山石，二者不可相提而並論。詩
題各有境界，各有宜稱。並舉韓愈詩云：「韓退之詩，橫空盤
硬語，然「銀燭未銷窗送曙，金釵半醉坐添春」，又何嘗不是女
郎詩耶？[307]

袁氏舉出韓愈也有「女郎詩」之句。清郭麐《靈芬館詩話》云：
「遺山之論本於王擬栩中立，見《中州集》中。擬栩詩皆粗豪無味，故
有此論。」[308]郭氏評王中立詩「粗豪無味」，其意在不滿遺山評少游詩為
「女郎詩」。

此外，亦有不平者作詩諷刺元好問，如薛雪《一瓢詩話》云：「先
生休訕女郎詩，山石拈來壓晚枝。千古杜陵佳句在，雲鬟玉臂也堪
師。」[309]王敬之云：「異代雌黃借退之，偏拈芍藥女郎詩。詩心花樣殊
今古，前有香奩知不知？」[310]（見《愛日堂詩讀太虛淮海集》）朱夢泉

---

306 丁福保：《續歷代詩話》（臺北縣：藝文印書館，1974 年），頁 1479，1480。
307 （明）瞿佑：《歸田詩話》（北京市：人民文學出版社，1982 年），頁 773。
308 郭紹虞《元好問論詩三十首小箋》（北京市：人民文學出版社，1978 年），頁 76。
309 郭紹虞：《元好問論詩三十首小箋》（北京市：人民文學出版社，1978 年），頁 76。
310 郭紹虞：《元好問論詩三十首小箋》（北京市：人民文學出版社，1978 年），頁 76～
77。

〈於源鏡窗瑣話引〉云：「淮海風流句亦仙，遺山創論我嫌偏。銅琶鐵綽關西漢，不及紅牙唱酒邊。」[311] 上述各家所言之旨，強調無論豪放之作，或是婉弱之作也好，都各有特色，無需月旦。

遺山將秦觀詩斥為「女郎詩」，引起後人許多議論，認為其言辭過激，有欠妥當，近人錢鍾書在其《談藝錄》提出頗多論證表達對遺山「女郎詩」之說的不滿[312]。郭紹虞也詳徵博引有關文獻，探討前人對遺山此論的看法。但認為那些「不滿元氏之論，亦似言之成理，然對元氏論詩宗旨可謂全未理解。蓋元氏論詩重在骨力標格，故拈此數語作為衡量之例，正不必以擬於不倫譏之。至詩貴相題而作，元氏非不知；《香奩》一集，元氏亦未嘗不見；特以論詩主旨所在，故不免稍作偏激之詞耳」[313]。郭氏雖不滿遺山對秦觀的論評，但也諒解遺山「不免稍作偏激之詞」。

贊成好問評少游詩為女郎詩

贊成元好問批評秦少游詩為女郎詩者，以清吳景旭為代表，其《歷代詩話》說：

> 遺山論詩，直以詩作論也。抑揚諷歎，往往破敵。讀者悉心靜氣以求之，得其肯會，大是談詩一助。少游乃填詞當家，其於詩場，未免踏入軟紅塵去，故遺山所詠，切中其病。[314]

此言秦少游以詞入詩，不脫其婉約詞風特色，故遺山「切中其病」，一語中的。

---

311 郭紹虞：《元好問論詩三十首小箋》（北京市：人民文學出版社，1978 年），頁 77。

312 錢鍾書：《談藝錄》（北京市：中華書局，2000 年補訂本），頁 489。

313 郭紹虞：《元好問論詩三十首小箋》（北京市：人民文學出版社，1978 年），頁 77。

314 （清）吳景旭：《歷代詩話》（北京市：中華書局，1958 年），頁 967。

清人楊繩武〈論文四則〉云：

> 元遺山詩「有情芍藥含春淚」云云，嗚呼！此古人所以必嚴於
> 文章流別也。大抵文章之道，未論妍媸，先別高下。果其根柢
> 盤深，氣骨厚重，筆力堅剛，雖間有未純，無傷大雅；若骨少
> 而肉多，詞豐而意弱，力量既薄，根柢亦浮，縱完好可觀，不
> 登上乘。[315]

楊氏指出「骨少而肉多，詞豐而意弱」的女郎詩，「不登上乘」，
即不能登上大雅之堂。

顧嗣立評韓愈〈山石〉詩云：

> 七言古詩易入整麗，而亦近乎熟。自老杜始為拗體，如〈杜鵑
> 行〉之類。公子七言，而中間偏有極鮮麗處，不事雕琢，更見
> 精彩，有聲有色，自是大家。元遺山〈論詩絕句〉云：「有情芍
> 藥含春淚，無力薔薇臥晚枝。拈出退之〈山石〉句，始知渠是
> 女郎詩」，真篤論也。[316]

顧氏認同遺山評價少游詩為「女郎詩」，並且大讚「真篤論也」。

近代學者陳湛銓亦云：「此評秦少游詩，嫌其筆力弱，無豪傑氣
也」，又云：「少游之為女郎詩，王湯臣、元遺山之誚為不虛矣。」[317]郭
紹虞也說：「此正是元好問疏鑿標準，故不欲為女郎詩。風雲氣少，
兒女情多，固在元氏詩文自警之列。」[318] 少游為婉約詞人，其詩難得豪

---

315 楊繩武：《論文四則》，《昭代叢書》（道光本，戊集續編）。

316 （清）愛新覺羅弘曆：《唐宋詩醇》（浙江書局重刊本），卷 29，頁 7b～8a。

317 陳湛銓：〈元遺山論詩絕句講疏〉，《香港浸會學院學報》1968 年第 3 卷第 1 期，頁
　　40、42。

318 郭紹虞：《元好問論詩三十首小箋》（北京市：人民文學出版社，1978 年），頁 76。

邁，相對來說，易得「女郎詩」的機會則大。

元好問《中州集・擬栩先生王中立小傳》云：「予嘗從先生學，問作詩究竟當如何？先生舉秦少游〈春雨〉詩云：『有情芍藥含春淚，無力薔薇臥晚枝。』此詩非不工，若以退之『芭蕉葉大梔子肥』之句校之，則〈春雨〉為婦人語矣。破卻工夫，何至學婦人！」論者遂將遺山持論歸咎於王中立，如郭麐《靈芬館詩話》云：「遺山之論本於王擬栩中立，見《中州集》中。擬栩詩皆粗豪無味，故有此論。」[319] 其實，諷秦觀詩為女郎詩並非始於王中立，錢鍾書徵引宋人敖陶孫《詩評》所云：「秦少游如時女步春，終傷婉弱。」又引李方叔《師友談記》載少游自論其文謂：「點檢不破，不畏磨難，然自以華弱為愧。」[320] 說明秦詩婉弱乃時人及其本人的一致看法，並非誣捏。

好問女郎詩舉隅

元好問諷秦少游詩為「女郎詩」，結果引起後世學者很多爭論，其實，好問本人的作品中，亦有女郎詩之作，舉例如下：

〈梨花海棠〉二首之二

妍花紅粉妝，意態工媚嫵。霞衣欲輕舉，窈窕春風前。金槃渺華屋，國豔徒自許。依依如有意，脈脈不得語。詩人太冷落，愁絕殘春雨。[321]

〈杏花雜詩〉十三首之二

露華泫泫泛晴光，睡足東風倚綠窗。試遣紅妝映銀燭，湘桃爭

---

319 郭紹虞：《元好問論詩三十首小箋》（北京市：人民文學出版社，1978 年），頁 76。

320 錢鍾書：《談藝錄》（北京市：中華書局，2000 年補訂本），頁 150。

321 姚奠中主編：《元好問全集》（北京市：人民文學出版社，1990 年），卷 4，頁 50。

合伴仙郎。[322]

〈春夕〉

數枝殘雪梅仍在，幾日東風柳已嬌。春酒價高無可典，小紅燈
晚莫相連。[323]

〈內鄉雜詩〉

無限春愁與誰語，梅花嬌小杏花憨。[324]

〈同兒輩賦未開海棠二首〉

翠葉輕籠豆顆勻，臙脂濃抹蠟痕新。殷勤留著花梢露，滴下生
紅可惜春。[325]

上述諸詩，雖充滿女郎詩味道，但亦不失為好詩。元好問尚存的
女郎詩，除上述諸首外，還有〈梁園春五首之二〉（見《元好問全集》
卷六）、〈楊柳〉（見《元好問全集》卷十一）、〈眉二首之二〉（見《元
好問全集》卷十二）、〈俳雪香亭雜詠十五首之八〉（見《元好問全集》
卷十二）、〈賦絣中雜花七首之三〉（見《元好問全集》卷十三）等。

其二十五

亂後玄都失故基，看花詩在只堪悲。劉郎也是人間客，枉向東

---

322 姚奠中主編：《元好問全集》（太原市：山西人民出版社，1990 年），冊上，卷 11，
頁 342。

323 姚奠中主編：《元好問全集》（太原市：山西人民出版社，1990 年），冊上，卷 12，
頁 360。

324 姚奠中主編：《元好問全集》（太原市：山西人民出版社，1990 年），冊上，卷 12，
頁 362。

325 姚奠中主編：《元好問全集》（太原市：山西人民出版社，1990 年），冊上，卷 14，
頁 417。

風怨兔葵。

元好問在此首論詩中，專論劉禹錫之諷刺詩，隱喻諷刺失當則招禍。詩中首二句言戰事過後的玄都觀，已失舊日風光與規模。前詠之〈看花詩〉雖猶在，但觸景傷情，倍感令人心情悲愴。末二句是作者好言規勸劉郎（禹錫），人生也是數十寒暑的人間過客，無需要以前度桃花謝及現在菜花開的情況，予以吟詩諷刺。

近代學者郭紹虞認為，此詩乃元好問藉論劉禹錫詩，對蘇軾詩微詰示諷，即所謂「藉劉論蘇」。考唐代著名的玄都觀經過歲月滄桑，歷遭災劫之後，昔日滿園桃花（喻舊勢力）盛開的盛景已蕩然無存。劉禹錫感到人世變換，人在物非，不禁悲從中起；由悲而生怨，因而寫下頗帶譏刺的〈再遊玄都觀〉詩篇，抱怨在春風中飄搖的兔葵（喻新勢力），但其抱怨，亦是徒然的。蘇軾詩「始學劉禹錫，故多怨刺」。劉蘇二人皆因詩多怨刺而屢遭禍害，後世學詩者應引以為訓。

本詩值得商榷之處有三：一是編次失序說、二是亡國感傷說、三是藉劉諷蘇說。

編次失序說

自清代宗廷輔開始，就一直有人懷疑此詩在〈論詩三十首〉中有編次失誤的問題。清人宗廷輔《古今論詩絕句》云：「此詩似應次『東野』一首之下。」美國學者魏世德（John Timothy Wixted）〈從論詩絕句看元好問的文學批評觀・序〉云：「關於唐代詩人劉禹錫的第二十五首，放在宋詩之中，顯然也不恰當。」[326] 魏氏主張此詩應放在第十八首論孟郊之後[327]。按：有關失次問題，本書第三章第二節〈論詩三十首之

---

[326] 《忻州師專學報》1987 年第 2 期。

[327] 魏世德 (John Timothy Wikted)：〈從論詩絕句看元好問的文學批評觀〉，載《忻州師專

編次失序研究〉另有專論介紹，茲不贅。簡而言之，好問遺作「至百餘萬言，捆束委積，塞屋數楹」，而編纂者為年邁六十八的張德輝。他面對大量「寸紙細字」的初稿，出現編次失誤，並不足為奇。

亡國感傷說

近人周本淳認為此詩有亡國感傷之寓意在內，其〈元好問論詩絕句非青年之作〉一文說：

> 「亂後玄都失故基」，不過藉指國亡家破。「看花詩在只堪悲」，自傷身世。「劉郎也是人間客，枉向春風怨兔葵。」正是一種亡國的哀思，如〈黍離〉、〈麥秀〉之歌。這首詩表面上評劉禹錫，實際藉以抒情，分明有亡國之後的感傷在。[328]

由於亡國感傷說涉及寫作年代，本書第三章第一節〈論詩三十首之成詩年代研究〉有專論介紹，茲不贅，其結論是無涉「感傷在內」。

藉劉諷蘇說

宋人陳師道《後山詩話》曾指出蘇詩「始學劉禹錫，故多怨刺」。元好問本著儒家詩教「溫柔敦厚」之旨，自然對劉禹錫、蘇軾「多怨刺」的作風表示不滿，其〈楊叔能小亨集引〉主張：

> 至於傷讒疾惡不平之氣，不能自掩，責之愈深，其旨愈婉；怨之愈深，其辭愈緩。優柔饜飫，使人涵泳於先王之澤，性情之外，不知有文字。[329]

　　學報》1987 年第 2 期。

328　《江海學刊》1989 年第 4 期。

329　姚奠中主編：《元好問全集》（太原市：山西人民出版社，1990 年），卷 36，頁 38。

元好問認為諷刺之道，宜「責之愈深，其旨愈婉；怨之愈深，其辭愈緩」，以存厚道，此詩三百之遺教也。

郭紹虞對此首論詩則另有見地，其《元好問論詩三十首小箋》云：

> 意者元氏此詩，重在作詩應否譏刺之問題，故以列於「俳諧怒罵」與「女郎詩」二詩之後。且昔人謂蘇軾詩初學劉禹錫，亦以蘇詩即事感興之作，易為人摭拾陷害之故。故元氏此詩雖詠劉事，而旨在論蘇，故以廁於論蘇、黃各首之間。宗氏疑為先後失次，非也。[330]

郭紹虞不認同這首論詩在編次上有問題，指出元好問此詩是藉劉禹錫來評蘇軾，並說「此詩雖詠劉事而旨在論蘇，故以廁於論蘇黃各首之間」[331]。劉澤也說此詩「意在藉唐評宋，評劉喻蘇，反對怨刺手法的直露，主張微婉曲折的諷諭」，並解釋此詩列於評論宋詩之間，「一方面藉明評唐代劉禹錫的看花詩來暗諷宋代蘇軾的怨刺詩，一方面樹立一個婉章晦志的諷刺詩範例，以體現他所主張的『正體』諷怨準則。可謂一箭雙雕，巧妙迷人」[332]。郭氏及劉氏都認為此詩是「藉劉諷蘇」之作，其理可接受，也是遺山論詩的原意。

不過，此首論詩主旨如郭紹虞所說，「重在作詩應否譏刺之問題」[333]。胡傳志也認為劉禹錫二首玄都觀詩，都語涉譏刺，尤其是〈再遊玄都觀〉及其詩序，「貶損太過，不免流於刻薄」，並且指出元好問此詩「實際上是繼承前人的觀點，批評〈再遊玄都觀〉及其詩序的怨刺

---

330 郭紹虞：《元好問論詩三十首小箋》（北京市：人民文學出版社，1978 年），頁 77。

331 郭紹虞：《元好問論詩三十首小箋》（北京市：人民文學出版社，1978 年），頁 77。

332 劉澤：《元好問論詩三十首集說》（太原市：山西人民出版社，1992 年），頁 216。

333 郭紹虞：《元好問論詩三十首小箋》（北京市：人民文學出版社，1978 年），頁 77。

失度」[334]。原則上，元好問是反對怨刺失度的詩歌。

其二十六

金入洪爐不厭頻，精真那計受纖塵。蘇門果有忠臣在，肯放坡
詩百態新。

此詩贊揚蘇詩如真金百煉，精粹純真，千姿百態，縱橫奔放。詩
中首句言蘇詩如同真金，無懼洪爐之火千鎚百煉。次句言蘇詩光芒萬
丈，微細污塵或瘢疵不能掩蓋其光彩。第三句言蘇門弟子及學蘇者，
需效蘇詩千姿百態，奇外出奇，新上創新的精神，努力開拓詩的新境
界。

按：詩中第三句所說的「蘇門忠臣」，一般解釋是指「蘇門四學
士」或「蘇門六君子」，《宋史·黃庭堅傳》載黃庭堅「與張耒、晁
補之、秦觀、俱遊蘇軾門，天下稱為蘇門四學士」（見《宋史·文苑
六》），蘇門四學士加上陳師道、李薦合稱蘇門六君子。蘇門諸子未能
繼蘇，查初白指出是「才有所限」。黃山谷雖與東坡世稱「蘇黃」，但山
谷的「奇」、「巧」、「新」乃人工刻意而成，而東坡則屬「天工」，出於
天然。元好問指出「東坡勝處，非有意於文字之工，不得不然之為工
也」，「不得不然」，乃自然也。

「精真那計受纖塵」的褒貶問題

此論詩首二句「金入洪爐不厭頻，精真那計受纖塵」，對於「纖
塵」一詞的釋義，由於理解不同，後世有褒貶之異見。郭紹虞認為「金
入洪爐不厭頻，精真那計受纖塵」「這兩句是褒蘇之詞，真金經過鍛

鍊，本自精純不受纖塵，然詩家古調，亦至蘇而亡，故末句又以『百態新』貶之。」[335] 郭氏結合後兩句評蘇，先褒後貶，這恐非好問評蘇本意。林從龍說元好問讚賞蘇詩「爐火純青，像真金一樣，久經磨練，不受纖塵」[336]。劉澤也說，「前二句盛讚其人其詩像金子般的精純真美，任何微塵根本掩蓋不住它的光輝。」[337] 近人續琨《元遺山研究》云：

> 「金入洪爐」一首，意味金雖貴，但須入洪爐鍛鍊，且不厭其煩，一以精粹真純為準。但精真何嘗有止境，到某一境界，仍須容納眾流，鍛鍊精進，即屬塵俗，也在所不惜。[338]

續氏所言的「即屬塵俗，也在所不惜」，已含貶意在內。

近人陳湛銓說：「金入洪爐不厭頻，喻詩貴鍛鍊，愈鍊乃愈工，嫌坡詩得之太易也。精真哪許受纖塵：謂佳制應無疵累，要須使人無懈可擊也。」[339] 陳氏要求認真，「佳制應無疵累」，「無懈可擊」，此暗喻蘇詩也有其缺點。胡傳志也認為元好問「不可能將全部蘇詩比喻成毫無雜質的真金」。[340]

東坡詩的「纖塵」，屬於貶詞，即其缺點，古人已早有具體指出，例如陳師道《陳后山詩話》說：「蘇詩始學劉禹錫，故多怨刺，學不可不慎也」。此言蘇詩之失是「多怨刺」。黃山谷〈答洪駒父書〉亦言：「東坡文章妙天下，其短處在好罵，慎勿襲其軌也。」此言東坡詩之失

335 郭紹虞：《中國歷代文論選》（北京市：人民文學出版社，一卷本），頁 223。

336 林從龍等：《遺山詩詞注析》（鄭州市：中州古籍出版社），頁 80。

337 劉澤：《元好問論詩三十首集說》（太原市：山西人民出版社，1992 年），頁 231。

338 續琨：《元遺山研究》（臺北市：臺灣中華書局，1974 年），頁 82。

339 陳湛銓：〈元遺山論詩絕句講疏〉，《香港浸會學院學報》第 3 卷第 1 期（1968 年），頁 44。

340 胡傳志：〈論詩三十首辨釋〉，收入《金代文學研究》（合肥市：安徽大學出版社，2000 年），頁 93。

是「好罵」。元好問《新軒樂府引》也說：「自東坡一出，情性之外，不知有文字，真有『一洗萬古凡馬空』氣象。雖時作宮體，亦豈可以宮體概之。」此言蘇詩之失，是「時作宮體」，但強調不可代表蘇詩總體的評價。

概而言之，蘇詩的「纖塵」瑕疵，是指「怨刺」、「好罵」及「時作宮體」，雖然如此，但並不能掩其詩的光芒。

「肯放坡詩百態新」的褒貶問題

這首論詩關乎元好問對蘇軾詩的評價態度，是褒還是貶，自清代以來，諸家意見分歧，爭議之端在末句「肯放坡詩百態新」的「百態新」一詞的理解上，由於觀點不同，至今仍未有定論。

首先有關「肯放坡詩百態新」的「新」字詮釋，清趙翼《甌北詩話》云：

> 新豈易言！意未經人說過則新，書未經人用過則新，詩家之能新，正以此耳。若反以新為嫌，是必拾人牙後，人云亦云，否則抱柱守株，不敢踰限一步，是尚得成家哉，尚得成大家哉！[341]

趙氏認為「新」屬於褒詞概念，其義是指「意未經人說過則新」，能「新」才能「成大家」。

不過，郭紹虞則認為：「蘇詩正以鎔鑄百家，神明變化，不免有『以文字為詩，以才學為詩，以議論為詩』之病。故元氏之所謂「新」，義重在變，言其變古太甚，不免離本太甚，破壞唐體，並失風雅古意耳。」[342]郭氏批評蘇詩的「新」，「破壞唐體，並失風雅古意」，認為

---

341 郭紹虞：《元好問論詩三十首小箋》（北京市：人民文學出版社，1978 年），頁 80。
342 郭紹虞：《元好問論詩三十首小箋》（北京市：人民文學出版社，1978 年），頁 81。

「新」屬於貶詞概念。

對於「新」的問題，在元好問很多詩句中，也很強調「新」，例句如：「王郎少年詩境新，氣象慘澹含古春。」（〈黃金行〉）、「袖中新句知多少，坡谷前頭敢道無？」（〈解嘲〉之二）、「暈碧裁紅點綴匀，一回拈出一回新。」（〈論詩〉之二）、「西園此日盛徐陳，鳳閣鸞台氣象新」（〈送崔夢臣北上〉）、「老來詩筆不復神，因君兩詩發興新」（〈贈答趙仁甫〉）、「珉玉何曾辨？風花只自新」（〈贈唐祖臣〉）、「我嘗讀君詩，天趣觸眼新」〈送詩人李正甫〉、「乞靈白少傅，佳句儻能新」（〈龍門雜詩〉之二）。如此看來，元好問並不反對「新」這一概念。

貶詞者觀點

對於「肯放坡詩百態新」這句詩，認為乃遺山貶蘇詩之句，如清人吳景旭《歷代詩話》卷六十四云：「元遺山論詩『蘇門果有忠臣在，肯放坡詩百態新』，惜其肆筆成章，不受爐冶也。」[343] 顧奎光《金詩選》云：「蘇詩取材極博，亦不免雜，說得深婉。」[344] 潘德輿《養一齋詩話》云：「明言蘇門無忠直之言，固致蘇詩競出新態。」[345] 近人陳湛銓〈元遺山論詩絕句講疏〉云：「末二句意味蘇門果真有忠臣，能諫諍，則不肯任令坡詩百態紛如，陸離光怪也。」[346] 以上三位清代學者批判蘇詩「百態新」，用語含蓄，只有近人陳氏以「陸離光怪」責之。

此外，近人郭紹虞認為「顧元詩雖踵蘇詩，而仍有不滿蘇詩之語，

---

343 吳景旭：《歷代詩話》（北京市：中華書局，1958 年），頁 967。

344 郭紹虞：《元好問論詩三十首小箋》（北京市：人民文學出版社，1978 年），頁 81。

345 （清）潘德輿：《養一齋詩話》（道光同治間刊本），卷 1，頁 10a。

346 陳湛銓：〈元遺山論詩絕句講疏〉，《香港浸會學院學報》第 3 卷第 1 期（1968 年），頁 44。

則以『布穀瀾翻』與『排比鋪張』，均非元氏所好。元氏論詩偏主壯美，故風格豪放，頗類蘇詩，第固不欲行徒逞才氣，一瀉無餘耳。故知所謂『滄海橫流』，所謂『百態新』云者，仍不妨為貶詞，不必定為蘇詩回護也。」[347] 郭氏對於「百態新」的評價，「不妨為貶詞」。有關「百態新」的後果，劉澤指出「導致後學追求新奇，花樣百出，出現不良傾向的後果，有所針砭」[348]。劉氏此言中肯。

褒詞者觀點

清人翁方綱一生服膺元遺山，敬佩有加。在此首詩中，他雖無長篇大論的褒詞，但亦可見其心意，其《石洲詩話》卷七：「此章收足論蘇詩之旨，即蘇詩『始知真放本精微』也。『百態新』者，即前章『更出奇』也。」[349] 其他學者持褒詞觀點者，贊同蘇詩的新奇百態，可惜其「新」後繼乏人，如清人查慎行《初白庵詩評》云：「蘇門諸君，無一人能繼嫡派者，才有所限不能強也。」[350] 愛新覺羅弘曆《唐宋詩醇》載：「蘇詩氣豪體大，有非後哲所易學步者。是以元好問『蘇門果有忠臣在，肯放坡詩百態新』，蓋非用此譏議，正見其不可類比也。」[351] 近人續琨亦說：「惜蘇門中人，株守門閥，不知創新，果有一二忠臣，定能繼踵蘇詩，出奇創新，呈現異彩。」[352]

近人龔鵬程〈論元遺山與黃山谷〉云：「故能於古人奇創之境以外，似無可為奇之處，不斷出奇制勝。……蘇門若果有忠臣，肯恪守

---

347 郭紹虞：《元好問論詩三十首小箋》（北京市：人民文學出版社，1978 年），頁 79。

348 劉澤：《元好問論詩三十首集說》（太原市：山西人民出版社，1992 年），頁 231。

349 （清）翁方綱：《石洲詩話》（臺北市：廣文書局，1971 年），卷 7，頁 324。

350 吳世常：《論詩絕句二十種輯注》（西安市：陝西人民出版社，1984 年 11 月），頁 88。

351 愛新覺羅弘曆：《唐宋詩醇》（浙江書局重刊本），卷 32，頁 1 a、頁 2 a。

352 續琨：《元遺山研究》（臺北市：臺灣中華書局，1974 年），頁 182。

舊家矩矱，不於坡詩新創之境外更為新創乎？」[353]

近人周振甫也認為：「蘇軾要摹寫物的百態，寫入詩中，當然是『百態新』的，這『百態新』正是蘇軾的好處，因此蘇門的忠臣，應該能夠仿效蘇詩的百態新奇才好。」[354]

以上諸家之說，各有其理，如何論斷，則屬見仁見智。

好問褒蘇

在這首論詩中，元好問以「百態新」去批判蘇詩，其原意是貶蘇還是褒蘇？元好問在其著作中對蘇軾非常推崇，比如他在〈東坡詩雅引〉中說：「近世蘇子瞻絕愛陶柳二家，極其詩之所至，誠亦陶柳之亞。」[355]在〈新軒樂府引〉中說：「自今觀之，東坡聖處，非有意於文字之為工，不得不然之為工也。」[356]在〈陶然集詩引〉中說：「方外之學，有『為道日損』之說，又有『學至於無學』之說，詩家亦有之，子美夔州之後，樂天香山之後，東坡海南之後，皆不煩繩削而自合，非技進於道者能之乎？」[357]

從上引資料可知，遺山對東坡的詩學成就，非常景仰，其詩亦近蘇軾，正如其弟子郝經在〈遺山先生墓銘〉中說他：「獨以詩上薄風騷，下規李杜，粹然一出於正，直配蘇黃氏。」所謂「直配蘇黃氏」，

---

353 紀念元好問八百年誕辰學術研討會編印：《紀念元好問八百年誕辰學術研討會論文集》（臺北市：文史哲出版社，1991 年），頁 458。

354 周振甫：〈論詩絕句九首獻疑〉，收入《紀念元好問 800 誕辰文集》（太原市：山西人民出版社，1992 年），頁 99。

355 姚奠中主編：《元好問全集》（太原市：山西人民出版社，1990 年），冊下，卷 36，頁 25。

356 姚奠中主編：《元好問全集》（太原市：山西人民出版社，1990 年），冊下，卷 36，頁 39。

357 姚奠中主編：《元好問全集》（太原市：山西人民出版社，1990 年），冊下，卷 36，頁 44。

乃指蘇元二人詩風相近。又如翁方綱〈書遺山集後〉云：「程學盛於南，蘇學盛於北。」又其〈齋中與友人論詩〉：「蘇學盛於北，景行遺山仰。」又其〈讀元遺山詩〉云：「遺山接眉山，浩乎波浪翻。效忠蘇門後，此意豈易言。」「遺山接眉山」這句詩，直言遺山詩接蘇軾。據林明德〈元好問與蘇軾〉一文統計，元好問引用或套用蘇軾詩，達九十首之多[358]。可見元好問實在沒有理由在〈論詩三十首〉中大肆批評蘇軾。此外，古書中「放、仿」二字相通，如《漢書》卷二十七〈貢禹傳〉：「後世爭為奢侈，輾轉益甚，臣下亦相放效。」此「放效」即與「仿效」相通。因此，將元好問詩中的「肯放」理解為「肯仿效」是完全沒有問題的，其句意是肯仿效坡詩百態新。

其二十七

百年才覺古風回，元祐諸人次第來。諱學金陵猶有說，竟將何罪廢歐梅？

這首詩惋惜歐陽修及梅聖俞志業難伸，並為他們抱不平。歐梅二人本有功於宋詩，以復古為革新，扭轉西崑頹風，恢復風雅道統，但卻遇上以蘇黃為首的「百態新」詩風，該種詩風龍蛇混雜，風靡一代，窒礙了風雅詩歌的發展。此種情況，對歐梅而言，殊為可惜及無奈。

元好問在此首詩中，對宋詩的發展，提出了關於「何罪廢歐梅」的詰問。

此詩首句「百年才覺古風迴」，言宋初百年間詩壇，承襲五代餘風，有白體、晚唐體、西崑體，其中以西崑體最為流行。西崑體得李商隱餘緒，詞藻華麗，化用典故，聲調鏗鏘，得形式之美而缺內涵。

---

358 紀念元好問八百年誕辰學術研討會編印：《紀念元好問八百年誕辰學術研討會論文集》（臺北市：文史哲出版社，1991年），頁444。

此種詩風風靡一時，直至歐陽修、梅聖俞出來，以復古為革新，始扭轉西崑詩風，恢復詩歌的風雅傳統。第二句「元祐諸人次第來」，是指宋哲宗元祐年間，王安石、蘇軾、黃庭堅等陸續登上詩壇，變古創新，衍生出一種屬於宋詩的獨特風格的詩。第三句「諱學金陵猶有說」，言王安石失敗於政途，以前從游門下士子，為明哲保身，忌諱學習王安石詩，其情可諒！末句「竟將何罪廢歐梅」，意思是說歐梅究獲何罪，未能領導詩壇，持續發展能繼承道統的風雅詩歌。

　　元好問於詩中，提出有關歐梅所獲何罪的問題。實際上，歐梅並無獲罪，只不過是詩歌發展潮流，浩浩蕩蕩，大勢所然，也就是說傳統敗於潮流，無法避免。陳鵠《耆舊續文》引呂本中之說：「自古以來，語文章之妙，廣披眾體，唯東坡一人；極風雅之變，盡比興之體，包括眾作，本以新意者，唯豫章一人。此二者，當永以為法。」[359] 此言東坡變「風雅」，豫章（山谷）創「新意」，「此二者，當永以為法」。又如劉克莊《後村詩話》之說：「元祐後詩人迭起，一種則波瀾富而句律疏（按：指學蘇者），一種則鍛鍊精而情性遠（按；指學黃者），要之不出蘇黃二體而已。」[360] 此言蘇詩以「波瀾」為重，而黃詩則以「鍛鍊」為務。可見元祐以後，宋詩的體式風格，基本不出「蘇黃二體」的範圍。元好問認為歐陽修及梅堯臣復古革新的功績不容抹殺，如要繼承和發揚詩歌風雅正脈，就不該將歐梅詩歌廢棄不學。

「諱學金陵」之議

　　「諱學金陵」純屬政治問題，「金陵」是指王荊公，有關其人的榮

---

[359] （宋）陳鵠：《耆舊續文》，《四庫全書》（臺北市：臺灣商務印書館，1983 年），子部第 345 冊，卷 2，頁 596。

[360] （宋）劉克莊：《後村詩話》，《四庫全書》（臺北市：臺灣商務印書館，1983 年），集部第 420 冊，卷 2，頁 318。

辱，據王闢之《澠水燕談錄》載：

> 荊公之時，學者得出其門以為榮。公治經，尤尚解字；末流務
> 為新奇，致成穿鑿。朝廷患之，詔學者兼用舊傳注，不專治
> 《新經》，禁援引《字解》。於是學者皆變所學，至有著書以詆公
> 者，又諱稱公門人。張芸叟〈挽詞〉云：「今日江湖從學者，人
> 人諱道是門生。」[361]

由這條材料來看，可察知人情冷暖。王安石變法失敗後，昔日依
附安石者，為明哲保身計，紛紛「皆變所學」，甚至「著書以詆公」，又
諱稱安石門人。

歐陽修、梅聖俞、王安石、蘇軾俱為大家，各擅勝場，成就各
異，未易軒輊，就算「諱學金陵」的荊公，嚴羽《滄浪詩話》云：「荊
公絕句最高，其得意處，高出蘇黃陳之上。」[362]查慎行《查初白十二種
詩評》云：「若就詩論詩，半山不在歐梅下，誰能意廢之。」[363]

「廢歐梅」之議

清人潘德輿《養一齋詩話》對此詩有簡要的解釋云：「此首明言
歐、梅甫能復古，而元祐蘇、黃諸人次第變古。學元祐者廢金陵猶
可，廢歐、梅則必不可。」[364]「元祐」是宋哲宗的年號（1086～1093），
是時「元祐體」盛行，嚴羽《滄浪詩話》云：「元祐體，蘇黃陳諸公。」
潘德輿認為「諱學金陵」和「廢歐梅」的人是指「學元祐者」，頗得其

361 （宋）王闢之：《澠水燕談錄》（北京市：中華書局，1981年），頁126，127。

362 （宋）嚴羽：《滄浪詩話・詩體》，《四庫全書》（臺北市：臺灣商務印書館，1983
　　年），集部第419冊，頁813。

363 查慎行：《查初白十二種詩評》（民國中上海六藝書局石印本），卷中，頁75a。

364 （清）潘德輿：《養一齋詩話》（道光同治間刊本），卷1，頁9a，9b，10a。

實。從宋人的著述來看，「諱學金陵」和「廢歐梅」的都是「元祐體」的支持者。據朱弁《曲洧舊聞》記載：

> 東坡詩文，落筆則為人傳誦。每作一篇，歐公為終日喜。一日，與裴論文及坡公，歎曰：「汝記我言，三十年後，世上人更不道著我也。」崇寧、大觀間，（東坡）海外詩盛行，後生不復有言歐公者。[365]

歐陽修早料蘇軾終非池中物，乃日後的詩壇盟主，果然三十年後，「後生不復有言歐公者」，蘇軾的冒起，為「廢歐梅」的原因之一。

陳振孫《直齋書錄解題》：

> 聖俞為詩，古淡深遠，有盛名於時。近時少有喜者，或加詆毀；惟陸務觀（游）重之，此可為知者道也。自世人競宗江西，已看不入眼，況晚唐卑格方錮之時乎？少陵尚有竊議妄論者，其於宛陵何有？[366]

上述引文指出「自世人競宗江西」，江西之徒，目空一切，連詩聖杜甫都放不在眼，「尚有竊議妄論」，更何況梅宛陵？所以，江西派的風靡，也是「廢歐梅」的原因之一。

其二十八

古雅難將子美親，精純全失義山真。論詩寧下涪翁拜，未作江西社裏人。

---

365 《筆記小說大觀續篇》（揚州市：江蘇廣陵古籍刻印社，1995 年 5 月第 2 版），第 2 冊，頁 1680。

366 （宋）陳振孫：《直齋書錄解題》（臺北市：臺灣商務印書館，1978 年），頁 467。

元好問此首論詩指出山谷詩學杜甫及李義山之不足處，但又高度評價其詩論，並甘心下拜。

詩中首二句指出，山谷雖然學杜學義山，但未得杜詩「古雅」之風及未得義山詩「精純」之髓。末二句讚揚山谷鑽研杜甫詩論有所成就，獲遺山拜服，雖然這樣，遺山也不願作江西詩派中人。

「古雅難將子美親，精純全失義山真」之議

元好問「古雅難將子美親，精純全失義山真」這兩句負面批判詩句，所評的對象，無可置疑是針對黃山谷。黃山谷詩學杜甫及李義山，此乃世人共知，但得多得少，殊難認定，但總沒可能百分百得全部。山谷是詩壇革新派領袖，其詩已產生質變，有失前賢風采，元好問於此首論詩中，指出山谷學杜但卻無杜的「古雅」，學義山但卻無義山的「精純」。

山谷學杜一事，遺山之父嘗言「近世唯山谷最知子美」[367]，所謂「最知」，乃針對詩論而言，並非讚譽山谷能寫出與杜甫同等水平的詩作，事實上，山谷乃唐詩叛徒，另闢蹊徑，成就宋詩一代詩風。

杜詩難學，才如東坡，亦有「天下幾人學杜甫，誰得其皮與其骨」之嘆。（見〈次韻孔毅甫集古人詩見贈五首〉）黃山谷也認同杜詩難學，其〈與趙伯充書〉云：「學老杜詩，所謂刻鵠不成尚類鶩也」，「刻鵠類鶩」，其義即畫虎不成反類犬。

山谷學杜，能得杜詩幾何？宋人張戒《歲月堂詩話》指出：「黃魯直自言學杜子美，子瞻自言學陶淵明，二人好惡，已自不同。魯直學子美，但得其格律耳。」[368]《歲月堂詩話》又載：

---

367 郭紹虞主編：《中國歷代文論選》（上海市：上海古籍出版社，1979 年），頁 459。
368 《歲寒堂詩話》，卷上，頁 451。

往在桐廬見呂舍人居仁，余問：「魯直得子美之髓乎？」居仁
曰：「然。」「其佳處焉在？」居仁曰：「禪家所謂死蛇弄得
活。」余曰：「活則活矣，……至於子美『客從南溟來』，『朝行
青泥上』，《壯遊》、《北征》，魯直能之乎？如「莫自使眼枯，
收汝淚縱橫；眼枯卻見骨，天地終無情」，此等句，魯直能到
乎？」居仁沉吟久之，曰：「子美詩有可學者，有不可學者。」
余曰：「然則未可謂之得髓矣。」[369]

上段引文記述，張戒與呂居仁坦誠討論山谷學杜能否得杜詩精髓
的問題，結論指出「未可謂之得髓矣」。張戒對於山谷的評價殊低，他
說：「自漢、魏以來，詩妙於子建，成於李杜，而壞於蘇黃。」張氏之
用語「壞於蘇黃」，是不滿蘇黃創新，反傳統，有違道統精神，但其詞
似嫌過苛。

金代文學批評家王若虛也有評述山谷學杜之議：

史舜元作吾舅詩集序，以為有老杜句法，蓋得之矣，而復云由
山谷以入，則恐不然。吾舅兒時便學工部，而終身不喜山谷
也。若虛嘗乘間問之，則曰：魯直雄豪奇險，善為新樣，固
有過人者，然于少陵初無關涉。前輩以為得法者，皆未能深見
耳。[370]

上段引文指出，山谷之「舅兒時便學工部（杜甫），而終身不喜山
谷」，其理由是「工部」為道統詩人，而山谷為革新派詩人，未為尊古
者接受。山谷為一代宗師，其「過人」之處，與「少陵初無關涉」。王

---

369 《歲寒堂詩話》，卷上，頁 451。

370 （清）吳重憙輯：《九金人集》，冊 2，《滹南先生文集》（臺北市：成文出版社，
　　1967 年），卷 38，頁 478。

若虛評山谷詩「善為新樣」，即標榜新潮，脫離道統脈絡。山谷詩脫離唐調，另創新風，故此遺山評其詩無杜詩的「古雅」，亦無義山詩的「精純」，立論正確。

遺山與若虛關係至善，嘗以後輩身份稱若虛為「王丈」，二人經常談文論詩，遺山論詩思想受他影響很大。

山谷學杜，並非「純杜」，而是結合西崑體成份在內，據南宋文學家朱弁《風月堂詩話》所載：

> 李義山擬老杜詩云：「歲月行如此，江湖坐渺然。」真是老杜語也。其他句「蒼梧應露下，白閣自雲深」、「天意憐幽草，人間重晚晴」之類，置杜集中亦無愧矣。然未似老杜沈涵汪洋，筆力有餘也。義山亦自覺，故別立門戶成一家。後人把其餘波，號西崑體，句律太嚴，無自然態度。黃魯直深悟此理，乃獨用崑體工夫，而造老杜渾成之地，今之詩人少有及之者。此禪家所謂更高一著也。[371]

按：《風月堂詩話》是宋金論詩名著，為南宋文學家朱弁（1085～1144）羈金時所作。元好問深諳其人，《中州集》收錄其詩三十八首。

上述引文指出，李義山學杜，雖有「老杜語」，就算「置杜集中亦無愧」，但仍有不足之處，「未似老杜沈涵汪洋，筆力有餘」，因此，李義山另尋發展，「別立門戶成一家，後人把其餘波，號西崑體」。山谷也「深悟此理，乃獨用崑體工夫，而造老杜渾成之地」，其旨在另創詩境。不過，王若虛《滹南詩話》卻提出異議說：「予謂用崑體功夫，必不能造老杜之渾全，而至老杜之地者，亦無事乎崑體功夫，蓋二者不

---

371 （宋）朱弁：《風月堂詩話》，吳志文主編：《宋詩話全篇（參）》（南京市：江蘇古籍出版社，1998年），頁2956。

能相兼耳。」[372] 由於山谷所學並非純杜或純李（義山），故此元好問評其詩「古雅難將子美親，精純全失義山真」。

近人錢鍾書說：「山谷學杜，人所共知；山谷學義山，則朱少章《風月堂詩話》卷下始親切言之，所謂：『山谷以崑體工夫，到老杜渾成地步』。少章《詩話》為羈金時所作，……遺山作此絕時，意中必有少章語在。」[373] 所謂「意中必有少章語在」，其語氣肯定，所以遺山在其論詩中，明言山谷學杜卻無杜的「古雅」，學義山卻無義山的「精純」。郭紹虞也說：「遺山此論，卻謂山谷失義山之真，未得其精純。」[374]

綜觀上述文獻資料，遺山對山谷的批判，其批判意識除淵源於家學外，也受到當時論詩名著《歲月堂詩話》、《風月堂詩話》及《濠南詩話》所影響。

「論詩寧下涪翁拜」的「寧」字釋義

解讀「論詩寧下涪翁拜」這句詩，首先要確認詩作與詩論是兩門學問，二者好與不好，並非絕對關連。具體地說，詩寫得好，未必代表其詩論寫得好，反之詩寫得不好，也未必代表其詩論差。

「論詩寧下涪翁拜」的「寧」字，翁方綱謂「遺山『寧』字，百鍊不能到也。……然後此句『寧』字只以一半許山谷，……只此一箇『寧』字，其心眼並不斥薄西江派。……有此『寧』字，乃得上二句學杜之難，與義山之失真，更加透徹也。……乃能下涪翁之拜。」[375] 翁氏對「寧」字的釋義，繚繹失當，所以郭紹虞批評他解讀此詩「強作附會，

---

372 （清）吳重熹輯：《九金人集》，冊 2，《濠南先生文集》（臺北市：成文出版社，1967 年），卷 38，頁 486。

373 錢鍾書：《談藝錄》（北京市：中華書局，2000 年補訂本），頁 152。

374 郭紹虞：《中國歷代文論選》（北京市：人民文學出版社，一卷本），頁 225。

375 （清）翁方綱：《石洲詩話》（北京市：人民文學出版社，1981 年），卷 7，頁 244～245。

多失本意」[376]。

關於「寧」字的釋義，歷來學者有二說，一解作寧願或寧肯，另一解作豈能或豈肯，雖一字之差，其義卻完全相反。近人李正民〈元好問詩論初探〉一文解釋說：「全詩意為：沒有杜甫那樣古雅，也毫無李商隱的精純。談到論詩，我寧可向黃庭堅下拜，但不作江西詩派中人。」[377]並指出：「『論詩寧下涪翁拜』，表示了元好問將黃庭堅的詩論和詩作分而論之的態度。」[378]又說：「將黃庭堅與江西詩派、黃庭堅的詩論與詩作區別對待，是元好問論詩的特識。」[379]李正民最後總結說：「遺山對黃庭堅的詩，總體上是肯定的，故不應解為『豈下涪翁拜』；但又明確責備其次韻、新變之病，故不應解為『願下涪翁拜』。」他認為「第三句是說對黃氏詩論的態度，而不是論黃氏詩作」[380]，李氏又指出「元好問將黃庭堅的詩論和詩作分而論之的態度」，這句話十分具關鍵性去解讀「論詩寧下涪翁拜」。

宗廷輔對「寧」字的釋義，則解作「豈肯」，其《古今論詩絕句》云：

> 詆山谷。上二句直舉山谷之疵。查初白：「涪翁生拗錘鍊，自成一家，值得下拜。」此讀「寧」為「寧可」之「寧」也。故為

376 郭紹虞：《元好問論詩三十首小箋》（北京市：人民文學出版社，1978 年），頁 83。

377 李正民：〈元遺山論詩三十首異解辯正〉，收入《元好問研究論略》（北京市：社會科學文獻出版社，1999 年），頁 271。

378 李正民：〈元好問詩論初探〉，收入《元好問研究論略》（北京市：社會科學文獻出版社，1999 年），頁 201。

379 李正民：〈元好問詩論初探〉，收入《元好問研究論略》（北京市：社會科學文獻出版社，1999 年），頁 201。

380 李正民：〈元遺山論詩三十首異解辯正〉，收入《元好問研究論略》（北京市：社會科學文獻出版社，1999 年），頁 271。

調停，非先生意。「寧下」者，「豈下」也。[381]

宗氏謂遺山於此詩中「詆山谷」，及「直舉山谷之疵」，用詞十分直接。查氏所指的「自成一家，值得下拜」，乃指詩而言，並非詩論。宗氏又認為「寧下者」，「豈下也」，即豈肯下拜。近人郭紹虞亦解作「豈肯」，其主編的《中國歷代文論選》云：

> 遺山〈自題中州集後〉云：「北人不拾江西唾，未要曾郎借齒牙。」此意同。涪翁既是江西派的宗祖，遺山不願入江西社，豈有向涪翁下拜之理。再證之以遺山的詩作，也不類涪翁。[382]

郭氏解釋「寧」字之義為「豈肯」，故有「豈有向涪翁下拜之理」，其釋義恐失遺山本意，至於說「遺山的詩作，也不類涪翁」，此說恐非是。

好問尊山谷

元好問雖對黃庭堅的詩作有所批評，也不滿他所創立的江西詩派，但是對其詩論卻非常推崇。在〈杜詩學引〉一文中，元好問記其父元德明之言曰：

> 竊嘗謂子美之妙，釋氏所謂學至於無學者耳。……先東巖君有言：近世唯山谷最知子美，以為今人讀杜詩，至謂草木蟲魚皆有比興，如試世間商度隱語然者，此最學者之病。山谷之不注杜詩，試取〈大雅堂記〉讀之，則知此公注杜詩已竟。可為知

---

381 李正民：〈元遺山論詩三十首異解辨正〉，收入《元好問研究論略》（北京市：社會科學文獻出版社，1999 年），頁 271。

382 郭紹虞主編：《中國歷代文論選》，頁 459。

者道,難為俗人言也。[383]

遺山之父指出「近世唯山谷最知子美」,並舉黃庭堅〈大雅堂記〉為證。以下是〈大雅堂記〉原文:

> 子美詩妙處,乃在無意於文。夫無意而意已至,非廣之以國風雅頌,深之以離騷九歌,安能咀嚼其意味,闖然入起門耶?故使後生輩自求之,則得之深矣。使後之登大雅堂者,能以余說求之,則思過半矣。彼喜穿鑿者,棄其大指,取其發興於所遇林泉人物草木蟲魚,以為物物皆有寄託,如世間商度隱語者,則子美之詩委地矣。[384]

試取元好問之文與黃庭堅之文對讀,可知黃之〈大雅堂記〉正是元之〈杜詩學引〉所本,尤其是「世間商度隱語」一句,二文所載相同。

由此可見,元好問雖不滿山谷詩及江西詩派,但其詩論,尤其是杜詩學理論,卻是高度認同的。因此,元好問所說的「論詩寧下涪翁拜」,可解作「論詩寧肯向涪翁下拜」,而不必轉義解釋為「論詩豈肯向涪翁下拜」。

其二十九

> 池塘春草謝家春,萬古千秋五字新。傳語閉門陳正字,可憐無補費精神。

元好問此首論詩之旨,是強調詩貴自然清新,反對苦吟覓句,並

---

383 姚奠中主編:《元好問全集》(太原市:山西人民出版社,1990 年),卷 36,頁 24~25。

384 (宋)黃庭堅:《豫章黃先生文集》,《四部叢刊》(臺北市:臺灣商務印書館),卷17,頁 180。

舉謝靈運與陳師道為對照作例。

　　詩中首句出自謝靈運詩：「池塘生春草，園柳變鳴禽。」此詩觸景而生，不假繩削，純出自然，如有神助，清新自然，春意盎然，此處以謝家滿園春意，來比喻謝靈運詩筆自然。次句是好問對謝詩「池塘生春草」句，作出萬古常新的評價。第三句語出黃山谷詩「閉門覓句陳無己」（〈病起荊江即事十首之八〉），陳師道（正字）為苦吟詩人，閉門覓句之舉傳遍詩壇，好問以其事蹟入詩，旨在表達詩貴自然而成。末句出自王安石〈韓子詩〉：「……力去陳言誇末俗，可憐無補費精神。」此言「閉門覓句」，徒「費精神」，語帶譏諷。

批評對象之議

　　關於這首論詩的批評對象，自清代以來，學者有兩種意見：

　　一種意見，認為此首論詩並非批評陳師道和江西詩派的，如清人翁方綱《石洲詩話》云：「前首並非不滿江西社也，此首亦並非斥陳後山也。此皆力爭上游之語，讀者勿誤會。」[385]，其說牽強，及未見具體論證。

　　另一種意見，則認為此首論詩是批評陳師道為主，如清人查慎行云：「罵到後山，餘不待言。」[386] 宗廷輔《古今論詩絕句》[387] 云：「詆後山。後山詩純以拗樸取勝。『池塘生春草』，何等自然。」「閉門覓句陳無己」，山谷詩也。」[388] 今人錢鍾書《談藝錄》云：「蓋舉後山以概其餘

385　（清）翁方綱：《石洲詩話》（北京市：人民文學出版社，1981 年），頁 237。

386　吳世常：《論詩絕句二十種輯注》（西安市：陝西人民出版社，1984 年 11 月），頁 96。

387　吳世常：《論詩絕句二十種輯注》（西安市：陝西人民出版社，1984 年 11 月），頁 96。

388　宗廷輔：《宗月鋤先生遺著八種》之《古今論詩絕句》（光緒中常熟宗氏刊民國 6 年徐兆瑋印本），頁 16a。

江西詩人，此外比諸鄶下，不須品題。」[389] 此外，從「傳語閉門陳正字」這句詩來看，已清晰指出評述的對象是陳後山了。

評謝詩與評陳詩

元好問此首論詩，舉出謝靈運「池塘生春草」與陳師道的「閉門覓句」來對照。謝詩的佳處，以宋人葉夢得《石林詩話》說得最好：

> 「池塘生春草，園柳變鳴禽」，世人多不解此語為工，蓋欲以奇求之耳。此語之工，在無所用意，猝然與景相遇，藉以成章，不假繩削，故非常情所能到。詩家妙處，當以此為根本。而苦思言艱者，往往不悟。[390]

「池塘生春草，園柳變鳴禽」，《詩品》引《蘭氏家錄》云：「此語有神助。」謝詩的妙處在於觸景成詩，「猝然與景相遇，藉以成章」，大異於陳師道需閉門苦吟，始得成句。

黃山谷評陳師道

此首論詩第三句「傳語閉門陳正字」，源出黃庭堅的〈病起荊江亭即事十首之八〉：「閉門覓句陳無己，對客揮毫秦少游。正字不知溫飽未，西風吹淚古藤州。」[391]「閉門覓句」的本事見於宋人徐度《卻掃編》卷中：「陳正字無己，世家彭城，後生從其遊者常十數人。所居近城有隙地林木，閑則與諸生徜徉林下。或憀然而歸，徑登榻，引被自覆，呻吟久之，矍然而興，取筆疾書，則一詩成矣。」[392]

---

389 錢鍾書：《談藝錄》（北京市：中華書局，2000 年），頁 153。

390 何文煥：《歷代詩話》（北京市：中華書局，1962 年），頁 426。

391 （宋）黃庭堅：《豫章黃先生文集》，《四部叢刊》（臺北市：臺灣商務印書館），卷 7。

392 （宋）徐度：《卻掃編》，《四庫全書》（臺北市：臺灣商務印書館，1983 年），集部

　　明人瞿佑《歸田詩話》有一則論評，關於黃山谷論陳師道與秦觀才思之異的記載，文曰：

> 「閉門覓句陳無己，對客揮毫秦少游」，山谷詩喻二人才思遲速之異也。後山詩如「壞墻得雨蝸成字，古屋無人燕做家」，寥落之狀可想。淮海詩如「翡翠側身窺綠酒，蜻蜓偷眼避紅妝」，豔冶之情可見。二人他作亦多類此。[393]

　　上述引文的首二詩句，是評論陳師道與秦少游詩才遲速之異，以少游勝，雖然如此，但對二人詩風表現如何，無論是後山的「寥落之狀」或者是秦觀「豔冶之情」，都是相題而作，所以瞿氏並無作出褒貶。

評人者亦遭人反評

　　元好問此首論詩第三句「傳語閉門陳正字」，其源出自黃山谷詩「閉門覓句陳無己」。好問這句論詩，內含貶義，可能受到金代前輩詩人周昂的影響關係。周昂有〈讀陳後山詩〉云：「子美神功接混茫，人間無路可升堂。一斑管內時時見，賺得陳郎兩鬢霜。」[394] 此詩乃諷後山之作。〈論詩三十首〉其二十九的結句詩「可憐無補費精神」，是出自王安石的〈韓子詩〉：「紛紛易盡百年身，舉世何人識道真。力去陳言誇末俗，可憐無補費精神。」[395] 王安石此詩，主要感慨世俗的力量太大，韓愈一生力主務去陳言，努力革新，但是收效甚微。此詩對韓愈

第 419 冊，卷中，頁 770。

[393] 丁福保：《續歷代詩話》（台北縣：藝文印書館，1974 年），頁 1479～1480。

[394] 見《翰苑英華中州集》（上海涵芬樓景印誦芬室景元刊本），冊 2，卷 4，頁 4。

[395] （宋）王安石：《臨川先生文集》，《四部叢刊》（臺北市：臺灣商務印書館），卷 34，頁 223。

絕無貶義。陳師道曾引此詩評價王安石詩，《後山詩話》載：「荊公詩云：『力去陳言誇末俗，可憐無補費精神。』而公文體數變，暮年詩益工，用意益苦，故知言不可不慎也。」[396] 陳師道解讀王安石此詩，認為「力去陳言」也是王安石本人畢生創作原則，有了這樣的高標準，才能不斷進步，「詩益工，用意益苦」。可是，話雖如此，也許最終的結果只是「可憐無補費精神」。何三本云：「後山原取荊公語以評荊公，豈知後日卻被好問以同句反評耶？」[397] 世事真難料也！

好問也苦吟

元好問深知苦吟之痛，因他自知也並非才思敏捷之輩，其作品〈答王輔之〉云：「我詩初不工，研磨出艱辛。」[398] 又〈與張仲傑郎中論文〉云：「文章出苦心，誰以苦心為。正有苦心人，舉世幾人知。……文須字字作，亦要字字讀……功夫到方圓，言語通眷屬」[399]；其〈陶然集詩引〉也云：

> 子西言：「吾於他文不至蹇澀，惟作詩極艱苦，悲吟累日，僅自成篇。初讀時，未見可羞處，姑置之。後數日取讀，便覺瑕纇百出。輒悲吟累日，反復改定，比之前作。後數日，復取讀，疵病復出。凡如此數四，乃敢示人。」李賀母謂：「賀必欲

---

396 陳師道：《後山詩話》《四庫全書》（臺北市：臺灣商務印書館，1983 年），集部第 417 冊，頁 281～282。

397 何三本：〈元好問論詩絕句三十首箋證（四）〉，載《中華文化復興月刊》第 7 卷第 6 期（1974 年），頁 50。

398 姚奠中主編：《元好問全集》（太原市：山西人民出版社，1990 年），冊上，卷 2，頁 66。

399 姚奠中主編：《元好問全集》（太原市：山西人民出版社，1990 年），冊上，卷 2，頁 40。

嘔出心乃已！」非過論也。[400]

上述引文的「反復改定」，「疵病復出」，這可見好問也是苦吟者的同路人。在其他人的作品中，也可找到好問刻意苦吟的資料，例如元人劉秉忠〈讀遺山詩四首〉之三云：「青雲高興入冥搜，一字非工未肯休。」[401] 元人盛如梓《庶齋老學叢談》云：「壬辰北渡，寄遺山詩：『萬里相逢真是夢，百年垂老更何鄉。』元改『里』為『死』，『垂』為『歸』，如光弼臨軍，旗幟不易，一號令之，而精彩百倍。」[402] 於此可見，好問頗重視詩的推敲。

其三十

撼樹蚍蜉自覺狂，書生技癢愛論量。老來留得詩千首，卻被何人較短長。

這首詩是〈論詩三十首〉的總結之篇，交代創作動機是因書生技癢，以論詩方式評論古今詩人。首二句引用韓愈〈調張籍〉的詩句「蚍蜉撼大樹，可笑不自量」，來謙虛地表示自己評量前人的詩作，只是書生技癢的表現。後二句擔心自己老年之後，留下千首詩歌，不知會被誰月旦短長，作出公正的批評呢？

在這首詩中，值得探討的有四個問題：其一，〈論詩三十首〉之成詩年代；其二，「老來留得詩千首」之議；其三，元好問是否「恐人議己」[403]；其四，元好問「愛論量」之思想根源。其一、其二問題已見本

---

400 姚奠中主編：《元好問全集》（太原市：山西人民出版社，1990 年），冊下，卷 37，頁 45。

401 施國祁：《元遺山詩集箋注》（北京市：人民文學出版社，1958 年），頁 700。

402 《叢書集成初編》（臺北市：臺灣商務印書館，1939 年），第 328 冊，頁 31。

403 郭紹虞：《元好問論詩三十首小箋》（北京市：人民文學出版社，1978 年），頁 84。

書第三章第一節〈論詩三十首之成詩年代研究〉，茲不贅。其三、其四問題分述如下：

元好問是否「恐人議己」

元好問具書生本色，染有文人「愛論量」的習氣在所難免。查慎行《初白庵詩評》稱：「文人習氣，好評量古人，而又恐人議己，先生亦復不免。」[404] 宗廷輔《古今論詩絕句》說遺山「磊落慷慨，其自謙處正其自負處」。郭紹虞說遺山「少年狂態，書生習氣」[405]。不過，胡傳志則說〈論詩三十首〉所持批評強烈，措辭尖銳，「撼樹蚍蜉」云云，「並非全是無謂的謙辭」[406]。

筆者支持查慎行的「恐人議己」之說，此乃人之常情。證以「崔立碑事」之後，元好問也撰〈外家別業上梁文〉（見《元好問全集》卷四十）為自己辯解，說明他非常在乎後人對自己的評價。

「愛論量」之思想受家庭影響

元好問〈論詩三十首〉最末一首有「撼樹蚍蜉自覺狂，書生技癢愛論量」之句，坦率地披露作詩動機。這兩句詩，語氣上看似謙虛，實則自負。元好問在家學的薰陶下，自小孕育了「愛論量」別人的意識。其父元德明嘗教他讀書十法，其中第九法曰「持論、前賢議論，或有未盡，以己見商略之」[407]，鼓勵他對於「前賢議論」，不妨大膽地予以批判和補充，並舉論山谷注杜詩為例，其〈杜詩學引〉云：

---

404 郭紹虞《元好問論詩三十首小箋》（北京市：人民文學出版社，1978 年），頁 84。

405 郭紹虞：《元好問論詩三十首小箋》（北京市：人民文學出版社，1978 年），頁 84。

406 胡傳志：《金代文學研究》（合肥市：安徽大學出版社，2000 年），頁 98～99。

407 姚奠中主編：《元好問全集》（太原市：山西人民出版社，1990 年），冊下，卷 54 附錄 5〈詩文自警〉，頁 24～25。

> 先東巖君（元德明）有言：近世唯山谷最知子美。以為今人讀杜
> 詩，至謂草木蟲魚皆有比興，如試世間商度隱語然者，此最學者
> 之病。山谷不注杜詩，試取〈大雅堂記〉讀之，則知此公注杜詩
> 已竟。可為知者道，難為俗人言也。[408]

在當時「杜詩注六七十家」[409] 中，元德明獨具慧眼，指出「黃山谷
最知子美」，此種真知灼見，並非人人可知，人人領會，故又慨然說：
「可為知者道，難為俗人言也。」元德明論人的觀點，不隨眾，不隨
俗，全以己見出之。元好問對於父親的教誨，銘記於心，時刻不忘，
故其〈論詩三十首〉論及黃山谷時，也像父親一樣，深表崇敬，故有
「論詩寧下涪翁拜」之句。

元德明平日教導諸兒，議人議詩料必成為熱門話題，處理論題
時，鼓勵「以己見商略之」，在此種學習氣氛薰陶下，為元好問播下了
「愛論量」的種子意識。

「愛論量」思想受師長影響

元好問「愛論量」的意識，在名師王湯臣指導下，更加濃烈。王湯
臣與當時的趙秉文、李純甫等文壇領袖為文字交，其人「談吐高闊，詩
筆字筆皆超絕」[410]，其名句如「醉酒舞嫌天地闊，詩情狂壓海山平」[411]
。李屏山「嘗見先生（王湯臣）商略前代人物，引先儒議論數十條在目
前，如人人自相詰難，然後以己意斷之，以為辯駁中第一流人也」[412]。

---

408 姚奠中主編：《元好問全集》（太原市：山西人民出版社，1990 年），冊下，卷 36，
　　頁 24～25。

409 姚奠中主編：《元好問全集》（太原市：山西人民出版社，1990 年），冊下，卷 36，
　　頁 24。

410 《翰苑英華中州集》（上海涵芬樓景印誦芬室景元刊本），冊 2 卷 4，頁 19。

411 《翰苑英華中州集》（上海涵芬樓景印誦芬室景元刊本），冊 2 卷 4，頁 19。

412 《翰苑英華中州集》（上海涵芬樓景印誦芬室景元刊本），冊 2 卷 4，頁 19。

王湯臣跟元德明一樣，同是著重「己意」觀念的詩人。他把其「辯駁」優點，應用到文學批評方面去，時有卓見特識。他論量古人，態度嚴謹，要求嚴格，不因批評對象地位崇高而有所保留。此種情形，元好問在《中州集》卷九王中立小傳憶述說：

> 予（元好問）嘗從先生（王中立）學，問作詩究竟當如何？先生舉少游〈春雨〉詩，有情芍藥含春淚，無力薔薇臥晚枝，此詩非不工，若以退之芭蕉葉大梔子肥之句校之，則〈春雨〉為婦人語矣，破卻功夫，何至學婦人？[413]

貴為蘇門四學士之一的秦少游，其〈春雨〉詩，本來寫得不錯，但卻被王中立提出韓退之的〈芭蕉〉詩與之相較，論量高低，遭譏為婦人語。對於王湯臣的教誨，元好問刻骨銘心，奉為終身作詩南針，其〈詩文自警〉第十五條云：『有情芍藥含春淚，無力薔薇臥晚枝。』此秦少游〈春雨〉詩也。非不工巧，然以退之〈山石〉句觀之，渠乃女郎詩也。破卻工夫，何至作女郎詩。」[414] 對於老師的教誨，元好問雖然事隔多年，記憶依然，故在二十八歲時作的〈論詩三十首〉，寫至蘇門時，又再次憶及「女郎詩」之事，遂把老師論量前人的教誨，再次引錄出來，其二十四首云：「有情芍藥含春淚，無力薔薇臥晚枝，拈出退之〈山石〉句，始知渠是女郎詩。」此事可反映出，元好問自小腦海中，就活躍著「愛論量」的細胞。

此外，路鐸及郝天挺這兩位文壇碩彥，都做過元好問的業師。路鐸字宣叔，為「文最奇，尤長於詩，精緻溫潤，自成一家，任台諫，有

---

[413] 《翰苑英華中州集》（上海涵芬樓景印誦芬室景元刊本），冊2卷4，頁19。

[414] 姚奠中主編：《元好問全集》（太原市：山西人民出版社，1990年），卷54附錄5〈詩文自警〉，頁510。

古直臣之風」[415]。元好問「年十一，從其叔父官於冀州，學士路宣叔賞其俊爽，教之為文」[416]。路鐸「尤長於詩」，並且「自成一家」，「教之為文」時，這個「文」字，斷非文章那麼單調，當然也包括詩學在內。

　　郝天挺字晉卿，《金史》載元好問「年十四，從陵川郝天挺學，不事舉業，淹貫經傳百家，六年而業成」[417]。在學期間，元好問雖是少年，但詩學造詣已非等閑，老師也待他如詩友般等同地位，要他和詩，故其墓銘有「即與倡和」[418]之語，並稱許他「青出於藍青愈青，少年場屋便馳聲」[419]。

　　近人繆鉞總結元好問求學經過說：「先生（元好問）成童就學，即遇良師，受業六年，生平學術文章之根基已具於是矣。」[420]元好問在家學及師長薰陶下，自小即養成「愛論量」的性格傾向，卻鮮為人察覺，反而元氏本人卻有自知之明，承認自己因技癢而展示「論量」前賢的能力。近人郭紹虞也認同其寫作動機是出於「技癢愛論量」，故說：「自注『丁丑歲三鄉作』則是少年狂態，書生習氣，故詩中詆訶之語，亦時時有之。」[421]又說：「元氏所作，重在衡量作家。」[422]

　　元好問除愛論量古人外，對時人的論量也不放過。他未遇趙秉文

---

415 《翰苑英華中州集》（上海涵芬樓景印誦芬室景元刊本）冊 2 卷 4，頁 18。

416 姚奠中主編：《元好問全集》（太原市：山西人民出版社，1990 年），卷 50 附錄 1
　　〈大德碑本遺山先生墓銘〉，頁 426。

417 《金史》，卷 127，〈隱逸傳〉郝天挺。

418 姚奠中主編：《元好問全集》（太原市：山西人民出版社，1990 年），卷 50 附錄 1
　　〈大德碑本遺山先生墓銘〉，頁 427。

419 《翰苑英華中州集》（上海涵芬樓景印誦芬室景元刊本），卷 9，郝天挺小傳附詩〈送
　　門生赴省闈〉，頁 5～6。

420 姚奠中主編：《元好問全集》（太原市：山西人民出版社，1990 年），卷 58 附錄 9，
　　頁 615。

421 郭紹虞：《元好問論詩三十首小箋》（北京市：人民文學出版社，1978 年），頁 84。

422 郭紹虞：《中國文學批評史》（上海市：商務印書館，1947 年），中冊，頁 61。

前，曾大膽批評當時的文壇領袖縱容後輩，指摘說：「一時主文盟者，又皆泛愛多可，坐受愚弄，不為裁抑。」這些文盟者，就是李純甫等人。元好問表面謙虛，實則自負，其「愛論量」的性格，到了晚年，仍有跡可尋，例如其〈答聰上人書〉說：「至於量體裁、審音節、權利病、證真贋，考古今詩人之變，有戇直而無姑息，雖古人復生，未敢多讓。」末二句「古人復生，未敢多讓」，語氣頗自負。

　　「愛論量」的悲劇結果，往往是招來謗忌，元好問並不能倖免，其〈南冠錄引〉云：「得名為多，而謗亦不少」[423]，相對不及其好友麻知幾那麼聰明，懂得自斂鋒芒，不致受辱，《金史》本傳說他「為文精密奇健，詩尤工緻，後以避謗忌，持戒不作」[424]。

　　元好問具「愛論量」的作風，表現於作品中，其文學批評資料之多，在金代諸文學批評家中，可以說是首屈一指，有關具體情形，可參閱近人林明德編輯之《金代文學批評資料彙編》一書中的目錄，就可見一斑。

---

423 姚奠中主編：《元好問全集》（太原市：山西人民出版社，1990年），卷37，頁48。
424 （元）脫脫：《金史》（洪氏出版社），卷126，〈麻知幾傳〉，頁2740。

第五章

〈論詩三十首〉
——對後世論詩絕句的影響

　　元好問〈論詩三十首〉的論詩觀，在金元兩朝備受冷落，不為人注意，連詩集選本也不載錄。入明以後，瞿佑（1347～1427）獨具慧眼，在其《歸田詩話》卷上論評〈論詩三十首〉中關於「女郎詩」及「東野詩囚」的問題，為首開論評〈論詩三十首〉的先河。繼之者，都穆（1459～1525）的《南濠詩話》，也就〈論詩三十首〉作出論評，並拋出最具爭議性的論題：心話心聲[1]，此議題導致清人爭論不休。明末詩論家許學夷（1563～1633）編有《詩源辨體》一書。是書編寫歷時四十載，易稿十二次，凡三十八卷，論評一千一百一十五則，洋洋大觀。論評內容，上起詩經，下迄明代，詩論公允，新見頗多。書中對〈論詩三十首〉的批評是「其論甚正」及「又皆中的」[2]。明末清初，詩壇盟主，有江左三大家之稱的錢謙益，極之推崇遺山，嘗言「眉山之學，流入于金源，而有元好問」[3]，並曾為《唐詩鼓吹》及《中州集》作序，上述二書，一經名人品題，聲價十倍，而元好問的詩作，包括〈論詩三十首〉在內，相應備受關注，為論詩風氣播下種子。康熙時，王士禎（1634～1711）為當世詩壇盟主，有「論詩絕句四十首，蓋仿

1　（明）都穆：《南濠詩話》，收入（清）丁福保輯：《歷代詩話續編》（臺北縣：藝文印書館），頁 1356。

2　（明）許學夷：《詩源辨體》，後纂要卷一、卷三六，頁 391、頁 362。

3　（清）錢謙益：《牧齋有學集》，卷 39，〈復李叔則書〉。

元裕之作」⁴，洋洋灑灑，遂開論詩風氣之先，時人爭相仿作，成為一股熱潮，並且浩浩蕩蕩，聲勢日益壯大。清人論詩風氣的源流，丁詠淇在其〈論詩絕句五十首〉自序中，扼述其要說：「論詩絕句發源于杜陵，衍脈於遺山，疏瀹決排於漁洋，堯峰、迦陵，余杜門閒居，耽情吟詠，竊欲為茲道推波助瀾，蠡測所及，得詩五十首」。在時人爭相「欲為茲道推波助瀾」之下，仿效元遺山論詩之作，蔚成風氣，並且一度列為試場考題。據張晉（？～1819）〈仿元遺山論詩絕句六十首〉附注云：「元遺山論詩絕句，漁洋仿之，久已膾炙人口。近小倉山房亦有此作，半屬懷人之句。客歲石芳師嘗以此題試平陽試，竟無作者。」雖然「竟無作者」，其帶來的影響是轟動文壇，士子不敢怠慢，積極仿作論詩，而元遺山遂成為詩壇偶像，其〈論詩三十首〉也是學習的焦點。錢大昕（1728～1804）《十駕齋養新錄》載：「元遺山〈論詩絕句〉，效少陵，『庾信文章老更成，』諸篇而作也。王貽上（士禎，1634～1711）仿其體，一時爭效之。」⁵其實，仿遺山體之作，早就見於明末諸生虞紛〈論六朝人絕句仿遺山體十六首〉⁶。及至清代，「仿元遺山體」之熱潮，好像滾滾洪流，勢不可擋，可說是波瀾壯闊，並成氾濫，詩人爭相仿效元體，使得幾乎所有論詩作品，無論其內容為何，在詩題上動輒添加仿元遺山體或仿遺山體一詞，以作標榜，如果詩題未見提及，則另有附序予以補說，例如： 尹嘉年〈論國朝人詩仿遺山體十首〉、彭光澧〈論國朝人詩仿元遺山三十六首〉、吳應奎〈讀明人詩戲效遺山論詩絕句三十五首〉、韓印〈論白門近日詩人戲仿元遺山詩十九首〉、黃維申〈論詩絕句四十二首附序〉、廖鼎聲〈拙學齋論詩絕

4　（清）王士禎：《居易錄》，卷 19。

5　（清）錢大昕：《十駕齋養新錄》，卷 16，頁 390。

6　郭紹虞：《中國歷代文論選》（上海市：上海古籍出版社，1976 年），第 3 冊，頁 1507。

句一百九十八首附序〉、唐仁壽〈論六朝詩絕句仿元遺山體八首〉、林楓
〈論詩仿元遺山體十二首〉、林昌彝〈論本朝人詩一百五首附附序〉、朱
彭年〈仿元遺山論詩絕句十九首〉、蔡邦甸〈詠唐人詩仿元遺山論詩絕
句十四首〉、蔣其章〈論六朝人詩絕句仿遺山體二首〉、馮煦〈論六朝詩
絕句仿元遺山體十六首〉、蘇念禮〈仿遺山絕句五首〉、秦錫田〈滬上論
詩絕句仿遺山體十九首〉[7]。上述各詩的詩題都有以遺山體為標榜，而
內容則則與元遺山無涉，可見元遺山〈論詩三十首〉對詩家的影響，已
致瘋迷狀態。

　　其後，論詩的仿作風氣，除為時尚外，且別闢蹊徑，轉論其他文
藝。錢大昕《十駕齋養新錄》指出：「厥後宋牧仲，朱錫鬯之論畫，厲
太鴻之論詞論印，遞相祖述，而七絕中又別啟一戶牖矣！」[8]除論詩、
論畫、論詞、論印蔚成風氣外，尚有論曲，此由清名儒凌次仲倡之，
其《校禮堂詩集》載有論曲三十二首[9]，論泉亦應運而生，劉燕庭撰《嘉
蔭簃論泉絕句》[10]一書，收詩二百首，開論泉詩歌創作之先河。是書例
言云「是詩專為論泉、非同詠物。故敷佐援引，概從其略」，並交代寫
作體例的淵源，說是「仿漁洋論詩絕句體，聊備數典，不敢言詩」。作
者所提及的「仿漁洋論詩絕句體」，其源出自元好問《論詩三十首》。
此外，以絕句方式來「論鈔」、「論藏書」亦為時尚，至於其他文藝創

7　見於郭紹虞、錢仲聯、王遽常編《萬首論詩絕句》（北京市：人民文學出版社，1991
　　年），第九部份：清及近代，尹嘉年，頁395；彭光澧，頁689；吳應奎，頁785，
　　韓印，頁1001；黃維申，頁1292；廖鼎聲，頁1328；唐仁壽，頁1328；林楓，頁
　　1361；林昌匯，頁1009；朱彭年，頁1403；蔡邦甸，頁1446；蔣其昌，頁1455；馮
　　煦，頁1533；蘇念禮，頁1638；秦錫田，頁1639。
8　（清）錢大昕：《十駕齋養新錄》，卷16，頁390。
9　凌次仲：《校禮堂詩集》，卷2，「安徽叢書」第四期。研討會論文集（臺北市：文史
　　哲出版社，1991年），頁456。
10　劉燕庭作，觀古閣歙鮑康藏並自序，見臺灣師範大學館藏東北大學藏書。

作，動輒就加上「論」字，使整個文藝界生氣勃勃，宛若文藝復興時代的來臨，元好問厥功甚偉！杜甫及元遺山的論詩效應，相信是他們始料不及的。

郭紹虞（1893～1984）主編《中國歷代文論選》評價元好問〈論詩三十首〉的影響說：

> 論詩絕句，濫觴于杜甫〈戲為六絕句〉。宋以後作者不下數十家，大體可分為二大流別。從南宋戴復古的〈論詩十絕〉起，到清代趙執信、趙翼、宋湘、張問陶、丘逢甲諸家的論詩絕句，屬於闡述理論；從金代元好問〈論詩三十首〉起，到清代王士禎、袁枚、洪亮吉、李希聖、陳衍諸家的論詩絕句，屬於品評作家作品。後者往往擴大範圍到摘賞佳句，點綴瑣聞；等而下之，甚至標榜聲氣，更屬自鄶無譏了。元好問為金、元二代的著名詩人，〈論詩三十首〉雖屬於後一類型，但實際體現了一家論詩的宗旨，與後人仿效其體的作品大有不同。[11]

郭氏將歷代論詩絕句區分為兩大流派，一派是「闡述理論」，另一派是「品評作家」。郭氏的流派觀點值得商榷，其一，某些作家既寫有闡述理論的論詩絕句，又寫有品評作家作品的論詩絕句，甚難劃歸屬某一流別。比如清代詩人張問陶（1764～1814）既寫有闡述理論的〈論詩十二絕句〉[12]，又寫有品評作家的〈歲暮懷人作論詩絕句〉[13]。其二，元好問的〈論詩三十首〉雖屬「後一類型」的「品評作家」派，但實際上其內容也有「闡述理論」的濃烈氣息，對後世論詩絕句的無論是

---

11 郭紹虞：《中國歷代文論選》（上海市：上海古籍出版社，1976年），第2冊，頁459～460。

12 （清）張問陶：《船山詩草》，卷11。

13 （清）張問陶：《船山詩草補遺》，卷1。

「闡述理論」派、或「品評作家」派，都作出重要的影響。

本文通過仔細檢閱郭紹虞（1893～1984）、錢仲聯（1908～2003）、王遽常（1900～1989）編《萬首論詩絕句》[14] 一書，從書中勾劃出元好問以後的論詩絕句資料，以印證〈論詩三十首〉對後世論詩絕句所作出的影響。

第一節　元代論詩絕句

1　劉秉忠（1216～1274）

劉秉忠，字仲晦，瑞州人。元至元元年，官拜光祿大夫，參領中書省事。著有《藏春集》。其〈讀遺山詩四首〉之一及之四云：

> 劍氣從教犯斗牛，百川橫放海難收。九天直上無凝滯，更看銀河一派流。
> 云霞閃爍動霓旌，轟礚征鼙震地聲。千里折衝歸指畫，將台孫子獨論兵。

第一首詩首句論述遺山詩豪邁奔放，有太白之風。作者用「犯斗牛」、「百川橫放」、「九天直上」、「銀河」等詞彙去描述遺山詩的豪放。上述詞彙常見於豪放派詩人作品中，如「犯斗牛」，可見於杜牧詩「星劍光芒射斗牛」（見〈和宣州沈大夫登北樓書懷〉），按：杜牧詩其豪放處近李白。「百川」，可見於李白詩「橫吞百川水」（見李白〈古風其三十三〉）。「九天直上」、「銀河」，可見於李白詩「疑是銀河落九天」（見〈望廬山瀑布〉）。

---

14 郭紹虞、錢仲聯、王遽常編：《萬首論詩絕句》（北京市：人民文學出版社，1991年）。

　　第二首喻元遺山為詩壇盟主，分清涇渭及正偽。是詩以戰爭場面比喻詩壇的正偽鬥爭。首二句述遺山以閃耀的雲霞為旌旗，以動地如雷的戰鼓聲，其聲威及陣勢足以壓倒偽體。末二句讚賞遺山以指畫功夫，就能破敵千里，結句以孫子論兵比喻遺山論詩，其旨在捍衛正體。

　　劉秉忠酷愛遺山詩，另有〈再讀遺山詩〉及〈細讀遺山詩〉諸作。其〈讀唐人詩〉有句云：「苦吟應有秋蟲和，好句定隨春草生。」其詩意使人聯想起元好問〈論詩三十首〉所論及的孟郊與謝靈運。

2　劉因（1249～1293）

　　劉因，字夢吉，號靜修，容城人。至元中，被薦入朝，擢右贊善大夫。著有《靜修集》等。其〈跋遺山墨蹟〉詩云：

> 晚生恨不識遺山，每誦歌詩必慨然。遺墨數篇君惜取，注家參校有他年。

　　此詩抒發對元好問仰慕之情。首二句乃作者自言抱憾未有機會認識元遺山，但每讀其詩，都感慨良多。末二句意謂對於遺山遺下的數篇墨寶，宜珍而藏之，以備日後可供注釋家參閱之用。此外，劉因在其作品中屢有懷想元好問，如「策書紛紛少顏色，空山夜哭遺山翁」[15]。

3　貢奎（1269～1329）

　　貢奎，字仲章，宣城人。官至集賢直學士。著有《云林小稿》等。其〈題梅宛陵幹越亭送君石秘校詩後〉云：

15　（元）劉因：《靜修先生文集》，卷5，〈金太子允恭墨竹〉。

　　詩還二百年來作，身死三千裡外官。知己若論歐永叔，退之尤
自愧郊寒。

　　此詩為題詠梅聖俞之作。詩中首句盛讚梅聖俞「詩還二百年來
作」，源出歐陽修《梅聖俞詩集序》，序中稱譽梅詩「二百年來無此作
矣」。梅為安徽宣城人，出外就官死於汴，故有「身死三千裡外官」之
句。歐梅交誼至篤，才名伯仲。至於韓孟，世有「孟詩韓筆」之稱。韓
愈極為折服孟郊詩，稱孟詩「東野動驚俗，天葩吐奇芬」[16]。韓孟二人
至交，惜孟一生仕途失意，韓屢為舉薦不果。孟詩以寒聞於世，韓愈
自愧不如。

　　元好問在〈論詩三十首〉中，有論及歐梅與韓孟，論前者提出：
「諱學金陵猶有說，竟將何罪廢歐梅？」論後者，則褒韓「江山萬古潮
陽筆」，但卻貶孟「高天厚地一詩囚」。此詩末句針對元好問褒韓貶孟而
作。

第二節　明代論詩絕句

1　方孝孺（1357～1402）

　　方孝孺，字希直，一字希古，寧海人。官至侍講學士，世稱正學
先生。著有《遜志齋集》。其著名的〈論詩〉五首，第一首論李杜云：

　　舉世皆宗李杜詩，不知李杜又宗誰？能探風雅無窮意，始是乾
坤絕妙詞。

16　（唐）韓愈：〈醉贈張秘書〉，韓愈撰，錢仲聯集釋：《韓昌黎詩系年集釋》，卷4，
　　頁177。

　　此詩頌揚李杜詩宗三百篇，繼往開來，成就一代詩學。自從韓愈〈調張籍〉提出「李杜文章在，光焰萬丈長」之後，歷來學詩、論詩者多宗李杜，而忽略了學習繼承《詩經》以來的風雅傳統。其實李杜詩歌之所以偉大，皆因他們善於繼承風雅傳統，正如李維楨在《合刻李杜全集・序》中所說：「夫李杜學詩，必本《三百篇》，人安能舍《三百篇》而學李杜？」這說明學李杜，而不探本源，既不能升李杜之堂，也不能寫出優秀詩篇。元好問在〈論詩三十首〉中，開篇即感嘆「正體無人與細論」，元氏所說的「正體」概念，來源於杜甫〈戲為六絕句〉的「別裁偽體親風雅」，杜詩以「偽體」與「風雅」相對，則「正體」便是符合「風雅」的詩體了。方孝孺論風雅之見與元好問同。

2　徐禎卿（1479～1511）

　　徐禎卿，字昌谷，吳縣人。明弘治進士，官至國子監博士。著有《迪功集》、《談藝錄》。其〈自題談藝錄三絕句〉之一云：

> 末世詩篇百態新，五言蘇李等遺塵。不知覆瓿銷沈處，枉卻前朝幾許人。

　　此詩抨擊的是詩史上一種「黃鐘毀棄，瓦釜雷鳴；讒人高張，賢士無名」（見屈原《楚辭・卜居》）的惡劣現象，其意是指有才德的人，被棄置不用，而搆謗害人的小人，卻被重用。此義引伸在詩壇，是指「偽體」詩紛亂橫行，「正體」詩埋沒草萊，無人理會和「細論」。

　　作者於首句中，慨嘆列朝晚期的詩壇，往往出現一些以新奇怪異取勝的偽體詩篇，故言「末世詩篇百態新」，其思維概念深受元好問〈論詩三十首〉其一「漢謠魏什久紛紜，正體無人與細論」所影響而來。次句所謂「五言蘇李」，是指蘇武與李陵的五言贈答詩，其言感情真摯，質樸自然，味同古詩十九首，屬五言正體詩風。此處喻正體詩

風好象塵埃般被遺棄。末二句進一步指出，由於偽體詩風盛行，迫使不少優秀詩篇枉作「覆瓿銷沈」，白白浪費不少前人為匡扶正體詩風，所付出過的努力。

3　都穆（1458～1526）

　　都穆，字玄敬，吳縣人。明弘治進士，授工部都水主事，歷禮部主客郎中，加太僕少卿致士。著有《南濠詩話》。其〈學詩詩〉三首之一云：

> 學詩渾似學參禪，不悟真乘枉百年。切莫嘔心並剔肺，須知妙語出天然。

　　此詩強調作詩無需刻意雕琢，語出天然為貴。宋代吳可寫出三首以禪喻詩的〈學詩詩〉之後，歷代追和者大不乏人。在眾多的追和之作中，以明代都穆所作最具特色。都穆認為參禪與學詩都需要經過「悟」的關鍵階段，而「悟」是一個自然、天然的機遇，不必要嘔心剔肺而有所創作。元好問對陶潛的評價：「一語天然萬古新，豪華落盡見真淳。」按照都穆的標準，陶潛可算得上是一位真正參透了詩道的人。可以說，元好問的詩觀與都穆的參禪觀，都是以崇尚天然真淳為本。此外，都穆反對作詩俯仰隨人，其《南濠詩話》載：「予謂今人之詩，惟務應酬，真無為而強作者，無怪其語之不工。元遺山詩云：『縱橫正有凌雲筆，俯仰隨人亦可憐』知此病者也。」從上述引文來看，都穆恪守遺山論詩精神，反對作詩「俯仰隨人」。

第三節　清初論詩絕句（雍正以前）

1　錢謙益（1582～1664）

　　錢謙益，字受之，號牧齋，晚號蒙叟，江蘇常熟人。明萬曆進士，官至禮部尚書，加宮保。入清後，官內秘書院學士，兼禮部侍郎。著有《初學集》、《有學集》等，又仿《中州集》編有《列朝詩集》。其〈姚叔祥過明發堂論近代詞人戲作絕句十六首〉之一云：

> 姚叟論文更不疑，孟陽詩律是吾師。溪南詩老今程老，莫怪低頭元裕之。

　　詩下有小注云：「元裕之謂辛敬之論詩，如法吏斷獄，如老僧得正法眼。吾于孟陽亦云。」錢氏之說來自《中州集》卷十〈辛愿（敬之）小傳〉，其文曰：「敬之業專而心通，敢以是非黑白自任。每讀劉、趙、雷、李、張、杜、王、麻諸人之詩，必為之探源委、發凡例、解絡脈、辨清濁、權輕重，片善不掩，微纇必指。如老吏斷獄，文峻網密，絲毫不相貸；如衲僧得正法眼，征詰開示，幾於截斷眾流。」上段小傳，可見辛愿其人的治學態度非常認真。

　　上詩首句「姚叟」，即明姚士麟也。士麟字叔祥，浙江海鹽人，學問奧博。詩中稱譽其人學問，持論公允。次句「孟陽」，即程嘉隧（1565～1644）也。程嘉隧字孟陽，號松園，休寧人，晚明著名詩人，善畫，其詩甚得詩壇領袖錢謙益激賞，譽其詩「清辭麗句」、「照見古人心髓」、「迥別於近代俗學者」，錢氏甘拜下風，認作門生，故有「孟陽詩律是吾師」之語。第三句詩中，錢謙益以程嘉隧（孟陽）為辛敬之，而自己則以元好問自任，不過，在第四句中，卻以戲言「莫怪低頭元裕之」，除自謙向程嘉隧低頭外，這樣，連帶元裕之也向辛敬之低

頭。

　　錢謙益對元好問相當佩服，其編選《列朝詩集》，也自稱受到元好問編選《中州集》的啟示。

2　吳景旭（生卒不詳）

　　吳景旭，字旦生，一字又旦，號仁山，浙江歸安人。明末諸生，入清不仕。著有《歷代詩話》。其〈論詩十絕句〉之十論遺山云：

> 遺山著述在中州，賴有溪南辛老流。虞山亦得松園力，商榷前賢手筆留。

　　此詩重點指出元遺山與錢謙益之重要著作，都是全賴有外力之助。吳氏認為，元好問之名著《中州集》之所以順利成書，外來助力如辛愿等詩友居功不少。《中州集》總結金代詩人成果，為一代文獻。以古律今，錢謙益（虞山）所編的《列朝詩集》一書，也得力于亦師亦友的程嘉隧（松園）之助，也曾一起共商前人遺詩予以編選入集。《列朝詩集》一書，總結了明代詩學成果，為一代重要文獻。

3　汪琬（1624～1691）

　　汪琬，字鈍庵，晚號鈍翁，世稱堯峰先生。清順治進士，康熙時召試博學鴻詞，授編修。著有《鈍翁前後類稿》。其〈讀宋人詩五首〉之五論劉克莊云：

> 後村傲睨四靈間，尚與前賢隔一關。若向中原整旗鼓，堂堂端合讓遺山。

　　此詩稱頌遺山詩學成就高出晚宋劉後村。汪琬認為，劉克莊（後村）在晚宋與「四靈」詩派相比，由於四靈詩派地位不高，固然可傲視

他們。但與元遺山相比，則克莊（後村）詩的造詣，明顯遜色，尚輸一籌。若讓遺山角逐中原詩壇的話，盟主之位則非遺山莫屬。汪琬將南宋詩人與金朝詩人作對比分析，此種研究方法值得學習。

4　王士禎（1634～1711）

王士禎，字貽上，號阮亭，又號漁洋山人，山東新城人。順治乙未進士，官至刑部尚書。著有《帶經堂集》、《帶經堂詩話》等。其〈戲仿元遺山論詩絕句〉三十五首，歷評六朝至明代的詩人。又有〈冬日讀唐宋金元諸家詩偶有所感各題一絕〉於卷後凡七首，其中論元好問云：

> 載酒西園追昔遊，畫欄桂樹古今愁。蘭成剩有江南賦，落日青山望蔡州。

此詩主要論述元好問在金亡後的情懷，有如庾信。首句言好問追懷昔日與詩侶文友，雅集於西園的情景。次句以畫欄與桂樹見證時代的變遷，歷盡興亡盛衰，十分令人感慨！第三句以庾信比喻遺山。二人同遭亡國之痛，情懷一致，只能以文章傳世，庾信哀盡江南，有《哀江南賦》之作，遺山以詩存史，有《中州集》傳世。末句言遺山悲懷故國，于日暮時分，遙望故都蔡州，不勝感觸。

5　田雯（1635～1704）

田雯，字子綸，號山姜，山東德州人。康熙進士，官至戶部侍郎。著有《古歡堂集》。其〈論詩絕句〉十二首，有論「歐梅」云：

> 群兒謗口聚蚊雷，唐宋判將偽體裁。拈出誠齋村究語，無人解道讀歐梅。

　　此詩旨在回應遺山「竟將何罪廢歐梅？」之問，並抨擊誠齋體之害。首二句言庸俗之輩，大放厥詞謗語，其聚集之噪聲，令人煩厭。南宋以後，新派詩體泛濫，將原屬正體的唐宋詩低貶為偽體。有關唐宋詩之爭，田雯《古歡堂雜著》卷一指出：「今之談風雅者，率分唐、宋而二之。不知唐之杜、韓，海內俎豆之矣。宋梅、歐、王、蘇、黃、陸諸家，亦無不登少陵之堂，入昌黎之室。為其生於宋也，南轅以後，競趨道學（指理學），遂以村究語入四聲，去風人之旨實遠。況程、邵以下，誠齋一出，腐俗已甚。」在上引文中，可見田雯猛烈抨擊楊萬里，譏其學問乃村學究之輩的學問，未足登大雅之堂，故言「誠齋一出，腐俗已甚」。田氏又批評學誠齋體之弊說：「學者一概呰窳抵牾之，其殆啜狂泉而病囈囈也？」所謂「呰窳抵牾」，是指苟且抵觸，意謂苟且學習；「殆」，指危害；「狂泉」，喝後令人發狂之泉水；「囈囈」，指夢話。其句意謂，誠齋體的追隨者，苟且學習，其害處好比飲用令人發狂之泉水，會說出病態夢話。有關誠齋詩之失，蔣鴻翮《寒塘詩話》說：「俚辭諺語，沖口而來」。「俚辭諺語」入詩，正是好問所指的「典學虛荒小說欺」，大失「風人之旨」。

　　末二句指出，就算除去楊誠齋之輩的低俗詩句，仍然無人掌握詩道之要去解讀歐梅詩，因為庸劣之徒，實在多不勝數，令人搖首嘆息！元好問在〈論詩三十首〉中曾說：「譁學金陵猶有說，竟將何罪廢歐梅？」對南宋人忌諱學習歐陽修、梅堯臣詩歌，表示難以理解。田氏將諱學「歐梅」的原因歸咎於「誠齋體」的影響。此詩可視為對元好問「竟將何罪廢歐梅」的疑問，予以回應一個答案。

　　田氏又有〈讀元人詩各賦絕句十六首〉，其評論元好問云：

　　　　千年風雅遺山體，半格堂堂妙入神。商略論詩三十首，如公直作濟南人。

此詩高度評價遺山詩。前兩句讚揚遺山的詩學成就，認為遺山詩屬於風雅正體，尤其是其歌行體（半格）詩歌達到入神的絕妙境界；後兩句言遺山〈論詩三十首〉的論詩價值，可比美「濟南山水」，末句出自遺山詩「有心長作濟南人」（見〈濟南雜詩十首〉其十）。按：遺山酷愛濟南山水，頗多吟詠，《帶經堂詩話》卷十四，載「遺山濟南賦詠，尤多而工，如「濟南山水天下無」、「鵲山寒食泰和年」等句，古今膾炙，俱載《遺山集》。田雯另有一首論詩絕句云：「吾鄉邊李有前民，趵突泉頭墨蹟新。眼底漁洋蠶尾外，詩人空作濟南人。」田雯祖籍山東德州，故有意藉元遺山的盛名來為濟南詩人張目。

6　查慎行（1650～1727）

查慎行，初名嗣璉，字夏重，後更今名，字悔余，號初白，浙江海寧人。康熙進士，官編修。著有《敬業堂詩集》等。其《初白庵詩評》評論遺山詩作頗多，涉及〈論詩三十首〉凡二十首，其〈題宋山言學詩圖〉云：

> 宗武能傳老杜學，小坡才可繼眉山。添他一卷中州集，知己無如父子間。

此詩言遺山地位，可與杜甫，東坡並談。宗武是杜甫次子，善詩。蘇過乃東坡之三子，有文名，時稱小坡。此詩談到家學的重要，通過家學，可促進親子關係，詩中所提到的《中州集》，實指元遺山。杜甫，蘇軾，及元好問都是學詩者的師法對象。

7　焦袁熙（1661～1736）

焦袁熙，字廣期，江蘇常州人。康熙丙子舉人。著有《此木軒詩》。集中有〈論詩絕句五十二首〉、〈歷代名家名作歷評〉，其〈閱宋人

詩十七首〉，有詩論陸游云：

> 南渡君臣偷半壁，放翁詩句作長城。中原莫道無英傑，生個遺
> 山敵也夠。

此詩推許元遺山與陸游兩大文化戰將各為其主，作出救國義舉。就南宋而言，朝廷君臣偷安苟且于半壁江山，愛國詩人陸游以詩喚醒國魂，為人們修築起一道心理長城以抗金；就金朝而言，蒙軍入侵，莫說中原無人才抗敵，也有一位文化精神領袖元好問抗蒙，起到嚇破敵膽作用。

按：現存遺山詩文集中，未見元遺山有震撼性抗蒙文字，恐因政治問題被刪。

8　顧嗣立（1665～1722）

顧嗣立，字俠君，江南長州人。康熙進士，官翰林院庶吉士，改補中書舍人。著有《秀林集》，編有《元百家詩選》及參與編修《御選宋金元明四朝詩》。其〈題元百家詩選二十首〉，起首就論元好問云：

> 雄深出入少陵間，金元粗豪一筆刪。恢復中原板蕩後，黃金端
> 合鑄遺山。

此詩高度評價元好問的詩學貢獻。首二句言遺山詩雄渾深沉，近乎杜甫，並為金詩洗脫粗豪習氣。末二句言總結金元二代詩學成果的話，因元好問在〈論詩三十首〉有〈合著黃金鑄子昂〉之語，顧氏認為也應該用黃金為元好問鑄像，以表彰其改革詩風的功績。顧氏將元好問放在元代詩人中評論，開啟稱元好問為元代詩人的先河。

9　馬長海（1667～1744）

馬長海，姓那蘭，字彙川，號清癡，滿洲人。鎮安將軍馬期之子，自號雷溪居士，隱居終老。著有《雷溪草堂集》，《國朝詩別裁集》有記其事蹟，與李鍇，戴亨被譽為關東三老。其〈效元遺山論詩絕句四十七首〉，廣論歷代詩人，論元好問云：

> 清言蘊藉見文心，詩品能還正始音。細寫明珠穿一線，遺山不
> 惜度金針。

此詩旨在褒揚遺山詩及其詩論的成就。首句推崇遺山的文章，文辭高雅，含蓄內秀，有如劉勰的文論專著《文心雕龍》。次句推許遺山論詩絕句有如鍾嶸〈詩品〉，能準確地品評諸家詩的素質，並且辨明涇渭清濁，存正去偽，恢復屬於正體的「雅言」詩風。第三句讚揚遺山的〈論詩三十首〉有如明珠般珍貴。〈論詩三十首〉所涉及的年代，上起漢魏，下迄唐宋，內容除論詩外，也有論人，一氣呵成，有如明珠一串，首尾相連。末句稱頌遺山把詩論心法，公諸於世，有利詩道的發展。

10　文昭（1680～1732）

文昭，清宗室，字子晉，號紫幢軒主人，北柴山人。親王阿巴泰四世孫，康熙年間舉人，從王士禎遊，工詩善畫。著有《紫幢軒詩集》。其〈自題宸萼集後五首〉之四云：

> 半世功勳托彩毫，百年文獻敢辭勞。中州集後南州集，也著新
> 編奪錦袍。

此詩頌揚元遺山對史學的貢獻及影響。上詩首二句讚揚元遺山一

生功業，全賴其生輝妙筆，及不辭勞苦完成一代文獻《中州集》。末二句言作者有意繼承遺山編撰《中州集》的志業，續編一部《南州集》以保存百年文獻，定能「奪錦袍」，有功於世。

11　李必恒（生卒不詳）

李必恒，字百藥，一字百岳，江蘇高郵人。康熙間諸生。著有《三十六峰草堂詩集》等。其〈論詩七絕句〉之一云：

> 范揭虞楊彼一時，裕之淵穎各稱奇。鐵崖笑爾成何事，乞與西湖唱竹枝。

此詩述元詩發展情況，並凸顯楊鐵崖（1296～1370）竹枝詞的文學成就。詩中首句言元詩承襲金源，以好問為大宗，繼之者，為元詩四大家虞楊范揭，名揚一代。次句把遺山與元詩家吳萊（淵穎，1297～1340）並列，二人詩風各有特色。吳萊（1297～1340）元著名學者。字立夫，門人私諡穎淵先生。其文講求奇正開合，縱橫變化，其詩擅古體歌行，詩格雄渾奇肆。王漁洋譽之為「一代詩宗」。作者將遺山與吳穎淵並列，也可接受。

此詩末二句言楊鐵崖的竹枝詞的文學價值。元末，楊惟楨（鐵崖）領袖東南，創鐵崖體，其西湖竹枝詞，從而和之者百家，蔚然成風。楊氏的竹枝詞，「道風俗而不俚，追古惜而不愧」，大受民間喜愛，有「聽我西湖竹枝詞」之流行語。是詩讚揚楊鐵崖于傳承道統中，有大膽的突破。清代翁方綱《石洲詩話》中說：「廉夫自負五言小樂府在七言絕句之上。然七言竹枝諸篇，當與小樂府俱為絕唱。劉夢得以後，罕有倫比，而竹枝尤妙。」於此可見楊氏竹枝詞「當與小樂府俱為絕唱」，此語評價甚高。

12　吳祖修（生卒不詳）

　　吳祖修，字慎思，號柳塘，吳江人。康熙間貢生。著有《柳塘詩集》。著有一組教子詩〈示漢荀玉文舒文旭初觀文〉，其四云：

　　　　眼處生心自一奇，遺山此語古今師。滕王閣句黃樓賦，不到登臨妙不知。

　　此詩乃作者訓示後人作詩應以遺山為榜樣，學習遺山「眼處心生」的寫作要求。詩中首二句高度讚揚元好問〈論詩三十首〉其十一論詩觀點「眼處心生句自神，暗中摸索總非真」，強調親身經歷對創作的重要。「句自神」的來源，其基本條件是親歷其景，以激發內心詩情。「眼處心生」這一觀點影響後世深遠，成為作詩南針。明末清初學者王夫之《夕堂永日緒論·內編》曾說：「身之所歷，目之所見，是鐵門限。」[17]此論與元好問所見略同。吳祖修在此詩中重申元好問「眼處心生」的觀點，並舉名作〈滕王閣序〉及〈黃樓賦〉為例，也要親臨實地，領會勝景之妙，方能在作品中表達其妙處。按：滕王閣，地點在江西南昌市西北。〈滕王閣序〉乃王勃之代表作。黃樓，地點在徐州。〈黃樓賦〉是蘇轍之名作。

　　吳祖修又有〈評點元遺山詩竟題其後〉云：

　　　　生值金源事可歎，一時詩句冠詞壇。中原人物無郯子，能使尼山去問官。

　　此詩以郯子才德稱譽遺山。詩的首句指出元好問生於金元易代之際，國家喪亂，社會動盪，斯情斯景，可悲可歎。次句言遺山詩文出

---

[17]　（清）王夫之：《夕堂永日緒論·上編》（長沙市：岳麓書社，1993 年，船山遺書本）。

眾，冠絕詩壇。末二句「尼山問官」的典故：春秋時，郯子學問淵博，才德兼備，孔子慕名請教關於官制學問。吳氏把郯子比喻遺山，以見遺山才德崇高。以詩而言，遺山為詩壇祭酒，後無來者。

吳祖修還有〈讀遺山題中州集後詩〉三首云：

> 汴宋衣冠付劫灰，臨安文物亦雄哉。莫道蘇黃詩筆法，不隨南渡過江來。
> 一代詞人孰積薪，涪皤陳語肯相因。石湖沖淡放翁健，可是西江社裡人。
> 西銘易序典謨還，千古才人杳莫攀。一向斯文論華實，晦翁能敵百遺山。

這三首詩針對元遺山而寫。第一首：全詩意謂北宋亡後，南宋文化亦相當偉大，詩壇上依舊詩學蓬勃發展，仍以蘇黃為主流。

第二首：首句「積薪」一詞，是指後繼之人才。此詩指出詩壇後繼者，後來居上，並舉黃山谷、范石湖、陸游為例，各人都能別開生面，自成風格，彼等也是江西詩派中人。此詩明顯針對元遺山「未作江西社裡人」之句而作出回應。

第三首：宋代理學大盛，《西銘》與《易序》等古聖典籍再度受歡迎，而理學家輩博通古今，乃千古難遇人才。宋代理學成就大於詩學成就，朱熹為其代表，以主流學術成就而論，一個朱熹抵得上百個元遺山。

13 丁詠淇（生卒不詳）

丁詠淇，字瞻武（一作慕濱），錢塘人，雍正年間人，生平事蹟

不詳，工文，著《二頃堂集》及《四庫總目》傳於世。有〈論詩絕句〉
五十首[18]之作，其中一首云：

> 山川日月鎮常新，天地母音自不湮。繡出鴛鴦教細看，金針度
> 與慧心人。

詩下小注：「『鴛鴦繡了從君看，莫把金針度與人。』余以為遺山
吝教矣。作此短語，戲為先生解嘲。」

丁氏所注引的詩句，出自元好問〈論詩三首〉之三末二句，該詩
云：「暈碧裁紅點綴勻，一回拈出一回新。鴛鴦繡了從君看，莫把金針
度與人。」該詩以針黹喻作詩，針黹的色彩紅綠需佈局均勻，不斷思考
不斷創新。把完成的美好作品展示人前，但刺繡心法則無需說明。

本詩首二句指出大自然有其奧秘，即有其「金針」，例如日月常
新，天地母音（即元音）不滅。袁枚《隨園詩話‧卷四》予以繽繹
說：「夫詩為天地元音，有定而無定，到恰好處，自成音節。」詩末二
句是詩旨所在，其意謂詩作的妙處，宜仔細教人欣賞，並將其寫詩心
法和訣竅授與有心學習的聰慧人士。丁氏有感於「遺山吝教」，將遺山
原句「莫把金針度與人」，改為「金針度與慧心人」。遺山是否「吝教」，
詩家自有公論。

14 汪由敦（1692～1758）

汪由敦，字師茗，號謹堂，錢塘籍，休寧人。雍正進士，官至禮
部尚書。謚文端。著有《松川詩集》。其〈題元遺山集〉四首云：

> 九死餘生劇苦辛，唯因論世託遺民。從知阮籍非狂客，不害淵
> 明是晉人。

18　《萬首論詩絕句》編者謂全詩未見，自《兩浙輶軒錄》得其二首。

十年後事少人知，起本成書良在茲。茹噎胸中難快吐，荒亭破
硯檢殘詩。

陶韋詩筆最真厚，平淡天然萬古新。力挽新奇歸大雅，蘇門誰
復是忠臣？

裁紅劈翠競時妝，李杜光芒萬丈長。若見滄溟挈金翅，悔教舊
繡看鴛鴦。

第一首：此詩頌揚遺山金亡不仕，並以阮籍相比。首二句指出元
好問的身世，汪氏慨歎元氏于金亡後，歷盡苦辛，九死餘生，不殉國
也不仕元朝，忍辱甘作遺民，留身有待，撰寫論世詩文，《中州集》
即其代表作也。第三句以阮籍喻遺山，並指出阮籍的「狂」，並非真
「狂」，而是留身有待，遺山雖不是「狂」，而是「忍」。阮元二人的共通
點是留身有待。詩的末句，語出〈論詩三十首〉其四末句「未害淵明是
晉人」，作者汪氏予以套用為「不害淵明是晉人」，以見遺山名節如陶
潛。按：遺山有名節之累，歷朝論戰不止。

第二首讚揚遺山國亡修史之功。詩中首二句述元氏為恐十年後，
金亡事跡為人所忘，故掌握時機，築野史亭收集史料，彙集成書，以
保存金源一代文化遺產。末二句述國亡之憤恨，填滿胸膺，難吐難
快，只有發為詩歌以舒懷。末句亦可理解為遺山於野史亭中，辛勞地
整理史料及詩料以撰寫《中州集》。

第三首評價元氏的詩學成就。詩中稱賞元氏極力提倡陶淵明及韋
應物的天然真純的詩風，破除金末新奇險怪的詩風，讓文壇復歸風雅
正脈，厥功甚偉。汪氏設問「蘇門誰復是忠臣」，言下之意，元氏本人
就是繼承蘇軾的忠臣。

第四首評價遺山詩宗李杜及其纖弱之作。首句述遺山曾因競逐潮
流時尚，也有「裁紅劈翠」之作，所謂「裁紅劈翠」，是指極力修飾辭

藻，以求新穎。次句出自韓愈〈調張籍〉詩：「李杜文章在，光芒萬丈長。」此處寓意遺山詩宗李杜，氣魄雄偉。末二句意謂，遺山若曾見過大鵬展翅於蒼宇中的磅礡氣勢，就會後悔曾有刺繡鴛鴦，刻意求工之作。

15 彭啟豐（1701～1784）

彭啟豐，字翰文，號芝庭，長洲人。雍正進士，授修撰，官至兵部尚書。著有《芝庭詩稿》。其〈書吳梅村詩集後〉云：

> 金源故老有遺山，文獻中州孰與班。一種江南哀不盡，西園桂樹雨中攀。

此詩以吳梅村比喻元遺山。首二句言遺山於金亡後，有文獻《中州集》以詩存史傳世，而吳梅村也有詩集傳世。末二句言作者深切哀嘆由明入清的吳梅村及由金入元的元遺山，二人同是新舊朝代交替的悲劇文人。他們以言為心聲，發為詩歌，情同庾信〈哀江南賦〉，滿紙家國情懷，末句「西園桂樹雨中攀」，是指們對於故國風物，常思懷想。

第四節　清乾隆、嘉慶時期的論詩絕句

1 屈復（1668～1745）

屈復，字見心，號悔翁，晚號金粟老人，世稱關西夫子，陝西浦城人。乾隆年間舉博學鴻詞，不赴。著有《弱水集》。其〈論詩絕句〉三十四首，有詩論元好問云：

> 鴛鴦繡出一生心，野史亭中帶淚吟。今古甯無煉石手，補天原不用金針。

　　此詩隱喻於國亡之際，慨嘆文人以詩文存史則易，救國抗敵則難。此詩首句謂元好問一生精力盡於詩學。按：遺山論詩名作除〈論詩三十首〉外，也有〈論詩三首〉之作。〈論詩三首〉其三有句「鴛鴦繡了從教看，莫把金針度了人」。其詩學流傳後世，影響深遠，已「把金針度了人」。上詩次句謂金亡後，遺山築野史亭修史，保存文化。此時的他，其詩悲痛傷懷，故言「帶淚吟」。詩末二句言遺山雖有絕世詩才，奈何一介書生的他，面對國破厄運，詩才無用武之地，不能扭轉敗亡之局，感慨良深！

2　沈德潛（1673～1769）

　　沈德潛，字確士，號歸愚，江南長洲（今蘇州）人。乾隆進士，授編修，官至禮部侍郎。詩主溫柔敦厚，著有《歸愚詩文鈔》、又編有《古詩源》、《唐詩別裁》、《明詩別裁》、《清詩別裁》等。其〈書元遺山詩後〉云：

> 遺山仕值哀宗日，詩帶蒼涼幽咽聲。云外回瞻故宮闕，行蹤彷彿庾蘭成。

　　此詩言遺山生逢亂世，目睹國亡，情同庾子山。上詩首二句述金末，哀宗之世，朝政腐敗，民生困苦，國勢積弱，蒙軍大舉入侵，身為朝廷命官的元遺山，目睹國步艱難，心痛難當，故其詩歌「蒼涼幽咽」。末二句言遺山於國亡後，淪作遺民，遙望故都，不勝悲痛，其行蹤所寄，身世遭遇，好比庾子山（蘭成）一樣，哀盡江南，滿懷故國之思。

3　袁枚（1716～1797）

　　袁枚，字子才，號簡齋，浙江錢塘人。乾隆己未進士，官江甯知

縣。著有《小倉山房集》等。其〈仿元遺山論詩絕句〉三十八首，詩題
下有小注云：「遺山論詩，古多今少；余古少今多，兼懷人故也。其
所未見，與雖見，而胸中無所軒輊者，俱付闕如。」袁枚是性靈派的代
表，其論詩不避今人，直抒胸臆，敢於有所軒輊抑揚，開創新生面。
其論時人王夢樓云：

> 彈絲吹竹譜宮商，刻意推敲格調蒼。不許神通破禪律，遺山心
> 早厭蘇黃。

本詩主角王文治，號夢樓，乾隆進士，工詩，精音律，擅書，為
著名書法家，有淡墨探花之稱。其〈論書三十首〉之十四，有句云：
「間氣古今三鼎足，杜詩韓筆與顏書。」夢樓中年以後學佛，嘗自言：
「吾詩字皆禪理也」[19]。其詩宗唐宋，自成一家。

上詩首三句讚揚王夢樓精通音律，擅絲竹管弦，又稱許其律切精
深，格調雄渾蒼古，並且以禪入詩，繞有禪趣。末句「遺山心早厭蘇
黃」，此說實非如此，遺山詩可尋蘇黃痕跡之處頗多。

4 弘曣（？～ 1750）

弘曣，號思敬，又號石琴道人。清宗室，奉恩輔國公，理密親王
允礽第六子，任右宗丞。擅詩文，工書畫。著有《石琴草堂集》。其
〈正月十五日讀元遺山無題詩戲次其韻〉云：

> 舞榭歌樓脆管弦，宵分膏燭縷生煙。身輕沈約才難及，可似如
> 今瘦少年。
> 餡梅自昔愛詩才，和靖為妻未要媒。一夕春風啟東閣，伊家肥
> 婢莫教來。

19　見《清史稿‧列傳》，卷二百九十，〈藝術二〉。

此二詩於詩題標明是次韻詩。元好問《無題》詩二首原唱其一云：「七十鴛鴦五十弦，酒醆花柳動春煙。人間只道黃金貴，不問天公買少年。」其二云：「春風也解惜多才，嫁與桃花不用媒。死恨天臺老劉阮，人間何戀卻歸來。」元氏之詩，第一首歎息人生易老，青春不再。第二首感慨才子在人間行路艱難，不如遊仙去尋找天上樂園。

弘曬的次韻詩，則一本貴胄公子身分，詩風顯得輕佻戲謔。再者，此二詩只是和韻詩，而非論詩，故不深究其意，《萬首論詩絕句》似不必選入。

5 葉觀國（1720～1792）

葉觀國，字嘉光，號毅庵，閩縣人。乾隆進士，改庶吉士，授編修，歷官侍讀學士。著有《綠筠書屋詩鈔》。其〈秋齋暇日鈔輯漢魏以來詩作絕句二十首〉，有一詩論元好問云：

> 七歲詩名動九州，鴛鴦繡出錦機留。雪香亭畔傷心地，寫就蕪城一段愁。

詩中末句有注云：「遺山雪山亭詩云：『賦家正有蕪城筆，一段傷心畫不成。』」

葉氏於此詩首句稱讚元好問七歲能詩，有神童之目，並有詩名，第二句指出遺山嘗集前人詩歌理論，編有《錦機引》一書。按：此書已佚。

第三句所指的雪香亭，其位置在故汴宮仁安殿西。天興元年（1232）十二月，金哀宗逃出汴京，次年守將崔立降蒙。金皇室男女被逐出汴宮，押赴青城。汴宮繁華不再，轉至荒涼，令人感慨！元遺山有〈俳體雪香亭雜詠〉十五首以哀之。詩的末句所指的蕪城，即歷史上著名的廣陵城，漢高祖時，為封地之一，國號吳，及至鮑照生活的年

代，十年間已受兩次兵災摧殘，城池荒蕪，由名城淪為蕪城，鮑照有感作賦，曰蕪城賦。葉觀國首將鮑照與遺山並論，頗具創意。

6　徐以坤（1722～1792）

徐以坤，字含章，號轂庵，浙江德清人。乾隆舉人，官國子監博士。其〈戲為絕句〉八首，有論元好問云：

> 直取并州入建安，合教范陸作衙官。乾坤清氣金源老，百尺樓頭又一韓。
>
> 野史亭開又一時，朱櫻紅藥淚空滋。波瀾莫二飆流共，紅豆重來是裕之。

第一首詩推崇遺山詩地位等同唐韓愈，冠于南宋諸家。首二句謂并州自古民風尚慷慨任俠，多義勇之士，而遺山具并州人遺風，故其詩風與建安風骨同調，其筆力足以壓倒南宋中興四大家范成大、陸游輩。末二句意謂金亡後，遺山詩具雄渾自然的詩風特色，地位崇高，可繼韓愈。

第二首詩稱頌遺山國亡修史，及吟詠其人悲懷故國之情。此詩意謂金亡之後，元好問築野史亭修史，以保存及整理金代文化遺產自任。金亡後的元好問，悲懷故國，心情愴痛，熱淚空流。他身處新舊朝代交替的年代，一切已成事實，但儘管如斯處境，其捍衛中原文化的赤子之心卻不變。他思戀故國的情感，也如相思紅豆，愈來愈濃烈！

7　翁方綱（1733～1818）

翁方綱，字正三，號覃溪，大興人。乾隆進士，授編修，官至內閣學士。著有《復初齋詩集》等。翁方綱是研究元好問的專家，有《元

好問年譜》傳世。其〈又書遺山集後三詩〉云：

> 程學盛南蘇學北，陸元二老脈誰傳。紹熙正際明昌日，南北相
> 望二十年。
>
> 江左休誇病鄴中，撐霆裂月許誰同。金源南宋分疆後，天放奇
> 葩角兩雄。
>
> 驢背鐘山照眼青，文章未合付熙寧。誰知接續咸淳末，始泄精
> 華釀六經。

　　第一首詩下有小注云：「遺山生於明昌元年庚戌（1190），正放翁
提舉武夷沖佑觀時。二先生竟算同時，未相見耳。」可見翁氏有意將陸
游和元好問對比並論。詩中首二句述二程之學盛行于南，蘇軾之學流
行於北，陸游與元遺山兩大文壇鉅子之學又誰傳？末二句述陸游身處
南宋末年積弱的紹熙年代，是時也正是元遺山生活在金朝昌盛的明昌
年代，陸元二人一南一北，遙遙阻隔凡二十年，雖同年代，但未緣相
遇，殊為可惜。

　　第二首詩首二句，述翁氏批評有些南方學者小視北方文學。其
實，北方文學具有「撐霆裂月」的雄豪氣勢，足以同南方文學分庭抗
禮。詩末二句，述中原領域自南北分治之後，陸游和元好問兩人，分
別為南北文學的傑出代表。

　　第三首詩下也有小注云：「遺山卒後十五年，虞道園乃生，蓋自王
半山詩由經腴出，而未得其正耳。」

　　此詩句意奧晦。首句「驢背鐘山」四字，內含二典故，「驢背」，
指晚唐詩人鄭綮（西元？～899年），唐昭宗為相，其人長於詩，短
於政。《北夢瑣言》卷七載：「唐相國鄭綮，雖有詩名，本無廊廟之
望。……或曰：『相國近有新詩否？』對曰：『詩思在灞橋風雪中驢子
上，此處何以得之？』蓋言平生苦心也。」「鐘山」，即南京紫金山，

風景秀麗，為王安石隱居之處，有詠鐘山之詩近百首。鄭綮與王安石二人身份地位相同，尤其是以詩見長。次句言王安石熙寧變法失敗，隱喻北宋詩文革新運動未得全功。末二句意謂有誰知道文學的發展，持續到咸淳末年，六經之學也有進一步的發展，造就了宋代理學的蓬勃。翁氏作為考證學家而治文學，故思路嚴密而時有創見。

8　謝啟昆（1737～1802）

謝啟昆，字蘊山，號蘇潭，江西南康人。乾隆進士，官至廣西巡撫。著有《樹經堂詩集》。其論詩之作，相當豐富，有〈讀全唐詩仿元遺山論詩絕句一百首〉、〈讀全宋詩仿元遺山論詩絕句二百首〉。又有〈讀中州集仿元遺山論詩絕句六十首〉，其中有論元好問的四首詩云：

> 去國孤臣拚九死，外家別業帶春星。中州文獻憑誰訪，太息空山野史亭。
> 宮禁曾呼才子來，遺山壁壘倚天開。前人妙句供驅遣，錦緞何曾費剪裁。
> 西園載酒感前遊，胸次崔巍壓九州。流云沄沄夕陽下，杏花時節獨登樓。
> 慷慨論詩句有神，蘇黃以後導迷津。不逢滄海橫流日，爭識扶鼇立極人。

第一首：首句言汴京淪陷之際，遺山於兵荒馬亂中，入人自危，他仍進行救國活動，不顧性命安危。次句「外家別業帶春星」，詩意相當隱晦，金亡後，元好問有〈外家別業上梁文〉之作，吐露其心聲關於崔立碑事件。他於此文中剖白自己之所以牽連事件之內，乃由於「命由威制」，實屬無辜，亦非主謀，更非碑文主筆。此句詩的「帶春聲」，實指元好問吐露崔立碑事件的心聲。按：崔立碑事件，乃遺山一生最大

污點，史家自有定評。末二句，表彰遺山於金亡後，築野史亭修史，保存文化的功績。

第二首：首二句詩意，寓意隱晦。首句「宮禁曾呼才子來」，指遺山和張德輝等北上觀見忽必烈於幕府，請其為「儒教大宗師」，以有利於新朝號召天下儒生。次句「遺山壁壘倚天開」，「天」是指元主，言遺山襟懷由抗蒙心態，轉向開放、包容和接納。末二句讚美元好問的才氣寬宏浩瀚，並指出其詩善於引用和剪裁前人佳句作己用。詩下有小注云：「先生好用古人成句，舊有《錦機集》。」按：作詩如有古人原句，也是美中不足。

第三首：詩下有小注云：「集中杏花詩最多。」西園乃文人雅集唱詠之地，此詩首二句述遺山追懷昔日與詩侶文友雅集之盛會，其詩懷浩蕩，志氣凌雲，壓倒一切。第三句寫夕陽之景，流雲湧動。第四句述詩人於杏花時節中，登高望遠，感懷世情世局，感觸良多。杏花時節杏花開，遺山酷愛杏花，其集中有關杏花詩者近乎三十首，其名句如「一生心事杏花詩」（見〈臨江仙〉）可見其酷愛杏花之情。

第四首：其詩旨是稱許元好問的詩論成就。詩中首二句述遺山論詩中肯合理，認為他是繼蘇軾、黃庭堅之後的詩壇領導人物。詩末二句，推崇遺山於詩壇滄海橫流之際，挺生而出，發揮其詩壇盟主的本色。

9 陳啟疇（生卒不詳）

陳啟疇，字敍齋，湖南攸縣人，乾隆五十四年（1789）拔貢。著有《麻田詩草》。其〈論詩十二首呈裘慎圃邑宰〉中，有詩論元好問云：

> 白髮遺山筆有神，蘭成漂泊悟前身。如何詩到蘇黃盡，信口低昂忍誤人。

　　此詩是對遺山先褒後貶之作。詩中首句讚揚遺山詩「筆有神」，又慨歎其身世，好比庾子山（蘭成），同遭亡國及漂泊之境遇，寄予深切的同情。不過，作者對〈論詩三十首〉中「詩到蘇黃盡」的論斷，卻表示不認同，認為詩歌史是一條源源不斷的河流，不會到蘇黃就做盡做絕，末句對遺山頗有責備之意，責其信口月旦能傷害別人。

10　程尚濂（生卒不詳）

　　程尚濂，字敦夫，號息廬，浙江永康人。乾隆甲午舉人，官犍為知縣。著有《心吾子詩鈔》。其〈題元遺山論詩絕句〉云：

> 菌蠢彭亨慢忖量，千秋隻眼貴平章。丹良細映蠅頭楷，不減藜光萬丈長。

　　此詩表彰元好問論詩的成就，光芒萬丈，照耀後世。詩中首句以「菌蠢」形容歷代詩歌如菌類細密臃腫之狀，語出漢張衡〈南都賦〉[20]。「彭亨」謂形容歷代詩歌脹滿蕪雜之狀，語出《詩經·大雅·蕩》毛傳[21]。程氏用「菌蠢」及「彭亨」這兩個形容詞形容詩學發展情況，次句述元好問雖然面對紛紜繁雜的歷代詩歌，但他有其慧眼，作出慎密而公正的評論。末二句讚揚遺山寫下蠅頭小楷的論評文字，放射出千秋不滅的萬丈光芒。

11　鍾廷瑛（？～1834）

　　鍾廷瑛，號退軒，山東歷城人。乾隆舉人。官黟縣知縣。著有《退軒詩鈔》。其〈讀詩絕句十二首〉中，有詩論元好問云：

20　（漢）張衡〈南都賦〉：「芝房菌蠢生其隈，玉膏滵溢流其隅。」見《文選》，卷4。

21　《詩經·大雅·蕩》毛傳：「炰烋，猶彭亨也。」又《太平御覽》卷720引高〈養生論〉：「尋常飲食，每令得所，多餐令人彭亨短氣，或致暴疾。」

滄海橫流見一人，中州浩氣照千春。九原可作遺山老，不向盧陵覓後身。

詩下有小注云：「元裕之自云：「九原如可作，吾其從歐陽。」

此詩稱譽遺山詩與歐陽修詩地位對等。詩中首二句述元遺山於詩道滄海橫流之際，傲然挺身而出，力挽狂瀾，其作品及其《中州集》，光芒萬丈，照耀千秋。詩末二句述儘管元氏有「吾其從歐陽」之語，表示願從學于歐陽修，但鍾氏認為，元好問在文學史上已經取得了足以同歐陽修比肩的成就，自可獨立一家，不必自謙繼承歐陽修的衣缽。

12 李書吉（生卒不詳）

李書吉，字小云，江蘇常熟人。乾隆舉京兆，官欽縣知縣。著有《寒翠軒詩鈔》。其〈論詩雜詠〉中，有論元好問云：

擊筑彈箏本北音，遺山寄託恨尤深。數行直作黍離讀，甲子編年共此心。

元遺山具鮮卑血統，屬北人，生於金元易代之際，遭逢國難，目睹金源國破，淪作遺民，此詩言遺山不忘故國。「筑」與「箏」其源甚古，俱為北人樂器，「筑」，其音悲壯；「箏」，其音高，箏箏然者是也。此句寓意遺山詩具北人悲壯豪邁之風，次句言遺山於國亡後，其詩寄託深遠，內蘊悲恨。

詩末二句，作者將遺山行誼比作陶淵明，指出遺山詩洋溢故國情懷，有黍離之痛，其作品也具陶淵明風骨，不書新朝帝主年號，只書甲子，以示不忘故國。

13　舒位（1765～1816）

　　舒位，字立人，號鐵雲，直隸大興（今北京）人。乾隆舉人。著有《瓶水齋詩集》。其〈瓶水齋論詩絕句二十八首〉，詩題下有小序云：「元遺山撰論詩絕句，王文簡嘗仿之，嗣後詩家亦各有著於篇者。雖所見有異同，所造有所淺深，而習之既久，自不能已於言也。僕瑟居偶為此體，既誦其詩，間亦及其行事，凡若干首，皆近代之集。蓋元明以上，前人論之詳矣。昔王元美（王世貞）作《藝苑卮言》，年未三十，雌黃月旦，至晚節而自悔。僕之為此，誠不識於後日如何？然旨趣所在，要無易乎此耳。」其論吳梅村云：

> 宮外銅駝殿角螢，水天閒話舊山青。暮年詞賦真蕭瑟，別築江南野史亭。

　　此詩以吳梅村比喻元遺山。詩中首句言故國已亡，代表王朝的門外銅駝已荊棘叢生，殿角見螢蟲的荒廢現象。次句言國亡後，空餘泛泛閒話，重提故國昔日盛況。第三句典出杜甫詩「庾信平生最蕭瑟，暮年詞賦動江關」。元遺山與吳梅村都是生於新舊易朝之際的詩人，二人景況略同，情懷一致，常懷故國之思。此外，二人都有名節之累，故此，舒位將他們相提並論，所不同者，元遺山在金亡後築野史亭修史，詩中末句謂「別築江南野史亭」，隱喻諷刺清朝文字獄。

14　吳德旋（1767～1840）

　　吳德旋，字仲倫，江蘇宜興人。諸生。著有《初月樓集》。其〈雜著示及門諸子二十四首〉中，有論元好問云：

> 孤詣遙追靖節翁，遺山五字有高風。詩中疏鑿推渠手，事比平吳要論功。

　　此詩作者高度評價元遺山，認為其詩可比陶淵明，其功可比陳子昂。此詩首句稱譽遺山風骨遙接淵明，《金史》載詩人元遺山金亡不仕，無損大節。末二句套用遺山句讚譽遺山的文學成就，褒揚他是「詩中疏鑿手」，分清正體和偽體，匡扶大雅，其功勳好比當年范蠡協助越王勾踐「平吳」，居功第一。按：詩末二句出自〈論詩三十首〉其一「誰是詩中疏鑿手，暫教涇渭各清渾。」及其八「論功若准平吳例，合著黃金鑄子昂。」。

15　胡敬（1769～1845）

　　胡敬，字以莊，號書農，浙江仁和人。嘉慶進士，改庶吉士，授編修，官至翰林院侍講學士。著有《崇雅堂詩鈔》。其〈仿漁洋山人題唐宋金元詩絕句七首〉中，有論元好問和王寂云：

> 詩老金源存有幾，遺山而外此堪傳。賜書似警微臣拙，回首西清淚泫然。

　　詩下有小注云：「嘉慶丙子春，蒙恩賜書，中有王寂《拙軒集》。」此詩是作者獲嘉慶帝頒賜王寂《拙軒集》而作。

　　王寂（1128～1194）乃金代中葉名詩人，其知名度不亞於元好問，《四庫全書總目》稱他「寂（王寂）詩境清刻鑱露，有戛戛獨造之風；古文亦博大疏暢，在大定、明昌間，卓然不愧為作者」。《金文最》序文中，稱許他為「大定、明昌文苑之冠」。詩中首二句「詩老金源存有幾，遺山而外此堪傳」，句意稱譽元王二人，也暗喻金詩人才凋零。後三四句，是指「蒙恩賜書」，似乎在警惕作者魯拙，宜多讀點書，此乃作者自謙之語，末句「西清」，是指宮廷南書房，「淚泫然」，是指下淚，全句意謂回首往日宮廷南書房事，不禁潸然下淚，感觸良多。

16　李黼平（1770～1832）

李黼平，字繡子，又字貞甫，廣東嘉應人。嘉慶進士，改庶吉士，散館，授江蘇昭文縣知縣。以詩鳴於世，與宋湘、黃香鐵、黃遵憲、丘逢甲，稱為嘉應五大詩人。著有《繡子先生集》、《讀杜韓筆記》、《毛詩紬義》諸集。其〈讀遺山詩〉云：

> 青城山色汴河流，風月千年恨未休。若為墓田甘一死，梁州原不及揚州。

此詩旨意在國亡殉節問題。汴梁為中國著名古都，古代先後七個皇朝建都於此，屢興屢廢，閱盡興亡，故此有「恨」。王夫之嘗言：「亡國遺臣，所欠一死耳。」（《清史稿》卷 480）忠臣不事二主，乃中國傳統知識份子常見的氣節表現。金亡，元遺山並無殉節，反之更積極投向現實，築野史亭修史，保存一代文化，貢獻殊深。至於末句死葬揚州，唐・張祜有詩句「人生只合揚州死，禪智山光好墓田」（〈縱遊淮南〉）。末句隱喻汴梁乃亡都之地，揚州乃南明抗清之城，作為新舊朝代交替的遺臣，死在「梁」，或死在「揚」，其意義截然不同。

17　吳衡照（1771～？）

吳衡照，字夏冶，號子律，浙江仁和人。性淡薄，精音律，善詩工詞，為浙西詞派名論家，嘉慶進士，官金華教授。著有《辛卯生詩集》、《蓮子居詞話》。其〈冬夜讀詩偶有所觸輒志斷句非效遺山論詩也得十五首〉中，有一首論元好問云：

> 儒林翰苑煙波叟，橫漲橋東舊草堂。不信遺山高月旦，翻愁滄海到蘇黃。

此詩旨在表達世人曲解元遺山論蘇黃的態度。上詩首句是作者自述本是翰林中人，脫離官場，做個泛舟江湖老人，次句述其居所環境。末二句的「月旦」，典出《後漢書》卷六十八〈郭符許列傳・許劭〉：「初，劭（許劭）與靖（許靖）俱有高名，好共覈論鄉黨人物，每月輒更其品題，故汝南俗有「月旦評」焉。」元遺山〈論詩三十首〉其二十二，末二句「只知詩到蘇黃盡，滄海橫流卻是誰」。此二句詩是褒是貶，學術界頗多爭議。吳衡照深信享盛名的元才子，眼光銳利，月旦人物該不會偏差失誤，後人為其兩句詩，所作出的爭議，只不過未領會其詩的旨意而矣。

吳衡照稱譽遺山，可見於其〈論詩三首〉之二，詩曰：「百年喪亂感秋蓬，野史亭邊著述工。直為中州留文獻，豈徒詩接浣花翁。」此詩高度評價遺山，譽其成就除「詩接浣花翁」（杜甫）外，並築野史亭修史，以史筆直書史實，留一代文化，史學成就更勝杜甫。

18　姚椿（1777～1853）

姚椿，字子壽，號春木，自稱塞道人，江蘇婁縣人。監生，舉孝廉方正，從桐城姚鼐游，為著名散文家、詩人，畫家。著有《通藝閣集》、《晚學齋文錄》、輯有《國朝文錄》諸集。其〈題遺山集〉詩云：

> 半生甲子中州集，一慟壬辰野史亭。白髮累臣身萬里，離騷風雨夜冥冥。

此詩以遺山喻屈原。上詩首句言遺山用盡餘生精力編寫《中州集》一書，旨在保存文化。次句言金哀宗天興元年，即壬辰年，蒙兵破汴都，哀宗走歸德（今河南商丘），遺山目睹都城沉淪的慘象，悲慟不已，國亡後，築野史亭修史。末二句言姚氏將元遺山比作屈原，二人同是亡國大夫，於國亡後到處流離。此外，元屈二人經歷的相同際遇

是：元親睹蒙破金都汴，屈也親睹秦亡楚都郢，元有《中州集》之編，屈也有《離騷》之作。二人詩篇同具憤懣哀怨，痛悼家國淪亡之情。詩中末句「離騷風雨夜冥冥」，寓意國家歷遭侵害，飽受欺凌，國運黑暗。

19 張晉（ ？～ 1819）

張晉，字雋三，山西陽城人。諸生，曾中秀才。以詩鳴於世，雄視三晉。著有《豔雪堂詩集》。其〈仿元遺山論詩絕句六十首〉中，有詩論元遺山云：

> 鍾靈合在秀容間，集錄中州見一斑。莫笑金源文物少，遺山詩直接眉山。

此詩稱許遺山詩接眉山。首二句言天地之靈氣鍾愛秀容，地靈人傑，所以才孕育出元遺山這樣卓越的詩人。遺山編撰《中州集》，展露其卓越才華之一斑。末二句指出金源一代文物雖然少，文化成就雖不高，但產生一個可接續蘇軾成就的元遺山，則殊非易事。

20 喻文鏊（生卒不詳）

喻文鏊，字冶存，一字石農，湖北黃梅人。貢生，嘉慶年間人。官竹溪教喻。著有《紅蕉山館詩鈔》。其〈讀中州集兩首〉云：

> 完顏豪氣兩河雄，人物中原自不同。若似紫薇爭派別，問誰配饗杜陵翁。
> 涼葉蕭蕭滿目秋，迂辛短李舊風流。纍臣白髮何人在，野史亭邊望蔡州。

第一首詩旨頌揚遺山詩接杜甫。元好問〈自題中州集後五首〉有

「若從華實論詩品，未便吳濃得錦袍」，及「北人不拾江西唾，未向曾郎借齒牙」之句，大為拔高北人之氣，而有貶宋人之意。喻氏此詩首二句則予以客觀評說，指出北方文學以豪邁直率見長，而南方文學亦人才濟濟，詩風多元化，以婉轉含蓄見勝。詩的末二句，喻氏指出呂本中（紫薇）江西詩派，雖有一祖三宗之說，一祖是杜甫，三宗是黃山谷、陳師道、陳與義。但能具資格與杜甫配饗並列的人物，則非《中州集》作者元好問莫屬。

第二首詩旨詠遺山悲懷故國。首句言秋景，黃葉蕭蕭紛飛，次句喻氏引用白居易詩〈代書詩一百韻寄微之〉：「笑勸迂辛酒，閑吟短李詩。」詩下自注：「辛大立度性迂嗜酒，李十二紳形短能詩，故當時有迂辛短李之號。」此處言舊日詩酒風流之會已成過去，末二句指金亡後，遺山以遺臣之身，築野史亭修史，遙望當日金亡于蔡州的悲慘情景，心底何其沉痛！

21　葉紹本（？～1841）

葉紹本，字立人，一字仁甫，號筠潭，浙江歸安人。嘉慶進士，改庶吉士，授翰林院編修，官至山西布政使。從錢大昕游，著有《白鶴山房詩鈔》。其〈仿元遺山論詩絕句廿四首〉中，有詩論元好問和虞集云：

> 遺山風力道園能，俊旨清詞得未曾。自是北南分兩派，幽燕老將水云僧。

此詩論評元遺山與虞集（道園）。虞集為元詩四大家之首，是繼元遺山之後的代表者，近代學者鄭振鐸說：「蓋繼元遺山而為文壇祭酒者，誠非集（虞集）莫能當之。」（見《插圖本中國文學史》）胡應麟《詩藪》也譽其詩「渾厚典重，足掃晚宋尖新之習」。此外，《四庫全書

總目》載：「有元一代，作者云興、大德、延佑以還，尤為詞壇宿老，要必以集為大宗。」詩中首二句述虞集具遺山詩風，二人詩風相近，至於元遺山的「俊旨清詞」，虞集能得多少，應該是「庶幾近之」。末二句所言的南北各異詩風，北派是幽燕老將，以氣韻沈雄見長，南派則是云水僧人，以淡逸自然取勝，可謂各具特色，各擅勝場。按：元遺山祖藉忻州，具鮮卑血統，屬北人，可代表北派，而虞集祖藉四川，屬南人，可代表南派。

22　姚瑩（1785～1853）

姚瑩，字石甫，一字明叔，號展如，安徽桐城人，為姚鼐姪孫，自幼受學於鼐，盡得其為文心法。嘉慶進士，歷官湖南按察使。鴉片戰爭爆發初，時任臺灣兵備道，組織臺灣軍民力抗入侵英軍，獲五戰五捷佳績，威震中外。著有《後湘詩集》《台灣道里記》、《中復堂全集》諸集。其〈論詩絕句六十首〉中，有詩論元遺山云：

> 衣冠南渡依江左，文獻中州滅沒間。誰與詩場鬥金炬，劍南身後有遺山。

此詩稱譽遺山是繼陸游之後一大家。詩中首二句述自古以來，江左文化深厚，南渡新朝（指南宋）文化，都是秉承江左而來，但於亂世中，中州文化難免受到傷害。在詩末二句中，作者認為南宋及金詩壇諸家詩的成就，遺山詩的光輝，無人能及，他是繼陸游之後的大家。按：元好問與陸游同為「衣冠南渡」的亂世中人，二人同時代，一南一北，雖未曾相遇，但清代學者如焦袁熙、翁方綱等往往將他們一起並談。翁氏的名作：程學盛南蘇學北，陸元二老脈誰傳，紹熙正際明昌日，南北相望二十年。（〈又書遺山集後三首〉其一）「陸元二老」並論，已是清代學人的共識。故此，姚瑩此詩末句「劍南身後有遺山」，

也是把陸游（劍南）與元好問（遺山）一起並列。

23　柯振嶽（生卒不詳）

柯振嶽，字霽青，浙江慈溪人。諸生。著有《蘭雪集》，其〈論詩三十九首〉中，有詩論元好問云：

> 中州集斷蘇黃派，身系金源一代詩。辛苦留都遭末劫，鼎湖空泣暮年時。

此詩論元好問一生的詩學成就及其對故國的思念。詩中首句述元好問《中州集》對蘇黃詩的態度，以「斷」字作表態。翁方綱雖有「蘇學盛於北」之說，但柯氏則以為金源詩自有其風格，不必認定是繼承蘇黃派。次句推崇元好問為金源詩壇一代之表表者。詩的第三句述遺山於汴亡後，被蒙古政權拘管山東聊城，所謂拘管形同軟禁，失去自由。末句指遺山於晚年遭逢亡國之痛，每念「鼎湖」，不禁悲從中來。按：「鼎湖」是指帝王下葬之處；又金哀宗死於自懸，享年三十七。

24　程恩澤（1785～1837）

程恩澤，字雲芬，號春海，安徽歙縣人。嘉慶進士，官至戶部右侍郎。著有《程侍郎遺集》。其〈仿遺山絕句答徐仁峰仁弟〉詩云：

> 賦才雄橐合低頭，無本相隨逐未休。為問坡仙與元子，漫勞辛苦謗詩囚。

此詩是為孟郊鳴不平之作。詩中首句是指韓愈的文筆雖然雄健縱橫，但也向孟郊低頭拜下風，因韓愈有「低頭拜東野」之句。（見〈《韓昌黎詩繫年集釋》卷一〈醉留東野〉）。次句「無本」乃賈島法號，孟郊及賈島二人以苦吟著稱，見知於韓愈，在韓孟詩詩派中都是

健軍人物。自東坡在〈祭柳子玉文〉中，對孟賈二人作出「郊寒島瘦」的評價後，遂成千古定評。此外，元遺山在〈論詩三十首〉中，也譏孟郊為「高天厚地一詩囚」。詩末二句以東坡遺山並列，請他們二人包容其他詩風，無需那麼辛苦去謗笑孟郊。

25　祁雋藻（1793～1866）

祁雋藻，字叔穎，一字淳甫，號春圃，山西壽陽人。嘉慶進士，官至體仁閣大學士，諡文端。其人儒學造詣湛深，精訓詁，善詩書，曾當道光、咸豐、同治之師，世稱「三代帝師」，著有《祁雋藻集》。其〈讀元遺山詩〉四首云：

> 吾道申韓已足羞，衣冠況復語俳優。挂天大手回元氣，卻取朱弦屬柳州。
> 白頭剩有南冠錄，青簡孤懸野史亭。破硯禿毫忙底事？中州留得氣英靈。
> 雪香亭畔柳啼鶯，汴水東流繞舊京。玉軸龍文親眼見，故應愁煞庾蘭成。
> 冠山飛入湧云樓，更憶陽泉道院幽。不是詩人感喬木，霜林誰識故鄉秋。

第一首詩表彰遺山是醇儒，其詩接續柳宗元。首句，乃祁氏套用遺山詩「吾道非申韓，哀哉涉其流」（見〈贈答劉御史雲卿四首〉其三）。祁氏認為遺山在儒家道統上屬於醇儒，不涉申韓等異端之說，故此在行誼上若夾雜申韓思想在內，會自感羞愧。次句也是源出遺山詩「衣冠語俳優，正可作婢使」（見〈別李周卿三首〉其二）。這兒的「衣冠」是指優孟衣冠，外似內假，「俳優」，指小丑優伶。此句詩意喻遺山鄙棄虛假低俗的作品。末二句出自遺山〈別李周卿三首〉之二，其詩

云：「風雅久不作，日覺元氣死。詩中拄天手，……中間陶與謝，下逮韋柳止。……」[22] 又遺山〈論詩三十首〉其二十也說：「謝客風容映古今，發源誰似柳州深。」元好問推許柳宗元為文壇風雅正脈的健軍。祁氏套用遺山稱許別人詩句，予以轉用於遺山身上。祁氏認為遺山是雄文高手，領袖詩壇，恢復詩歌正體，並將他比作柳宗元，接續風雅正統。

　　第二首詩讚揚遺山國亡修史，保護及繼承文化道統。詩中首二句，揭示元好問在金亡後，著《南冠錄》以記載元氏列祖列宗言行錄及金朝君臣事跡，又築野史亭修史，以保存中原文化。詩中第三句的「破硯禿毫忙底事」，作為提問遺山勤於著述所謂何事？末句道明詩旨，是為中州文物留下萬古不滅的英靈之氣。

　　第三首詩下有小注：「〈雪香亭雜詠〉注：『亭在故汴宮仁安殿西。』」元好問有〈雪香亭雜詠〉之作，其末句「時上高層望蔡州」，乃悲懷故都之語。

　　此詩以庾信比喻元遺山。詩中首二句言風物未變，故宮柳鶯依然啼，汴水依然繞故都東流，但已國亡易主。詩的第三句「玉軸龍文親眼見」，出自庾信〈哀江南賦〉：「乃使玉軸成灰，龍文折柱。」「玉軸」，指珍貴的圖書畫籍，「成灰」，成為灰燼；龍文折柱，指皇宮龍紋柱折斷。祁氏雖未言「成灰」及「折柱」，但詩意卻含該義。全句意思，是指遺山親眼目睹國亡慘象。末句寫遺山對金朝故宮的思念，其情懷好比庾子山（蘭成）作〈哀江南賦〉賦，萬般愴痛。

　　第四首詩下有小注：「〈陽泉樓〉、〈雲道院〉及〈鄉郡雜詠〉詩，皆為平定作也。遺山自注：『余家自五代以後，自汝州還平定，又自

22　姚奠中主編：《元好問全集》（太原市：山西人民出版社，1990 年），冊上，卷2，頁43。

平定遷於忻。』[23] 故文字中以平定為鄉郡。」此詩寫遺山緬懷故鄉情。詩
中首二句先從寫景入手，繼而追懷往昔吟詠之處「陽泉樓」及「雲道
院」。末二句寫遺山秋日懷鄉之情，感觸良多。

26　敖興南（生卒不詳）

　　敖興南（生卒不詳），貴州印江人。嘉慶中歲貢，官貴築訓導。有
《蓼汀詩集》。其〈論詩〉云：

> 昂首西江百態新，餘波能蕩兩朝人。中州祇有遺山老，不向蘇
> 黃逐後塵。

　　此詩褒譽遺山堅守道統詩風，不為蘇黃新派詩風所動。詩中首二
句，其意指江西詩派新態百出，以「脫胎換骨」，「點鐵成金」，「以故
為新」為能事。從詩史發展來說，江西詩派是北宋以後最具影響力的
流派，其餘波影響延及近世同光體，敖氏所言江西詩派餘風影響兩朝
人，是比較保守的說法。詩的末二句謂元遺山不步蘇黃後塵，其詩風
與蘇黃無涉。按：敖氏之說，恐是一家之言。事實上，遺山詩學蘇黃
之例證頗多。

第五節　清道光、咸豐時期的論詩絕句

1　潘德輿（1785～1839）

　　潘德輿，字彥輔，一字四農，江蘇山陽人。道光舉人，分發安徽
知縣。著有《養一齋集》等。其《養一齋詩話》，乃著名的詩論著作。

23　姚奠中主編：《元好問全集》（太原市：山西人民出版社，1990 年），冊上，卷 13，
　　頁 408。

其〈仿遺山論詩絕句論遺山詩二首〉云：

> 評論正體齊梁上，慷慨歌謠字字道。新態無端學坡谷，未須滄海說橫流。
>
> 氣挾幽并格老蒼，中原旗鼓孰相當？如何兩曲芳華怨，塗抹嫣紅學晚唐。

第一首詩述遺山詩與蘇黃詩關係。詩中首二句謂遺山評論詩歌提倡正體，反對齊梁詩體的重音律對偶，詞藻浮艷，而內容則空泛無物。他鼓吹恢復建安時代的慷慨歌謠，字字雄健有力。末二句，作者卻指出遺山詩也有學蘇黃之處。所以詩壇滄海橫流，遺山也置身其中，無需五十步笑百步。

第二首詩述遺山詩風兼具豪放與惋約。詩中首二句頌揚遺山詩歌氣格老蒼，挾幽并之氣，在中原詩人中誰能抗手？末二句述遺山詩風格多樣化，例如其兩首樂府詩〈芳華怨〉和〈後芳華怨〉[24]，便有晚唐香奩格調。

2　朱綬（1789～1840）

朱綬，字仲環，一字環之，晚年更字仲潔，號酉生，江蘇元和人。道光舉人。著有《知止堂詩錄》。有〈論詩絕句六首〉之作，其一云：

> 孰為台閣與山林，下筆都能見苦心。最愛篋中冰雪句，白云韶濩有清音。

此詩指出遺山論詩以天然為貴。元好問在〈論詩三十首〉其十四曾

24　（元）元好問：〈芳華怨〉及〈後芳華怨〉，收入《元好問全集》（太原市：山西人民出版社，1990 年），冊上，卷 6，頁 150、151。

說：「出處殊途聽所安，山林何得賤衣冠？」又其十七說：「浪翁水樂
無宮征，自是云山韶濩音。」此詩乃朱緩化用遺山句意而成之作。首二
句述無論作官的台閣詩人，或出世的山林詩人，其下筆而成的作品，
都可見其詩旨寄託。末二句述作者最喜愛清純詩句，其句中的情景和
聲韻，都是天籟而成。

3 袁翼（1789～1863）

袁翼，字谷廉，江蘇寶山人。道光舉人，官玉田知縣。著有《邃懷
堂詩集》。其〈論金詩三十八首〉中，有論元好問云：

> 興亡閱歷百年間，斗北詩壇峻莫攀。李杜白韓蘇陸後，大家一
> 席待遺山。

詩下有小注云：「欽定《唐宋詩醇》六家，為千古不刊之睿鑒。繼
放翁而起者，非遺山莫屬。」

此詩指出元遺山詩史地位，是繼陸游之後，又另一後繼者，此說
已為公論。首二句言遺山之後百年歲月，未有人能在詩壇上可跟他比
美。末二句指出遺山是繼李白、杜甫、白居易、韓愈、蘇軾、陸游之
後的大家。

4 徐繼畬（1795～1873）

徐繼畬，字健男，號松龕，山西五台人。道光進士，改庶吉士，
內用太僕寺卿。授編修，官至福建巡撫。著有《松龕先生遺集》。其
〈讀元遺山詩二首〉云：

> 閏統金源氣厭遼，中州文獻總寥寥。詩篇賴有斯人在，半壁猶
> 堪敵宋朝。

生平學杜皮兼骨，偶效蘇黃亦示奇，禾黍故宮歌代哭，淚痕多
似少陵詩。

徐氏是山西人，所以對金朝的詩歌甚為推崇，此詩讚揚遺山詩
學地位，不遜宋朝詩家。在第一首詩中，他認為金詩並非繼承外來偽
政權遼國詩風，又指出屬於中州本身的文獻不多，幸有元好問悉心收
集，編成《中州集》一書，因而使金朝文化可以和宋朝相比。

第二首詩稱頌遺山詩繼杜甫。詩中首句，作者認為元好問平生以
學杜為主，所謂「皮兼骨」，正如邵祖平《無盡齋詩話》所言：「古今詩
人學杜甫者多矣，……元學杜得其全。」「得其全」是「皮兼骨」的很
好註解。次句指遺山也偶學蘇黃詩之奇。末二句述遺山於詩中悲懷故
國，其愛國熱忱與杜甫類似。

5　況澄（1799～1866）

況澄，字少吳，廣西臨桂人。道光進士，官至河南鹽糧道。著有
《西舍詩鈔》。其〈仿元遺山論詩三十首〉末尾一絕云：

仿遺山作有漁洋，接跡心畬更小倉。張雋增題六十首，我詩率
爾待平章。

此詩指出清代詩家，仿元遺山作論詩絕句的情況。詩中意謂清代
詩學遺山者，先由王士禎（漁洋）發其端，繼起者有蔣士銓（心畬）、
袁枚（小倉）等，後來者有張雋（蓉舫）更仿作六十首之多，末句作者
自言也加入仿作行列，並接受品評。

6　何紹基（1799～1873）

何紹基，字子貞，號猿叟，湖南道州人。道光進士，授翰林院編

修。著名書法家。著有《東洲草堂詩集》。其〈登舟〉三首云：

> 煉骨捶身得幾何？陳陳未免附塗多。中州不少英雄氣，讓與陰山敕勒歌。（讀遺山詩）

> 芝蘭名貴出榛菅，野史亭邊琢句慳。不解張楊兩詩叟，一生低首向遺山。（張楊謂石舟、紫卿）

> 嫻閱遺山樂府詞，試斟老友默深詩。江山幽異非人識，何苦窮將拗筆追。（訂默深詩）

第一首是何氏讀遺山詩後，作出論評，讚揚北方尚存漢魏風骨。首句提問遺山詩學磨練功夫如何？次句直言遺山詩之弊，批評其詩常用前人成句，甚且其本人詩句也時有重複再用，陳陳相因畢竟是不可取的。末二句，乃化用遺山論詩句「中州萬古英雄氣，也到陰山敕勒川」（〈論詩三十首〉其七）而成。何氏此兩句詩，意謂中州豪邁詩風，不及北方。不過，何氏於此詩中，也維護中州英雄氣，以一「讓」字作輸給北人。

第二首述遺山詩雖佳，但也有其瑕疵。第一句謂遺山詩雖佳如「芝蘭」，但卻夾有「榛菅」，芝蘭指香草，榛菅指茅草，意謂遺山詩瑜中見瑕。次句續評遺山詩雕琢工夫不足。第三四句慨嘆何解清人張穆（石舟）及楊秀鸞（紫卿）二位詩壇名宿，仍然一生都服膺遺山。何氏之見，顯然迥異於時人。

第三首詩述作者勸告其友勿沈迷遺山「拗筆」詩法。詩中首二句言作者將遺山樂府詞與其好友魏源（默深）詩一起對讀，末二句指出元魏二人所面對的江山背景及個人際遇各異，規勸魏源不必苦學遺山詩的「拗筆」詩法。觀何氏對時人學習遺山詩作的技巧，作出述評，可以見出，清人學遺山詩已蔚成風氣。

7　楊秀鸞（1799～？）

楊秀鸞，字紫卿，寧遠人。監生。著有《春星閣詩鈔》。他翻閱近時諸家詩集，有戲效元遺山體之作，論查慎行（1650～1727）云：

> 不放坡詩百態新，遺山早卜後來人。卻翻北宋為南宋，更逐山陰步後塵。

全詩意謂，楊氏推許查慎行（初白）的詩路，從遺山之詩風得到啟發，並且汲納蘇陸之長，成就自己的詩歌風格。

詩中首句套用遺山〈論詩三十首〉其二十六末句「肯放坡詩百態新」，稱許查慎行得蘇詩百態新之長，次句舉遺山具預見之才，預料蘇詩千姿百態的創新特色，必有後繼者。楊氏以古人「早卜」此種手法去讚譽別人，頗具創意。末二句言宋詩由北宋入南宋，讚揚查慎行詩繼陸游。末句所謂「山陰」，指陸游也。

按：查慎行的詩法得力於抗清名詩人錢澄之。陸游是抗金鬥士。錢陸二人懷抱相同，誠巧合矣！在清詩人中，學唐居多，而唐宋兼學而有成就者，則以查慎行最著。趙翼稱他「梅村（吳偉業）後，欲舉一家列唐宋諸公之後者，實難其人。惟查初白（慎行）才氣開展，工力純熟」，又言「要其工力之深，則香山，放翁後一人而已」（見《甌北詩話・查初白詩》卷十），「放翁後一人」，「一人」，是指查慎行，此評價相當崇高。

8　汪士鐸（1814～1889）

汪士鐸，字振庵，號悔村，江寧人。道光舉人，賜國子監助教銜。著有《悔翁詩鈔》。其〈讀金元人詩仿元遺山論詩絕句十二首〉中，有詩論元好問云：

　　天馬行空氣象孤，峰巒青翠插平蕪。都門一作哀涼甚，何止風
流繼大蘇。

　　此詩譽遺山詩不減蘇軾，作者尤為欣賞其亡國詩。詩中首二句，
頌揚元好問詩縱橫豪放，風格獨特。後兩句述遺山的亡國詩殊為沈痛
感人，其詩雖接眉山，但風流之處，不減蘇軾。元氏學蘇的豪放，在
詩風表現風流瀟灑，豪邁奔放。由於蘇元二人際遇不同，尤其是金亡
後，好問以遺民之身倖存，滿懷悲恨，其哀痛心聲，發而為詩歌，其
動人之處，較之蘇軾有過之而無不及。

9　朱應庚（1852～1891）

　　朱應庚，字恢元，號菊坡，湘鄉人，咸豐光緒人。諸生。著有《菊
坡詩存》。其〈論詩三十二首〉中，有詩論元好問云：

　　遺山老病臥空林，滿耳泠泠海上音。古木清霜秋已老，橫波亭
下白雲深。

　　此詩作者著力描繪金亡遺老（遺山）的悲秋心境。詩中意景一派蒼
涼，主角遺山病臥空林，入耳者都是林風之音，其聲像海風般清寒。
遺山有句「老木清霜鴻雁秋」（見〈橫波亭為青口帥賦〉），這種秋景，
最易傷動亡國大夫的情懷。末句所指的「橫波亭」，位於江蘇青口河，
始建於南北朝，該亭氣勢恢宏，屹立河邊，金末，元遺山曾逃難於
此，有〈橫波亭為青口帥賦〉之作。明末清初，該亭已蕩然無存，不知
所踪，空餘雲海，故此詩末句有「橫波亭下白雲深」之語。

10　王必達（生卒不詳）

　　王必達，字質夫，號霞軒，臨桂人。道光舉人，歷官廣東惠潮嘉

道,有《養拙齋詩》十四卷附錄一卷。其〈偶成四絕句〉之四論元好問云:

> 野史亭西落照遲,無情文獻有情詩。畫欄桂樹秋風老,大定明
> 昌又一時。

此詩述遺山於國亡後,以史及詩存世。詩中首二句言遺山於國亡後,築野史亭修史。「無情文獻」,是指遺山據事實寫史,「有情詩」,是稱許遺山詩具情韻魅力。末二句述遺山追懷故國由盛轉衰而至敗亡。畫欄桂樹見證歷史變化與興廢。金朝以大定明昌二朝為盛世,故遺山有「神功聖德三千牘,大定明昌五十年」(見〈甲午除夜〉)之句。

第六節 清同治、光緒時期的論詩絕句

1 高淩雯(1861～1945)

高淩雯,字彤皆,天津人,光緒舉人。著有《過江集》。其〈讀詩雜感・小序〉云:「甲寅長夏,陰雨侵尋。讀古詩歌,思其身世,成絕句四十首。兔園獺祭,敢涉論古之藩;雜俎侯鯖,不中綴章之矩。襲碻士之晬語,備用標題;視阮翁之論詩,不同途徑;取自怡悅,遑問妍媸。」其中一首論元好問云:

> 憔悴遺山劇可哀,放歸河朔影徘徊。詩成不灑國亡淚,字字都
> 從淚化來。

此詩哀悼遺山亡國之痛。首句述金亡後,遺山心情悲痛,顏容落泊憔悴。次句言遺山金亡後,被拘管於山東聊城,過著囚禁式生活,

故言「影徘徊」。末二句「詩成不灑亡國淚，字字都從淚化來」，句意殊為沉痛，哀嘆遺山的亡國詩，字字有血有淚，叫人腸斷！

　　按：《萬首論詩絕句》載此詩作者為高彤，字淩霄，恐誤。

2　蔡壽臻（1833～？）

　　蔡壽臻，字鶴君，桐鄉人，光緒年間，官順天霸知州，歷任順天府治中保薦循良，傳旨嘉獎京察一等，候補知府升用道。著有《艮居詩括》。其〈論詩絕句〉十首中，有論元好問云：

> 出處總嫌天地隘，知名京洛太伶仃。金源遺老悲身世，痛哭西
> 風野史亭。

　　此詩論述遺山身世遭遇。首句言在金亡之際，文人無論或出或處，或仕或隱，總嫌出路少，難以抉擇；次句言遺山縱有才名於都城，但生存於亂世時代，都是空有抱負，壯志難展，情懷孤獨。第三四句言金亡之後，遺山自悲身世，獨居野史亭，對故國寄予無限之思。

3　宮爾鐸（1838～？）

　　宮爾鐸，字農山，號抱璞山人，鳳陽懷遠人，道光光緒年間人。著有《思無邪齋詩存》。有〈讀元遺山王漁洋論詩絕句，愛其文詞之工，惜其所言尚非第一義，漫成此作，以質知音〉二十五首，其五論杜甫云：

> 排比鋪張不足論，連城有璧善推尊。淋漓元氣仍虛譽，識得倫
> 常見本根。

　　詩下有小注云：「元遺山〈杜詩學引〉云：『今觀其詩，如元氣淋

漓，隨物賦形』云云。竊以為少陵之獨有千古者，蓋五倫無一不厚，故能使讀者忽歌忽泣，沁入心脾。久久諷詠，則氣質亦與之俱化，此真少陵之連城璧也。」

此詩作者以遺山〈論詩三十首〉之句，入詩詠杜甫。詩中首二句是作者化用元好問〈論詩三十首〉其十「排比鋪張特一途……少陵自有連城璧」之句而成。首句「排比鋪張」，言排比太過，其義屬貶，次句「連城有璧」，即「連城璧」，受到推許尊崇，其義屬褒。第三句所言的「淋漓元氣」，本屬詩文的褒稱，但作者卻認為是「虛譽」，未足言杜詩的至高境界，結句點出「連城璧」的真正價值在以厚仁倫為根本，亦即宮氏所言「五倫無一不厚」，引伸言之，杜甫詩道精神，符合儒家道統。宮氏之見，其意義近乎潘德輿所說杜詩「連城璧」的價值觀是「本性情、厚倫紀、達六義」（見《養一齋詩話》）。

4　朱庭珍（1841～1903）

朱庭珍，字筱園，雲南石屏人。光緒舉人，曾參軍。愛吟詠，著力於杜詩，詩有唐風，為近世著名詩論家，著《筱園詩話》，歷時十三年完稿，又著有《穆清堂詩鈔》。其〈論詩〉云：

> 筆卷雲濤氣雨風，遺山具體少陵翁。力排東野西江體，似此論詩恐未工。
> 金代吟壇少作家，中州一集半浮誇。北人喜拾江西唾，未信遺山借齒牙。

朱氏此二首詩批評遺山論詩之失。於第一首詩中，作者不滿元遺山排斥孟郊和江西詩派。詩中首二句雖然肯定遺山詩師法杜甫，得杜詩沈雄之長；但末二句則譏諷元遺山氏詩論不公，鄙視孟郊為「高天厚地一詩囚」（見〈論詩三十首〉其十八），及鄙視江西詩派，故言「未作

江西社裡人」。（見〈論詩三十首〉其二十八）朱氏則予以回應「似此論詩恐未工」，「恐未工」，即不公平是也。

第二首詩作者譏諷《中州集》內容不實及不滿遺山論詩有南北之見。詩中首二句述金代詩人少，造就遺山容易出眾成名，作者更不滿《中州集》中某些評論，有「半浮誇」之失。詩末二句是朱氏回應遺山〈自題中州集後〉五首之一，其末二句云：「北人不拾江西唾，未要曾郎借齒牙。」朱氏予以回應「北人喜拾江西唾，未信遺山借齒牙」，明顯高姿態跟遺山唱反調。

5　白永修（1841～1911）

白永修，字澄泉，號曠廬，山東平度人，光緒拔貢，後選直隸州州判，以詩文著稱於世，卓然成家，有《曠廬詩集》。其〈答友人論詩〉五首之末首云：

> 豪吟我愛遺山老，開口談詩亦寡儔。悔煞太虛淮海集，挽河難洗女郎羞。

此詩詠遺山評秦觀女郎詩一事。詩中首二句，作者自言酷愛遺山詩，更自傷詩侶零落，正如遺山「正體無人與細論」。末二句的「太虛」，是秦觀的別字之一，其人有《淮海集》之作。〈論詩三十首〉其二十四云：「有情芍藥含春淚，無力薔薇 晚枝。拈出退之山石句，始知渠是女郎詩。」詩的首二句乃出自秦觀〈春日五首〉，遺山將原句照用，並予以評定為「女郎詩」，豈料一搥定音，引起後世頗多爭議。末二句白氏謂秦觀應感後悔，自招「女郎詩」之諷，此污點就算用黃河之水也洗不清。

6 張佩綸（1848～1903）

張佩綸，字幼樵，號簣齋，河北唐山豐潤人。同治進士，改庶吉士，散館授編修，歷官候補四品京堂。著有《澗於集》。其〈論閨秀詩二十四首〉，有詩論元好問之女云：

> 浯溪隱跡最深清，那有雕梁語燕聲。想是裕之家學雅，阿荼解誦木蘭行。

詩下有小注云：「《山房隨筆》以元遺山有妹文豔，拒張平章婚，作〈補天花板詩〉。詩云：「補天手段暫詩張，不許纖塵落畫堂。寄語新來雙燕子，移巢別處覓雕梁。」此詩乃遺山妹拒婚之詩，可見其人氣質清貞。

此詩稱頌遺山家庭成員，俱屬詩人世家之後。此詩首句的「浯溪」，為湖南永州名溪，以山水奇秀及碑林著稱，元遺山遠祖元結隱居於此。該溪山奇水秀，故無「雕梁燕語」，作者化用《山房隨筆》所載掌故成詩而不露痕跡，顯見詩才功力之深。又：遺山次女，名嚴，為女冠，詔為宮教，號浯溪真隱，有《浯溪集》傳世。

詩中末二句述遺山出身於詩人世家，故此「家學雅」，不論男女，皆受家學薰陶。末句出自遺山〈即事詩〉，有句「阿荼能誦木蘭行」（見《元遺山詩集》卷九），其詩意謂遺山幼女，幼年時代已能理解及背誦木蘭詩。

按：「阿荼」，是遺山之女，小字叔閑，名柔，乳名阿荼，木蘭行，即木蘭詩，北朝民歌

7 楊深秀（1849～1898）

楊深秀，字漪村或儀村，號雪雪子，山西聞喜人。光緒進士，

授刑部主事，官至山東道監察禦史，參與維新變法，為戊戌六君子之一，著有《雪虛聲堂詩鈔》。其〈仿元遺山論詩絕句五十首〉，專論山西詩人。其論柳宗元云：

> 誰妄言之誰妄聽，故將韋柳兩相形。漁洋不識唐靈運，真賞終輸野史亭。

詩下有按語曰：「元遺山詩自注云：『柳柳州，唐之謝靈運。』」

此詩是作針對王士禎論韋柳高下而寫。王士禎有〈戲仿元遺山論詩絕句〉之作，其論韋應物、柳宗元云：「風懷澄淡推韋柳，佳處多從五字求。解識無聲弦指妙，柳州那得比蘇州。」其《分甘餘話》亦說：「東坡謂柳柳州詩，在陶彭澤下，韋蘇州上。此言誤矣。余更語曰：韋詩在陶彭澤下，柳柳州上。」王士禎鼓吹神韻論，認為若從詩的神韻角度論韋柳高下，柳宗元不及韋應物。楊深秀則不敢苟同王士禎之說，故在詩中首句即譏諷王士禎「妄言」，及「妄聽」之徒，次句指出「妄言」焦點是把「韋柳」輕率「相形」，即輕率分高下。作者認同元好問「柳柳州，唐之謝靈運」之見，深信柳宗元在五言雅詩發展上，承接謝靈運的餘韻，故此在詩的末二句，譏諷王士禎的鑒賞水準不及元遺山，並直言「漁洋不識唐靈運，真賞終輸野史亭」。「唐靈運」，是指唐代謝靈運；野史亭，是指元遺山。

楊氏又論元遺山云：

> 繫舟山上采薇餐，野史亭中削竹看。三百年無此作矣，閑閑公外解人難。

此詩有傷知音難遇之歎。繫舟山在元好問的家鄉忻州。此詩首二句述金亡以後的元好問，像不食周粟的伯夷那樣高潔，在繫舟山上采薇過活，及在野史亭中削竹編書；末二句言元氏的作品，除好問恩師

文壇盟主趙秉文具慧眼賞識外，就很難再有其他人了。

按：〈遺山墓銘〉有載，元好問的「〈箕山〉、〈琴台〉等詩，趙禮部（趙秉文）見之，以為少陵以來無此作也」。

8　陳熾（1855～1900）

陳熾，字次亮，江西瑞金人。同治拔貢，光緒中舉。著有《褱春林屋詩》。其〈效遺山論詩絕句十首〉，有詩論元好問云：

> 蕭槭關河元左丞，宋州落日涕沾膺。絕勝頭白西湖老，優孟孤忠學杜陵。

此詩言好問生逢亂世，境況悽辛，其詩學杜，以寫實為主。詩中首句稱謂元好問為「元左丞」實屬鮮見。「左丞」是正二品官銜，遺山從未當過二品官。其常見官銜是「左司都事」或「員外郎」，前者屬六品官，後者屬五品官。首二句述金都為蒙亡於蔡，山河冷落，身為朝廷命官的元遺山，淪作亡國大夫，心情悲愴，望落日而思故國，淚沾胸膺。第三句詩意，可理解為遺山於國亡後，並無隱居西湖終老，反之積極面對人生，築野史亭修史，其信念是「國亡史興，己所當任」，也是一種報國行為。末句言元好問詩一生學杜。

9　郭曾炘（1855～1928）

郭曾炘，字春榆，號匏庵，福建侯官人。光緒進士，改庶吉士，授禮部主事，官至典禮院掌院學士，著有《匏廬詩存》。其〈集遺山律句百首〉，自題其後云：

> 曹毗一片光明錦，白地裁為負販衣。偶借酒杯澆磊塊，九原可作幸無譏。

轉喉易觸當途諱，學步但增餘子羞。盡把精神費無益，東塗西抹幾時休。

第一首詩中，作者稱頌遺山之才如東晉文學家曹毗。首二句出自宋人劉義慶《世說新語・文學》：「孫興公（孫綽）道曹輔佐（曹毗）才如白地明光錦，裁為負版綺，非無文采，酷無裁製。」曹毗，東晉文學家，「少好文籍，善屬詞賦」，為文甚有文采，為世所重。此詩首句以遺山比喻曹毗，「光明錦」喻作品文質兼美。次句「白地」，言優質材料，「負版綺」，指擔貨販賣者所穿的粗布褲，乃郭氏自謙集句技巧之詞。第三句是作者表明集遺山律句的目的，在於借他人之酒杯澆自己胸中之塊磊。末句「九原可作」，典出《國語・晉語八》：「趙文子與叔向游於九原，曰：死者若可作也，吾誰與歸？」九原，指墓地，可作，言再生，復生。全句意謂集句之作，僥倖不會受到譏評，暗喻可避文字之禍。

第二首詩旨隱喻藉詩諷刺文字獄。詩中首句「轉喉觸諱」，其義是指一開口說話或以文字表達意見，就會觸犯忌諱；「當途」一詞，是指掌握政權的人士，第二句言「邯鄲學步」，徒令「餘子」，實稱自己，感到羞愧。末二句言自己集遺山句成詩，費神太多，未知何時結束此種東塗西抹的無目標行為。

此詩表明作者採用集句成詩，是為了避免觸及當道者的忌諱，但這樣做，往往有邯鄲學步的尷尬，於是以自嘲作結。

10　何維棣（1856～1913）

何維棣，字裳孫，道州人。光緒舉人，官四川候補道。著有《潛穎詩》。其〈論詩〉云：

波瀾已到蘇黃盡，盡處橫流未易才。盡有遺山疏鑿手，豈能鞭

石渡蓬萊。

此詩詠遺山力挽詩壇歪風，其事難成。此詩首二句反映詩壇現實詩風，波瀾雖盡，但偽體橫流，並氾濫成災，此局面已經無法收拾，末二句指出，即使有遺山那樣的詩壇疏鑿手，也恐回天乏力，不能挽狂瀾於既倒，所謂「鞭石渡蓬萊」，比喻世間並無「鞭石成橋」之路去仙境，此言事實不可行。

11 林棟（1856～1920）

林棟，字東木，號隆山，福建壽寧人，光緒進士。有《梅湖吟稿》。其〈偶成〉詩云：

> 女郎山石分優劣，未必昌黎意更同。我覺魏徵真嫵媚，莫徒硬語羨盤空。

此詩作者不滿遺山〈論詩三十首〉其二十四，有重韓輕秦之論，故作此詩予以回應。本詩首句述元好問在〈論詩三十首〉其二十四，曾評秦觀詩云：「拈出退之山石句，始知渠是女郎詩。」此兩句詩正是林棟「女郎山石分優劣」的出處。林氏的觀點與元氏不同，他認為並非韓愈詩就一定好，秦觀詩就一定差。詩中次句乃作者借韓愈之名，表達不同意遺山不公之論。第三句作者引用魏徵嫵媚典故入詩，《唐書‧魏徵傳》載唐太宗有言曰：「人言魏徵舉動疏慢，我見其嫵媚。」剛正不阿的大臣魏徵也有嫵媚可愛、兒女情長的一面，同理，詩歌也應該有不同的風格。句末言後學者不必要專主一家，只傾慕硬語盤空的單一風格。林氏之論，顯然不滿遺山重韓輕秦。

12　路朝霖（生卒不詳）

路朝霖，字訪岩，貴州畢節人。光緒進士，授東鄉知縣，歷官河南候補道。著有《紅鵝館詩鈔》。其〈夏夜讀船山詩〉云：

> 棧云峽水寂無聲，寫入詩篇極有情。夏夜讀來當遊志，「眼中歷歷記經行」。

詩題中的「船山」，即張問陶（1764～1814）也。張問陶清代官員，工詩畫，有「蜀中詩人之冠」之稱。晚年辭官歸里，居蘇州虎邱，又傲遊大江南北，卒於客舍。

此詩述遺山的遊歷詩的成就受到清人青睞。詩中首二句讚揚張問陶的遊歷詩情景交融，尤其是「情」最為動人。詩中末二句，述問陶詩筆細膩，具吸引力，可使讀者神遊其中。末句「眼中」句下有小注：「遺山句。」此句出自遺山詩〈俳體雪香亭雜詠〉十五首之十四，這是用遺山詩句來讚詠他人之例。

13　李希聖（1864～1905）

李希聖，字亦元，號臥公，湖南湘鄉人。光緒進士，官刑部主事。著有《雁影齋詩存》。其集中有兩首與元好問立場有異的詩。他不同意元遺山論詩有貴賤之見，其詩〈元遺山論詩有貴賤之見，作此正之〉：

> 面目都隨貴賤遷，陶公枯淡謝公妍。暮云春酒詞清麗，卻在柴煙糞火邊。

上詩是李希聖就元遺山論詩有貴賤之見，予以作出評論。首句述人的面目所流露出的神色，都會因生活際遇的順逆而有所改變。次句

言陶謝詩風,陶潛為田園詩人之宗,謝靈運為山水詩人之祖,陶詩以「枯淡」見稱,所謂「枯淡」,蘇軾解釋說:「所貴乎枯淡者,謂其外枯而中膏,似淡而實美,淵明,子美之流是也。」(見《東坡題跋》卷上〈評韓柳詩〉)謝靈運的詩「妍」,實指「富艷精工」。鍾嶸《詩品》評謝靈運詩「其源出於陳思,雜有景陽之體。故尚巧似,而逸蕩過之,頗以繁蕪為累……麗典新聲,絡繹奔會。」「陳思」,即曹植也,其人「文才富艷」,「文章典麗」,鍾嶸《詩品》評其詩「詞采華茂」,所謂「景陽之體」,以「尚巧似」為貴。謝詩富艷精工,過於雕琢而達自然。李希聖謂謝靈運詩的「妍」,於此可理解矣。詩的末二句,其意境對比強烈,一是「暮雲春酒」,另一是「柴煙糞火」,明顯是針對元好問〈論詩三首〉其一有句「情知春草池塘句,不到柴煙糞火邊」而寫,故此結句「卻在柴煙糞火邊」,刻意表示抗議遺山論詩有貴賤之分。

有關「元遺山論詩有貴賤之見」,近代學者頗多回應,例如郭紹虞在其〈元好問論詩絕句〉一文,則說:「說他有意矯時弊則或者有之,說他有貴賤之見則未必然。」此外,遺山也有另一首論詩掀起關於貴賤的爭議,該詩出自〈論詩三十首〉其十四:「出處殊途聽所安,山林何得賤衣冠?」臺灣學者何三本《元好問論詩絕句三十首箋證》說:「首二句謂出處各依性之所近,本無貴賤之分。」何氏之見正確。

李氏另一首論詩反駁元遺山論詩有南北之見,其詩題標明〈遺山論詩又有南北之見,復作此正之〉:

> 鄴下曹劉氣不馴,江東諸謝擅清新。風云變後兼兒女,溫李原來是北人。

此詩作者明顯不滿遺山論詩有南北之見。元好問〈自題中州集後五首〉首二詩,其一云:「鄴下曹劉氣盡豪,江東諸謝韻尤高。若從華實評詩品,未便吳儂得錦袍。」其二云:「陶謝風流到百家,半山老眼淨

無花。北人不拾江西唾，未要曾郎借齒牙。」這兩首詩，清・紀昀、朱士彥早有「南北分疆，未免心存畛域」[25] 之論，李希聖認同其說。近人郭紹虞也說「這一首詩，揚北抑南十分明顯，李氏（希聖）之詩或即指此而言」（見郭紹虞〈元好問論詩絕句〉）

　　元好問是否有為北人爭勝的用意？當代學者有不同看法。臺灣龔鵬程認為好問論詩中的「江西」，非指江西詩派，而是指編《唐百家詩選》的王安石及編《皇宋詩選》的曾慥。龔氏云：「元遺山之編《中州集》，亦是繼荊公而作，手眼則與曾慥異趣，三四句云云，正是與曾編爭勝之意。讀詩者不考其立說持論之原委，驟見『江西』二字，便以為指江西詩社，復牽連而生南北文藝不同之想，亂點鴛鴦譜矣。」[26] 龔氏之見，取材論證頗新，值得參考。

　　上詩首句「曹劉」，一說指曹植及劉楨，也有一說是指三曹及劉楨：曹操、曹丕、曹植及劉楨。鍾嶸〈詩品〉評曹植「骨氣奇高，詞采華茂」；評劉楨「氣過其文，雕潤恨少」；評曹丕「其源出於李陵，頗有仲宣之體則。所其百許篇，率皆鄙質如偶語」；評曹操「古直，甚有悲涼之句」。在詩的品次方面，鍾嶸列曹植及劉楨詩為上品，列曹丕詩為中品，列曹操詩為下品。如此評價的迥異，可以理解李氏所說「氣不馴」的含義。次句「諸謝」，是指三謝：謝靈運、謝惠連、謝玄暉（朓），世稱靈運為大謝，惠連及玄暉為小謝。謝靈運為山水詩人之祖，其詩風與惠連及謝朓都是以清新自然見長。此兩句詩是李希聖改寫元好問詩「鄴下曹劉氣盡豪，江東諸謝韻尤高」而成。

　　第三句言詩文變化多姿，有豪邁的，也有兒女多情的，喻漢魏詩

25　（清）紀昀：〈趙渭川四百三十二峰草堂詩鈔序〉，見《紀文達公遺集》（清刻本），卷9。

26　龔鵬程：〈論元遺山與黃山谷〉，收入《紀念元好問八百年誕辰學術研討會論文集》（臺北市：文史哲出版社，1991 年），頁 456。

風以英雄之氣見長，隨著時代發展，也產生「纖艷深婉」的晚唐詩風。末句指出晚唐詩家溫庭筠及李商隱，世稱溫李，二人雖具北人血統，但二人詩風都是「濃麗柔婉」，得南朝宮體詩餘韻，對宋代婉約詞派有很大的影響。按：溫庭筠為山西太原祁人；李商隱原籍河內懷州（今河南沁陽）人，但與唐宗室同祖，具鮮卑人血統，此為溫李二人可稱北人的原因。李希聖不滿意元遺山在論詩中，有「揚北抑南」之見，故作此詩予以反駁。

14 袁嘉谷（1872 ～ 1937）

袁嘉谷，字樹五，云南石屏人。光緒進士，由庶常授編修，官至浙江提學使。著有《臥雪堂詩草》。其〈春日下晼小飲薄醉尚論古詩人漫成十二首〉，其論元好問云：

> 風雲變態溯遺山，囊括金元造詣難。律體步趨少陵派，青邱未足配騷壇。

此詩褒揚遺山詩接杜甫。詩中首二句述遺山詩文變化多姿，祖李杜而律切精深，又有豪放邁往之氣，並具風云氣勢，形態變幻無窮，其造詣湛深，足以囊括金元詩壇桂冠。第三句指出遺山的律體詩，師法杜甫，亦步亦趨，成就突出；末句作者過份貶低明初詩家高啟（青邱）的成就，不足以配騷壇。按：明初高啟詩風雄勁奔放，為吳中四傑之一。此詩言高啟詩學成就未足配遺山，該無異議，若未足配騷壇，則有失言之過矣。

15 方廷楷（生卒不詳）

方廷楷，字瘦坡，安徽太平人，光緒人，為南社社友，其詩見《南

社詩集》冊一第十四號 [27]。著有《習靜齋詩話正續編》。其〈習靜齋論詩百絕句 · 小序〉載：「論詩一體，首自元遺山，後人王阮亭、袁簡齋均有是作。余於清代得一百七家，附以先師張峙亭、亡友陳蛻庵，共一百九家，成詩百首。其人存者不與，目所未見者不與。一得之愚，豈能盡當。所望海內通人，匡我不逮，則幸甚焉。」其論何道生云：

> 三晉風騷未盡荒，遺山而後有漁洋。古詩我愛何蘭士，健筆排空最擅場。

上詩述三晉詩風代有傳人。詩中首二句指出三晉風流，代有傳人，金以遺山為代表，異代相傳，後繼者為王漁洋。詩的末二句，方氏欣賞何道生（蘭士）的古詩，讚揚其最擅長的「健筆排空」筆力，可繼三晉風騷。

16 蔡琳（生卒不詳）

蔡琳，字子韓，一字紫函，江蘇上元人。咸豐九年（1859）進士，歷官刑部員外郎。著有《獲華堂詩存》。其〈讀金人詩〉論元好問云：

> 絕代才名野史編，雄奇浩瀚更無前。雪香亭畔花如血，愁煞青衫拜杜鵑。

此詩稱譽遺山史學成就及其感人的悲懷故國詩。詩中首二句稱許元遺山具絕世才名，築野史亭編史，以其雄健揮灑的文筆寫作，可謂前無古人。末二句寫金故宮仁安殿西的雪香亭，周遭長滿血紅的杜鵑花。杜鵑花又名映山紅，杜鵑鳥，又名杜宇，古傳為蜀帝之魂所化，晝夜悲鳴，其聲哀切。末句寓意金亡後，遺山滿懷愁緒，聽得杜鵑啼

---

27 柳亞子主編：《南社詩集》（上海：開華書局，1936 年）。

血聲，益思故國，哀悼故主，故言「拜杜鵑」。

　　按：元好問有雪香亭雜詠之作：落日青山一片愁，大河東注不還流。若為長個熙春在，時上高層望宋州。此乃元好問悲懷故國之詩。

17　許愈初（生卒不詳）

　　許愈初，字慎之，黃岡人。著有《蕭蕭館詩集》。其〈論詩絕句〉論元好問云：

> 滄海橫流事可嗟，江西詩社太紛挐。論詩不拾蘇黃唾，始信遺山是大家。

　　在此詩中，作者提問殊為奇特，他反江西詩派，又同時質疑遺山的詩論。詩中首二句抨擊江西詩派詩風導致偽體詩泛濫，令人十分惋息。同時，江西詩派在人脈結構上欠缺系統，顯得太紛亂。至於末二句的解讀，可先理解元遺山其詩集百家之長，融匯一體，自樹一幟，成為大家。其詩論集前人之議而成，當然也包括蘇黃在內，尤其是對山谷而言，更有「論詩寧下涪翁拜」之語。至於許氏所言的「唾」，是指缺點而言。事實上，遺山詩作中，師法蘇黃之處也很多，是否瑕瑜兼收，有待深究。不過，從張氏末二句「不拾蘇黃唾」，「始信遺山」的句意來看，暗喻許氏對遺山的詩論成就有所質疑。

18　鄧鎔（1872～1934）

　　鄧鎔，字壽瑕，號忍堪，又號拙園，四川成都人，民國後，歷任眾議院議員及參政院參政。著有《荃察余齋詩存》。其〈論詩三十絕句〉，有詩論元好問云：

> 敕勒牛羊朔漠風，中州萬古一英雄。淪亡汴宋無窮恨，大定明

昌似夢中。

　　此詩稱譽遺山具北人慷慨激昂詩風。詩中首二句述遺山具北人風範，故能繼承北方敕勒歌風格的精神，稱譽他是詩壇英雄，萬古流芳。末二句言晚年的遺山，對金朝的淪亡，懷有無窮之「恨」。他抱怨君主昏庸，綱紀不張，朝政腐敗，終致外敵入侵而敗亡，但對大定明昌五十年的盛世，卻寄予深切的懷念，故有「神功聖德三千牘，大定明昌五十年」（見〈甲午除夜〉）之句。

19　陳融（1876～1955）

　　陳融，字協之，號顒庵，廣東番禺人。著有《黃梅花屋詩稿》、《顒園詩話》、《論嶺南詩人絕句》等。其〈讀嶺南詩人絕句〉三百一十二首，有詩論袁昌祚云：

> 弇州無可得便宜，何故稱文不賞詩？我愛長言能娓娓，曉窗音律不支離。

　　按：此詩有二附注，首句下附注：「『得便宜是落便宜』，元遺山句。」又詩末句附注袁昌祚（1538～1616）簡介：「袁昌祚，原名炳，字茂文，東莞。隆慶進士，初授左州知州，調湖廣、彝陵。歷任至四川參議。有《樂律考》、《浣紗集》。」

　　明王世貞（1526～1590），別號弇州山人，雅重袁昌祚其文，嘗與大學士徐階書曰：「近見後進，惟夷陵州守袁昌祚為文雅健。」袁昌祚除有文才外，也有史才，詩才及通音律，嘗與郭棐同修《廣東通志》，結浮邱詩社[28]于廣州，以詩文名於世，著作甚豐，除上述陳融所言的《樂律考》、《浣紗集》二書外，尚有《莞沙文鈔》、《莞沙續集》、《東

28　宣統《番禺縣續志》，卷40。

莞宋八遺民錄》、《廣東通志》、《安南志》、《新寧縣誌》等。

上詩是陳融為袁昌祚抱不平之作。首二句是作者不滿王世貞對袁昌祚作出稱文輕詩的評價，直言王氏此論並無好處及不公，故提出「何故稱文不賞詩？」的反問。詩末二句，指者說出欣賞袁氏的「長言能娓娓」及精「音律」之才華，絕不會有支離之弊。有關袁昌祚的詩學成就，詩家自有公論。

小結

通過檢視上述六個時期關於元好問〈論詩三十首〉對後世論詩絕句的影響，可得出幾點意見：

其一，元好問〈論詩三十首〉對後世的影響是一個完整的過程，可以分成元代、明代、清初、乾嘉、道咸、同光等六個階段。〈論詩三十首〉的影響在元代、明代並不十分顯著，直到清初王士禎作〈戲效元遺山論詩絕句三十五首〉之後，始逐步推向興盛。

其二，清代仿效元好問作論詩絕句的詩人，清初以錢謙益、王士禎為代表；清乾隆、嘉慶時期以袁枚、翁方綱、謝啟昆為代表；清道光、咸豐時期以徐繼畬、潘德輿、何紹基為代表；清同治、光緒年間以宮爾鐸、楊深秀、郭曾炘等為代表。

其三，元好問〈論詩三十首〉重視詩品與人品的關係，後世反應熱烈，頗多新見，使仕人對「文行」的概念更為深刻。

其四，元好問〈論詩三十首〉提高了後世對詩論的重視，豐富了詩論學的內容。此外，清人在師法元好問論詩絕句的基礎上，有所承傳和創造，將論詩絕句這種文學批評形式，運用得非常嫻熟。他們或用論詩絕句來評論歷代詩人詩作，或用來評論一朝一代的詩人詩作，或用來評論某個地域的詩人詩作，或用來評論女性的詩人詩作，或者化

用元氏的詩作，或者採用集句的形式，不僅形式多樣化，而且動輒數十首、數百首之多，更有以附注說明其寫作動機或意義，有助讀者閱讀。

其五，後世論詩者對元好問〈論詩三十首〉的批評態度，大多數是持讚美和肯定的態度，但也有少數作者則持批評和否定的意見。批評者以道咸年間的朱庭珍和同光年間的李希聖態度最為激烈。儘管某些批評意見有偏激之處，不能同意，但是他們從另一對立的思考角度予以批判，對我們也有啟發作用，不可忽視。

其六，後世論詩絕句的作者，囿于時代背境的局限，個人學養，以及對元好問作品的認識程度有所區別，各人所表達的觀點出現差異，是可理解的。不過，他們當中，也有些意見觀察深刻，見解獨到，甚至可以印證我們對元好問〈論詩三十首〉的理解是否正確，比如宮爾鐸「排比鋪張不足論，連城有璧善推尊。淋漓元氣仍虛譽，識得倫常見本根」之論，使我們對理解杜詩「連城璧」就很有幫助。誠然，他們之中有些意見，不過是泛泛而談，對元好問論詩的理解並不深刻，也有些則是借遺山之酒杯，澆自己之塊壘，與遺山其人其詩關涉不大，但其觀點也帶來啟發作用。

元好問〈論詩三十首〉對文壇的影響力是多方面的，除出現論詩熱潮外，也出現以詩論畫、論詞、論印、論曲、論泉、論鈔、論藏書等多元化創作，壯大了詩壇的創作領域。

總之，通過檢視元好問〈論詩三十首〉對後世論詩絕句的影響，我們大致可以看到一部元好問論詩絕句史。今後若能擴大範圍，考察元好問論詩絕句對其他文學藝術所作出的影響，予以整理和總結，寫出一部高水準的元好問詩論影響史來，對學術史也是一種貢獻。

第六章

結　論

　　元好問的〈論詩三十首〉，在清以前，頗受冷落，論之者非常少，到了清代，才受到學者重視。及至近代，短短數十年間，有關〈論詩三十首〉的研究，所得的研究成果，從質到量，都倍勝前朝，而且還不斷在膨脹中。可預見將來，由於金元文學剛起步受到重視，〈論詩三十首〉的研究勢將成熱門課題。

　　在清代，著名學者如查慎行、翁方綱、施國祁、宗廷輔在研究〈論詩三十首〉方面，雖取得不錯的成績，但可惜成就僅限於在評點注釋的層面，且謬誤頗多。在二十世紀中葉以前，研究〈論詩三十首〉較有成就的，要算是名學者郭紹虞和錢鍾書，前者著有《元遺山論詩三十首絕句》[1]，後者著有數篇有關〈論詩三十首〉的文章，當中〈施北研元遺山詩箋注校正〉[2]一文，糾正了施國祁《元遺山論詩三十首箋注》不少的錯誤。踏入二十世紀後半期，學術界湧現了大量有關金元文學的文章，其中談及元好問〈論詩三十首〉的，為數不少。尤其是一九九〇年以後，有關元好問及其〈論詩三十首〉的研究，從量到質，都有大幅的提高。要特別指出的，一九九〇年乃元好問誕辰八百周年，海峽兩岸學者為打開溝通大門，同時舉辦了紀念元好問八百年誕辰學術研討會，並互邀對方出席盛會，顯示是次學術活動，甚具歷史意義。同年，大陸學者為使元好問長期受到重視，在山西成立了「中國元好問

---

[1]　郭紹虞：〈元遺山論詩絕句〉，《中國新論》第 2 卷第 3 期，《文學年報》第 2 期，1936 年出版。

[2]　錢鍾書：《談藝錄》（香港：龍門書店，1965 年 8 月），頁 174 ～ 183。

學會」及「元好問研究基金會」。自此以後，有關〈論詩三十首〉的文章，便如雨後春筍般，紛紛面世，連帶本來長期受冷落的金元文學，霎時間成為學者目光所注，再不寂寞了。

近世學者在研究〈論詩三十首〉方面，具專著或專論面世的，香港有三人，分別是：王韶生，著有《元遺山論詩三十首箋釋》、陳湛銓，著有《元遺山論詩絕句講疏》、鄧昭祺，著有《元遺山論詩絕句箋證》；臺灣有二人，分別是：何三本，著有《元好問論詩絕句三十首箋證》、王禮卿，著有《遺山論詩詮證》；大陸有二人，分別是：郭紹虞，著有《元好問論詩三十首小箋》、劉澤，著有《元好問論詩三十首集說》。上述七人的著述，彈丸之地的香港，香港學者的作品備受注目，以水準而論，較之中、臺兩地學者不遑多讓。不過，除此之外，關於〈論詩三十首〉的文章，就鮮有香港學者發表，反觀大陸，已從十數篇發展到數百篇，相對香港就顯得失色了。至於臺灣，學者研究〈論詩三十首〉的，以成就而言，在質方面，與大陸相比，則各有千秋，在量方面，則大陸領先了。

由於〈論詩三十首〉係以絕句形式來表達詩歌理論，在意多字少的條件限制下，某些詩意又深奧隱晦，往往須倚仗諸家疏解，因而異解頻出，各言其是。〈論詩三十首〉比較熱門之論題，計有十七點，例如：創作時間、創作時代背景、創作目的、創作態度、論詩標準、作家論、風格論、美學觀、南北之見、編次問題、批評方法、論詩特點、詩學淵源、獨創性、歷史地位、局限性、影響。上述論題，歧見愈多，就有愈多學者去正本探源，無形中亦豐富了研究題材的內容。

有關〈論詩三十首〉的成詩年代問題，好問既然在詩題下自注「丁丑歲，三鄉作」，明確地交代寫作年份在「丁丑歲」（1217），即時年二十八歲，本來是無庸異議的。但近人周本淳仍質疑〈論詩三十首〉的寫作年份，發表了〈元好問「論詩絕句」非青年之作〉一文，揭開一

場筆墨論戰序幕，劉澤馬上發表〈元好問論詩三十首係青年時作〉，趙廷鵬也另有新見，發表〈元好問論詩三十首晚年改定說辨正〉一文以正視聽。〈論詩三十首〉的成詩年代之所以受到質疑，是源於其廿五首及其三十首兩詩在寓意上因有不同理解所致。前者是詠劉禹錫及其看花詩，該詩是否寓有國家興亡之旨，若有，則否定成詩於「丁丑歲」之說，後者詩中有「老來留得詩千首」之語，更惹人懷疑成詩於「晚年」或「晚年修定」，經考證後全屬非是。〈論詩三十首〉成詩於「丁丑歲」是可信的，有力的論點是「元好問晚年，對於詩學的觀點，明顯地作出調整，修正過去曾用過激言辭去批評若干人物，雖然這樣，但〈論詩三十首〉的原作仍是一樣，並未作出更改，也可作為元好問晚年並無修定〈論詩三十首〉的明證」。上述考證，詳見本書第三章第一節〈元好問論詩三十首之成詩年代研究〉。

　　〈論詩三十首〉是否犯上編次失序之弊，清施國祁在其《元遺山詩集箋注》的〈例言〉已首先指出「先生手錄詩冊，似不甚排當，其間先後失次」，宗廷輔在其《古今論詩絕句》中更明言〈論詩三十首〉其廿五「此詩似應次東野（其十八）一首之下」，但郭紹虞在其《元好問論詩三十首小箋》反駁「宗氏疑為先後失次，非也」。其實〈論詩三十首〉編次失序除第廿五首外，尚有數首亦犯同一毛病，不按時代先後、順序排列，此舉有違元好問平日治學嚴謹的態度。經考證後，得知元好問「往來四方，采摭遺逸，有所得，輒以寸紙細字，親為記錄，雖『甚醉』不忘。於是雜錄近世事，至百餘萬言，捆束委積，名之曰野史亭，書未就而卒」。從上引文來看，「寸紙細字」「甚醉」「百餘萬言」的環境下處理稿子，稿子不混亂才怪哩。況且死後，由別人處理遺稿，若要處理得妥當，誠非易事。況且，年紀已六十八的龍山三老之一的張德輝，以風燭殘年之身，奉命編印《遺山文集》，勉強成書，錯漏混亂之處，在所難免。故此，〈論詩三十首〉在此種不利條件下編

纂，出現編次失序之弊，不足為奇。

　　長期以來，學者只關注到〈論詩三十首〉的詩歌理論方面，而忽略其文學性。〈論詩三十首〉之所以引人入勝的地方，就是詩中具有詩歌理論與文學藝術結合的聯姻。在〈論詩三十首〉中，元好問成功地運用文學藝術的表現手法，例如比喻、對比、疑問、引用、誇張等技巧去撰寫詩歌理論，使本來平平無奇的詩歌理論，驟然變得議論風生，音韻流蕩，指陳事物，更加形象生動、精鍊概括和深刻獨到，難怪受到後人追捧仿效。以「比喻」而言，經統計，在三十首論詩中，共有十三首詩運用了比喻手法，例如：「疏鑿手」（其一）；「虎生風」，「角兩雄」（其二）；「連城璧」（其十）；「鬼畫符」（其十三）；「詩囚」（其十八）；「女郎詩」（其二十三），這些比喻既貼切又生動，饒有新意，富文學色彩。以「對比」而言，例如：「風雲若恨張華少，溫李新聲奈爾何」（其三）；「筆底銀河落九天，何曾憔悴飯山前」（其十五）；「池塘春草謝家春，萬古千秋五字新。傳語閉門陳正字，可憐無補費精神。」（其二十九）〈論詩三十首〉的對比巧妙之處在對比的同時，能迅速轉換議題，造成節奏明快，議論風生的效果。此外，對比技巧多元化，有時一句中，前四字跟後三字對比，有時上下句對比，有時前兩句跟後兩句對比，有時隔句對比，經對比後，整首詩生氣勃勃，並且富有形象性和感情色彩，是難得的文學作品。以「疑問」而言，在三十首論詩中，共有十七首詩用了十九例疑問句，舉例如下：「誰是詩中疏鑿手，暫教涇渭各清渾？」（其一）、「風雲若恨張華少，溫李新聲奈爾何？」（其三）、「縱橫詩筆見高情，何物能澆塊壘平？老阮不狂誰會得？出門一笑大江橫。」（其五）、「諱學金陵猶有說，竟將何罪廢歐梅？」（其二十七）。〈論詩三十首〉反問句的特色是聲情配合恰當好處，該激昂處就激昂，該宛轉處就宛轉，而且在傳情上，有寄意無限，一彈三歎之慨。在「引用」方面，元好問在〈論詩三十首〉中經

常引用前人或時人句子入詩，引用方式，有成句的引用，例如「有情芍藥含春淚，無力薔薇臥晚枝」（其二十四），是原句引用秦少游〈春日詩〉；有略作改動的引用，例如「望帝春心託杜鵑，佳人錦瑟怨華年」（其十二），是引用李義山〈錦瑟詩〉；有前人觀點的引用，例如「陸文猶恨冗於潘」（其九），是引用《世說新語·文學》中「潘文淺而淨，陸文深而蕪」之句而成；有活用前人名句的引用，例如「池塘春草謝家春」，是化用謝靈運〈登池上樓〉中的名句「池塘生春草」。元好問引用別人詩句入己詩，無論有改動或原句照用，都有化腐朽為神奇或點鐵成金之功，所化用的句子，不露痕跡者固然是妙，露痕跡者更妙，元好問這種文學手法表現，殊為難得。在「誇張」方面，元好問發揮得淋漓盡致，例如「一語天然萬古新，豪華落盡見真淳」（其四）、「切切秋蟲萬古情，燈前山鬼淚縱橫」（其十六）、「奇外無奇更出奇，一波才動萬波隨」（其二十二）。在誇張中有對比和新意，益使誇張效果更為突出，大大加強了詩的文學性。

　　元好問的〈論詩三十首〉是一長篇詩史，上始於漢魏，中歷晉代、劉宋、北魏、齊梁、唐代，以迄北宋。所論述的詩家有：曹植、劉楨、張華、阮籍、劉琨、陶潛、潘岳、陸機、謝靈運、沈佺期、宋之問、陳子昂、李白、杜甫、元結、韓愈、柳宗元、劉禹錫、盧仝、孟郊、元積、李商隱、溫庭筠、陸龜蒙、歐陽修、梅聖俞、王安石、蘇軾、黃庭堅、秦觀、陳無己等人。元好問論詩嚴分正體、偽體，推崇具漢魏風骨、風雲氣勢、天真自然、清淳淡雅、韻味天然之詩，反對繁縟堆砌、晦澀難明、怪誕奇險、苦吟雕琢、模擬失真、俳諧怒、女兒嬌態之詩。同時，元好問亦重視人品與詩品的關係，強調人品與詩品是兩個獨立的個體，而人品則高於詩品，故在三十首論詩中，有四首是論人品的，依次為：「心畫心聲總失真」（其六）、「出處殊途聽所安」（其十四）、「萬古幽人在澗阿」（其十九）、「亂後玄都失故基」

（其二十五）。文行相連的錯誤觀念，已不為學者認同，無庸置辯。

〈論詩三十首〉是以絕句形式寫論詩，因受格律所限，所表達之情意，往往是微言大義，意旨深邃，如非高手，委實不易為，才大如元好問，其〈論詩三十首〉，亦要他人作鄭箋，以補充其未說的心中話或引經據典求證其詩的真意，於是人說人殊，異見四起，不斷引起後人去做學問研究。本書第四章〈論詩三十首之辨正探微〉，正是逐首針對諸家異解歧見，作出客觀研判，提出正解及探索其深層義蘊。

元好問是金元兩代詩壇翹楚，其〈論詩三十首〉對後世影響深遠。據文獻資料統計所得，由元至清的詩家或學者受〈論詩三十首〉影響而作出回應的，主要的凡七十六人：在元代有劉秉忠、劉因、貢奎，共三人；在明代有方孝孺、徐禎卿、都穆，共三人；在清代，雍正以前有錢謙益、吳景旭、汪琬，王士禎、田雯、查慎行、焦袁熙、顧嗣立、馬長海，文昭、李必恒、吳祖修、丁詠淇、汪由敦、彭啟豐、共十五人；乾嘉時期有屈復、沈德潛、袁枚、弘曬燕、葉觀國、徐以坤、翁方綱、謝啟昆、陳啟疇、程尚濂、鍾廷瑛、李書吉、舒位、吳德旋、胡敬、李黼平、吳衡照、姚椿、張晉、喻文鋆、葉紹本、姚瑩、柯振嶽、程恩澤、祁寯藻、敖興南，共二十六人；道咸時期有潘德輿、朱授、袁翼、徐繼畬、況澄、何紹基、楊秀鸞、汪士鐸、朱應庚，王必達；共十人；同光時期有高淩雯、蔡壽臻、宮爾鐸、朱庭珍、白永修、張佩綸、楊深秀、陳熾、郭曾炘、何維棣、林棟、路朝霖、李希聖、袁嘉谷、方廷楷、蔡琳、許愈初、鄧鎔、陳融，共十九人。〈論詩三十首〉對元明兩朝詩家影響力並不大，僅起到間接作用，但到了清代，影響就大了，詩壇掀起論詩之風，影響所及，文人為展露更多逞才機會，於是論詞、論曲、論畫、論印之風亦相繼蔚為時尚，追源溯流，皆因受〈論詩三十首〉之影響而來。

再版後記

　　本書初版於二○○二年九月，面世二年即有再版的打算，但機緣卻延至十年後的今天始能成事。筆者歷經歲月磨練，自覺認知能力較前進步和成熟，尤其是在學術論評方面，往往有覺今是而昨非之感，在處理學術觀點時，也越來越包容，並以欣賞的態度去接納與己不同的論見。因此，趁本書再版之際，我對全書仔細審閱，作了頗大幅度的修訂，特別是第五章〈論詩三十首對後世論詩絕句的影響〉，增補了不少文獻資料。是書再版，期盼大雅君子，不吝賜教，以匡不逮。最後，要感謝萬卷樓圖書股份有限公司總經理梁錦興先生最近兩次來港公幹，仍於百忙中約見商談再版事宜，謹此致謝！

方滿錦謹識

2012 年 8 月 5 日

參考文獻

（依作者姓氏筆畫排列）

一　專書

W.T.Wixted 魏世德　《元好問的文學批評》　英國　牛津大學《哲學博士論文集》2 卷　1977 年　總頁 482

（日）吉川幸次郎原作、鄭清茂譯　宋詩概說　臺北市　聯經出版事業公司　1975 年　總頁 288

（梁）劉勰撰、王更生注釋　《文心雕龍讀本》　臺北市　文史哲出版社　1985 年　總頁 932

（梁）蕭　統　《昭明文選》　臺北市　文化圖書公司　1979 年　總頁 986

（陳）徐陵編　《玉臺新詠》　臺北市　世界書局　1980 年　總頁 233

（魏）王　粲　《王粲集》　北京市　中華書局　1980 年　總頁 110

（魏）王　瑤　《關於中國古典文學問題》　上海市　上海古典文學出版社　1956 年　總頁 169

（唐）元　結　《元次山集》　臺北市　中華書局　1960 年　總頁 214

（唐）元　稹　元氏長慶集　臺北市　臺灣商務印書館　影印文淵閣四庫全書本　冊 1079　1983 年　頁 347～669

（唐）皮日休　《皮子文藪》　北京市　中華書局　1965 年　總頁 126

（唐）白居易　《白香山詩集》　臺北市　世界書局　1973 年　總頁 478

（唐）白居易　《白居易集》　《中國古典文學基本叢書》　北京市　中華書局　1979 年　總頁 1632

（唐）杜　牧　《樊川文集》　上海市　上海古籍出版社　1978 年　總頁 354

（唐）孟　郊　《孟東野詩集》　北京市　人民文學出版社　1959 年　總頁 290

（唐）陳子昂　《陳子昂集》　北京市　中華書局　1960 年　總頁 359

（唐）張　籍　《張籍詩集》　北京市　中華書局　1959 年　總頁 113

（唐）劉知幾　《史通》　北京市　中華書局　1983 年　總頁 222

（宋）王　灼　《碧雞漫志》　臺北市　新文豐出版社　1988 年　總頁 118

（宋）王安石　《臨川先生文集》　香港　中華書局　1971 年　總頁 1085

（宋）王闢之　《澠水燕談錄》　浙江　浙江古籍出版社　1984 年　總頁 208

（宋）司馬光　《資治通鑑》　臺北市　世界書局　1983 年　總卷 89

（宋）宇文懋昭　《大金國志校證》　北京市　中華書局　1986 年　總頁 635

（宋）何谿汶　《竹莊詩話》　臺北市　商務印書館影文淵閣四庫全書本

（宋）胡　仔　《苕溪漁隱叢話》　臺北市　商務印書館　1968 年　總頁 748

（宋）計有功　《唐詩紀事》　臺北市　鼎文書局　1970 年　總頁 1154

（宋）洪　邁　《容齋隨筆》　上海市　上海古籍出版社　1978 年　總頁 930

（宋）姜　夔　《白石道人詩集》　臺北市　商務印書館影文淵閣四庫全書本　冊 1175　1983 年　頁 63 ～ 87

（宋）陳師道　《後山詩注補箋》　北京市　中華書局　1995 年　總頁 282　1481　1983 年　頁 549 ～ 802

（宋）曹彥約　《昌谷集》　臺北市　商務印書館影文淵閣四庫全書本　冊 1167　1983 年　頁 1 ～ 270

（宋）陸　游　《劍南詩稿》　臺北市　商務印書館影文淵閣四庫全書本　冊 1162 ～ 1163　1983 年　頁 1 ～ 851、1 ～ 305

（宋）郭茂倩　《樂府詩集》　上海市　上海古籍出版社　1998 年　總頁 1056

（宋）郭　熙　《林泉高致集》　臺北市　商務印書館影文淵閣四庫全書本　冊 812　1983 年　頁 571 ～ 593

（宋）秦　觀　《淮海集》　臺北市　商務印書館影文淵閣四庫全書本　冊 1115　1983 年　頁 427 ～ 700

（宋）黃庭堅　《山谷集》　臺北市　商務印書館影文淵閣四庫全書本　冊 1113　1983 年　頁 1 ～ 957

（宋）黃庭堅著、任淵注　《黃山谷詩集注》　臺北市　世界書局　1996 年　總頁 452

（宋）費　袞　《梁溪漫志》　臺北市　廣文書局　1971 年　總頁 292

（宋）葛立方　《韻語陽秋》　卷 20　臺北市　藝文印書館百部叢刊　1967 年　總冊 4

（宋）楊　時　《龜山集》　臺北市　商務印書館文淵閣四庫全書本　冊 1125　1983 年　頁 101 ～ 489

（宋）楊　時　《龜山語錄》　叢書集成續編第 40 冊　臺北市　新文豐出版社　1989 年　頁 513 ～ 577

（宋）楊萬里　《誠齋集》　臺北市　商務印書館影文淵閣四庫全書本　冊 1160 ～ 1161　1983 年　頁 1 ～ 687、頁 1 ～ 712

（宋）虞　集　《道園學古錄》　臺北市　臺灣商務印書館四部叢刊正編　冊 68　1983 年　頁 1 ～ 432

（宋）葉夢得　《石林詩話》　見叢書集成初編　北京市　中華書局

1991 年　總頁 19

（宋）歐陽修　《歐陽修全集》　臺北市　華正書局　1975 年　總頁
　　　　1400

（宋）歐陽修等　《新唐書》　臺北市　鼎文出版社　1979 年　總頁
　　　　821

（宋）戴復古　《石屏詩集》　臺北市　商務印書館影文淵閣四庫全書
　　　　本　冊 1165　1983 年　頁 549 ～ 660

（宋）蘇　軾　《蘇軾詩集》　8 冊　北京市　中華書局　1982 年　總
　　　　頁 2843

（金）元好問　《元遺山先生全集》　臺北市　成文出版社　影印吳重
　　　　熹石蓮盦彙刻九金人集本　1967 年　頁 661 ～ 1149

（金）元好問　《遺山先生文集》　臺北市　臺灣商務印書館　四部叢
　　　　刊（065）　1981 年　總頁 431

（金）元好問　《遺山先生詩集》　臺北市　中華書局四部備要
　　　　（507,508）　1981 年　14 卷附補載

（金）元好問　《遺山集》　臺北市　臺灣商務印書館　影印文淵閣四
　　　　庫全書本　冊 1191　1983 年　總頁 485

（金）元好問　《遺山樂府》　北京市　中國電視廣播出版社　1990 年
　　　　總頁 190

（金）元好問原作、常振國點校　《續夷堅志》　北京市　中華書局
　　　　1986 年　總頁 99

（金）元好問　《中州樂府》　北京市　中國廣播電視出版社　1990 年
　　　　總頁 178

（金）元好問　《中州集》　臺北市　臺灣商務印書館　影印文淵閣四
　　　　庫全書本　冊 1365　1983 年　總頁 378

（金）元好問　《唐詩鼓吹》　臺北市　臺灣商務印書館　影印文淵閣

四庫全書本　冊 1365　1983 年　頁 379～522

（金）王　寂　《拙軒集》　臺北市　商務印書館影文淵閣四庫全書本　冊 1190　1983 年　總頁 53

（金）王若虛　《滹南集》　臺北市　成文出版社　影吳重憙輯九金人集　1967 年　頁 63～513

（金）李俊民　《莊靖集》　臺北市　商務印書館影文淵閣四庫全書本　冊 1190　1983 年　頁 519～673

（金）段克己、段成己　《二妙集》　臺北市　商務印書館影文淵閣四庫全書本　冊 1365　1983 年　頁 523～592

（金）趙秉文　《滏水集》　臺北市　商務印書館影文淵閣四庫全書本　冊 1190　1983 年　頁 55～266

（元）王惲　《秋澗集》　臺北市　臺灣商務印書館　影文淵閣四庫全書本　冊 1200～1201　1983 年　總頁 399

（元）方回　《瀛奎律髓》　上海市　上海古籍出版社　1986 年　總頁 2030

（元）方回　《文選顏鮑謝詩評》　臺北市　臺灣商務印書館　四庫全書　冊 1331　1983 年　頁 573～629

（元）白樸　《天籟集》　臺北市　商務印書館影文淵閣四庫全書本　冊 1488　1983 年　頁 629～656

（元）杜本　《谷音》　臺北市　商務印書館四部叢刊本　冊 97　1979 年　頁 1～13

（元）周德清　《中原音韻》　臺北市　商務印書館影文淵閣四庫全書　冊 1496　1983 年　頁 657～710

（元）房祺編　《河汾諸老詩集》　臺北市　商務印書館四部叢刊本　冊 097　1979 年　頁 1～31

（元）耶律楚材　《湛然居士文集》　臺北市　商務印書館影文淵閣四

庫全書本　冊 1191　1983 年　頁 487 ～ 634

（元）袁　桷　《清容居士集》　上海市　上海古籍出版社　1987 年
總頁 670

（元）郝　經　《陵川集》　臺北市　商務印書館影文淵閣四庫全書本
冊 1192　1983 年　頁 1 ～ 469

（元）許有壬　《圭塘小稿》　臺北市　商務印書館影文淵閣四庫全書
本　冊 1211　1983 年　頁 579 ～ 728

（元）盛如梓　《庶齋老學叢談》　上海市　上海古籍出版社四庫全書
冊 866　1987 年　頁 513 ～ 559

（元）脫脫等　《宋史》　40 冊　北京市　中華書局　1985 年　總頁
14263

（元）脫脫等　《金史》　臺北市　商務印書館　1988 年　總頁 1240

（元）脫脫等　《遼史》　臺北市　鼎文書局洪氏出版社二十五史標點
校刊本　1980 年　總頁 1273

（元）劉　因　《靜修集》　臺北市　商務印書館影文淵閣四庫全書本
冊 1198　1983 年　頁 481 ～ 687

（元）劉　祁　《歸潛志》　北京市　中華書局　1983 年　總頁 196

（元）劉秉忠　《藏春集》　臺北市　商務印書館影文淵閣四庫全書本
冊 1191　1983 年　頁 633 ～ 701

（元）楊朝英　《朝野新聲太平樂府》　北京市　中華書局　1958 年
總頁 371

（元）楊朝英　《樂府新編陽春白雪》　鄭州市　中州古籍出版社
1991 年　總頁 295

（元）歐陽玄　《圭齋集》　臺北市　商務印書館影文淵閣四庫全書本
冊 1210　1983 年　頁 1 ～ 176

（元）鍾嗣成　《錄鬼簿》　鄭州市　中州古籍出版社　1991 年　總頁

319

（元）薩都剌 《雁門集》 臺北市 商務印書館影文淵閣四庫全書本
　　　　冊 1212 1983 年 頁 565 ～ 664

（元）蘇天爵編 《元文類》 臺北市 世界書局 1989 年 總頁 776

（元）蘇天爵 《滋溪文稿》 臺北市 藝文印書館影適園叢書本
　　　　1970 年 線裝

（元）蘇天爵 《元名臣事略》 臺北市 商務印書館影文淵閣四庫全
　　　　書本 冊 451 1983 年 頁 497 ～ 687

（明）宋 濂 《元史》 4 冊 臺北市 商務印書館 1988 年 總頁
　　　　2292

（明）胡震亨 《唐音癸籤》 北京市 上海古籍出版社 1981 年 總
　　　　頁 360

（明）胡應麟 《詩藪》 臺北市 廣文書局 1973 年 總頁 1020

（明）高棅編選 《唐詩品彙》 上海市 上海古籍出版社 1982 年
　　　　總頁 892

（明）郭雲鵬編 《李太白全集注》 臺北市 世界書局 1969 年 總
　　　　頁 386

（清）王琦等 《李賀詩歌集注》 上海市 上海人民出版社 1977 年
　　　　總頁 549

（清）王士禎 《池北偶談》 臺北市 漢京文化出版社 1984 年 總
　　　　頁 634

（清）王士禎 《帶經堂詩話》 北京 人民文學出版社 1963 年 總
　　　　頁 868

（清）王文誥輯註 《蘇軾詩集》 8 冊 北京 中華書局 1982 年
　　　　總頁 2843

（清）王奕清等 《欽定詞譜》 日本 同朋舍 1972 年 總頁 2876

（清）王國維 《人間詞話》 臺北市 金楓出版社 1987 年 總頁 114

（清）王國維 《王國維戲曲論文集》 臺北市 里仁書局 1993 年
　　　　總頁 474

（清）王闓運 《湘綺樓說詩》 香港 龍門書店影印本 1968 年 總
　　　　頁 185

（清）方　苞 《方望溪（苞）先生全集》 臺北市 文海出版社 1969
　　　　年 總頁 580

（清）方東樹 《昭昧詹言》 北京市 人民文學出版社 1984 年 總
　　　　頁 544

（清）仇兆鰲 《杜詩詳註》 上海市 上海古籍出版社 文淵閣四庫
　　　　全書 冊 1070 1987 年 頁 91 ～ 1078

（清）全祖望 《鮚埼亭集》 臺北市 商務印書館四部叢刊冊 085 ～
　　　　086 1983 年 總頁 1077

（清）何　焯 《義門讀書記》 10 冊 臺北市 商務印書館 1971 年
　　　　總卷 58

（清）金榮箋注 《漁洋山人精華錄箋注》 上海市 廣文書局 1968
　　　　年 總冊 6

（清）宋　湘 《紅杏山房詩鈔》 清嘉慶庚辰 1820 年 4 冊 線裝

（清）宋長白 《柳亭詩話》 臺北市 廣文書局 1971 年 總頁 470

（清）何文煥輯 《歷代詩話》 北京市 中華書局 1981 年 總頁
　　　　825

（清）吳之振等 《宋詩鈔》 《宋詩鈔補》 4 冊 北京市 中華書局
　　　　1986 年 總頁 3736

（清）吳曾祺 《涵芬樓文談》 臺北市 商務印書館 1998 年 總頁
　　　　176

（清）李光廷 《廣元遺山年譜──見姚奠中主編元好問全集》 太原

　　　　　　　市　山西人民出版社　1990 年　頁 511 ～ 604

（清）李有棠　《金史記事本末》　臺北市　里仁書局　1982 年　總頁
　　　　　　　879

（清）李希聖　《雁影齋詩》　臺北市　新文豐出版社　1989 年　總頁
　　　　　　　26

（清）李慈銘　《越縵堂讀書記》　3 冊　臺北市　世界書局　1961 年
　　　　　　　總頁 1316

（清）沈德潛　《說詩晬語》　臺北市　中華書局四部備要本　冊 607
　　　　　　　1981 年　總卷 2

（清）沈德潛　《說詩晬語》　北京市　人民文學出版社　1998 年　總
　　　　　　　頁 93

（清）沈德潛編　《唐詩別裁集》　香港　中華書局　1977 年　總頁
　　　　　　　279

（清）宗廷輔　《古今論詩絕句──宗月鋤先生遺著八種》　徐兆璋印
　　　　　　　光緒中常熟宗氏刊本　1917 年

（清）洪亮吉　《北江詩話》　北京市　人民文學出版社　1983 年　總
　　　　　　　頁 112

（清）紀　昀　《紀文達公遺集》　清嘉慶十七年紀樹馥刻廣州鎔經鑄
　　　　　　　史齋印本　12 冊線裝

（清）紀昀等　《四庫全書總目提要》　臺北市　商務印書館影文淵閣
　　　　　　　四庫全書總目　冊 1 ～ 5　1983 年　總冊 5

（清）施國祁箋注　《新校元遺山詩集箋注》　臺北市　世界書局
　　　　　　　1982 年　總頁 741

（清）姚鼐選　《今體詩鈔》　臺北市　中華書局　1977 年　總頁 276

（清）倪璠注　《庾子山集注》　臺北市　新興書局　1959 年　總頁
　　　　　　　964

（清）袁　枚　《隨園詩話》　南京市　江蘇古籍出版社　2000 年　總頁 651

（清）袁　枚　《小倉山房詩集》　臺北市　廣文書局　1971 年　總頁 360

（清）翁方綱　《石洲詩話》　臺北市　廣文書局　1980 年　總頁 360

（清）翁方綱　《元遺山先生年譜三卷附墓圖記略一卷》　臺北市　商務印書館影印粵雅堂叢書本　1978 年　總頁 150

（清）凌廷堪　《元遺山先生年譜二卷》　臺北市　成文出版社影印吳重熹石蓮盦彙刻九金人集本　1967 年　頁 1023 ～ 1052

（清）張宗橚　《詞林紀事》　臺北市　木鐸出版社　1982 年　總頁 596

（清）張金吾輯　《金文最》　臺北市　成文出版社　1967 年　總頁 634

（清）馮　浩　《玉溪生詩集箋注》　上海市　上海古籍出版社　1979 年　總頁　880

（清）陶澍集注　《靖節先生集》　香港　中華書局　1973 年　總頁 411

（清）畢　沅　《續資治通鑑》　10 冊　臺北市　世界書局　1980 年　總頁 6020

（清）陳廷焯　《白雨齋詞話》　臺北市　河洛出版社　1978 年　總頁 228

（清）郭慶藩輯　《莊子集釋》　臺北市　世界書局　1981 年　總頁 1118

（清）曾國藩　《十八家詩鈔》　臺北市　廣文書局　1998 年　總頁 741

（清）黃宗羲　《金石要例》　叢書集成第 80 冊　臺北市　新文豐出版社　1985 年　頁 267 ～ 271

（清）黃承吉　《夢陔堂詩集》　清道光十二年刊本　總冊 12 線裝
　　　　　1832 年

（清）莊仲方輯　《金文雅》　臺北市　成文出版社　1967 年　總頁
　　　　　480

（清）郭元釪奉敕編　《全金詩》　臺北市　新興書局影印本　1977 年
　　　　　總頁 1114

（清）楊　倫　《杜詩鏡詮》　臺北市　漢京出版社　1979 年　總頁
　　　　　374

（清）趙　翼　《甌北詩話》　北京市　人民文學出版社　1981 年　總
　　　　　頁 192

（清）萬　樹　《詞律》　臺北市　世界書局　1968 年　總頁 598

（清）劉熙載　《藝概》　上海市　上海古籍出版社　1978 年　總頁
　　　　　184

（清）潘德輿　《養一齋詩話》　不詳　1849 年　6 冊線裝

（清）錢大昕　《疑年錄》　叢書集成新編第 10 冊　臺北市　新文豐出
　　　　　版社　1965 年　頁 175 ～ 190

（清）錢謙益　《列朝詩集小傳》　臺北市　明文出版社　1991 年　總
　　　　　頁 857

（清）錢謙益　《初學集》　臺北市　商務印書館四部叢刊本　冊
　　　　　078 ～ 079　1983 年　總頁 1 ～ 1158

（清）趙　翼　《二十二史劄記》　北京市　中華書局　1984 年　總頁
　　　　　889

（清）趙　翼　《陔餘叢考》　臺北市　華世出版社　1975 年　總頁
　　　　　510

（清）清聖祖敕編　《全唐詩》　臺北市　文史哲出版社　1978 年　總
　　　　　頁 688

（清）儲大文等 《山西通志》 臺北市 臺灣商務印書館 影文淵閣
　　　　四庫全書本冊 542 ～ 550　1983 年　總卷 230

（清）顧嗣立編 《元詩選》 3 冊　北京市　中華書局　1987 年　總
　　　　頁 2534

（清）顧奎光、陶玉禾編 《金詩選》 清乾隆十六年無錫陶氏刊本清
　　　　刊本　線裝

丁福保　　　《陶淵明詩箋注》　臺北市　藝文印書館　1971 年　總
　　　　頁 190

丁福保編　　《清詩話》　臺北市　明倫出版社　1976 年　總頁 1037

丁福保編　　《清詩話續編》　北京市　中華書局　1983 年　總頁
　　　　1423

丁福保編　　《歷代詩話續編》　臺北市　木鐸出版社　1983 年　總
　　　　頁 1423

山西省古典文學學會、元好問研究會合編 《元好問研究文集》　太原
　　　　市　山西人民出版社　1987 年　總頁 367

中國元好問學會編 《紀念元好問 800 誕辰文集》　太原市　山西人民
　　　　出版社　1992 年　總頁 444

王　力　　　《中國詩律研究》　臺北市　文津出版社　1987 年　總
　　　　頁 828

王　易　　　《詞曲史》　臺北市　廣文書局　1971 年　總頁 530

王　易　　　《樂府通論》　臺北市　廣文書局　1964 年　總頁 217

王光祈　　　《中國音樂史》　臺北市　中華書局　1987 年　總頁
　　　　115

王忠林等　　《中國文學史初稿》　臺北市　福記文化圖書公司
　　　　1985 年　總頁 1290

王國瓔　　　《中國山水詩研究》　臺北市　聯經出版公司　1986 年

　　　　　　　總頁 474

王運熙、顧易生等　《中國文學批評史》　臺北市　五南圖書出版社　1993 年　總頁 1422

王熙元　　　　《歷代詞話敘錄》　臺北市　中華出版社　1973 年　總頁 1422

王禮卿　　　　《遺山論詩詮證》　臺北市　中華叢書編審委員會　1987 年　總頁 204

包根弟　　　　《元詩研究》　臺北市　幼獅文化事業公司　1978 年　總頁 932

朱　偰等　　　《李商隱和他的詩》　臺北市　學生書局　1976 年　總頁 180

朱　權　　　　《太和正音譜》　臺北市　學海出版社　1976 年　總頁 376

朱任生編　　　《詩論分類纂要》　臺北市　商務印書館　1971 年　總頁 454

朱光潛　　　　《文藝心理學》　臺北市　開明書店　1993 年　總頁 400

朱光潛　　　　《詩論新編》　臺北市　洪範出版社　1982 年　總頁 214

朱東潤　　　　《中國文學批評史大綱》　臺北市　開明書店　1960 年　總頁 400

朱東潤　　　　《梅堯臣集編年校注》　上海市　上海古籍出版社　1980 年　總頁 1181

朱祖謀編　　　《彊村叢書》　10 冊　臺北市　廣文書局　1970 年　總頁 6628

安徽亳縣曹操集譯注小組　《曹操集譯注》　北京市　中華書局　1979

年　總頁 248

成肇麟　　　《校注唐五代詞》　臺北市　世界書局　1976 年　總頁 316

行政院文化建設委員會　《紀念元好問八百年誕辰研討會論文集》　臺北市　紀念元好問八百年誕辰研討會籌備會　1991 年　總頁 508

任二北等　　《元曲研究（乙編）》　臺北市　里仁書局　1984 年　總頁 142

何寄澎　　　《唐宋古文新探》　臺北市　大安出版社　1990 年　總頁 297

吳　庠　　　《遺山樂府編年小箋》　香港　中華書局　1982 年　總頁 146

吳　梅　　　《詞學通論》　臺北市　商務印書館　1967 年　總頁 185

吳　梅　　　《遼金元文學史》　臺北市　商務印書館　1979 年　總頁 167

吳世常輯注　《論詩絕句二十種輯注》　西安市　陝西人民出版社　1984 年　總頁 408

吳宏一等　　《清代文學批評資料彙編》　臺北市　成文出版社　1979 年　總卷 58

吳美玉　　　《元遺山詩研究》　臺北市　嘉興水泥公司文化基金會　1987 年　總頁 144

李　栖　　　《兩宋題畫詩論》　臺北市　學生書局　1994 年　總頁 416

李　淼　　　《禪宗與中國古代詩歌藝術》　高雄市　麗文文化公司　1993 年　總頁 243

李正民　　　《元好問研究論略》　　北京市　社會科學文獻出版社　1999 年　總頁 467

李正民等　　《遼金元文學研究》　　北京市　文化藝術出版社　1999 年　總頁 498

李正西　　　《中國散文藝術論》　　臺北市　貫雅文化公司　1991 年　總頁 313

李宗侗　　　《中國史學史》　　臺北市　文化大學　1991 年　總頁 202

李長生　　　《元好問研究》　　臺北市　文史哲出版社　1979 年　總頁 145

李冠禮　　　《詩人元遺山研究》　　臺北市　正中書局　1975 年　總頁 212

狄寶心　　　《元遺山年譜新編》　　北京市　中國文聯出版社　2000 年　總頁 288

況周頤　　　《蕙風詞話》　　北京市　人民文學出版社　1949 年　總頁 262

周惠泉　　　《金代文學研究》　　臺北市　文津出版社　2000 年　總頁 367

周裕鍇　　　《中國禪宗與詩歌》　　高雄市　麗文文化公司　1993 年　總頁 380

季鎮淮等選注　《歷代詩歌選》　4 冊　北京市　中國青年出版社　1980 年　總頁 1340

林文月　　　《謝靈運及其詩》　　臺北市　國立臺灣大學文史叢刊之十七　1966 年　總頁 110

林明德　　　《金代文學批評資料彙編》　　臺北市　成文出版社　中國文學批評資料彙編之五　1979 年　總頁 219

| 林玫儀 | 《詞學考詮》 臺北市 聯經出版公司 1987年 總頁 380 |

| 林從龍 | 《遺山詩詞注釋》 鄭州市 中州古籍出版社 1919年 總頁 201 |

| 金毓黻 | 《宋遼金史》 臺北市 樂天出版社 1979年 總頁 124 |

| 金靜庵 | 《中國史學史》 臺北市 漢聲出版社 1972年 總頁 322 |

| 姚奠中 | 《元好問全集》 太原市 山西人民出版社 1990年 總頁 759 |

| 胡幼峰 | 《金詩研究》 臺北市 嘉新水泥公司 1978年 總頁 129 |

| 胡傳志 | 《金代文學研究》 合肥市 安徽大學出版社 2000年 總頁 301 |

| 降大任 | 《元遺山新論》 太原市 北岳文藝出版社 1998年 總頁 513 |

| 范文瀾 | 《文心雕龍注》 臺北市 學海出版社 1988年 總頁 761 |

| 唐圭璋編 | 《全宋詞》 臺北市 明倫出版社 1970年 總頁 3941 |

| 唐圭璋編 | 《全金元詞》 北京市 中華書局 1959年 總頁 1154 |

| 徐中玉主編 | 《通變編》 北京市 中國社會科學出版社 1992年 總頁 268 |

| 祖保泉 | 《司空圖的詩歌理論》 臺北市 國文天地出版社 1991年 總頁 89 |

| 夏敬觀選注 | 《元好問詩》 長沙市 商務印書館 學生國學叢書 1940年 總頁 105 |

夏敬觀選註　《孟郊詩》　長沙市　商務印書館　學生國學叢書
　　　　　　1940 年　總頁 42

孫克寬　　　《詩與詩人》　臺北市　學生書局　1967 年　總頁 158

袁行霈　　　《中國古典詩歌藝術研究》　臺北市　五南出版社
　　　　　　1989 年　總頁 421

郝樹侯　　　《元好問詩選》　北京市　人民文學出版社　1959 年
　　　　　　總頁 129

馬通伯　　　《韓昌黎文集校注》　香港　中華書局　1972 年　總頁
　　　　　　448

高步瀛　　　《唐宋詩舉要》　臺北市　學海出版社　1980 年　總頁
　　　　　　857

常任俠　　　《中國舞蹈史初編》　臺北市　蘭亭書屋　1985 年　總
　　　　　　頁 403

張　相　　　《詩詞曲語詞匯釋》　臺北市　中華書局　1970 年　總
　　　　　　頁 782

張　晶　　　《遼金詩史》　吉林市　東北師範大學出版社　1994 年
　　　　　　總頁 489

張　晶　　　《遼金元詩歌史論》　吉林市　吉林教育出版社　1995
　　　　　　年　總頁 433

張　健　　　《中國文學批評》　臺北市　五南圖書出版公司　1992
　　　　　　年　總頁 355

張　健　　　《南宋文學批評資料彙編》　臺北市　成文出版社
　　　　　　1978 年　總頁 580

張子良　　　《金元詞述評》　臺北市　華正書局　1979 年　總頁
　　　　　　301

張少康　　　《古典文藝美學論稿》　臺北市　淑馨出版社　1989 年

總頁 504

張少康　　　《中國古代文學創作論》　北京市　北京大學出版社
　　　　　　1983 年　總頁 340

張少康　　　《中國文學理論批評》　北京市　北京大學出版社
　　　　　　1995 年　總頁 470

張明遠、孫轉賢　《元好問墓詩文集注》　保定市　忻州市文物管理所
　　　　　　　1990 年　總頁 159

張高評　　　《宋詩之傳承與開拓》　臺北市　文史哲出版社　1990
　　　　　　年　總頁 604

張華盛　　　《歐陽修》　合肥市　安徽人民出版社　1981 年　總頁
　　　　　　164

張華撰、范寧校證　《博物志校證》　北京市　中華書局　1980 年　總
　　　　　　頁 168

張鳴岐主編　《遼金元教育論著選》　北京市　人民教育出版社
　　　　　　1991 年　總頁 578

敏　澤　　　《中國文學理論批評史》　北京市　人民文學出版社
　　　　　　1981 年　總頁 1188

梅運生　　　《鍾嶸和詩品》　臺北市　國文天地出版社　1993 年
　　　　　　總頁 157

郭紹虞　　　《中國文學批評史》　臺北市　商務印書館　1974 年
　　　　　　總頁 652

郭紹虞　　　《語文通論》　香港　太平書局　1963 年　總頁 162

郭紹虞　　　《滄浪詩話校釋》　北京市　人民文學出版社　1961 年
　　　　　　總頁 240

郭紹虞　　　《中國歷代論文選》　4 冊　上海市　上海古籍出版社
　　　　　　1980 年　總頁 2590

郭紹虞等　　　《萬首論詩絕句》　4 冊　北京市　人民文學出版社
　　　　　　　1991 年　總頁 1830

郭紹虞箋釋　　《元好問論詩三十首小箋》　北京市　人民文學出版社
　　　　　　　1978 年　總頁 98

陳　　柱　　　《中國散文史》　臺北市　商務印書館　1980 年　總頁
　　　　　　　315

陳　　衍　　　《金詩紀事》　臺北市　鼎文書局　1971 年　總頁 366

陳　　衍　　　《石遺室詩話》　臺北市　商務印書館　1976 年　總頁
　　　　　　　424

陳友琴　　　　《白居易卷》　北京市　中華書局　《古典文學研究資料
　　　　　　　彙編》　1962 年　總頁 418

陳石慶　　　　《元遺山詩學研究》　臺北縣　輔仁大學中國文學 究所
　　　　　　　碩士論文　1977 年　總頁 234

陳志光　　　　《元遺山詩析論》　臺北市　國立臺灣師範大學中國文
　　　　　　　學研究所　1988 年　總頁 232

陳伯海　　　　《嚴羽和滄浪詩話》　臺北市　國文天地出版社　1993
　　　　　　　年　總頁 148

陳良運　　　　《中國詩學批評史》　南昌市　江西人民出版社　1995
　　　　　　　年　總頁 626

陳邦瞻　　　　《元史紀事本末》　臺北市　三民書局　1966 年　總頁
　　　　　　　172

陳沚齋　　　　《元好問詩選》　香港　三聯書店　1984 年　總頁 212

陳祥耀　　　　《中國古典詩歌叢話》　臺北市　華正書局　1991 年
　　　　　　　總頁 161

陳鍾凡　　　　《中國文學批評史》　臺北市　鳴宇出版社　1979 年
　　　　　　　總頁 139

陸侃如、馮沅君 《中國詩史》 北京市 作家出版社 1956 年 總頁 818

陶宗儀 《輟耕錄》 臺北市 世界書局 1963 年 總頁 471

傅庚生 《杜甫詩論》 上海市 上海文藝聯合出版社 1954 年 總頁 411

傅庚生 《文學賞鑑論叢》 西安市 陝西人民出版社 1981 年 總頁 207

彭慶生 《陳子昂詩注》 成都市 四川人民出版社 1981 年 總頁 345

曾永義編 《元代文學批評資料彙編》 臺北市 成文出版社 1978 年 總頁 741

曾習經 《曾剛父詩集》 香港 仁記印務館 1953 年 總頁 49

曹 旭 《詩品集注》 上海市 上海古籍出版社 1996 年 總頁 478

游國恩等 《中國文學史》 北京市 中華書局 1979 年 總頁 236

章薺蓀編 《遼金元詩選》 上海市 商務印書館 1941 年 總頁 220

華文軒 《杜甫卷上編（唐宋之部）》 北京市 中華書局 1964 年 總頁 996

賀昌群等 《元曲概論》 臺北市 莊嚴出版社 1982 年 總頁 175

賀新輝著 《元好問詩詞研究》 北京市 中國婦女出版社 1990 年 總頁 189

賀新輝輯注 《元好問詩詞集》 北京市 中國展望出版社 1987 年 總頁 777

隋樹森　　　　《全元散曲》　北京市　中華書局　1964 年　總頁 1924

隋樹森　　　　《古詩十九首集釋》　香港　中華書局　1958 年　總頁 127

董傑英等　　　《元好問及遼金文學研究》　北京市　中國國際廣播出版社　1998 年　總頁 334

黃　節　　　　《詩學》　臺北市　學海出版社　1974 年　總頁 54

黃　節　　　　《魏武帝魏文帝詩註》　香港　商務印書館　1961 年　總頁 74

黃　節　　　　《謝康樂詩注》　臺北市　藝文印書館　1971 年　總頁 204

黃　節　　　　《曹子建詩註》　香港　中華書局　1973 年　總頁 126

黃啟方　　　　《北宋文學批評資料彙編》　臺北市　成文出版社　1978 年　總頁 323

逯欽立校注　　《陶淵明集》　北京市　中華書局　1979 年　總頁 293

楊　勇　　　　《世說新語校箋》　臺北市　正文書局　1982 年　總頁 698

楊家駱主編　　《新校本周書》　臺北市　鼎文出版社　1978 年　總頁 932

楊勇校箋　　　《陶淵明集校箋》　臺北市　正文書局　1987 年　總頁 467

楊海明　　　　《唐宋詞的風格學》　臺北市　木鐸出版社　1987 年　總頁 248

楊蔭瀏　　　　《中國古代音樂史稿》　北京市　人民音樂出版社　1981 年　總頁 1070

葉嘉瑩　　　　《中國詞學的現代觀》　臺北市　大安出版社　1988 年　總頁 136

葉嘉瑩　　　　《中國古典詩歌評論集》　香港　中華書局　1977 年　總頁 235

葉嘉瑩　　　　《迦陵論詞叢稿》　臺北市　明文書局　1987 年　總頁 352

葉慶炳　　　　《中國文學史》　臺北市　學生書局　1984 年　總頁 606

詹杭倫　　　　《金代文學史》　臺北市　貫雅文化事業公司　1993 年　總頁 438

詹杭倫　　　　《金代文學思想史》　成都市　成都科技大學出版社　1990 年　總頁 319

趙為民等　　　《詞學論薈》　臺北市　五南出版社　1989 年　總頁 767

趙盛德主編　　《中國古代文學理論名著探索》　桂林市　廣西師範大學出版社　1989 年　總頁 378

趙興勤等箋注　《中州樂府》　北京市　中國廣播電視出版社　1990 年　總頁 178

劉大杰　　　　《中國文學發達史》　臺北市　中華書局　1973 年　總頁 504

劉　澤　　　　《元好問論詩三十首集說》　太原市　山西人民出版社　1992 年　總頁 363

臺靜農編　　　《百種詩話類編》　3 冊　臺北市　藝文印書館　1974 年　總頁 2200

鄭　騫　　　　《從詩到曲》　臺北市　順先出版社　1979 年　總頁 224

鄭振鐸　　　　《中國俗文學史》　北京市　文學古籍刊行社　1959 年　總頁 462

鄧昭祺　　　　　《元遺山論詩絕句箋證》　香港　當代文藝出版社
1993 年　總頁 384

鄧廣銘箋注　　　《稼軒詞編年箋注》　臺北市　河洛出版社　1979 年
總頁 626

盧冀野　　　　　《詞曲研究》　臺北市　中華書局　1982 年　總頁 172

錢基博　　　　　《韓愈志》　臺北市　河洛出版社　1988 年　總頁 168

錢鍾書　　　　　《談藝錄》　臺北市　書林出版社　1988 年　總頁 653

龍沐勛　　　　　《中國韻文史》　臺北市　洪氏出版社　1974 年　總頁
234

龍沐勛主編　　　《詞學季刊》　臺北市　學生書局　1967 年　總冊 3

龍榆生校箋　　　《東坡樂府箋》　臺北市　華正書局　1990 年　總頁
390

繆　鉞　　　　　《詩詞散論》　臺北市　開明書局　1979 年　總頁 104

繆　鉞、葉嘉瑩　《靈谿詞說》　臺北市　國文天地出版社　1989 年
總頁 598

鍾　星　　　　　《元好問詩文選注》　上海市　上海古籍出版社　1990
年　總頁 184

鍾應梅　　　　　《論詩絕句甲乙集》　香港　崇基學院中國語文學系華
國學會叢書第七種　1975 年　總頁 429

羅根澤　　　　　《中國文學批評史》　臺北市　學海出版社　1980 年
總頁 972

羅慷烈　　　　　《元曲三百首箋》　香港　龍門書店　1967 年　總頁
221

嚴北溟　　　　　《列子譯注》　上海市　上海古籍出版社　1986 年　總
頁 235

蘇雪林　　　　　《遼金元文學》　北京市　商務印書館　1969 年　總頁

55

續　琨　　　《元遺山研究》　臺北市　臺灣中華書局　1985 年　總
　　　　　　頁 220

顧易生、蔣凡、劉明今　《宋金元文學批評史》　上海市　上海古籍出
　　　　　　版社　1996 年　總頁 1113

龔鵬程　　　《文學批評的視野》　臺北市　大安出版社　1990 年
　　　　　　總頁 508

龔鵬程　　　《江西詩社宗派研究》　臺北市　文史哲出版社　1983
　　　　　　年　總頁 509

二　期刊論文、論文集論文

孔令枝　　　〈從元好問論詩說起〉　上海市　《文學報》　1981 年 5
　　　　　　月 14 日

王英志　　　〈主壯美、崇自然的詩學觀：讀元好問《論詩絕句》〉
　　　　　　鄭州市　《文學知識》　1984 年 3 期　頁 36-37

王英志　　　〈元好問「主壯美」觀詩例一則——簡析《壬辰十二月車
　　　　　　駕東狩後即事》其二〉　北京市　《名作欣賞》　1985
　　　　　　年 1 期　頁 120-121

王英志　　　〈元遺山早期文論著作簡論〉　湘潭市　《中國韻文學
　　　　　　刊》　1994 年 1 期　頁 47-55

王　基　　　〈元好問在河南文論著作簡論〉　上海市　《學術月刊》
　　　　　　1994 年 6 期　頁 95-101

王韶生　　　〈元遺山論詩三十首箋釋〉　香港　《崇基學報》　5 卷
　　　　　　2 期　1966 年 5 月　頁 195-205

王廣超　　　〈元好問論詩絕句通觀和引發〉　太原市　《晉陽學刊》
　　　　　　1987 年 4 期　頁 85-89

毛炳身　　　〈天壇・黃華・蘇門──談元好問的豫北詩〉　開封
　　　　　　市　《開封師專學報》　1993 年 3 期　頁 50-57

田鳳台　　　〈元遺山論詩絕句析評〉　臺北市　《中華文化復興月
　　　　　　刊》　12 卷第 4 期　1990 年　頁 20-29

申載春　　　〈以誠為本，文如其人──從《中州集》看元好問的文
　　　　　　學批評〉　收入《第四次元好問國際學術研討會文獻匯
　　　　　　編》　北京市　中國國際廣播出版社　1998 年　總頁 10

皮述民　　　〈元好問論詩絕句析論〉　新加坡　《南洋大學學報》
　　　　　　1969 年 3 期　頁 78-82

朱良志　　　〈試論元好問的「以誠為本」說〉　蕪湖市　《安徽師範
　　　　　　大學學報》　1984 年 4 期　頁 99-105

何三本　　　〈元好問論詩絕句三十首箋證〉　臺北市　《中華文化復
　　　　　　興月刊》　第 7 卷 3、4、5、6 期　1983 年　3 期：頁
　　　　　　21-30　4 期：頁 40-52　5 期：頁 52-62　6 期：頁 44-53

何三本　　　〈元好問《論詩絕句》的歷史地位〉　收入《紀念元好問
　　　　　　八百年誕辰學術研討會論文集》　臺北市　文史哲出版
　　　　　　社　1991 年　頁 307-348

何林天　　　〈論元遺山的《論詩三十首》賞析〉　臨汾市　《山西師
　　　　　　範大學學報》　1987 年 4 期　頁 29-35

何林天　　　〈談元好問與金元之際中原文化的幾個問題〉　收入《元
　　　　　　好問及遼金文學研究》　北京市　中國國際廣播出版社
　　　　　　1998 年 11 月

吳天任　　　〈元遺山論詩的特識〉　臺北市　《民主評論》　7 卷 17
　　　　　　期　1967 年 9 期　頁 21-24

吳天任　　　〈元遺山評傳〉　香港　《香港學海書樓講學錄第四輯》
　　　　　　抽印本　1963 年　總頁 84

吳庚舜　　　〈略論元好問的詩論〉　北京市　《光明日報》　1964 年
　　　　　　7 月 19 日

吳庚舜　　　〈《敕勒歌》的創作背景、作者及其他〉　石家庄市
　　　　　　《河北師院學報》　1981 年 1 期　頁 52

吳尊文　　　〈試論元遺山論詩和詩的思維空間〉　太原市　《山西大
　　　　　　學師範學院學報》　1990 年 3、4 期合刊

李正民　　　〈元好問詩論初探〉　重慶市　《西南師範學院學報》
　　　　　　1981 年 4 期　頁 70-82

李正民　　　〈元好問詩論的民族特色〉　北京市　《文學遺產》
　　　　　　1986 年 2 期　頁 77-83

李正民　　　〈元遺山《論詩三十首》導解辨證〉　臨汾市　《山西師
　　　　　　範大學學報》　1993 年 2 期　頁 54-59

李正民　　　〈關於元好問金亡後活動的評價〉　太原市　《山西大學
　　　　　　學報》　1991 年 1 期　頁 38-44

李正民　　　〈滿腔悲憤火，一掬同情淚：元好問《雁門道中書所見》
　　　　　　賞析〉　太原市　《傳統文化》　1991 年 1 期　頁 90-
　　　　　　92,72

李正民　　　〈元遺山《論詩三十首》的歷史地位〉　太原市　《山西
　　　　　　大學學報》　1992 年 1 期　頁 67-71

李正民　　　〈元遺山《論詩三十首》異解補正〉　太原市　《山西大
　　　　　　學學報》　1993 年 4 期　頁 64-66

李正民　　　〈元好問詩文理論的美學系統〉　北京市　《民族文學研
　　　　　　究》　1994 年 2 期　頁 11-17

李正民　　　〈元遺山《論詩三十首》的美學系統〉　忻州市　《忻州
　　　　　　師專學報》　1990 年 1 期　頁 125-136

李正民　　　〈元好問研究五十年回眸〉　收入《元好問及遼金文學研

究》　北京市　中國國際廣播出版社　1998 年 11 月
頁 180-194

李峭崙　〈造就詩人元好問的幾個重要因素〉　忻州市　《忻州師
專學報》　1986 年 1 期　頁 18-23

李　言　〈評元好問《論詩三十首》〉　《中國古典文學研究論
叢》　第一輯　長春市　吉林人民出版社　1980 年　頁
262-266

李知文　〈元好問山水詩的成就及其特色〉　《紀念元好問八百誕
辰論文集》　太原市　山西人民出版社　1990 年　總頁 9

李　躞　〈法貴天真，詩家坦途──元好問詩學理想及淵源論
略〉　長治市　《晉東南師專學報》　1985 年 3 期　頁
1-8

杜　若　〈金代文宗元遺山〉　臺北市　《台肥月刊》　第 19 卷
第 5 期　1989 年

杜景潔　〈談元好問「喪亂詩」的風格〉　撫順市　《撫順師專學
報》　社會科學版　1991 年 3 期　頁 47-49

狄寶心　〈元好問對宋詩的批判繼承〉　忻州市　《忻州師專學
報》　1989 年 2 期　頁 38-49

狄寶心　〈金元之際文壇領袖元好問對傳統文化的維護整合〉
收入《元好問及遼金文學研究》　北京市　中國國際廣
播出版社　1998 年 11 月　頁 25-42

辛一江　〈論元好問的文學創作思想兼談其詞〉　昆明市　《昆明
師專學報》　1996 年 2 期　頁 60-63

辛剛國　〈倫理主義的回歸與禪宗思想方式的浸透──元好問晚
期詩學傾向初探〉　忻州市　《忻州師專學報》　1990
年 1 期　頁 155-163

| 周本淳 | 〈元好問《論詩絕句》非青年之作〉　南京市　《江海學刊》　1989 年 4 期　頁 168 |

周振甫　〈《論詩絕句》九首獻疑〉　收入《紀念元好問 800 誕辰文集》　太原市　山西人民出版社　1992 年　頁 95-101

周惠泉　〈元好問研究發微〉　長春市　《社會科學戰線》　1990 年 3 期　頁 275-283

周惠泉　〈元好問研究的新收穫〉　北京市　《中國社會科學》　1991 年 2 期　頁 172-174

周惠泉　〈論元好問〉　臨汾市　《山西師範大學學報》　1992 年 2 期　頁 49-56

周志宏　〈潘岳的「為人」、「出身」及其他──《元遺山詩歌理論探微》商榷〉　開封市　《開封師專學報》　1993 年 3 期　頁 66-69

林明德　〈元好問與蘇軾〉　收入《紀念元好問八百年誕辰學術研討會論文集》　臺北市　文史哲出版社　1991 年　頁 431-452

林明德　〈元好問文學批評的指向〉　臺北市　《文學評論》　第四集　1977 年　頁 105-126

林　柏　〈豪華落盡見真淳〉　瀋陽市　《遼寧日報》　1962 年 9 月 12 日

林從龍　〈元好問與中州〉　中州市　《中州今古》　1983 年 1 期　頁 44

武玉環　〈元好問的詩與金代社會〉　忻州市　《忻州師專學報》　1990 年 1 期　頁 77-85

金　聲　〈論元好問在文學史上的地位〉　收入《第四次元好問國際學術研討會文獻匯編》　北京市　中國國際廣播出版

社　1998 年　總頁 4

門　巋　〈元好問與元代文學〉　《元好問研究文集》　太原市
山西人民出版社　1987 年　頁 358-367

門　巋　〈論元好問的文學批評體系〉　收入《元好問及遼金文學
研究》　北京市　中國國際廣播出版社　1998 年 11 月
頁 66-78

范　寧　〈金代的詩歌創作〉　北京市　《文學遺產》　1982 年
頁 81-90

侯外廬　〈關於元好問詩歌的兩個問題〉　北京市　《光明日報》
1985 年 9 月 24 日

姚乃文　〈元好問學術詩論在忻州市舉行〉　北京市　《文學遺
產》　1985 年 4 期　頁 152-153

姚乃文　〈元好問在河南〉　中州市　《中州學刊》　1986 年 1 期
頁 73-75

姚乃文　〈元好問研究中的三個問題〉　太原市　《晉陽學刊》
1987 年 3 期　頁 97-101

姚乃文　〈元好問在山西〉　太原市　《晉陽學刊》　1985 年 1 期
頁 87-90

姚奠中　〈《元好問研究文集》前言〉　忻州市　《忻州師專學
報》　1986 年 1 期　頁 1-2

胡幼峰　〈元遺山其人其詩（一至五）〉　臺北市　《青年戰士
報》　1987 年　21-27 期

胡純俞　〈元好問詩選評〉　臺北市　《中國詩季刊》　第 5 卷第
3 期　民國 63 年頁 50-72

胡傳志　〈《中州集》文化意義再評價〉　太原市　《晉陽學刊》
1994 年 2 期　頁 57-60,69

胡傳志　　〈元好問《論詩三十首》的現實指向〉　北京市　《文史知識》　1999 年 7 期　頁 15-19

降大任　　〈也談元遺山《太原》詩創作年代問題〉　太原市　《城市改革理論研究》　1986 年 2 期　頁 79

降大任　　〈詩歌「誠本」說辨析：從遺山論潘岳談起〉　上海市　《上海大學學報》　1994 年 3 期頁 110-111

降大任　　〈元遺山與太原（上）〉　太原市　《城市改革理論研究》　1985 年 1 期　頁 60-63

降大任　　〈元遺山與太原（下）〉　太原市　《城市改革理論研究》　1985 年 2 期　頁 73-78

孫安邦　　〈金朝一代文冠元好問〉　北京市　《文史知識》　1982 年 11 期　頁 79

孫克寬　　〈元遺山其人其詩〉　臺北市　《中國詩季刊》　9 卷 1 期　1974 年　頁 36-41

宮應林　　〈賦到滄桑句便工：論元好問的喪亂詩〉　北京市　《文學遺產》　1996 年 6 期　頁 24-34

宮應林　　〈巧用典 善達意──遺山詩修辭手法〉　忻州市　《忻州師專學報》　1990 年 1 期　頁 104-106

徐世楨　　〈詩人元好問與中國文化〉　《紀念元好問八百誕辰論文集》　太原市　山西人民出版社　1990 年　總頁 5

徐崇壽　　〈從元好問的《論詩三十首》中的詩論研究其山水景物詩的藝術風格〉　太原市　《太原教育學院學報》　1989 年 2 期　頁 51-59

徐貴印　　〈國家不幸詩家幸、賦到滄桑句便工──試評元好問及其詩作〉　大同市　《雁北師專學報》　1985 年 2 期　頁 70-77

荊　舟　　　〈第三次元好問學術討論會在開封舉行〉　北京市　《文
　　　　　　學遺產》　1994 年 2 期　頁 99

馬劍東　　　〈十年弄筆文昌府，爭信中朝有楚囚──談元好問金
　　　　　　亡後的創作傾向〉　太原市　《城市改革理論研究》
　　　　　　1985 年 4 期　頁 62-65

寄　斧　　　〈元遺山之詩學〉　北京市　《北京益世報》　1926 年 5
　　　　　　月 18 日

張伯偉　　　〈金代詩風與王若虛詩論〉　上海市　《古代文學理論研
　　　　　　究叢刊》　第 12 輯　1987 年　頁 202-217

張海明　　　〈本誠宗雅論正體：元好問詩論述評〉　北京市　《民族
　　　　　　文學研究》　1990 年 1 期　頁 3-9

張國榮　　　〈元好問詩論的審美觀〉　南寧市　《學術論壇》　1994
　　　　　　年 3 期　頁 92-95

張清華　　　〈氣挾并格老蒼──元好問晚期詩風簡論〉　忻州市
　　　　　　《忻州師專學報》　1990 年 1 期　頁 54-59

張　晶　　　〈論元好問的詩學思想〉　臨汾市　《山西師專學報》
　　　　　　第 20 卷 2 期　1993 年　頁 50-53

張博泉　　　〈元好問的學術思想及其特質〉　忻州市　《忻州師專學
　　　　　　報》　1990 年 1 期　頁 13-22

張　進　　　〈元好問詩學對蘇黃的批評與繼承〉　濟南市　《文史
　　　　　　哲》　1996 年 2 期　頁 55-60

張嘯虎　　　〈慷慨歌謠唱興亡──《中州集》簡說〉　中州市　《中
　　　　　　州今古》　1986 年 2 期　頁 32-44

張嘯虎　　　〈論元好問在金代中州文壇的領袖地位〉　太原市　《晉
　　　　　　陽學刊》　1987 年 5 期　頁 84-88

敏　澤　　　〈元好問的《論詩三十首》〉　北京市　《電大文科園

地》 1985 年 5 期 頁 23-25

許文玉 〈金源的文囿〉 北京市 《中國文學研究》 1965 年
頁 677-711

郭 正 〈遺山筆頭有關全〉 太原市 《太原師專學報》 1990
年 頁 23-30

郭紹虞 〈論《戲為六絕句》與《論詩三十首》〉 上海市 《學
術月刊》 1964 年 7 期 頁 40-44

陳長義 〈元好問《論詩三十首》二解〉 上海市 《文藝理論研
究》 1984 年 2 期 頁 106-109

陳長義 〈元好問《論詩三十首》之三、四新解〉 忻州市 《忻
州師專學報》 1990 年 1 期 頁 137-143

陳長義 〈遺山詩論辨微二題〉 北京市 《民族文學研究》
1992 年 2 期

陳長義 〈元好問論張華和陶潛新解〉 收入《紀念元好問 800 誕
辰文集》 太原市 山西人民出版社 1992 年 頁 169-
182

陳長義 〈元好問論蘇軾詩新解〉 太原市 《山西大學學報》
1991 年 6 期 頁 55-59

陳書龍 〈評元好問《論詩絕句三十首》〉 武漢市 《中南民族
學院學報》 1982 年 2 期 頁 81-86

陳書龍 〈元好問山水景物的藝術特徵〉 武漢市 《中南民族學
院學報》 1988 年 6 期 頁 120-126

陳惠豐 〈論元遺山論詩絕句三十首〉 臺北市 《中外文學》
7 卷 1 期 1989 年 頁 112-122

陳湛銓 〈遺山先生述傳〉 廣州市 《廣州學報第 1 期》 1939
年 頁 85-96

陳湛銓　　　〈元遺山論詩絕句講疏〉　香港　《香港浸會學報》　3
　　　　　　卷 1 期　1968 年　頁 1-47

陳學霖（美）〈元遺山詩及其詩學批評〉　香港　《香港大學東方月
　　　　　　刊》　第 3 期　1959 年　頁 6-9

傅庚生　　　〈試再申論「飯山」和「閑骨」——兼答戴鴻森先生〉
　　　　　　北京市　《光明日報》　1962 年 9 月 23 日

程伯安　　　〈論元好問的詩學觀〉　《紀念元好問八百年誕辰學術研
　　　　　　討會論文集》　太原市　山西人民出版社　1990 年　總
　　　　　　頁 19

黃清士　　　〈動亂之秋的婦女悲歌（簡介元好問的續小娘歌十首）〉
　　　　　　北京市　《名作欣賞》　1982 年 6 期　頁 33

黃瑞雲　　　〈「曹、劉」是指誰——元好問《論詩絕句》商榷〉　廣
　　　　　　州市　《語文月刊》　1986 年 1 期　頁 26

黃瑞雲　　　〈金詩概觀〉　黃石市　《湖北師範學院學報》　1993 年
　　　　　　1 期　頁 1-6

楊文雄　　　〈元好問與李白〉　收入《紀念元好問八百年誕辰學術
　　　　　　研討會論文集》　臺北市　文史哲出版社　1991 年　頁
　　　　　　389-410

瑜琳、蒼宇　〈元好問《論詩絕句》抉瑕——兼為蘇軾詩一辯〉　成都
　　　　　　市　《成都大學學報》（社科版）　1989 年 2 期　頁 75-79

萬亞峰　　　〈元好問研究〉　重慶市　《重慶師院學報》　1990 年 4
　　　　　　期　頁 80-84

董國炎　　　〈金代文壇與元好問〉　北京市　《文學評論》　1990 年
　　　　　　6 期　頁 69-77

董傑英等　　〈試論元好問的人生觀〉　太原市　《晉陽學刊》　1988
　　　　　　年　頁 108-110

詹杭倫　　　〈元好問《詩文自警》發微〉　太原市　《晉陽學刊》
　　　　　　1994 年 2 期　頁 61-66

詹杭倫、沈時蓉　〈元好問的杜詩學（全）〉　收入《紀念元好問八百
　　　　　　年誕辰學術研討會論文集》　臺北市　文史哲出版社
　　　　　　1991 年　頁 463-495

翟荊州　　　〈讀遺山詩小記〉　臺北市　《民主評論》　7 卷 14 期
　　　　　　1967 年 7 月

趙興勤　　　〈《中州樂府》概觀〉　忻州市　《忻州師專學報》
　　　　　　1989 年 2 期　頁 11-19

趙永源　〈沈摯蒼的時代悲歌：試論元好問金亡前後的詞〉　鎮江市
　　　　　　《鎮江師專學報》　1991 年 1 期　頁 29-33

趙廷鵬　　　〈元好問《論詩三十首》晚年改定說辯證〉　忻州市
　　　　　　《忻州師專學報》　1990 年 1 期　頁 107-108

趙廷鵬　　　〈《元遺山詩集》未收和誤收的詩〉　太原市　《晉陽學
　　　　　　刊》　1987 年 6 期　頁 84-88

趙廷鵬　　　〈遺山論詩有新篇〉　太原市　《太原師專學報》　1990
　　　　　　年 1 期　頁 1-13

趙廷鵬、郭政、宮應林　〈賦到滄桑句便工──論元遺山的喪亂詩〉
　　　　　　北京市　《文學遺產》　1986 年 6 期　頁 24-34

劉明今　　　〈元好問詩論新探〉　上海市　《學術研究》　1991 年 3
　　　　　　期　頁 81-85

劉禹昌　　　〈元好問詩論〉　武漢市　《武漢大學學報》　1980 年 5
　　　　　　期　頁 20-26

劉禹昌　　　〈元好問詩歌創作論〉　收入《紀念元好問 800 誕辰文
　　　　　　集》　太原市　山西人民出版社　1992 年　頁 102-104

劉懷榮　　　〈金元之際的文化融合與元好問及其詩論〉　收入《紀

念元好問 800 誕辰文集》　太原市　山西人民出版社
1992 年　頁 214-225

劉　澤　〈《元好問論詩三十首》集說〉　忻州市　《忻州師專學報》　1990 年　頁 109-124

劉　澤　〈辨釋「亂後玄都失故基」──元好問《論詩三十首》釋疑之一〉　太原市　《太原師專學報》　1990 年 1 期
頁 37-41

劉　澤　〈歷代遺山創作論選評〉　忻州市　《忻州師專學報》
1989 年　頁 1-10

劉　澤　〈五年來元好問研究概述〉　太原市　《晉陽學刊》
1990 年 1 期　頁 104-108

蔡厚示　〈元好問《論詩三十首》辨釋〉　北京市　《光明日報》
1986 年 8 月 26 日

蔡厚示　〈元好問的詩論〉　福州市　《福建論壇》　1987 年 1 期
頁 75-78

蔡厚示　〈論元好問詩風的衍變〉　收入《紀念元好問 800 誕辰文集》　太原市　山西人民出版社　1992 年　頁 35-42

鄭靖時　〈金源文學對元好問文學批評形成之考察〉　收入《紀念元好問八百年誕辰學術研討會論文集》　臺北市　文史哲出版社　1991 年　頁 349-388

鄧昭祺　〈試論元遺山《論詩絕句》第十五首〉　北京市　《文學遺產》　1986 年 2 期　頁 84-89

鄧喬彬　〈元好問詩論〉　上海市　《上海廣播電視文科月刊》
1985 年 1 期　頁 6-8

魯國堯　〈元遺山詩詞用韻考〉　南京市　《南京大學學報》
1986 年 1 期　頁 136-148

盧興基　〈元遺山詩論的傳統性與創造性〉　收入《紀念元好問800 誕辰文集》　太原市　山西人民出版社　1992 年　頁 35-42

盧興基　〈元遺山和范寬《秦川圖》：為元遺山《論詩三十首》之一索解〉　北京市　《文學遺產》　1986 年 2 期　頁 90-92

盧興基　〈在唐宋詩歌成就面前的元遺山〉　太原市　《文學遺產》　1990 年 4 期　頁 44-51

錢仲聯　〈元好問《論詩三十首》〉　香港　藝林叢錄商務印書館　1966 年第六編　頁 117-120

戴君仁　〈元遺山善用前人詩句入詩〉　收入《梅園雜著》　臺北市　學海出版社　1986 年

蕭　侖　〈兩朝文筆誰爭長，一代詩人獨數君〉　忻州市　《忻州文化》　1985 年 1 期　頁 4-7,55

薄子濤　〈金代詩人元遺山〉　太原市　《春潮》　1980 年 4 期　頁 63-64

薄子濤　〈論元好問崇尚民國歌的理論和實踐〉　忻州市　《忻州師專學報》　1990 年 1 期　頁 151-154

薄子濤　〈談金代詩人元遺山（一）、（二）、（三）〉　忻州市　《忻州文藝》　1983 年 2 期　頁 47-49　1984 年 2 期　頁 51-54　1985 年 3 期　頁 61-63

謝巨濤　〈疏鑿清渾，救弊起衰：評元好問《論詩三十首〉》　長沙市　《湖南稅專學報》　1993 年 1 期　頁 74-76

韓進廉　〈元好問《論詩三十首》的審美評判〉　保定市　《河北大學報》　1990 年 4 期　頁 15-26

聶文郁　〈以遺山詩論論遺山詩〉　收入《元好問研究文集》　太原市　山西人民出版社　1987 年　頁 123-135

魏玉山　　　　〈舊調重彈：三議《誠本說》〉　收入《紀念元好問八百年誕辰學術 討會論文集》　臺北市　文史哲出版社　1990 年　總頁 8

魏延山　　　　〈天才清贍，邃婉高古──談元好問《論詩絕句三十首》〉　四平市　《松遼學刊》　1987 年 2 期　頁 78-80

龔鵬程　　　　〈論元遺山與黃山谷〉　收入《紀念元好問八百年誕辰學術研討會論文集》　臺北市　文史哲出版社　1991 年　頁 453-461

國家圖書館出版品預行編目(CIP)資料

元好問〈論詩三十首〉研究（修訂本） /
方滿錦著. – 再版. -- 臺北市 : 萬卷樓,
　2012.12
　　面 ；　公分. --（文學研究叢書）
ISBN 978-957-739-787-4(平裝)
1.(元)元好問 2.中國詩 3.詩評

　　　　821.8　　　　101027917

元好問〈論詩三十首〉研究（修訂本）

2013 年 4 月 初版 平裝
2013 年 6 月 再刷 平裝

ISBN 978-957-739-787-4　　　　　　　　　　定價：新台幣 460 元

作　　　者	方滿錦	出　版　者	萬卷樓圖書股份有限公司
發 行 人	陳滿銘	編輯部地址	106 臺北市羅斯福路二段 41 號 9 樓之 4
總 編 輯	陳滿銘	電　　話	02-23216565
副總編輯	張晏瑞	傳　　真	02-23218698
編　　輯	吳家嘉	電　　郵	editor@wanjuan.com.tw
編　　輯	游依玲	發行所地址	106 臺北市羅斯福路二段 41 號 6 樓之 3
封面設計	斐類設計	電　　話	02-23216565
		傳　　真	02-23944113
		印　刷　者	百通科技股份有限公司

如有缺頁、破損、倒裝　　網 路 書 店　　www.wanjuan.com.tw
請寄回更換　　　　　　　劃 撥 帳 號　　15624015